RED
ISLAND

RED ISLAND

레드
아일랜드

김유철
장편소설

산지니

차례

1 장

1

대나무로 만든 횃불이 사방을 에워싼다. 종선에서 신호가 가고 나머지 배들이 그물을 놓는다. 횃불을 쫓아 원에 들어온 멸치 떼들이 수면 위로 은빛을 내뿜는다. 그물과 그물을 당길 줄을 각각 따로 실은 배들이 종선에서 오는 신호를 보고 테우를 부지런히 저으면서 뭍으로 달린다. 배가 뭍 가까이 다가오면 맨 선두에 서 있던 마을 사내들이 물살을 헤치며 바다 속으로 뛰어든다. 메추리알만 한 자갈이 넓게 깔린 해안을 따라 하얀 거품이 밀려온다. 성급한 이들은 가슴까지 오는 바닷물을 헤치며 그물 당길 줄을 받는다. 뒤이어 다가온 사내가 다시 뒷사람에게 줄을 이어주는 방법으로 뭍에 있는 사람들의 손에까지 어느덧 그 줄이 닿는다. 양쪽으로 길게 늘어선 마을 사람들이 줄을 잡아당기기 시작하면 좁혀 오는 후릿그물에 본능적인 위험을 느낀 멸치 떼가 바다 위로 솟구친다. 더러는 그물의 설긴 망 사이에 꽂히기도 하고 그물을 훌쩍 뛰어넘어 다시 망망한 대해로 되돌아가는 녀석들도 있다. 마치 물이 끓어오르듯 요동치는 광경을 보며 저마다 바구니를 들고 서 있는 동네 아낙들과 아이들의 얼굴은 상기된다. 사내들의 억센 팔뚝에 핏줄이 도드라지게 드러난다. 안곤지동에 사는 김 노인이 횃불을 흔들며 노래를 부르기 시작한다. 노래 가락에 맞춰 사내들의 몸도 움직인다. 그들의 노린내 나는 입에서 힘겨운 노랫소리가 흘러나온다.

> 어허 능창 제기 오라 멜
> 한저 제기 거리게
> 어허 능창 제기 오라
> 이놈우 후리
>
> 동까지 동기라
> 서까지 동기라
> 엉~허야 뒤야, 엉~허야 뒤야
> 어기여뒤여 방애여, 엉~허야 뒤야
> 동깨코라근 등곱은여로, 엉~허야 뒤야
> 서깨토라근 소여콧들로, 엉~허야 뒤야
> 당선에서 멜 밭을 보고, 엉~허야 뒤야
> 망선에서 후림을 노라, 엉~허야 뒤야*

달빛 없는 해안가에 엉~허야 뒤야라는 후렴구가 긴 여운을 남기며 흩어진다. 횃불을 밝히는 14세 전후의, 설익은 때깔이 완연

---

* 1998년 4월 3일 학민사에서 펴낸 『잃어버린 마을을 찾아서』 중 '멜 후리는 그리운 소리'에서 참조함.

한 녀석들의 가성 섞인 잡담 소리가 거친 바닷바람에 휘돌리는 횃불처럼 커졌다 작아졌다 한다.

"멋지군."

홍성수는 청주를 들다 말고 해안가로 시선을 던진다. 아직 솜털이 가시지 않은 것 같은 동안에 횃불에 쏘인 듯 불콰해진 안면을 초롱불 아래로 들이민다. 혜화전문학교를 중퇴하고 글쟁이 흉내를 내며 여기까지 흘러 들어온 것이 홍성수의 간략한 이력이다. 흰 남방에 혜화전문학교를 나온 그의 형이 입었던 진청색 바지를 입고 맞은편 마루방에 비스듬히 걸터앉아 있던 4칸 집 주인 아들이 입을 연다.

"여기가 아니고는 볼 수 없는 광경이죠."

"굳이 달 없는 날을 택한 이유는 뭐지?"

"멸치는 달 밝은 밤에는 들지 않습니다. 저렇게 횃불을 들고 서 있는 것도 그믐달이 좋지요. 그래야 멀리 있는 멸치 떼까지 불빛을 보고 해안가로 몰려드니……."

큰기침 두어 번을 하다가 진한 가래를 토악질하듯 내뱉는다. 홍성수보다 두 살이 어린 김헌일의 야윈 얼굴이 창백하게 변한다.

"한잔 하겠어?"

손을 내미는 김헌일의 얼굴에 옅은 미소가 인다.

"공회당엔 가보셨소?"

홍성수는 고개를 끄덕인다. 이곳에서 잡아 올린 마른 멸치를 입으로 가져가 씹는다. 짭짤한 소금기와 고소한 뒷맛이 혀끝을 맴돈다. 그들의 대화는 거기서 끊어진다. 홍성수는 다시 노랫소리가 흘러나오는 해안으로 눈길을 돌린다. 앞 원의 수심이 얕은 자갈밭으로 그물을 끌어올리려 마지막 안간힘을 쓰는 사내들의 힘찬 노랫소리가 바람에 실려 온다. 가까이 모닥불을 피워 물을 끓이는 무쇠 솥 위로 하얀 수증기가 흩날린다. 이윽고 뭍으로 그물을 끌어올리자 주변에 서 있던 아낙들이 멸치를 바구니로 퍼 올린다. 무쇠 솥에 데치듯 멸치를 삶는 모양이 익숙하다. 아이들은 삶아 내온 멸치 주변에 모여들어 모이를 쪼아 먹는 갈매기처럼 입 안으로 주워 넣는다. 구레나룻에 가는 털이라도 나 있는 녀석들은 멸치 떼에 드문드문 섞여 있는 오징어와 고졸멩이를 잡아채느라 정신이 없다. 멸치의 비릿한 냄새와 아이들의 재잘거림과 마을 아낙들의 흥겨운 노랫소리가 끊이지 않는다.

"곤지동 멸치후리계 사람들 모두가 바구니 가득 퍼 담아 갈 정도로 많은 멸치가 잡힌다는 말이 사실인 것 같군."

홍성수가 다시 입을 연다. 그는 여전히 청주를 마시고 있다.

"왜놈들이 마른 멸치를 좋아해서 돈벌이가 되었지요. 해방이 되면서 그런 호사도 끝난 셈이지만 말입니다."

"주업이 농사가 아니었던가?"

"그래서 잡은 멸치를 재나 듬북과 뒤섞어 밭의 거름으로도 사용합니다……. 오늘은 좀 다른 모양입니다만."

김헌일은 귀찮다는 듯 해안 쪽으로 눈길을 잠시 두었다가 시선을 거둔다. 마을에선 그의 집안을 모두 양반집으로 부른다. 조선 영조 때 목사로 부임한 김정의 먼 후손이기 때문이다. 그래서인지 그의 행동에서 은근히 마을 사람들을 괄시하는 듯한 느낌을 받을 때가 있다. 혜화전문학교 시절 자주 어울려 다녔던 그의 형도 마을 주변에서 흔히 볼 수 있는 그들 소유의 밭담을 가리키며 '저게 화북에서 목사를 지낸 우리 할아버지가 처음 생각해 낸 거지. 저 돌담 때문에 바람과 야생 조랑말의 피해를 입지 않고 농사를 지을 수 있는 거야.' 라며 자랑을 늘어놓고는 했다.

"자네 형은 아직 소식이 없나?"

"곧 돌아오겠죠."

"미군정이 8.15해방 2주년 기념 대회를 불법으로 간주하면서 민전 사람들을 잡아들인다는 소문이 있더군."

김헌일은 대꾸하는 대신 '캬악' 하고 가래침을 다시 내뱉는다.

"제주읍에선 사람도 여럿 죽어 나갔다고 합디다……. 그래서 형이 양다릴 걸치려 하는지 모르죠. 부르주아, 친일파였던 우리 형님 아닙니까."

여전히 횃불을 든 사람들이 뭍에 모여 있다. 중산간 마을이나 제주읍에 비해 그래도 여기는 아직까지 평온한 기운이 감돌고 있었다. 홍성수는 웃옷에서 '공작' 한 개비를 꺼내 들고 자리에서 일어난다. 그믐의 마을은 한치 앞을 분간할 수 없다. 폐가 좋지 않은 김헌일을 염두에 두고 홍성수는 너른 마당에 나와 담배에 불을 붙인다.

"형은 공회당을 새롭게 보수할 생각을 하더군."

"거기서 야학하는 마을 청년들과 어울리고 싶어 안달하던 형이니까요."

"모나지 않게 행동하는 게 나쁜 건 아니지."

"그게 기회주의, 회색분자 아니오?"

김헌일은 시니컬한 표정을 짓는다. 홍성수가 처음 마을에 들어왔을 때 마을 청년들 중에는 민족주의나 사회주의에 눈뜬 이들이 많아 보였다. 가까운 화북리에서 민애청이 구성되어서인지 그곳에 가입한 청년들이 많았고, '학습회'라는 명목으로 어울려 다니면서 마르크스의 유물론에 대해 진지하게 토론하는 모습을 목격할 수도 있었다. 더구나 3.1절 기념 대회에 참가한 도민들 중에 경찰의 발포로 14명의 사상자가 발생한 뒤에는 마을의 학생들조차 반일반미를 외쳤다. 3.1절 기념 대회에서 시작된 그들의 분노가 시간이 지날수록 커져 갔다. 군중을 향해 총격을 가한 경찰의 구속과 희생자 유가족들의 생활 보장을 요구하며 일어난 총파업과 뒤이어 파업을 주도했던 민전 사람들과 중고학생들까지 속속들이 검속되고 있었다. 하지만 그들이 미군정청이나 경찰의 말대로 남로당의 계획적인 폭동에 의해 일어난 사건인지 홍성수는 의문이 들었다. 그의 눈으로 본 곤지동의 젊은이들은 좌파나 우파라는 극단적인 이데올로기보다는 기대치만큼 뒤따르지 못하는 해방의 현실에 대한 분노와 회의감에 빠져 있는 듯 보였다. 김헌일도 마을의 여느 청년과 다르지 않았다. 홍성수는 담배 연기를 내뿜으며 화북봉 기슭을 멍하니 바라본다.

"모레쯤이면 비석거리 앞오름 잔디밭에 멸치가 가득하겠군."

청주의 달짝지근한 맛이 다시 그리워진다. 달려드는 모기를 손으로 쫓으며, 아침저녁으로 제법 선선해진 바닷바람에 홍성수는 술기운으로 후끈해진 열기를 식힌다. 바구니 가득 멸치를 이고 들어서는 사람이 있는지 가까운 곳에서 개 짖는 소리가 들린다.

곤지동은 화북천의 하류에 있다. 화북천의 2개 지류가 곤지동을 3등분해서 안곤지동, 가운데곤지동, 동곤지동으로 나눈다. 김헌일의 집은 안곤지동에서도 해안가에 바짝 붙어 있다. 원래 살던 집은 가운데곤지동에 있지만 결혼을 하면서 분가해 나온 것이다. 외지로 자주 떠돌아다니는 그의 형을 대신해 홍성수는 김헌일의 집에서 신세를 지고 있었다. 다달이 얼마간의 돈을 형식적이나마 지불하고 있었지만 김헌일은 받아도 그만 안 받아도 그만인 모양으로 신경을 쓰지 않았다.

4칸 집은 마루방을 사이에 두고 큰방과 창고, 작은방과 쳇방, 그리고 부엌으로 나누어진다. 홍성수는 마루방 왼편, 작은방에서 글을 쓰거나 책을 읽으며 생활했다. 조용하고 사색하기에 더없이 좋은 자연경관이었지만, 무엇보다도 그의 마음을 사로잡는 것은 바다와 갈매기 울음소리를 늘 가까이에서 들을 수 있다는 점이었다. 줄곧 내륙지방에서만 생활해 온 그로서는 바다와 연관된 모든 것이 낯설고 흥미로웠다. 대문이 없는 집 주변은 해풍을 막기 위해 돌담을 쌓아 놓았다. 처마 밑으로 빗물을 받기 위해 일정한 간격으로 놓여 있는 항아리를 포함해 돌담은 이곳 제주도에서 볼 수 있는 독특한 가옥 양식 중의 하나였다.

간밤에 먹었던 청주 때문인지 일찍 자리에서 일어난 홍성수의 머리는 무겁고 바늘로 쏘듯 지끈거린다. 부엌에서는 보리 삶는 냄새가 구수하게 난다. 머리맡에 놓여 있는 물 주전자를 입으로 가져간다. 잠에 곯아떨어진 사이에 김헌일의 아내가 문틈으로 밀어놓고 간 것이 틀림없다. 얌전하고 말이 없는 여자다.

방문을 열자 짠 바다 내음과 함께 짙은 안개가 자욱하다. 홍성수는 길게 기지개를 하면서 마당으로 나간다. 큰방 문이 굳게 닫혀 있는 것으로 봐서 김헌일은 아직 잠에서 깨지 않은 모양이다. 담배를 입에 물고 그는 화북천을 따라 산책을 나간다. 평소에는 건천(乾川)에 가까운 화북천 아래로 띄엄띄엄 물웅덩이가 고여 있다. 비라도 내리는 날이면 이곳 일대가 범람할 만큼 많은 물이 흘러내린다. 안곤지동과 가운데곤지동을 잇는 다리 부근에서 다시 연자방아가 있는 넓은 공터로 걷는다. 시계를 은근슬쩍 바라보는 홍성수의 얼굴에 잠시 긴장감이 스쳐 지나간다. 연자방아 주변을 어슬렁거리며 그는 담뱃갑을 만지작거린다. 얼마 지나지 않아 안개 속에서 흐릿하나마 인기척이 느껴진다. 물허벅을 등에 지고 가는 권유순의 모습이 점점 뚜렷해진다. 스물두 살의 어린 나이에 과부 아닌 과부가 되어 버린 그녀는 홍성수를 발견하자 얼굴을 붉히며 시선을 발 아래로 돌린다. 달콤한 신혼을 즐길 사이도 없이 징용으로 끌려간 남편은 해방이 된 지금까지 아무런 소식이 없다. 지나쳐 가려는 그녀를 막아서며 홍성수가 인사말을 건넨다. 그녀는 대답 대신 고개를 꾸벅거린다.

"안드렁물로 가십니까?"

등에 진 물허벅을 보면서도 태연스럽게 묻는다. 그녀는 다시 한 번 말없이 고개를 끄덕인다. 그리고 잰걸음으로 그를 지나쳐 간다.

별도봉 벼랑 아래로 향하는 길은 한적하다. 산기슭으로 난 오솔길은 두 사람이 나란히 걷기에 알맞은 넓이다. 그 옆으로 바다가 내려다보이고 일출이 시작되면서 묽어 터진 홍시 같은 태양이 수평선 위로 모습을 드러낸다. 마을에서 얼마간 떨어진 거리를 거닐기 시작하면서 권유순의 얼굴에도 다소 편안한 미소가 번진다. 그녀의 눈동자는 아침 이슬을 머금은 풀잎처럼 촉촉하게 젖

16

어 있다.

"그때는 왜 나오지 않았습니까?"

"……."

"제 편지는 받아 보셨지요?"

권유순의 목덜미와 귀 부근이 빨갛게 변한다.

"편지를 들고 온 애가 용주네 막내죠. 그 아이가 입이 좀 가벼워요."

이번에는 홍성수의 얼굴이 붉어진다. 그는 잠시 권유순을 바라보다가 힘없이 고개를 떨군다.

별도봉이 있는 안쪽 숲 속으로 더 들어가면 마을 사람들이 식수로 사용하는 안드렁물이 나온다. 벼랑 아래에 정사각형 모양의 웅덩이를 계단식으로 나란히 만들어 놓았다. 벼랑 아래라고는 하지만 여러 사람들이 동시에 이용할 수 있을 만큼 주변은 넓고 평평하다. 물허벅이 담긴 구덕을 바닥에 내려놓으며 권유순은 이마의 땀을 손등으로 닦는다. 홍성수는 제일 위 단에 있는 웅덩이로 올라가 지하에서 뿜어져 나오는 물을 마신다. 빗물과 달리 목구멍을 넘어가는 물맛이 좋다.

"내년 봄쯤 올라갈 생각입니다."

허벅에 물을 채워 넣는 권유순의 손이 머뭇거린다. 홍성수는 그 사이를 놓치지 않고 그녀에게 다가간다.

"아직까지 소식이 없다는 건…… 제 말 이해합니까?"

잠시 뜸을 들이던 그녀가 다시 허벅에 물을 담기 시작한다.

"오사카를 오가는 그릇집 고씨 삼춘이 알아봐 준다고 했어요. 그리고 징용 갔다가 뒤늦게 돌아오는 사람들도 많다고……."

홍성수는 가슴이 답답한지 참았던 담배를 입으로 가져간다. 스무일곱 해 동안 굳게 닫혀 있던 마음이 이곳 제주에서 꿈틀거릴 줄은 그 자신도 미처 생각하지 못했다. 두어 달 머리나 식힐 요량으로 곤지동까지 찾아 들었지만 전혀 엉뚱한 곳에서 그의 마음은 열병을 앓고 있었다. 그녀를 처음 보았을 때 홍성수는 그만 이성을 상실하고 말았다. 구리 빛 피부와 검정 치마저고리가 잘 어울리는 큰 키, 짙은 눈썹과 곤지동 앞 바다처럼 맑고 투명한 눈동자를 가진 그녀를 사랑하지 않을 수 없었다. 홍성수의 가슴은 그때부터 이미 시커멓게 타 들어가기 시작했다.

소나무 사이로 다람쥐 한 마리가 쏜살같이 내달린다. 홍성수가 답답하고 간절한 마음을 달래는 동안 권유순은 물허벅을 등에 지고 일어선다. 자욱했던 아침 안개는 사라지고 대신 후끈한 열기가 대지를 달구기 시작한다. 오늘 오후도 꽤 무더운 날이 될 것 같다. 말없이 안곤지동으로 향하는 권유순의 뒷모습을 잠시 노려보던 홍성수는 반도 피우지 않은 담배를 바닥에 짓이기고 그녀의 뒤를 따라 걷는다. 빠른 걸음으로 다가가 그녀의 어깨를 낚아채려는 순간, 맞은편에서 걸어오던 마을 소녀가 권유순과 홍성수를 알아보고 아는 체를 한다. 어제 멜 후리는 소리를 멋지게 하던 김 노인의 손녀 성란이다. 홍성수는 권유순을 외면하며 앞서 걸어갈 수밖에 없다. 왔던 길을 되돌아 별도봉을 빠져나가는 홍성수의 기분은 착잡하다. 열 번 찍어 안 넘어가는 나무가 어디 있을까마는 그는 시간이 지날수록 자신이 없어진다. 차라리 징용으로 끌려갔던 남편의 사망 통지서라도 날아왔으면 이렇게까지 힘들진 않았을 텐데. 마주 오던 성란의 인사를 건성으로 받으며 홍성

수는 주먹을 불끈 쥔다. 어차피 내년 봄까지는 곤지동에 눌러 있
을 결심을 한 탓이다. 그때까지 그녀의 마음을 돌릴 수 있다면 무
슨 짓이든 할 수 있을 것 같았다.

2

　김헌일은 방만식을 만나기 위해 집을 나선다. 해방되던 해부터
일본에서 많은 사람들이 돌아왔는데 방만식도 그중 한 사람이었
다. 후쿠오카의 탄광 노동자 생활을 하다 돌아온 그는 전혀 다른
사람이 되어 있었다. 그는 일본에 건너가기 전에 김헌일의 아버지
가 소유하고 있던 우마 50여 마리를 돌보는 일을 했었다. 쇠테우
리라고 해서 억새풀이 우거진 들판을 돌아다니며 소와 말을 키우
던 그가 다시 곤지동에 발을 들여놓은 것은 해방되던 해 겨울이
었다. 천애고아나 다름없었던 그를 곤지동이라고 따뜻하게 맞아
줄 리 없었다. 당시 노환으로 거동이 불편했던 김헌일의 아버지
를 찾아온 그는 7년 동안 쇠테우리를 하면서 받은 임금이 터무니
없었으니, 그동안 착취한 임금으로 살 집을 마련해 달라고 떼를
쓰기 시작했다. 돈에 관해서는 어느 누구보다 인색했던 김헌일의
아버지는 일언지하 거절을 했고 그 때문에 방만식과 김헌일의 형
사이에 주먹다짐이 오갔다. 아직도 그들 두 사람은 그때 일이 앙
금으로 남아 있었다.
　마을에서 화북봉 오르는 길에 외따로 떨어진 방만식의 집은 김
헌일이 아버지 몰래 내어 준 것이다. 테우리들이 임시로 쉬어 가

던 움막이었는데 방만식이 손수 초가를 새로 얹고 벽을 바르고 아궁이를 만들었다. 타고난 손재주가 있어서인지 겉보기에도 그 럴듯한 가옥으로 변해 있었다.

김헌일이 집 가까이 다가갔을 때 방만식은 보릿겨와 음식 찌꺼 기를 물에 섞어 돼지우리 안으로 붓고 있다. 검게 그을린 얼굴에 는 굵은 주름이 일었고 때가 긴 갈옷은 땀으로 젖어 있다. 우리 안의 돼지들은 괴성을 지르며 음식 찌꺼기에 코를 박는다.

"아침부터 도새기들이 호강하는군."

김헌일이 마당을 들어서면서 방만식에게 말한다. 돼지우리 앞 에서 분주히 움직이던 방만식은 하던 일을 마무리하고 나서야 김 헌일에게 아는 체를 한다. 그가 마루에 걸터앉아 한숨을 돌릴 때 까지 김헌일은 묵묵히 그의 하는 모양새를 바라볼 뿐이다.

"생각은 해 봤는가?"

"테우리 일이 하기 싫어 일본까지 돈 벌러 간 거주."

"장가도 가야지. 난 아버지하고는 달라."

"그 뿌리에 그 나물이주. 뭐가 다를까."

방만식은 자리에서 일어나 부엌으로 들어간다. 삶은 고구마를 내오면서 그중 하나를 김헌일에게 건네준다.

"아직, 아침 전인가?"

"내가 언제 끼니때 찾아가며 먹으수까. 그냥 허기지면 먹는 게주."

방만식은 김헌일과 같은 나이었다. 몸이 약해 밖을 잘 나다니지 못했던 김헌일에게 방만식은 유일한 말벗이 되어 주고는 했다. 산 으로 들로 풀 먹이러 다니던 그도 어지간히 또래의 친구가 그리웠을 것이다. 그런 인연 때문인지 아직까지도 김헌일은 그에게 호감을 가지고 있었다.

"세상이 험악해지고 있어. 이렇게 외따로 떨어져 살다가 무슨 변고라도 당할까 걱정이군."

"차라리 천지개벽이라도 일어났으멘."

"사람이 왜 이렇게 꼬였나."

"나 같은 놈이 꼬여 봤자지. 별 수 있수꽈."

목이 막히는지 방만식은 급히 주전자 주둥이를 입으로 가져간다. 벌컥거리며 물을 마시는 그의 왼쪽 목 줄기에 흉한 상처가 남아 있다.

"평생 왜놈들 종노릇이나 하다가 끝낼 팔자라고 한탄만 했주. 겐데 뜻하지 않은 해방이 되고…… 아, 이제는 새 세상이 오는구나 햄서…… 이럴 줄 암시나."

"해방이 어째 우리 힘으로 얻은 것인가?"

"갱다고 미국놈 종이 되어야 한다는 말임수꽈."

"일본 갔다 오더니 많이 변한 것 같군."

김헌일은 방만식이 조금 전에 입을 갔다 댔던 주전자를 집어 든다. 방만식은 고구마 껍질을 벗기다가 슬쩍 김헌일의 얼굴을 바라본다.

"나 같은 놈은 평생 우마나 키우멘 살아야주. 안 그랜수꽈?"

"이 사람이…… 그런 뜻으로 받아들이는 건 또 무슨 심본가……."

김헌일은 뒷말을 잇지 못하고 침묵을 지킨다. 방만식의 얼굴에 이는 깊은 그늘을 봤기 때문이다. 그가 일본에서든 혹은 떠돌다

만난 사람에게서든 붉은 때깔을 묻히고 들어온 것만은 사실 같았다. 넓은 세상을 경험하면서, 그는 테우리로서 마냥 들판을 가로질러 생활했을 때 느꼈던 신분의 굴레가 얼마나 비합리적이고 비윤리적인가를 깨닫게 되었는지도 모른다.

김헌일이 담배를 꺼내며 서먹한 분위기를 살갑게 만들려 노력한다. 말없이 담배를 받아드는 방만식의 얼굴이 무뚝뚝하고 어두워 보여도 상관없는 일이다. 어차피 세상 돌아가는 것이 마음에 들지 않는 건 김헌일도 마찬가지다. 불을 붙여 주며 김헌일은 그의 몸에서 나는 퀘퀘한 냄새를 트집 잡아 다시 결혼 이야기를 꺼낸다. 방만식은 여전히 별다른 흥미를 보이지 않는다.

"결혼은 다시 내게서 자유를 빼앗아 갈 테니까. 겐 아이들에겐 대를 이어 가난을 물려주겠주."

"이런 생활에 만족하나?"

"천성이 이럼 수다게."

"천성?"

"곤지동 양반집 막내 도련님과는 달리 태생부터가 천하디천한 놈이지 암시나."

답답한 표정으로 김헌일이 서 있는 동안 방만식은 부엌으로 들어간다. 그는 덩치에 비해 행동이 민첩하고 눈치 빠른 사내다. 김헌일이 오늘은 기필코 마음을 돌리러 왔다는 사실을 깜냥으로 알고 먼저 자리 비울 생각을 한 것이다. 어깨에 가망이를 맨 방만식은 다짜고짜 대문간을 나선다. 지끈거리는 열기로 들판은 벌써 아지랑이가 피어오른다. 김헌일이 뒤따라 나오며 그의 이름을 부른다. 듣는 둥 마는 둥 빠른 걸음으로 마을 쪽으로 걸음을 옮기던

방만식은 무슨 생각에선지 뒤돌아선다. 힘들게 따라가던 김헌일
이 가쁜 숨을 몰아쉰다.

"정뜨르 비행장에 자네 대신 부역을 나간 건 내 의지가 아니엇
수다. 그 일이 마음에 걸린다멘, 애초에 잘못 생각한 거주."

퉁명스럽게 한마디 던지고 방만식은 다시 잰걸음으로 마을로
향한다. 어릴 적부터 테우리를 하며 산야를 떠돌던 그의 걸음걸
이를 당해 낼 재주가 없는 김헌일은 자꾸만 뒤처진다. 그는 이내
포기를 하고 팽나무 그늘 가까이 서서 가물거리는 방만식의 꽁무
니를 멍하니 바라본다.

9월이 지나도록 가뭄은 끝날 기미가 보이지 않는다. 먼지가 펄
펄 이는 땅을 일구는 사람이나 소나 힘들고 더디긴 마찬가지다.
제주읍에서 들려오던 흉흉한 소문도 그 즈음 자취를 감추었다.
여기저기 흩날리던 삐라도 누가 지서에 끌려가서 초주검이 되어
돌아왔다는 소리도 잠잠해졌다. 하지만 외지에서 들어온 경찰이
나 서청에 대한 이야기는 여전히 마을 사람들의 분노를 살 만큼
어둡고 우울했다. 일본과의 바닷길이 막히면서 생필품이 턱없이
부족해졌다. 일본에서 귀향하지 않은 제주도민들이 고향 친지에
게 보내는 생필품까지 밀수로 취급되면서 부둣가에선 크고 작은
분쟁이 끊이지 않았다. 제주가 도(道)로 승격된 뒤에는 육지에 내
다 파는 하역물품에 통관세를 내야 했고 육지로 들어가는 제주
사람들은 상륙료라는 걸 지불해야 했다. 복시환사건* 이후에도

* 1947년 1월 11일 일본에서 화물을 싣고 서귀포항으로 가던 화물선 복시환이 성산포 근해

밀수품을 둘러싸고 경찰과 결탁한 모리배들의 횡포가 줄어들지 않았다. 거기다 서청의 일부 단원들은 일주도로를 따라 이동하면서 마을 사람들에게 태극기 등을 강매하는 수법으로 금품을 뜯어냈다.

홍성수는 책을 읽거나 글 쓰는 시간을 제외하고는 공회당에서 마을 청년들과 어울렸다. 공회당은 연자방아가 있는 가운데곤지동의 넓은 공터에 위치해 있었다. 띠로 지붕을 덮은 3칸 집 규모로 공회당 바로 옆에는 수령이 300년이 넘은 버드나무가 서 있었다. 낮에는 주로 마을 노인들이 놀다 가는 사랑방으로, 저녁엔 마을 아이들에게 한글을 가르치는 야학의 공간으로 활용되었다. 하지만 불안정하고 어수선한 분위기가 이어지면서 마을 청년들의 술자리 장소로 변색되었다.

홍성수가 너른 마당을 지나 공회당 앞에 다다랐을 땐 이미 문지방 아래로 일본 군화며 고무신이며 짚신이 자리다툼을 하고 있다. 홍성수가 헛기침을 하며 안으로 들어서자 김명호가 엉덩이를 들썩이며 자리를 만들어 준다. 그는 홍성수와 같은 1920년생으로 오사카 소재 임명관(立命館)대학에서 정치학을 전공한 엘리트다. 나가사키가 미군의 폭격으로 불바다가 되었다는 소문을 듣자마자 그는 제주와 오사카를 운행하는 1600톤 급 정기 여객선 복목환(伏木丸)을 타고 귀향해 곤지동에서 해방을 맞았다. 조용한 성품에 말을 아끼는 김은 해방 초기엔 공회당에서 마을 아이들에게

에서 목포 주둔 해안경비대에 의해 밀수선으로 나포된 사건. 수사결과 미군정 고위관리들이 모리배와 결탁, 비리를 저질러 온 사실이 밝혀졌다. 당시 제주도 감찰청장이었던 신우균이 파면되었고, 제주도군정 법무관 패드리치 대위가 배후 비호인물로 지목되었다.

한글을 가르치다 지금은 화북초등학교 교사로 있었다.

김이 홍성수에게 청주를 권한다. 마른 멸치와 오징어가 나와 있는 걸 보니 안곤지동 김 노인의 막내 문식이가 다녀간 모양이다.

"오늘은 문식이 집에 다녀갔다메?"

맞은편에 앉아 있던 청년이 김에게 묻는다. 김은 양반 다리를 하고 앉아 고개를 끄덕인다.

"면에서 사람이 나와 백미 두 석을 내놓으라 으르고 갔다더군."

"문식이 속 뒤집어지겠주. 도대체 미곡 수집령이라는 게 뭐시냐. 모두들 굶겨 죽일 작정인 게주."

얼굴에 마마자국이 있는 박이라는 청년이 말한다. 그는 쪽발이나 코쟁이나 뭐가 다른지 모르겠다며 도리질을 친다. 더구나 왜정시대에나 있었던 공출이 다시 고개를 들다니. 침묵이 지나간다. 남의 일이 아니니 모두들 어두운 표정이다. 2년 내리 보리 흉작인데다 콜레라에 가뭄까지, 누구도 견딜 재간이 없었다.

"톳밥이나 돼지사료로 쓰는 전분박이가 왜 나왔겠나?"

김이 나직이 입을 연다.

"하지만, 어쩌겠주? 동광리꼴 나지 않으레멘……. 되로 주고 말로 받는단 말, 하나 그른 거 업서."

"참, 그치들은 풀려났나?"

"풀려나면 뭐하나. 마을 청년 중 지서에 끌려가 매타작 안 받은 이 없고, 빨갱이 마을로 낙인찍혀 검정개들이 수시로 들락거리게 됐다던데."

"겡 곡물 공출 관린가 뭔가 하는 녀석들 패기는 잘 팼주."

최기호가 주먹을 불끈 쥐며 말한다. 그는 제주농업학교 출신으로 홀어머니를 모시고 사는 청년이다. 제주읍에 있는 주정공장에서 일하다 3.10총파업에 가담했다. 파업 주동자로 몰려 큰 곤욕을 치렀다. 지서에서 얼마나 얻어맞았는지 한동안 바깥출입을 못할 만큼 허리를 상했다. 아직까지 쑥 찜질을 받고 있던 그는 '저희 어멍은 차라리 왜정시대가 나았다고 햅주. 그땐 그래도 아방 제사 때 하얀 곤밥(쌀밥)이라도 올렸는데 말임수과.' 하며 뒤틀린 심사를 대신한다.

"우리가 못나서 그런 거지 누굴 탓하겠나."

김이 청주를 마시며 말한다.

"하메, 몽양 선생이 암살당한 걸 봐도 그렇주, 미국놈이나 소련놈한테 빌붙어 권력 행세하는 놈들을 봐도 그렇주……."

공감을 하는지 청년들은 저마다 고개를 끄덕이며 한탄 섞인 한숨을 내쉰다. 홍성수는 그들의 근심 어린 표정을 안타깝게 바라본다. 해방된 나라, 좋은 세상을 맞은 이들이 왜 이토록 불안해하며 살아야 하는지 홍성수는 이해할 수 없는 것이다. 방 안에는 다시 자욱한 침묵이 지나간다. 어디서부터 어긋나기 시작했는지, 홍성수와 청년들은 그 불길한 예감을 떨쳐버릴 수 없다.

민전에 가입했던 청년들의 불안감은 더해서 차라리 일본이나 본토로 밀항 계획을 세우기도 했다. 해방이 되면서 돌아온 귀향자 중에 특히 그런 마음을 먹는 이가 많았다. 붙박이 청년들도 마찬가지여서 해방직전의 새 세상을 만들어 보자던 호기는 사라지고 어떻게든 불안한 시국을 무사히 넘겨야 한다는 강박증에 시달리는 것 같았다. 외지인인 홍성수의 입장에서도 그들의 고심을 이해할 수 있었다.

점심을 먹기 위해 큰방에 모여 있던 김헌일과 홍성수는 수저를 들다 말고 마당에서 들리는 자동차 소리에 방문을 연다. 부엌에서 숭늉을 내오다 황망히 허리를 꾸벅거리는 인선 앞으로 검은색 가죽점퍼와 미제 군화를 신은 김종일이 서 있다. 김헌일이 마루방으로 나가며 '형님!' 하고 소리친다. 뒤이어 홍성수가 다소 여유로운 모습으로 그를 맞는다. 반년 만에 보는 김종일의 얼굴은 기름기로 번들거린다.

"자넨 아직도 무위도식인가?"

그의 호탕한 목소리에 홍성수는 머쓱하게 웃는다. 그가 타고 온 지프에는 생면부지의 사내 두 명이 앉아 있다. 그중 한 명은 경찰복을 입고 있다. 동생의 의뭉스러운 눈을 의식했는지 김종일은 지프에 타고 있는 그네들에게 손짓한다. 먼저 서북청년단 제주도지회 비서부장이라는, 까무잡잡한 피부에 날카로운 눈을 가진 남자와 인사를 나눈다. 풀을 먹인 듯 번들거리는 경찰복을 입은 남자는 제주 경찰 감찰청에 근무하는 사찰주임이라고 자신을 직접 소개한다. 비서부장이라는 사람은 서북 사투리로 '이 친구르……' 하며 김종일과 친한 척을 한다. 갑작스러운 그들의 내방으로 분주한 건 김헌일의 아내 인선이다. 그녀는 시아주버니 일행의 점심을 챙기느라 다시 솥을 안치고 군불을 땐다. 홍성수는 반주나 하자며 자신이 기거하는 방에서 청주를 들고 돌아온다.

어디서 구했는지 돼지 편육이 흰쌀밥과 함께 상 위에 올라온다. 일본과의 거래가 어려워지면서 타격을 받았을 것으로 생각했던 김종일은 의외의 밝은 얼굴로 동생과 친구를 대한다. 술이 한 순

배 돌고 서먹서먹한 분위기가 차츰 가라앉을 때쯤 김종일은 특유의 괄괄한 성격으로 입담을 늘어놓는다.

"이 친구들은 제주읍에서 만났지. 성수는 모르겠지만 여기 앉아 있는 검정개도 혜화전문학교 출신이야. 요 앞전에 감찰청장이 바뀌면서 뒤따라 들어왔지. 그리고 요 녀석은 내가 방 구해 주고 계집질 시켜 주면서 친해졌지."

김종일은 비서부장이라는 사람과는 죽이 잘 맞는지 서로 어깨를 건드리며 웃는다. 하지만 김헌일은 묵묵히 술잔을 바라볼 뿐이다. 작년까지만 해도 민전 사람들과 호형호제하며 어울렸던 형의 행동이 그로서는 편치 않은 것이다. 비서부장과 달리 점잖고 말이 없는 사찰주임은 홍성수에게 '글을 쓰신다구요?' 하며 이야기를 걸어온다. 홍성수는 그에게 술을 따라 주며 '글은 무슨…… 그냥 놀기 좋아하는 한량입니다.' 라고 되받는다.

"학교를 다니다 말았으니 동창이라기엔 뭣하고…… 어떻습니까? 육지는."

"여기와 별 다를 게 있겠습니까?"

"거기선 제주를 빨갱이 섬이라 부른다면서요."

"사실은 저도 발령 받아 오면서 그런 소릴 들었습니다. 조심하라더군요."

그의 얼굴에 슬며시 미소가 번진다.

"그게 다 육디서 들어온 람로당 아이드르 순진한 섬사람 꼬드겨 그런 거이지."

김종일이 제주도 출신이라는 사실을 염두에 두어선지 비서부장이 온화한 말투로 대꾸한다.

"일전에 제주읍에서 있었던 사건을 봐도…… 좀 이상하단 생각은 들었어. 관덕정에선 대단했다고 하더군."

감찰청의 경위가 홍성수와 김헌일 쪽으로 눈길을 돌리며 말한다.

"남로당이고 뭐고 젖먹이를 안은 아녀자를 총 쏘아 죽이는 건 어느 나라 경찰입니까?"

처음부터 심기가 불편해서인지 침묵으로 일관하던 김헌일이 버럭 질문을 던진다. 옆에서 제법 거드름을 피우던 김종일의 눈이 커진다. 김헌일은 남로당 제주도 위원장 안세훈의 주도로 이뤄진 28주년 3.1절 기념대회에서 있었던 경찰의 총격 사건을 특유의 빈정거리는 말투로 꼬집는다. 다혈질로 보이는 비서부장의 얼굴에도 웃음기가 가신다.

"그 사건은 저도 안타깝게 생각합니다. 폭도들이 경찰서를 습격하지 않았다면 그런 불미스러운 일은 일어나지 않았을 겁니다. 대구에선 폭도들에 의해 400여 명의 경찰관이 목숨을 잃기도 했으니까요."

"중학생이나 젖먹이를 안은 폭도도 있습니까?"

"누구에게서 무슨 소릴 들었는지 몰라도 그건 사실이 아니다. 모든 게 과장되고 부풀려지고 악의적으로 해석되는 세상이다."

김종일이 못마땅한 듯 말한다. 하지만 김헌일은 여전히 비서부장과 경위에게 떨떠름한 표정을 짓는다.

"악의적으로 해석하는 건 경찰과 단독선거를 원하는 정치인들이겠죠. 총격은 시위대가 지나간 뒤에 일어났으니까. 하지만 언론에선 경찰서를 습격하려는 폭도들로 묘사하고 있어요. 기마경찰의 말에 상처를 입은 여섯 살 아이를 왜 병원에 데려다주지 않느냐고 항의하던 사람들을 말입니다."

그때 김종일이 김헌일의 따귀를 사정없이 갈긴다. 모로 쓰러지는 김헌일의 입술이 터지면서 입가에 핏물이 맺힌다. 김종일이 다시 손을 들어 올리는데 홍성수가 만류한다. 비서부장과 사찰주임은 외면하며 말없이 술잔을 집어 든다.

"오랜만에 집에 와서 무슨 짓이야. 아직 세상 물정에 어두워 그런 걸."

"누가 저 녀석을 물들인 거야? 만식이 아니면……."

"엄한 사람 잡지 마쇼. 전 볼일이 있어 나가 볼랍니다."

자리에서 일어난 김헌일이 방문을 거칠게 열어젖힌다. 문밖에서 안절부절못하고 서 있던 인선이 방을 나오는 김헌일의 팔을 부여잡는다.

"이 봅서……."

그녀가 마당 앞까지 따라 나가지만 소용없다. 김헌일은 아내의 팔을 뿌리치고 바닷가 쪽으로 휑하니 사라진다.

방 안 분위기는 삽시간에 얼어붙는다. 네 사람은 서로 말을 아낀 채 술잔만 기울인다. 인선은 불안한 얼굴로 여전히 마당을 서성거린다. 속상한지 거푸 석 잔의 술잔을 들이키던 김종일에게 비서부장이 은근슬쩍 말을 건넨다.

"만식이라는 놈으 어디에 살아?"

"화북봉 기슭에……. 우마를 키우던 테우리였는데 한동안 일본에 가 살았지. 해방되면서 다시 마을로 돌아왔어. 언젠가 집으로 찾아와서는 임금 착취니 하면서 난동을 부린 적이 있지. 마음 여

린 동생이 그 놈 뒤를 봐주는 눈치가 있어 영 기분이 찜찜했었는
데……."

동생의 행동도 행동이려니와 김종일의 체면이 말이 아니다. 일
본에서 사들인 생필품을 제주에 되파는 중계무역으로 이윤을 남
기던 김종일에게 일본과의 교역이 금지되면서 위기가 찾아왔다.
그나마 다행스러운 것은 일본과의 밀거래가 암묵적으로 이루어
지고 있었다는 사실이다. 하지만 밀거래를 트기 위해서는 필연적
으로 모리배와 경찰과 군정의 윗사람들과 손이 닿아 있어야 했
다. 그들 주변에 돈을 뿌려 힘들게 만든 줄이 바로 서청의 비서부
장과 경찰감찰청의 경위였다. 그들과 가까워지면서 김종일도 자
연스럽게 우익단체나 경찰후원회에 가입하게 되었다. 화북지서에
볼일이 있어 잠시 들린 것도 그런 연유에서인데 짬을 내서 곤지
동까지 들어온 것이 오히려 걱정거리를 만든 셈이다.

김헌일의 말대꾸에 심기가 불편해진 사찰주임이 손목시계를 자
꾸만 들여다본다. 뒤늦게 그 사실을 눈치 챈 김종일이 엉덩이를
들썩이며 '가 봐야지?' 하고 애써 웃는 낯으로 말한다. 엉거주춤
뒤따라 나온 홍성수에게 사찰주임이 자신의 명함을 건넨다. 뒤이
어 김종일이 작별 인사를 한다.

"자넨 언제까지 여기에 머물 작정인가?"

"내년 봄까지는……."

"시골에만 처박혀 있지 말고 제주읍으로 바람 쐬러 한 번 올라
오게. 식산은행에서 도립병원 가는 길에 다방이 있어. 거기서 날
찾으면 숙소를 알려줄 거야."

홍성수는 말없이 고개를 끄덕인다. 지프에 이미 올라 탄 두 사

람이 경적을 울린다. 홍성수의 옆에서 '시아주방' 하며 눈물을 글 썽이는 인선에게 김종일은 7000원을 건네주며 '동생은 걱정 말고 가운데곤지동에 있는 본가에 사람을 사서라도 손을 좀 봐주세요.' 하고 공손히 부탁한다.

3

김종일이 서둘러 마을을 떠난 뒤에 좌불안석하던 인선은 일주일이 아무 탈없이 지나간 뒤에야 마음을 놓는 눈치다. 세상이 흉흉해 말 한마디에도 사람 목숨이 좌지우지되는 마당이니 그녀의 가슴앓이는 어쩌면 당연한 일인지 모른다. 홍성수도 '형이 따귀를 올린 것은 자네를 위해서 그런 것 같으이' 하며 유화적인 표현으로 김헌일의 마음을 달래려 노력했다. 그러나 심약한 김헌일은 자존심이 상한 듯 한동안 집 밖을 나서지 않았다. 그러던 그가 무언가에 홀린 듯 홀연히 화북봉 기슭으로 걸음을 재촉하는 날이 있었다. 형이 마지막으로 내뱉은 말이 그의 뇌리에 앙금으로 남아 있었던 탓이다.

그가 방만식의 집에 도착했을 때 제일 먼저 눈에 들어온 것은 부서진 돼지우리다. 방문이 열려진 채 바람에 삐걱거린다. 김헌일은 불길한 예감에 사로잡혀 방만식의 이름을 부르며 여기저기 훑어본다. 부엌 아궁이에도 최근에 불을 땐 흔적이 보이지 않는다. 그러다 대문간 근처에서 방만식이 애지중지하는 일본 군화 한 짝을 발견한다. 김헌일은 그 길로 화북지서로 발걸음을 돌린다.

지서 주임 앞에서 김헌일은 '김종일이 제 형입니다.' 라고 신분을 밝힌다. 30대 초반의 지서 주임은 그 말에 반색을 한다. 자리를 권하며 형 안부를 묻는 주임에게 다짜고짜 사람을 찾고 있다는 말부터 꺼낸다.

"사람을요? 누굴 찾습니까?"

서울 말씨의 주임이 왜정시대 때 쓰던 낡은 소파에 앉으며 묻는다.

"곤지동에 사는 방만식이라는 사람입니다."

말이 떨어지기 무섭게 주임의 입가가 굳어진다. 그는 말없이 담배를 입에 문 뒤 김헌일에게도 한 개비를 건네준다.

"그 사람을 잘 아십니까?"

"제 친굽니다."

책상 의자에 걸터앉아 이북 사투리로 잡담을 나누던 순경 둘이 김헌일 쪽을 넌지시 노려본다. 주임이 그들의 시선을 의식했는지 눈짓을 한다. 어그적거리며 지서 밖으로 나가는 그들의 걸음걸이가 못내 불량스럽다.

"아직 조사가 끝나지 않았습니다."

처음과는 달리 위압적으로 말하는 그에게 김헌일은 형으로부터 받은 돈 뭉치를 말없이 내민다. 주임의 눈이 테이블 위로 향한다.

"제 형을 잘 아시잖습니까? 방만식은 우리 집에서 일하던 사람입니다. 그 사람이 여기에 끌려올 이유는 없어요……. 제가 데려갔으면 합니다."

주임은 손가락을 꼼지락거리며 한동안 담배만 피워 댄다. 백미

한 석이 1700원이니 형이 던져 주고 간 7000원이 결코 적은 돈은 아니다. 김헌일과 돈다발을 번갈아 바라보며 생각에 잠겨 있던 주임이 결심을 한 듯 담배꽁초를 재떨이에 짓이기며 소파에서 일어선다.

"종일 씨 얼굴을 봐서 훈방하는 겁니다. 자백 않은 걸 보면 빨갱이는 아닌 것 같으니까……."

숙직실을 지나치자 지하로 내려가는 계단이 보인다. 계단 아래의 쇠문은 굵은 열쇠가 채워져 있다. 주임은 능숙하게 그 문을 열고 안으로 들어간다. 한낮인데도 햇볕이 들지 않은 유치장은 어둡고 눅눅한 습기로 가득 차 있다. 그가 백열등을 켜자 얼굴을 알아볼 수 없을 만큼 부어오른 방만식이 바닥에 쓰러져 있다. 가무잡잡하게 윤기 흐르던 피부는 피멍이 들어 해안가에서 잡히는 꽃돔처럼 선홍색이다. 오줌을 여러 번 지렸는지 쿰쿰한 냄새가 코끝에 미친다. 창백한 낯빛의 김헌일은 입을 다물지 못한다. 둔탁한 쇳소리와 함께 창살문이 열리자 의식이 없어 보이던 방만식은 반사적으로 양팔로 얼굴을 감싸며 짐승처럼 울부짖는다. 말이 없고 사나이다웠던 평소 모습은 찾아볼 수 없다. 김헌일이 그의 넓은 어깨를 잡아 흔들며 이름을 불러 보지만, 그는 실성한 사람처럼 '어어' 거리는 소리만 내지를 뿐이다.

지서에서 내어 준 차로 방만식을 그의 집으로 데려간다. 아궁이에 불을 지피고 아이를 구해 침바치를 부른다. 식은땀을 비 오듯 흘리며 경기를 일으키는 방만식의 곁에서 김헌일은 죄책감이 밀려온다. 욱하는 성질만 아니었으면 그가 이렇게까지 곤욕을 치르지 않아도 되었을 것이다. 그런 생각이 들수록 김헌일의 가슴은 더욱더 아프다.

붉게 노을이 질 즈음 홍성수가 흰 쌀죽을 보자기에 들고 화북봉 기슭으로 올라온다. 이미 침바치가 다녀간 뒤라 방만식의 경기도 조금은 안정이 된 듯 보인다. 시커멓게 죽은 피를 한 바가지나 뽑아내고 등에 고슴도치처럼 많은 침을 놓아도 부기는 빠질 기미가 보이지 않았다. 일렁이는 초롱불 아래에서 말없이 방만식을 내려다보던 홍성수가 길게 한숨을 내쉬며 말한다.

"심부름 온 아이로부터 대충 이야기는 들었네만, 차마 눈뜨고 볼 수가 없군. 사람을 이 지경으로 만들어 놓다니…….."

"침바치 하르방 말이 조금만 늦었어도 목숨이 위태로웠을 거라더군요. 원체 건강을 타고난 사람이라 그나마 다행이라고 말입니다."

"어떻게 빼 왔나?"

"형님이 두고 간 돈을 쑤셔 넣었지요."

홍성수는 말없이 고개를 끄덕인다.

"형의 짓이라고 생각하는 건 아니겠지?"

"형 말고 또 누가 있겠습니까? 요즘은 입천장만 보여도 사돈에 팔촌까지 잡아다 족치는 세상이니까 지레 겁을 먹은 거지요. 2년이나 지난 일을 아직도 마음속에 새겨 두고 있다가 이렇게 복수를 한 겁니다."

조용히 누워 있던 방만식의 입에서 다시 신음 소리가 새어나온다. 해가 지면서 부쩍 신열이 많아진 것 같다. 김헌일은 물박새기로 차가운 물을 떠와 얇게 접은 무명천을 적신다. 방만식의 얼굴을 이리저리 훔치고 다시 물박새기에 담갔다가 그의 이마에 올려놓는다. 옆에서 조용히 지켜보던 홍성수가 걱정스럽게 말한다.

"정신이 들면 억지로라도 미음을 쑤어 먹여야 할 텐데……. 그건 그렇고 자넨 언제까지 여기에 있을 작정인가?"

"침바치 하르방 말이 사나흘이 고비랍니다. 그때까지는 자리를 지켜야지요."

"제수씨가 걱정이 많네."

홍성수의 말에 김헌일은 아무런 응답도 하지 못한다. 인선 이야기가 나올 때마다 김헌일은 언제나 고개를 조아릴 뿐이다. 말이 없고 사려 깊은 성격에 어디 한 군데 아쉬운 곳이 없는 참한 아내를 못내 측은하고 불쌍하게 여기기 때문이다.

어릴 적부터 허약하고 신경질적인 작은아들을 위해 그의 아버지는 고르고 골라 며느리를 얻었다. 광주에서 중학교를 나와 어느 정도 학식과 교양이 있을 뿐 아니라 원 조상이 육지서 건너온 족보 있는 가문이어서 없는 살림에도 집안 교육을 잘 받았을 거라는 생각이 아버지의 마음을 움직였다.

아버지 생각처럼 본바탕이 좋아서일까, 그녀는 매서운 시아버지의 시집살이를 불평 한마디 없이 잘 견디어 냈다. 씨가 부실한 탓에 아이가 들어서지 않는 죄까지 뒤집어쓰면서도 그녀는 꿋꿋이 집안을 꾸려 나갔다.

"그렇다면, 나도 당분간 여기서 지내야 할 것 같군. 자네 없는 집에서 제수씨와 있는 것도 실례가 될 테니."

"저 때문에 괜히 형님이 고생이오."

"청주가 있으면 좋겠네만, 이런 날씨엔 따뜻하게 데운 청주가 그만이지."

애주가답게 홍성수는 술타령을 시작한다.

방만식의 의식이 돌아온 건 3일이 지난 뒤였다. 밤낮없이 신음소리가 흘러나오던 방 안에는 대신 긴 침묵이 이어졌다. 말이 없는 과묵한 성격의 방만식이지만 정신이 돌아온 뒤에도 그는 입 한 번 빵긋하지 않았다. 무표정한 얼굴로 멍하니 천장을 바라보거나 벽을 향해 있는 것이 고작이었다. 거동은 불편했지만 식성이 돌아온 탓에 빠른 회복을 보였다. 그가 기력을 회복함에 따라 김헌일은 집으로 돌아갈 결심을 굳혔다. 방만식이 자신을 부담스러워한다고 느낀 탓이다. 오래전부터 김헌일의 집안일을 돕던 할망이 대신 방만식을 돌보기로 했다. 전날 마을을 내려간 홍성수는 무슨 급한 볼일이 생겼는지 감감 무소식이다.
짐 정리를 끝낸 김헌일이 방으로 들어간다. 할망은 미시(未時)에 온다고 했으니 그동안만이라도 방만식과 대화를 나누고 싶었다. 그가 마른기침을 하며 방만식이 누워 있는 머리맡에 양반다리를 한다. 하지만 방만식은 이불 속에서 꿈쩍도 하지 않는다. 한동안 그를 내려다보던 김헌일이 조심스럽게 이름을 부르자 마지못하는 척 몸을 뒤척인다. 그러나 끝내 김헌일과 눈을 마주치지 않는다.
"나는 오늘 내려갈까 하네."
등을 보이고 누운 방만식은 가타부타 말이 없다.
"가운데곤지동에 살 때 우리 집 정지에서 일하던 욕쟁이 할망을 기억하나? 나 대신 당분간 자넬 돌보기로 했어. 불편해할까 봐 일부러 그 할망한테 부탁한 거야."

여전히 응답 없는 방만식이다. 김헌일은 잠시 침묵을 지키다가 다시 입을 연다.

"나쁜 일은 빨리 잊어버리는 것이 상책일세. 뭐든 가슴속에 묻어 두면 병이 되니까. 침바치 하르방이 고비는 넘겼다고 했으니 몸조리나 하면서 보내게. 필요한 것이 있으면 언제든 할망에게 이야길 하구."

"……."

"할망은 점심때쯤 올라온다고 했어……. 그럼, 난 이만……."

"이것도 악연이겠주?"

자리를 일어서던 김헌일이 멈칫거린다. 그러나 방만식은 더 이상 입을 열지 않는다. 잠시 방만식의 넓은 등을 바라보던 김헌일이 다시 몸을 일으킨다. 뼈 있는 말처럼 들려 신경이 쓰인다. '악연이라니.' 일어서서 그를 한 번 더 내려다본다. 여전히 벽을 향한 채 누워 있는 방만식은 숨소리 한 번 내지 않는다. 능선을 타고 불어오는 차가운 바람이 문틈으로 들어오며 새소리를 낸다.

권유순의 시아버지가 쓰러진 건 홍성수가 화북봉 기슭을 오르던 날이었다. 징용으로 끌려간 이후 소식이 끊어진 아들을 대신해 힘든 농사일을 도맡아 하던 권유순의 시아버지가 바람을 맞은 것이다. 관절염으로 고생하는 시어머니 혼자서 쓰러진 남편을 돌보기에는 역부족이었다. 바다에서 잠녀로 생계를 도맡다시피 하던 권유순의 어깨에 짐 하나가 더 얹힌 셈이다. 그 사실을 알게 된 홍성수의 마음은 갈피를 잡을 수 없을 만큼 답답해졌다. 권유순의 발목을 잡는 일이 또 하나 늘어난 이유도 있었지만, 가녀린 몸으로 두 식구를 부양해야 하는 그녀의 고달픈 삶에 마음이 아팠던 탓이다. 가끔 화덕에서 몸을 녹이는 권유순을 먼발치에서 바라보며 가슴을 애태우는 일 말고는 딱히 홍성수가 할 수 있는 게 없었다. 마을 사람들의 눈과 입이 무서워 대놓고 그녀 가까이 다가갈 수도 없는 노릇이었다. 더구나 김종일이 마을을 다녀가고 난 뒤부터 마을 사람들, 특히 공회당에 모여 자주 회합을 가지던 동네 젊은이들의 태도가 어딘지 모르게 달라져 있었다. '육짓것' 하며 은근히 거리감을 두던 마을 어른들과는 달리 호감을 나타내던 청년들마저 홍성수를 꺼리는 듯 보였다. 그런 분위기는 마을로 내려온 김헌일도 마찬가지였다.

가운데곤지동에 있는 본가를 손보기 위해 사람을 부리려 해도 나서는 이가 없었다. 곤지동에서 유일한 기와집인 본가를 김헌일이 돌보지 않은 이유는 그 집에서 풍기는 아버지의 체취 때문이었다. 고만고만한 사람들이 모여 사는 마을에서 유일하게 소작을 놓고, 50여 마리가 넘는 우마를 키우며, 목선을 가지고 있던 김헌일의 아버지가 마을 유지로 행세를 시작한 건 어쩌면 당연한 일인지도 몰랐다. 안곤지동과 가운데곤지동 사이에 다리를 놓고 공회당을 만드는 일에 관여하기도 했지만 왜정시대에 공출과 징용, 징병에 앞장을 섰던 것도 사실이었다. 마을 청년들 중에서 아버지에 의해 반강제적으로 징집되어 떠났다가 권유순의 남편처럼 소식이 끊어졌거나 사망 통지서가 날아 온 이가 곤지동에서만 두어명은 되었다. 소작료에 너무 인색해서 더러 원성을 사는 일이 있었다. 해방이 되고 화북리에 인민위원회가 만들어졌을 때 곤지동에서 제일 먼저 가입한 사람도 아버지였다. 학교를 다시 세우는 일에 어느 누구보다 열정을 보였고, 실제로 거금의 돈을 내놓기도 했다. 해방 후 친일파라는 멍에를 벗기 위해 김헌일의 아버지가 기울인 노력들이었다. 하지만 그런 모습들이 김헌일에게는 오히려 상처로 남아 있었다. 회색분자, 기회주의자라는 말에 심한 열등감을 가지기 시작한 것도, 결혼을 하자마자 안곤지동으로 분가해 나온 것도 그런 연유에서였다.

4

김종일이 마을에 외지사람을, 그중에서도 악명 높은 서청과 육지 경찰의 간부를 대동하고 나타나면서 곤지동의 젊은이들을 중심으로 비난의 목소리가 높아졌다. 인민위원회가 곤지동에 만들어질 당시에 인민위원회 간부로 활동하던 김종일의 행적 때문이었다. 사업상 마을을 떠나 있는 시간이 많아지면서 자연히 그의 존재가 소원해진 것은 사실이다. 그러나 3.1사건 이후 미군정과 경찰의 민전에 대한 탄압이 시작되고 우익단체가 우후죽순처럼 세를 늘려 가는 과정에서 그는 또다시 변신을 시도한 것이다. 거기다 방만식의 일까지 알려지면서 '덜 된 인간' 이라는 꼬리표가 한동안 그에게 달렸다. 덕분에 김헌일까지 마을에서 은근히 따돌림을 당하게 되었다. 화북에서 사람을 사서 본가를 손볼 수밖에 없었던 이유이기도 했다.

3.8선 이남에서의 단독 선거가 기정사실화되면서 예비검속으로 끌려가거나 고문당하는 청년들이 다시 늘어났다. 곤지동에서 책

깨나 읽었다는 젊은이들 사이에 우려의 목소리가 커졌다. 이러다 남북이 영원히 갈라서는 것은 아닌가라는 불길함 때문이다. 하지만 그런 이야기를 대놓고 할 수도 없는 세상이었다. 방만식이 사라진 것도 그 즈음이다. 마을에는 그가 산으로 올라갔다거나 일본으로 밀항했을 거라는 소문이 나돌았다. 김헌일이 뒤늦게 방만식의 집으로 찾아갔을 땐 이미 그가 살던 집은 폐가처럼 음습하기만 했다. 차라리 자신에게 욕이라도 하고 사라졌으면 마음이 한결 가벼웠을 것이다. 김헌일은 마루에 걸터앉아 한숨을 내쉬는 일 말고는 아무것도 할 수 없었다.

잔바느질을 하던 인선이 인기척에 마루방으로 나간다. 마당 쪽을 바라보니 오버코트를 입은 젊은 여자가 커다란 짐 가방을 양손에 들고 엉거주춤 서 있다. 인선이 누굴 찾아왔냐고 묻자 젊은 여자는 기어 들어가는 목소리로 '김 사장님이 보내서 왔어요.' 라고 대답한다. 처음에는 김 사장님이 누군지 이해하지 못하다가 곧 시아주방이라는 사실을 깨닫는다. 인선은 마당으로 나가 젊은 여자의 짐 가방을 빼앗아 들고 마루방으로 올라간다. 한눈에 봐도 미인이다. 피부는 하얗다 못해 눈꽃처럼 파리하다. 붉은 입술과 웨이브 진 머리카락이 유난히 인선의 눈에 들어온다. 마을에서 흔히 볼 수 있는 검고 탄력 없는 피부의 아녀자들과는 다르다. 여자는 찬바람에 붉어진 뺨을 어루만지며 살포시 눈웃음을 짓는다. 첫인상이 과히 나쁘지 않아 인선은 마음이 놓인다.
"시아주방은 같이 안 옵데가?"
젊은 여자는 말없이 고개를 끄덕인다.

"그럼, 혼자 영까지 찾아왔다는 말이우꽈?"

"화북국민학교 근처까지 차로 바래다주셨어요. 사장님은 일이 많아서 다시 제주읍으로 돌아가시고 전 거기서 곤지동까지 걸어 들어왔어요."

"길은 엇케⋯⋯."

"사장님이 약도를 그려 주셨어요."

메모지를 펼쳐 보이며 여자가 말한다. 눈에 익은 필체와 함께 마을 약도가 그려져 있다. 인선은 부엌에 들어가 녹차와 상외떡을 내온다. 그 사이 젊은 여자는 두꺼운 오버코트와 여우 목도리를 벗고 따뜻한 아랫목에 앉아 호기심 가득한 눈으로 방 안을 살핀다. 찻잔을 그녀 앞에 내려놓는 인선이 여자의 아랫배 쪽으로 시선을 가져간다. 코트를 입었을 때는 알지 못했는데 여자의 아랫배가 제법 불룩하다. 설마 하는 생각을 하고 있을 때 여자가 먼저 짐 가방 하나를 풀기 시작한다. 가방 안에는 커피와 설탕, 비스킷 같은 먹거리들로 가득하다. 시레이션 상자는 따로 방 한켠에 밀어 놓고 코트 안주머니에서 노란 봉투를 꺼낸다. 여자는 인선에게 봉투를 내밀면서 애교 섞인 목소리로 말한다.

"돈은 사장님이 꼭 전해 달라고 부탁하신 거예요. 그리고 이건 사장님이 일본에 들어갈 때마다 늘 가지고 나오는 물건이에요. 제가 커피를 좋아하거든요."

"아직 커피는 마셔 보지 못했는데, 갠, 그걸로 마셔 볼까우다."

인선은 다시 부엌에 들어가 물 주전자와 찻잔 두 개를 가지고 돌아온다. 하지만 커피는 그녀 대신 젊은 여자의 몫이다. 커피 타는 모습을 살피는 인선에게 여자가 찻잔을 내민다. 조심스럽게 커피를 입으로 가져가는 그녀의 미간에 주름이 인다. 한 모금을 마셨을 뿐인데 탄약 같은 쌉쌀한 맛이 입안에 가득하다. 그 모습이 우스운지 여자가 환하게 웃는다.

"미국 사람들은 녹차보다 커피를 더 좋아한대요. 여기 있는 비스킷과 같이 먹어도 좋고 우유에 타서 마시면 더 맛이 있어요."

"게매 난……."

"그럼, 설탕을 더 넣어서 드셔 보세요."

젊은 여자가 찻잔에 설탕을 타는 동안 인선은 다시 한 번 여자의 아랫배를 살핀다.

"갠데, 시아주방하고는 어떤 사이수과?"

찻잔을 내미는 여자의 얼굴이 귓불까지 발갛게 달아오른다.

"친언니가 제주읍에서 다방을 해요. 일 년 전부터 저도 거기서 언니와 생활해 왔어요. 그러다 다방 단골손님이신 사장님과……."

"혹시, 그 뱃배기는……."

"8개월째예요……. 사장님께서 손 귀한 집안의 장남이라고 하시면서 아들 하나만…… 아들 하나만 낳아 달라고 애원하시기에……."

젊은 여자는 자신의 배를 양손으로 만지면서 부끄러운 듯 고개를 숙인다. 인선은 그제야 모든 걸 이해할 수 있었다. 갑자기 본가를 손봐 달라고 부탁한 시아주방의 의도가 무엇인지, 턱없이 많은 돈을 자신에게 건네주는 이유도 알 것 같다. 인선은 갓 스물이 넘었을 것 같은 앳된 얼굴에 윤기 있는 머리카락을 가진 여자를 말없이 바라본다. 결혼 5년 동안 아이가 들어서지 않는 그녀로서는 앞에 앉은 젊은 여자의 배가 여간 부러운 것이 아니다. 친정에서 좋다는 보약을 가져다 남편에게 먹여도, 보름달 뜨는 날 마당 한쪽에 정화수 떠놓고 손바닥이 닳도록 빌어도 소용없는 일이었다.

"시아방 살아 계셨다면 얼마나 좋아하싯으까……. 손자 한 번 안아 보는 것이 전생의 소원이셨으니."

그녀가 내뱉는 말 한마디에 젊은 여자의 얼굴에 다시 웃음꽃이 핀다. 정식으로 결혼한 사이도 아니고 처녀가 배불러 찾아온 탓에 어디 한 군데 흉잡히지 않을까 은근히 고민을 한 모양이다. 그런 그녀의 모습이 인선에게는 오히려 고맙게 느껴진다. 어차피 대를 이을 아이라면 그 바탕도 중요하기 때문이다. 다방이라는 곳에 있었다고는 하지만 다행히 막돼먹은 여자는 아닌 듯해서 안심이 되는 것이다. 인선은 계속해서 질문을 던진다.

"이름이 어케 됩수과?"

"한석희라고 해요."

"예쁜 이름이우다."

"아버지 친구 분이 경주까지 가서 지어 오신 거래요. 경주에서 작명하시는 유명한 분한테 돈을 주고……."

스스로 무안하게 느꼈는지 뒷말을 잇지 못하는 젊은 여자의 얼굴이 다시 발개진다.

인선은 오랜만에 수다를 떨어 본다. 부잣집으로 시집간다고 주변에서 부러운 눈초리도 많이 받았다. 원체 못 먹고 못사는 섬이다 보니 끼니 걱정 안 하는 집으로 시집간다는 것만으로 부러움의 대상이었다. 거기다 다정다감한 남편에 순박한 동네여서 운이 좋은 팔자라고 생각했다. 하지만 외로움이라는 것은 인간의 어쩔 수 없는 심성인 듯 했다. 시아버지가 돌아가시고 난 뒤부터는, 다정다감하지만 매사에 침울하고 심각하기만 한 남편과 1년에 한두 번 얼굴을 보일 뿐인 시아주버니가 전부인 집안에서 그녀는 늘 외톨이나 마찬가지였다. 드물게 중학교 친구가 찾아오는 경우를 제외하고는 이렇게 마주앉아 이야기를 나눌 수 있는 기회가 없었다. 더구나 시아주버니가 경찰과 함께 방문한 뒤부터는 마을 아낙들도 그녀에게 마음을 터놓지 않았다.

평소보다 늦게 들어온 김헌일에게 인선은 한석희를 소개한다. 자초지종을 들은 김헌일은 생각보다 깍듯하게 그녀를 대한다. 어쩌면 은근히 이런 날을 바라고 있었는지도 모를 일이다. 조용히 본가 이야기를 꺼내는 김헌일은 형의 안부를 묻는 것도 잊지 않는다. 서로 서먹서먹한 구석이 있었지만 그래도 형제로서의 우애는 두터운 편이었다.

"형님은 여전히 바쁜 모양이지요?"

"요즘엔 군정 법무관이나 재산 관리관의 미군과 어울려 다니시는 것 같아요. 인플레가 심해서 우리나라 돈은 더 이상 믿을 수가 없대요. 난리가 나도 달러만 있으면 세상 어디서도 잘살 수 있다고……. 달러를 가지고 있어야 한다고 늘 말씀하세요. 일본에서도 달러를 모으려는 사람이 많다구요."

김헌일은 인선이 건네준 돈 봉투를 생각한다. 어릴 적부터 이재에 밝은 형이었다. 제주읍에 볼일이 있어 다녀오는 동네 사람들도 형 이야기를 빼먹지 않고 들려주었다. 읍에서도 소문날 정도로 성공한 형이었지만, 김헌일은 결코 자랑스럽게 여길 수가 없다.

"그렇잖아도 본가를 손봐 뒀어요. 불편한 것이 있으면 어렵게 생각하지 마시고 언제든 아내에게 말씀하세요. 지들키를 사 왔으니 제가 굴묵에 불을 넣어 드리겠습니다."

"신경 써 주셔서 고맙습니다. 도련님."

도련님이라는 호칭에 김헌일은 겸연쩍은 얼굴이 된다. 옆에서 조용히 듣고 있던 인선도 말없이 눈웃음을 짓는다.

구정이 다가왔다. 김종일은 차례 지내는 날 아침에 잠시 들렀다가 곧장 제주읍으로 되돌아갔다. 손 귀한 집안이라 친척이라고 모여 봤자 두 형제 내외가 고작이었다. 김종일은 직접 백미 두 섬을 차에 실어 가져왔는데 그중 한 섬은 본가에, 그리고 나머지 한 섬은 안곤지동으로 가져왔다. 김헌일은 방만식의 일에 대해서 따지고 싶었지만 마음에 묻어 두기로 결심했다. 대신 방 안에 어깨를 맞대고 있으면서도 말 한마디 건네지 않았다. 2주 전부터 본가에 살기 시작한 한석희만이 부엌일을 거들며 좋아할 뿐이다.

곤지동의 마을 사람들도 다른 해보다 차분한 구정을 보내고 있었다. 하지만 분위기 자체가 평온한 것은 아니었다. 일가친척이 많이 모이는 안곤지동 김 노인 집에서도 떠들썩하게 어울리던 종지윷놀이를 하지 못했다. 경찰보조 단체나 마찬가지인 대동청년단에 가입한 친척 몇몇이 은근히 따돌림을 당하자 이에 분개해 술상을 뒤엎는 일이 생긴 탓이다. 잔치 분위기가 아니라 토론장으로 변한 공회당에서도 마을 젊은이 몇몇이 모여 앉아 '왜놈 대신에 미군정이 들어앉은 것 말고 달라진 것이 있냐'며 현 시국에 강한 불만을 나타냈다. 여전히 친일 고문경찰이 활개를 치고 다니는 데다 왜정 말기보다 나아질 것 없는 궁핍한 생활을 한탄하는 사람이 늘어갔다. 대대로 외지인들에 의해 수탈을 당해온 섬 사람 특유의 피해 의식이 모든 상황을 냉소적으로 바라보게 만들었는지도 몰랐다. 고문 후유증을 앓고 있던 농업학교 출신의 최는 제주도민을 미개인 취급하는 것도 문제지만 입만 벙끗해도 빨갱이라고 오뉴월 개 잡듯 하는 육짓것들이 더 큰 문제라고 울분을 토했다. 밀수품을 수색한다는 명목으로 산간 마을을 돌아다니며 폭력과 추행, 갈취를 일삼는 일이 끊임없이 이어지고 있어 청년들 또한 최의 말에 동조하는 분위기였다. 청주나 얻어 마실 요량으로 공회당에 들렀던 홍성수는 불과 몇 달 사이에 달라진 공회당의 분위기를 피부로 직접 느낄 수 있었다. 최가 말했던 육짓것의 한 명인 그는 공회당 입구에서 잠시 머뭇거리다가 되돌아나올 수밖에 없었다.

5

어딘지 모르게 어수선한 공기가 화북에서부터 마을 젊은이들의 집회가 이루어지는 공회당으로, 거기서 다시 마을로 퍼져 나갔다. 3월에는 조천중학원생이 경찰의 고문 때문에 숨지는 사건이 발생했다. 비슷한 시기에 대정면 영락리와 한림면 금릉리에서도 마을 청년이 경찰에 의해 살해되는 사건이 일어났다. 식량난과 양곡배급을 둘러싼 잡음이 커지면서 난리가 일어날지도 모른다는 소문이 돌기 시작했다. 중산간 마을에 사는 어린 테우리가 산속에서 군사훈련을 하는 산사람을 보았다거나, 해녀들이 물속에서 일본군이 사용하던 99식 소총과 수류탄을 건져 산으로 올려 보낸다는 믿기 어려운 소문까지 입에서 입으로 전해졌다. 그러나 그 모든 풍문들은 말 그대로 풍문일 뿐이었다.

김헌일은 본가 마당에 서성거리며 담배를 피워 문다. 폐를 상한 이후 될 수 있으면 담배를 피우지 않던 그가 입 안 가득 담배 연기를 들이마신다. 전날부터 조짐이 이상하더니 새벽녘이 되면서 한석희의 사타구니에서 양수가 흘러나오기 시작했다. 차분하던 인선도 평소와 달리 호들갑을 떨며 김헌일에게 매달렸다. 아내의 등쌀에 방만식을 돌보던 할망을 부르러 다니고 부엌에 들어가 물을 데우느라 한동안 정신이 없었다. 큰방에서는 한석희의 신음 소리가 계속해서 흘러나온다. 가끔 '여보록서보록(될 수 있는 대로 힘써)' 하는 할망의 짙은 사투리도 섞여 있다. 김헌일의 손에도 땀이 맺힌다. 형에게 소식을 전하러 화북으로 나갔던 홍성수는 아직 돌아오지 않았다. 그는 담배 한 개비에 다시 불을 붙인다. 임종 직전까지 손자를 보고 싶어 하던 아버지의 얼굴이 자꾸만 아른거린다. 대를 잇지 못할 팔자라 생각했지만 그동안 조상 볼 면목이 없었던 것도 사실이다. 처음부터 결혼에는 관심이 없었던 형이 그래서 더욱 미웠다. 아내가 아버지에게 '되싸질 년'이라는 소리까지 들어가며 힘들게 시집살이를 할 때마다 형에 대한 원망이 커져 간 것은, 그런 사정을 잘 아는 형이 소문이 날 만큼 계집질을 하면서도 책임질 일은 결코 하지 않았던 때문이다. 무슨 일이든 차분하게 처리하던 아내까지 어쩔 줄 몰라 하는 기색이 완연한 걸 보면 그녀 역시 김헌일과 같은 생각을 하고 있었을 것이다.

방문이 열리면서 인선이 소리친다. 김헌일은 담배를 피우다 말고 쳇방 가까이 다가선다. 통증 주기가 빨라지면서 한석희의 신음 소리가 잦아진다. 그만큼 아내의 얼굴에도 마른땀이 흐른다.

"더운물 좀 가져다줍서."

"어어……."

김헌일은 대답도 못하고 부엌으로 급히 몸을 돌린다. 마음과는 달리 행동은 선무당처럼 엉성하고 거칠기만 하다. 더운물을 어디에 담아 가야 할지 부엌 안을 마구 들쑤시고 다닌다. 그러다 급한 마음에 설거지할 때 사용하는 장탱이에 물을 담아 가지고 나온다. 인선이 마루방까지 나와 장탱이를 받아 들고 방으로 들어간다. 방문이 닫히자마자 곧 할망의 고함 소리가 울린다.

"아일 삶아 죽일 작정이주. 찬물 좀 떠 주오."

문 밖에 서 있던 김헌일이 다시 물허벅을 찾아 나서랴 물박새기를 찾아 나서랴 혼쭐을 뺀다. 그렇게 여삼추 같은 일각이 지났을까, 방 안에서 기다리던 아기의 울음소리가 터져 나온다. 어떻게 들으면 고양이 울음소리처럼 가냘프다. 김헌일은 마루방으로 뛰어 올라가 방문을 열어젖힌다. 놀란 인선이 찬바람 든다고 손사래를 치면서 김헌일을 마루방으로 밀쳐 낸다. 떠밀려 나가면서도 아내의 어깨너머로 보이는 아이의 붉은 살결에서 눈을 떼지 못한다. 불덩이를 삼킨 듯 가슴속이 뜨거워진다. 이런 게 아비 마음이구나. 이런 게 행복감이라는 거구나……. 조카일망정 김헌일은 벅차오르는 감정을 추스르지 못한 채 한동안 방문 앞을 기웃거린다.

사내아이라고 말하는 인선의 눈자위가 붉다. 김헌일은 말없이 아내의 등을 토닥거린다. 시집오면서부터 늘 한쪽 가슴을 짓눌렀던 죄책감에서 그녀는 겨우 벗어날 수 있었다. 기쁨의 표현이라는 것을 알면서도 김헌일은 인선의 그런 모습이 못내 안쓰럽다. 그녀 또한 얼마나 아이를 갖고 싶어 했던가. 초산이라 그만큼 고통도 심했을 한석희에게 미역국이라도 떠먹여야겠다면서 부엌으로 들어가는 인선의 뒷모습이 그래서 작아 보이는지도 모른다. 김헌일은 먼문 앞에 금줄을 달고 탯줄을 무명에 싸서 바닷가로 향한다. 짙은 초록의 바다에 탯줄을 던진다. 탯줄과 함께 오랫동안 김헌일의 가슴에 남아 있던 짐 하나도 바닷속으로 던져 버린다. 흰 무명이 일렁이는 파도에 천천히 가라앉는 모습을 보면서 발걸음을 돌린다. 멀리 화북봉 오름에서 봉화가 피어오르는지 해풍에 흩어지는 연기가 빠르게 사라진다.

저녁 무렵에야 돌아온 홍성수는 초췌한 얼굴로 김헌일과 대면한다. 먼문에 걸린 고추 달린 금줄을 보고 축하 인사를 나누면서도 그의 얼굴에는 여전히 어두운 그림자가 배어 있다.

"화북에서 무슨 일이 있었습니까?"

조심스럽게 물어 오는 김헌일에게 홍성수는 '기쁜 날 축하주라도 한잔해야지'라며 말을 돌린다.

인선이 술상을 놓고 나가자 홍성수는 그제야 굳게 다문 입을 연다. 평소와 달리 김헌일 앞에서도 담배를 피울 만큼 그의 머릿속은 복잡한 생각으로 가득 차 있는 것 같다. 세 개비째 피워 대는 담배 때문에 방 안은 매콤한 연기로 가득하다.

"종일이 녀석이 그래도 장남 노릇을 하는군."

"저도 안심입니다. 그동안 마음고생이 심했는데……."

"어쨌든 축하할 일이야. 산모하고 애는 모두 건강하겠지?"

"아내가 미역국을 끓여 방으로 들어갔는데 그 자리에서 한 그릇을 뚝딱 해치웠답니다. 아이는 형님을 닮았는지 울음소리가 화통을 삶아 먹은 것 같아요."

"이거, 정말 술 한잔 마셔야겠군. 자네부터 한잔할 텐가?"

홍성수가 잔에 술을 채운다. 김헌일은 술잔을 입으로 가져가 단번에 들이킨다. 빈 잔을 털어 홍성수에게 다시 건넨다.

"그런데 화북에 나간 일은 어떻게 됐습니까? 형님하고는 통화가 됐나요?"

김헌일은 마당을 들어서던 홍성수의 어두운 얼굴이 기억나서 묻는다. 그는 말없이 술을 마신다. 아내가 안주로 내온 둠비에 마농지를 곁들여 입으로 가져간다.

"종일이와 통화는 못했지만 비서에겐 소식을 전했네……."

잠시 침묵을 지키던 그가 다시 입을 연다.

"새벽에 화북지서가 습격을 받았다는군. 돌아오는 길에 잠시 근처를 가봤더니 지서가 불에 타서 뼈대만 남아 있었어. 대동청년단 간부도 죽고 순경과 그 가족도 당했다는 소릴 들었네."

"그게 무슨 말입니까?"

"산사람들이 내려와 그런 짓을 했다는 거야. 응원 나온 경찰이 무서워 자세히 보지는 못했네만 산사람들이 뿌리고 간 삐라에는 탄압이면 항쟁이라는 글이 쓰여 있더군."

"봉화 오른 걸 예사로 생각했더니, 그게 아니었군요. 하지만 누가……."

"누가 그랬는지 조사하는 것도 중요하지만, 응원 나온 경찰들이 애 어른 할 것 없이 잡아다 족치는 것도 문제야. 애매한 사람 다치게 될까봐 걱정이네."

"그런 일이야 일어나겠습니까?"

"자네 말대로만 된다면야 바랄 게 없지. 하지만 말야."

홍성수는 다시 술잔을 입으로 가져간다.

"불길한 생각이 들어."

"생각하기 나름이지요. 더구나, 이런 변두리 해안마을까지 영향이 미치겠습니까?"

김헌일이 홍성수의 빈 잔에 술을 따른다. 작은 폭동이 일어났을 뿐이라 생각하고 싶다. 거기다 오늘은 경사스러운 날이 아닌가. 그저 기분 좋게 취하고 싶을 뿐이다. 그러나 홍성수의 얼굴은 여전히 어둡다. 길게 한숨을 내쉬며 술잔을 든다. 취기가 오를수록 권유순의 얼굴이 아른거린다. 그녀를 버려두고 떠날 순 없다고 다짐하듯 마음속으로 외쳐 보지만 불길한 여운은 가시지 않는다.

나흘이 지나도록 김종일로부터 아무런 소식이 없다. 내색을 하진 않지만 한석희의 얼굴에도 아쉬움이 묻어 나온다. 인선은 모밀죽을 들고 방 안으로 들어간다. 나흘 동안 한석희의 수발을 하면서도 아이 얼굴에서 눈을 뗄 수가 없다. 신생아답지 않게 속눈썹이 길고 짙다. 우물거리는 입을 보고 있노라면 저절로 미소가 인다. 모밀죽을 먹던 한석희가 인선을 부른다.

"아직, 소식이 없나요?"

"일이 바쁜 모양이주……. 아이가 자네보단 시아주방을 많이 닮은 갑서."

힘없이 숟가락을 놓는 한석희에게 인선이 밝은 목소리로 대꾸한다.

"아이 이름을 지어야 할 텐데……. 시아주방하고 이야기한 적 없수꽈?"

고개를 끄덕이는 한석희의 눈자위가 금방이라도 울음을 터뜨릴 기세다. 인선이 그녀 곁으로 다가간다.

"오늘까지 아무런 연락이 없으멘 제주읍으로 올라가 봐야겠다고 남펜이 그랬주. 직접 통화를 한 것이 아니라 연락이 못 미쳤을지도 모르쿠."

"……."

"남펜은 애기구덕을 만든다고 난리우다. 무얼 저렇게 손수 만드는 일이 드문데, 집안에 아이 울음소리가 나멘서부터 사람 사는 집 같다고 좋아하수꽈."

한석희가 슬며시 인선의 손을 잡는다.

"고마워요."

"시아주방 오면 결혼부터 해야주. 비바리 애 놓게 하구선 나 몰라라 하진 않겠지만, 정식으로 결혼을 하멘 시아주방 역마살도, 자네 근심도 없어지겠주."

한석희의 얼굴이 다시 밝아진다. 울다가도 언제 그랬냐는 듯 환하게 웃는 그녀의 모습에 인선도 마음이 놓인다. 시아주버니가 결혼을 하고 이곳 본가에 눌러앉으면 아기의 커 가는 모습을 고스란히 볼 수 있을 거라는 기대감 또한 크다. 도새기 새끼만 봐도 가슴 뭉클해지던 그녀로서는 행복한 상상이다. 아이가 배가 고픈지 칭얼거린다. 한석희가 아이의 조그만 입에 젖을 물리는 동안 인선은 기저귀로 사용할 무명을 찾아 펼친다. 삶고 햇볕에 말려서 부드럽게 만든 무명을 일정한 크기로 자르기 시작한다.

　곤지동은 평소와 다름없이 조용하다. 홍성수는 습관처럼 공회당 근처를 지나쳐 권유순이 살고 있는 집으로 향한다. 공회당에 인기척이 없는 걸 보면 어젯밤에도 마을 청년들의 회합이 없었던 모양이다. 화북에서 사람이 죽어 나가고 지서가 불에 타면서부터 공회당은 마을 청년들 대신 노인들이 가끔 들러 놀다 가는 곳으로 변했다. 혹 불똥이 이곳 곤지동까지 튈까 봐 마을 젊은이들은 행동거지에 신경을 썼다. 언제든 떠날 수 있게 옷과 찐쌀을 배낭에 넣어 두고 여차하면 일본으로, 육지로, 산으로 튀어 버릴 준비를 하는 것이다. 물론 위기감을 느끼는 것은 홍성수도 여느 마을 청년과 다르지 않았다. 단지, 권유순과 같이 서울로 올라가야 한다는 막연한 생각이 신념으로 변해 가고 있었다. 안곤지동에서도 변두리에 있는 권유순의 집으로 향하는 홍성수의 마음은 무겁게 가라앉는다.
　마당에 나와 있는 권유순의 모습이 보인다. 삶은 보리가 담긴 광주리를 돌담 위에 올려놓는 그녀와 홍성수의 눈이 마주친다. 그녀는 당황한 낯빛으로 주변을 두리번거린다. 담 하나를 사이에 두고 홍성수가 권유순에게 말을 건넨다.
　"왜 자꾸 피하려고만 합니까?"
　몇 번이나 홍성수는 권유순에게 올봄에는 꼭 고향으로 돌아가야 한다는 사실을 알렸다. 하지만 그녀는 묵묵부답으로 홍성수의 마음을 애타게 만들었다. 새벽에 연자방아 근처에서 기다려도 더 이상 그녀를 만날 수 없었다. 그런 날이 벌써 보름이 넘어가고 있었다.

"여기까지 어떻게……."

"만나주지 않으니 찾아온 겁니다. 제 마음을 이렇게도 모르세요?"

"시아방과 시어멍은 제가 없으면 아무것도 할 수가 없어요."

"그렇다고 유순 씨 인생까지 저당 잡힐 필요는 없잖아요."

"누가 인생을 저당 잡힌다는 말인가요? 전 그런 생각해 본 적 없어요."

시어머니 목소리가 방 안에서 들려온다. 누가 왔냐고 물어보는 시어머니에게 권유순은 아니라고 황급히 응답한다. 징용에서 돌아오지 못한 아들 때문에 조그만 인기척에도 마음 졸이며 신경을 쓰는 시어머니다. 혹 방문을 열어젖힐까 봐 권유순은 홍성수를 불안한 눈길로 바라본다.

"오늘 밤 안드렁물에서 기다리겠습니다."

"나갈 수 없어요."

"나오실 때까지 기다릴 겁니다."

뒷걸음질하면서도 홍성수는 권유순에게서 시선을 떼지 않는다.

곤지동은 금세 어둠에 묻힌다. 운무가 자욱한 밤이다. 구름 사이로 보름달이 모습을 드러내며 김헌일 본가의 처마 밑에 뿌연 달그림자를 만든다. 김종일은 잠시 먼문에 서서 금줄에 달린 고추를 바라본다.

곧장 곤지동으로 들어가려는 김종일을 붙잡은 사람은 서청의 비서부장이었다. 여기저기서 폭동이 일어나서 경찰과 우익단체의 사람이 납치를 당하거나 살해당하고 있다는 이야기를 늘어놓았다. 전날 비가 내리면서 싸늘해진 날씨 탓에 유달리 추위를 타는 김종일은 일찍 자취방으로 들어가 이부자리를 깔았다. 평소보다 30분 정도 늦게 사무실로 출근해 비서가 타 주는 커피를 마시고 조간신문을 읽을 때까지도 그는 꿈에도 그런 사실을 알아차리지 못했다. 김종일뿐만 아니라 사무실에 근무하는 직원들도 마찬가지였다. 여비서가 커피와 함께 전해준 한석희의 출산 소식을 듣자마자 정신없이 사무실을 나서려는데 비서부장이 사색이 된 얼굴로 계단을 올라오고 있었다. 군복에 권총까지 찬 그는 평소의 대범한 모습과는 달리 불안해 보였다.

"무슨 일이야? 그 꼴은 또 뭐고."

"이보라. 큰일 났어. 간밤에 빨갱이 간나들이 폭동으 일으켜 가지고서는 난리가 났슴메."

"폭동이라니?"

"1구뿐 아니라 2구 관내의 지서까지 폭도들의 공격으 받아 가지고서는 난장판이 되었슴메. 경찰이고 민간인이고 할 것 없이 죄다 닥아죽이고 다니는 모양이야. 지금 서청에서도 비상이 걸렸수다."

"사람이 죽어? 도대체 누가 누구를 죽인다는 말인가?"

"나도 그르케 자세히는 알디 못해. 통신이 두절된 곳도 많아서리. 어디서 얼마나 둑었는디는 시간이 지나봐야 알 수 있는 거디."

계단 아래를 내려다보니 스리쿼터가 시동을 건 채 비서부장을 기다리고 있었다. 그는 1구인 제주 경찰서 관내의 지서 중에서 새벽에 피습을 받은 화북과 삼양, 조천, 한림지서 등을 순찰해야 한다고 말했다. 지서뿐 아니라 서북청년단의 숙사도 피해를 당했다고 비서부장은 분해했다. 그의 말을 듣고 보니 왓싸 시위처럼 단순한 분쟁으로 생각할 일은 아닌 듯했다. 스리쿼터에 타고 있는 사내들도 모두 중무장을 하고 있었다. 김종일은 곤지동에서 가까운 화북지서도 습격을 받았다는 사실이 마음에 걸렸다.

"나도 마침 곤지동으로 들어갈 참이었네만……. 화북에서도 폭동이 일어났나?"

"지금 들어가면 위험해질지도 몰라. 당분간은 생각도 하디 말라."

때를 기다렸다가 조용해진 뒤에 들어가라는 충고를 하는 비서부장의 태도는 단호했다. 하지만 김종일은 마음을 다스릴 수가 없었다. 내려가서 아이와 한석희를 안전한 제주읍으로 데려와야 한다는 생각으로 머릿속이 �꽉 차 버렸다. 그렇게 비서부장의 충고도 무시하고 정신없이 곤지동 초입까지 차를 몰고 온 김종일의 눈앞에 금줄과 함께 고추가 매달려 있는 것이다.

그는 숨 돌릴 틈 없이 마당으로 들어선다. 설핏 방 안에서 사람 그림자가 일렁인다. 그가 문 앞에 서서 한석희의 이름을 부르자 방문 사이로 인선이 모습을 나타낸다. 그녀는 시아주버니에게 아들이라는 소식부터 전한다.

아이의 주름진 얼굴을 보며 김종일은 가슴 밑바닥에서부터 솟구쳐 올라오는 저린 감정을 느낀다. 양손을 꼭 쥔 채 잠들어 있는 아이를 보는 것만으로 미소가 인다. 인선은 남편을 찾는다며 조용히 밖을 나가고 방 안에 누워 있던 한석희는 바삐 얼굴 단장을 한다. 그는 머리를 매만지는 한석희의 손을 꼭 쥔다.

"수고했어."

"왜 이렇게 늦게 오셨어요?"

한석희는 반가움 대신 섭한 마음부터 털어놓는다.

"돌아가는 분위기가 심상치 않다고 모두들 만류해서 말야."

"그걸 핑계라고……."

"그래서 왔지 않아."

김종일은 한석희의 가냘픈 몸을 안는다. 바람둥이로 소문이 자자했던 김종일에게도 인연은 있었다. 아이 하나만 낳아 달라고 보채는 행동 또한 전에 없던 일이었다. 뒤늦은 나이에 진짜 사랑이라는 것을 하게 되었던 것일까. 그녀를 보는 김종일의 눈길이 예사롭지 않다.

"저녁은요?"

"그보단 짐부터 챙기지."

"무슨 말이에요?"

"화북에서도 사람이 죽었다는 소문을 들었어. 여기라고 안전하지는 않겠지."

쫓기듯 하는 김종일의 얼굴을 보며 한석희는 당혹감이 앞선다.

"아직 아이에게 찬바람 쐬게 하는 건 무리예요."

"걱정하지 마. 차를 가지고 왔으니까. 여기 보단 성내가 안전할 거야."

한석희는 김종일이 서두르는 이유를 이해하지 못한다. 화북에서 사람이 죽었다는 이야기도 금시초문인 데다 아직 일주일도 지나지 않은 아이를 데리고 야반도주하듯 떠나야 한다는 김종일의 말에 기분이 탐탁잖은 것이다. 그런 한석희의 기분을 아는지 모르는지 김종일은 아이를 싸고 있는 포대기를 펼쳐서 아들이라는 걸 눈으로 확인하며 좋아한다.

언제 왔는지 문밖에서 김헌일의 목소리가 들려온다. 김종일의 얼굴이 잠시 일그러진다. 한석희에게 짐을 싸 놓으라는 당부를 하고 작은 구들로 건너가는 동안에도 그의 심기는 여전히 불편하다. 보성전문학교 시절, 방학이 되어 내려온 김종일에게 서울 이야기를 해 달라고 조르던 곳이 바로 이 방이었다. 그때만 해도 김헌일은 김종일을 하나밖에 없는 형이라며 따르고 좋아했었다. 하지만 지금은 마주 앉아 있는 동생의 얼굴만 봐도 김종일의 마음은 불편해졌다. 순종적이고 무슨 말이든 귀담아 듣던 동생이 언제부턴가 죽은 아버지와 자신을 서슴없이 비하했다. 구정에 들렀을 때에도 마음이 편치 않았던 김종일은 동생이 자신을 대할 때마다 그런 감정을 애써 드러내는 이유를 알 수가 없었다.

"왜 이렇게 늦게 오셨소?"

"일이 좀…… 바빴어."

김헌일의 눈이 다시 한 번 김종일을 훑어본다.

"아직 아이 이름도 짓지 않았어요."

"성진이 어떨까 생각하던 중이야."

"결혼식도 정식으로 올려야지요."

"어수선한 분위기가 잦아들면……. 성수는?"

"오후 무렵부터 보이질 않아요. 공회당에 가 있겠죠."

김종일은 말없이 고개를 끄덕인다. 짐 가방을 꾸리는 한석희에게 무슨 일이냐고 인선이 소리친다. 밖에서 아내의 목소리를 듣고 있던 김헌일이 형에게 묻는다.

"짐 싸라고 했어요?"

"차를 비석거리 앞 오름에 세워 두고 왔다."

"구정에도 그러더니 왜? 고향집이 그리 편치가 않소?"

"그냥 조심하는 것뿐이야."

"뭘 말입니까?"

김종일은 헛기침을 하고는 벽에 기대어 앉는다. 동생의 게슴츠레 뜬눈이 내키지 않는다.

"만식이를 그렇게 만든 게 형이지요?"

잠시 침묵을 지키던 김헌일이 넘겨짚듯 방만식에 대해 말한다. 김종일은 대답대신 손목시계를 슬며시 바라본다.

"대관절 만식이놈 이야기는 왜 꺼내는 거야. 할 말이 그렇게 없어? 차라리 뺨 맞은 걸 따지든지……. 혼자 잘난 척하는 버릇부터 고쳐."

"초주검이 되어 있는 걸 빼왔어요. 조금만 늦었어도 목숨이 위태로웠을 겁니다. 아무리 세상이 뒤집어진다곤 해도 인정이라는 게 있지 않아요."

"너 말 잘했다. 인정이라는 거, 그래 인정을 아는 녀석이 키워 주고 재워 주고 돈까지 줘 가면서 살게 해 줬더니 임금 착취니 하면서 병든 아버지에게 난동을 부려. 물에 빠진 놈 건져 줬더니 봇짐 내놓으라는 것과 뭐가 달라."

"만식이 일본 간다고 할 때 얼마나 줘 보냈습니까?"

"이런 뭉그라먹을 놈, 그게 지금 형한테 할 소리냐! 아버지가 아니었으면 넌 벌써……."

역정을 내던 김종일이 멈칫거린다. 김헌일은 형이 무슨 말을 꺼내려는지 짐작하고는 시선을 외면한다. 언성이 높아지는 모양새에 마음이 불편해지는 것은 오히려 한석희와 인선이다. 곤히 잠을 자던 아이까지 끊어지듯 가느다란 목소리로 울음보를 터뜨린다. 누구보다도 기뻐해야 할 두 사람이 만나자마자 다투기부터 하는 게 인선은 안타깝다. 우는 아이를 어르는 한석희에게도 미안한 생각이다. 그런 인선의 심경을 눈치챘는지, 아니면 그 자신도 마음이 불편해졌는지 형에게 다시 풀죽은 목소리로 김헌일이 입을 연다.

"제가 좀 지나쳤습니다……. 지금 돌아간다는 말씀 마시고 밥이나 먹고 떠나세요."

"곳곳에서 폭동이 일어나고 있다. 화북에서도 경찰관 부부와 지서 안에서 숙직하던 사환이 불타 죽었다고 들었어. 거기다 여기서 화북은 지척이다……. 너도 제주읍으로 들어와라. 거긴 그래도 치안 유지가 잘되는 곳이다."

"지은 죄가 없는데 고향을 등질 필요가 뭐 있습니까. 전 형님을 이해할 수 없어요. 도대체 성내에서 어떤 일을 하고 다니는 겁니까?"

"무슨 뜻으로 하는 말이냐?"

"왜정시대에도 이러진 않았어요. 터전이 모두 여기 있는데 제주읍으로 도망치듯 떠나야 하는 이유가 뭐냔 말입니다. 화북에서 죽은 경찰은 처음부터 말이 많았던 사람이었습니다. 죄 없는 사람 잡아다 고문하고 갈취하고……. 고문 후유증으로 죽어 나간 사람이 한둘이 아니었어요."

"그렇다고 아내까지 죽일 필요가 있었을까? 나도 제주도 앞 바다에 탯줄을 묻은 사람인데, 그동안 우리 도민들이 얼마나 핍박 받으며 살았는지 모를 리 있겠어. 그렇다곤 해도 이번 일은 이해할 수 없다. 왜놈들 상대로 독립운동을 하는 것도 아니지 않느냐? 그런데도 서로를 죽고 죽이는 일을 어떻게 담담하게 받아들일 수 있겠어. 언제부터 우리가 그렇게 변해 버렸단 말이다."

"죄 없는 사람을 고문하고 죽이는 걸 그럼 가만히 보고만 있습니까?"

"너도 폭동에 동조한다는 소리냐?"

"지서를 습격하고 사람을 죽이는데 동조하는 사람이 어디 있겠습니까? 안타깝기는 저도 형님과 마찬가집니다. 하지만 지렁이도 밟으면 꿈틀거린다고 하잖아요. 하물며 사람인데 어떻게 당하고만 살 수 있겠어요. 총파업에 동참했던 제 동창도 이번에 징역형을 선고받았어요. 거기다 육지서 들어온 응원 경찰과 극우 청년단은 총만 들지 않았지 강도나 다를 바 없어요. 법도, 윤리도 없는 제주가 되어 간단 말입니다."

김종일은 의혹스러운 눈으로 바라보는 동생이 '그러니, 형님도 그런 놈들 뒤나 닦아주지 않습니까? 그래서 겁이 나는 것이겠죠?'라고 말하는 것 같아 심사가 뒤틀린다.

"물론, 네 눈에도 내가 그런 덜떨어진 인간쯤으로 생각되겠지. 하지만 내 입장이 되기 전에 모든 걸 쉽게 단정하진 마라. 일본과의 거래가 금지되면서 미군정에 불만을 나타내는 사람들이 많아. 한때는 일본과 제주를 오가며 떼돈을 벌던 이들이 반미 구호를 외친다고 해서 민족주의자가 되고 애국자가 되는 마당이다. 양과자 사 먹지 마라, 남한 단독 선거를 하지 마라, 친일파를 처단하라……. 웃기는 소리 아니냐. 왜정시대에 친일파 아닌 놈이 어딨고 왜놈들 생필품 팔아다 육지서 돈 벌던 이들이 누구냐? 찬탁이니 반탁이니 하면서 남북으로 편 갈라 싸우는 게 소련놈이냐 미국놈이냐? 나를 악덕 부르주아나 회색분자로 취급하지만, 난 단지 사업가일 뿐이다. 제주읍에서 사업을 한다는 게 무엇을 의미하는 줄 아느냐?"

"그래서 제주 사람 씨 말리러 왔다는 서청 아이들과 응원 경찰에게 술 사주고 계집질 시켜 주고 돈 주고 그럽니까? 그 애들이 우리를 갱생이나 도새기만큼이라도 대접을 해주면 말도 안 합니다. 우리가 그네들에게 그렇게 당하고만 살아야 하는 이유가 도대체 뭡니까?"

잠시 대화가 끊어진 사이 인선이 소라를 삶아 가지고 들어온다. 작은 구들에 일던 팽팽한 긴장감이 일순 허물어진다. 그녀는 상을 김종일 앞에 내려놓으며 조심스럽게 말을 건넨다.

"시아주방 좋아하는 구젱이를 삶아 와시다."

김종일이 공손하게 상을 받으며 눈인사를 한다. 인선이 남편의 무릎을 살짝 치면서 '오늘은 안곤지동에서 주무실 거주?' 한다. 아내의 말에 김헌일은 엉거주춤 자리에서 일어선다.

"어쨌든 아침이나 같이 먹어요. 전 그만 안곤지동으로 건너가렵니다."

방문을 나서는 김헌일의 등 뒤에서 김종일이 나직이 응답한다.

"오랜만에 술이나 한잔하자."

풀이 죽은 형의 목소리에 피곤함이 배어 있다. 잠시 망설이던 김헌일은 되돌아 앉으며 인선에게 감주라도 내오라고 말한다.

6

홍성수의 몸은 한기로 굳어진다. 벌써 세시간째 안드렁물에서
권유순을 기다리고 있었다. 밤안개가 유난히 극성을 부리는 날이
라 사방이 뿌옇다. 마지막 담배를 입으로 가져가는 홍성수의 마
음은 날씨만큼 우울하다. 서울에 교사 자리를 마련해 두었으니
지체 말고 올라오라는 아버지의 전보를 받은 게 한 달 전이었다.
차일피일 미루면서 곤지동에 남아 있던 홍성수에게 허비할 시간
이 없어진 셈이다. 하지만 반대로 권유순에게는 떠맡은 짐이 늘어
갈 뿐이다. 손 한 번 잡아 보지 못한 홍성수의 마음이 이토록 그
녀에게 끌리는 이유를 그 자신도 이해할 수 없다. 그는 안드렁물
주위를 서성이며 추위를 쫓는다. 4월 중순이지만 밤공기는 아직
쌀쌀하다. 마을에서 개 짖는 소리가 낮고 느리게 들려온다. 그는
마지막 한 모금까지 담배를 빨아 피운 뒤 힘없이 뒤돌아선다. 그
때 그의 앞에 권유순이 서 있다. 언제부터 나와 있었던 걸까? 권
유순의 얼굴을 보는 순간 홍성수는 가슴이 울렁거린다. 다가가
그녀의 몸을 힘차게 끌어안는다. 당황한 권유순이 몸을 뒤틀어
보지만 소용없다.
  "안 나오는 줄 알았소."
  "……."
  "그동안 왜 절 피해 다녔습니까?"

"전……."

권유순이 홍성수의 품에서 살며시 몸을 빼낸다.

"전 겁이 났어요. 시아방 쓰러지고 나선 정말이지……. 이곳에서 벗어나고 싶었으니까요."

뒤돌아서는 권유순의 어깨가 가늘게 떨린다. 홍성수는 그녀의 좁은 어깨를 살며시 잡는다.

"저와 같이 서울로 갑시다."

"그럴 수 없다는 걸 아시잖아요."

"왜요? 정말, 시부모 때문입니까? 아니면 아직 남편을……."

홍성수의 목소리가 떨린다. 권유순이 곤지동을 떠나지 못하는 이유가 시부모 때문이 아니라 생사를 알 수 없는 남편 때문이라면 어떻게 할 것인가? 그런 생각만으로도 질투심이 인다. 하지만 홍성수의 이런 간절함과는 달리 권유순은 아무런 대꾸도 하지 않는다.

"화북 가는 길에 집으로 회신을 보냈습니다. 늦어도 5월 초에는 올라갈 거라고 했어요. 결혼할 여자와 함께요……. 아시겠어요? 이젠 정말이지 시간이 없습니다."

그러나 권유순은 여전히 묵묵부답이다. 홍성수는 답답한 마음을 참지 못하고 거칠게 그녀의 양어깨를 흔든다. 의외로 쉽게 그녀는 홍성수의 발아래에 미끄러지듯 쓰러진다. 굵은 눈물방울을 흘리며 땅바닥에 주저앉는 그녀에게선 억척스러운 제주 여성의 모습을 찾아볼 수 없다. 척박한 땅에서 조나 밭농사를 하는 모습도, 몸이 불편한 시부모 내외를 불평 한마디 없이 모시던 모습도, 물속에 들어가 헛구역질이 나올 만큼 숨을 참아가며 물질을 하던 모습도 없다. 다만, 홍성수의 발아래에 주저앉아 하염없이 눈물을 흘리는 여린 권유순이 있을 뿐이다. 홍성수는 그녀가 왜 이토록 서럽게 우는지 어렴풋이나마 알 것 같다. 하지만 아무 말도 하지 못한다. 어떠한 말로도 그녀를 위로할 수 없다는 걸 알기 때문이다. 한참을 울던 권유순이 부어오른 눈으로 홍성수를 올려다본다.

"저도 이 생활이 지긋지긋해요. 당신 따라서 서울에 올라가는 꿈을 하루에도 수십 번씩 꾸었어요. 하지만 거동이 불편한 시아방과 시어멍을 버릴 순 없는 거잖아요. 낮에 당신이 다녀간 뒤로는 정말이지 시아방이 저대로 죽어 버렸으면 하는 생각이 간절했어요……. 차라리 죽어 버렸으면 하고……."

권유순이 다시 눈물을 흘린다. 홍성수는 그녀의 어깨를 말없이 감싸 안는다. 흐느껴 우는 권유순의 입술에 홍성수는 얼굴을 가져간다. 짭짤한 맛이 혀끝에 맴돈다. 뜨거운 입김과 입김이 맞닿자 정신이 아찔해진다. 그녀의 몸에서 유채 향이 나는 것 같다. 어느새 홍성수의 손이 권유순의 저고리고름으로 향한다.

"제가 이렇게 빨리 폐가 상한 것도 따지고 보면 하르방 때문이오. 살아생전에 저에게 항상 곰방대 불을 붙이게 하셨는데 그때마다 전 하르방 몰래 담배 맛을 보곤 했으니까요."

벽에 기대어 앉은 김헌일이 옛일을 떠올린다. 김종일의 얼굴도 발갛게 물들어 있다. 의식적으로 옛날이야기만 늘어놓은 덕분에 두 사람 사이에 오랜만에 웃음꽃이 핀다.

"넌 어릴 적부터 마음 씀씀이가 좋았지. 나하곤 완전히 달랐으니까……. 기억나느냐? 국민학교 2학년 때던가, 넌 밤만 되면 슬그머니 밖으로 나가 새벽녘이 되어야 돌아오곤 했었지. 그걸 수상하게 여긴 어멍과 내가 하루는 네 뒤를 쫓아간 적이 있었는데, 글쎄 네 녀석은 주머니 가득 쌀을 훔쳐서는 산으로 올라갔지. 화북봉 오름 근처에서 마을 아이들과 훔쳐 온 쌀을 구워 먹는 걸 발견하고는 어멍이 노발대발하며 이런 갱생이 새끼들하고는……."

"그 뒤로 어멍은 내 정벵이의 호주머니란 호주머니는 죄다 뜯어 버리셨지요. 쌀 훔쳐 가지 못하게. 그때부터 어멍이 만식이를 시켜서 마을 아이들이 내 주변에 얼씬거리지 못하게 했어요. 착한 우리 아덜 윽박질러서 쌀 훔쳐 오게 한다고 분통을 터뜨리면서요."

"그래, 따지고 보면 어릴 적 네 유일한 친구는 만식이뿐이었지……."

김종일의 얼굴이 다시 음울해진다. 김헌일도 말없이 술상을 바라볼 뿐이다. 두 사람 사이에 잠시 침묵이 지나간다. 변두리 마을의 늦은 밤은 고요하기만 하다. 멀리서 들리는 파도 소리에 김종일은 귀를 기울인다. 불편한 마음이 다소 안정이 되는 듯도 하다. 타지 생활에 이골이 난 그에게도 고향의 따뜻함이 남아 있었던 걸까? 아이를 굳이 이곳에서 낳고 싶었던 이유도 그 때문이겠지. 김종일은 팔베개를 하고 비스듬히 눕는다. 긴장이 풀린 탓인지 눈꺼풀이 무겁게 그를 짓누른다. 김헌일은 선잠이 드는 형의 모습을 멀거니 바라보며 감주를 마신다.

가까운 곳에서 개 짖는 소리가 들린다. 곧이어 마을에 있는 개들이 저마다 짖어대면서 사방이 시끄러워진다. 옅은 잠이 들었던 김종일이 몸을 일으킨다. 가위 눌린 사람처럼 창백한 얼굴로 주위를 두리번거리는 그에게 김헌일이 말한다.

"형님은 가만히 있어요. 제가 나가 볼 테니."

문지방 너머로 횃불이 아른거린다. 마당을 들어서는 젊은 사내들의 발자국 소리와 거친 음성이 들려온다. 잠시 문고리를 잡은 채 호흡을 가다듬은 김헌일이 방문을 열고 마루방으로 나간다. 횃불을 들고 마당에 서 있는 사내들은 모두 숯검정이 얼굴을 하고 있다. 그중에는 낯이 익은 마을 청년도 보인다. 그들은 저마다 죽창이나 몽둥이를 들고 시위를 하듯 위엄 있게 버티고 섰다. 일본도를 들고 있는 사내가 무리들 중에 나서며 김종일을 찾는다. 김헌일은 태연한 척 입을 연다.

"무엇 때문에 형님을 찾소?"

"할 이야기가 있소."

"무슨 이야깁니까. 동생인 내게 하시오."

"그럼, 당신이 김헌일이오?"

김헌일은 말없이 고개를 끄덕인다. 인선이 백지장 같은 얼굴로 안방을 나오려다 김헌일의 눈짓을 보며 멈칫거린다.

"그럴 마음이라면 당신도 함께 가야겠지?"

일본도를 든 사내의 말이 끝나기가 무섭게 무리에 섞여 있던 두 명의 젊은이가 마루방으로 뛰어 올라와 김헌일의 양팔을 낚아챈다.

"대체 어디를 가자는 말이오? 당신들은 어디서 왔소?"

마당으로 끌려가며 작은 구들 쪽을 향해 김헌일이 소리친다.

김헌일이 최대한 시간을 끄는 사이 김종일은 작은 구들에 난 창을 통해 뒤뜰로 도망친다. 하지만 80킬로그램의 거구인 그의 몸은 둔하다. 어깨 정도까지 오는 돌담을 한 번에 넘어가지 못하고 미끄러진다. 오른쪽 무릎에 피가 맺힌다. 김종일은 입술을 질근 깨물며 일어서서 다시 돌담을 넘어가려고 발버둥 친다. 일본도를 든 사내가 수상한 낌새를 눈치채고 작은 구들로 뛰어 들어간다. 곧이어 구들에서 사내의 다급한 목소리가 튀어나온다.

"뒤뜰이다! 뒤뜰에 있다!"

말이 끝나기도 전에 사내들이 뒤뜰로 내달린다. 돌담을 겨우 넘어서려는 김종일의 발목을 앞장 선 사내가 몸을 날려 잡는다. 뒤이어 뛰어온 사내가 김종일을 바닥으로 끌어내린다. 여기저기서 주먹이 날아와 김종일의 얼굴과 몸을 가격한다. 큰방에서 숨죽이고 있던 인선과 한석희가 김종일의 신음소리에 놀라 마루방으로 뛰쳐나간다. 사내들에 둘러싸여 마당으로 끌려 나온 김종일의 얼굴이 벌겋게 부어 있다. 김헌일이 그에게 다가가려고 하자 옆에 있던 사내가 김헌일의 뺨을 사정없이 후려친다. 인선이 양손으로 얼굴을 감싸 쥐며 흐느낀다. 김종일은 양복 주머니에서 두툼한 지갑을 꺼내 사내들에게 내민다.

"돈이 필요하다면 여기 있소. 제발 몸 상하게만은 하지 마시오."

애걸조로 외쳐 보지만 사내들의 반응은 냉담하다. 일본도를 든 사내가 지갑을 빼앗아 땅바닥에 내동댕이치면서 소리친다.

"검정개들 뒤나 핥으며 번 돈을 우리에게 내밀어. 당신의 그 세 치 혀에 얼마나 많은 사람들이 골병 난 줄 알아?"

일본도를 든 사내가 다시 김종일에게 발길질과 함께 욕설을 퍼붓는다. 몇몇 사내가 합세해 새우처럼 몸을 구부린 김종일의 몸을 밟는다. 한석희가 울부짖으며 애원해도 소용이 없다. 그녀의 품에 안겨 있던 아이도 어느새 울음을 터뜨린다. 사내들의 발길질에 쓰러진 김종일을 바라보며 망연자실하던 인선이 갑자기 한 사내를 향해 뛰어간다. 사내의 바짓가랑이를 붙잡으며 매달린다.

"기호 삼춘! 기호 삼춘 맞주. 이보우 기호 삼춘, 우리 좀 살려 줍서. 이게 무슨 날벼락이오."

분명 안곤지동에 사는 최의 모습이다. 하지만 그는 인선의 손을 뿌리치고 사내들 속으로 몸을 숨긴다. 일본도를 든 사내가 다시 앞으로 나서며 쓰러져 있는 김종일을 일으켜 세운다. 횃불을 든 사내들이 그 주위를 둘러싼다. 일본도를 든 사내가 큰소리로 김종일을 향해 외친다.

"변절자! 악질 지주! 미 제국주의의 앞잡이! 검정개의 하수인! 인민의 이름으로 심판하자!"

선창을 하듯 외치자 주변에 서 있던 사내들이 호응하며 그를 죄인처럼 포박한다. 김헌일의 손에도 포승줄이 매어진다. 김종일이 끌려가지 않으려고 발버둥을 쳐 보지만 소용이 없다. 형과는 달리 체념한 듯 담담한 모습으로 김헌일은 아내의 얼굴을 바라본다. 공포와 두려움으로 울먹이는 인선이 오히려 안쓰럽다. 한석희의 품에서 목이 터질듯 울어대는 아이도 마찬가지다. 끌려가는 남편과 시아주방을 따라 먼문까지 나온 인선이 지푸라기라도 잡는 심정으로 사방을 향해 소리친다.

"좀 나와 봅서! 좀 나와 봅서!"

비석거리까지 끌려가는 동안 김종일과 김헌일은 침묵을 지킨다. 사내들도 묵묵히 발걸음을 재촉할 뿐이다. 얼떨결에 끌려 나온 김종일은 신발을 신지 못해 맨발로 울퉁불퉁한 흙길을 걷는다. 거기다 오른쪽 무릎에선 계속 피가 흘러내린다. 뒤뚱거리며 걸음이 늦어질 때마다 뒤에서 일본도를 든 사내가 등을 밀치며 욕설을 한다.

김종일이 타고 온 자동차 앞까지 다다른 사내들이 갑자기 분주해진다. 자동차 옆에는 99식 소총에 왜정시대 군복을 입은 사내가 기다리고 있다. 며칠 전 화북지서를 습격한 산사람일 거라는 생각이 불현듯 떠오른다. 그가 김헌일을 손가락으로 가리키면서 일본도 사내와 이야기를 나눈다. 잠시 뒤에 일본도는 무뚝뚝한 얼굴로 김헌일에게 다가와 얼굴과 배를 때린다. 명치를 맞은 김헌일이 숨을 헐떡이며 앞으로 꼬꾸라지자 이번에는 발길질이 더해진다. 입술이 터지고 코피가 날 때까지 발길질은 멈추지 않는다. 나머지 사내들은 김종일이 타고 온 자동차에 불을 지른다. 자동차가 타오르면서 주변이 붉은빛으로 물든다. 발길질을 하던 사내가 갑자기 일본도를 꺼내 든다. 김헌일은 순간 눈앞이 깜깜해진다. 아! 이렇게 죽는구나. 아내의 얼굴이 빠르게 스쳐 지나간다. 그런데 뜻밖에도 사내는 김헌일의 양손에 묶여 있는 포승줄만 끊어 버린다.

"얼마나 많은 사람들이 골병이 들어 죽어 갔는지…… 우리 도민의 고통을 당신도 똑같이 느껴 보시오."

그러고는 총을 든 남자가 있는 쪽으로 걸어간다. 함께 끌려온 김종일은 여전히 사내들 속에 갇혀 안절부절못하고 서 있다. 불타는 자동차를 바라보던 군복 사내가 턱짓으로 화북봉을 가리킨다. 바닥에 엎어져 가쁜 숨을 몰아쉬는 김헌일의 머릿속에는 형님을 살려야 한다는 생각뿐이다.

사내들이 다시 걸음을 옮긴다. 김종일을 둘러싼 숯검정이들이 그를 채근하기 시작한다. 사내들에게 떠밀려가면서 김종일은 체념한 듯 김헌일에게 외친다.

"아이 이름은 성진이 좋겠다. 늦기 전에 성내로 들어가라!"

유언을 하듯 김종일의 목소리에는 비장함이 서려 있다. 김헌일이 소리를 질러 보지만 목구멍 속에서만 맴돌 뿐이다. 그의 눈에 눈물이 고인다. 몸을 일으키려고 해도 마음대로 되지 않는다. 김종일의 모습이 어둠 속으로 사라진다. 마지막까지 남아 있던 군복 입은 사내가 천천히 뒷걸음질을 친다. 불길에 드러난 사내의 얼굴이 낯설지 않다. 김헌일은 가물거리는 정신을 가다듬으려 노력한다. 식은땀이 흘러내리고 숨쉬기가 어려운 걸 보니 갈비뼈가 부러진 것 같다. 그러다 김헌일은 절망하듯 한숨을 길게 내쉰다. 군복 입은 사내가 방만식이라는 걸 깨달은 탓이다. 몰라보게 수척해져 있었지만, 옛날 자신의 집에서 테우리를 하던 방만식이 분명했다. 기어코 형님을 해코지할 셈이냐……. '이것도 악연이겠주'라는 그의 말이 이명처럼 귓속을 때린다.

7

국가총동원법이 시행되면서 제주에도 징집되는 젊은이들이 하나둘 늘어났다. 소와 말을 방목하며 자유롭게 살아가던 방만식은 그러나 그 모든 것이 남의 일이라 생각했다. 늦은 밤, 김종일과 함께 김헌일의 아버지가 나타나지 않았다면 말이다.

산중턱까지 올라온 김헌일의 아버지는 마루에 걸터앉아 말없이 청주와 돼지수육부터 내민다. 인색하기로 소문난 영감이라 방만식은 불길한 생각이 먼저 든다. 김종일은 마당 입구에 멀찍이 떨어져 담배를 피워 문다.

"야심한 시간에 여기까지 얼케 왔시카?"

"부탁할 게 있지마심."

영감은 청주를 방만식에게 따라 주며 말을 잇는다.

"작은놈 대신 네가 좀 다녀와야겠주."

"어델 말이우과?"

"왜국."

"일본 말이우과?"

말없이 고개를 끄덕이던 영감이 갑자기 방만식 앞에서 무릎을 꿇는다. 김종일이 '아버지!' 하며 뛰어오다 말고 멈칫거린다. 영감이 엄한 얼굴로 손사래를 치며 다가오지 말라고 꾸짖는다.

"만식이 너도 암시나? 우리 작은아들 약한 거……. 일본 가멘 살아 돌아오지 못할 거우다."

"하멍, 저보고 대신 가란 말씀이우과?"

"전쟁하는 게 아니우다. 공장서 일하멘 월급도 주고 한단마심……. 일케 부탁하우다. 만식아.”

　방만식은 영감의 굽은 등을 보며 한동안 말을 잇지 못한다. 영감의 등이 저렇게 좁고 작았던가. 바늘에 찔려도 피 한 방울 나지 않을 것 같은 냉정한 영감이 지금 무릎을 꿇고 앉아 김헌일 대신 일본을 가 달라고 빌고 있다. 방만식은 정뜨르 비행장에 김헌일 대신 사역을 나가던 일이 떠오른다. 고단한 생활이었지만, 그렇다고 죽을 정도로 힘들진 않았다. 어차피 남의 허드렛일이나 하며 살 팔자가 아니었던가. 그때도 영감은 말없이 개 한 마리를 삶아서 가지고 올라왔다. 초복을 넘긴 무더운 여름이었다. 영감은 연신 부채질을 하며 고깃국부터 먹으라고 등을 떠밀다시피 했다. 방만식의 입가에 쓸쓸한 미소가 인다.

　“하명, 한 가지 조건이 있수다.”

　방만식을 올려다보는 영감의 미간에 주름이 인다.

　“말해 보우다.”

　“이문간이랑 밭돌랭이가 필요하지마심.”

　문이 달린 집과 작은 밭이라도 있어야겠다는 방만식의 요구에 김헌일의 아버지는 말없이 고개를 끄덕인다.

　“촘말로 만식이 너는 나한테 다슴아돌이멍……. 걱정 마우다.”

　영감이 방만식의 손을 꼭 쥔다. 따뜻한 온기가 그대로 전해진다. 의붓아들이라는 영감의 말이 왜 그때는 진심으로 느껴졌던 걸까?

　영감이 건네준 징발영장에는 김헌일의 이름이 선명하게 쓰여 있었다. 뇌물을 먹었는지 방만식이 내미는 영장을 확인하면서도 읍사무소 직원은 아무런 질문도 하지 않았다. 화북에서 징집된 사람은 방만식을 포함해 모두 여섯 명으로 안면식이 있는 청년도 보였다.

제주 전역에서 징집된 남자들이 읍에 모여 있었다. 조요(보국대)라서 전쟁터가 아닌 일본의 공단지역에서 일하게 될 거라고 읍사무소 직원이 말하고 다녔지만 모두들 불안해했다. 제주중학교와 붙어 있는 향교에서 하룻밤을 지내고 신사참배를 한 뒤 다시 학교로 이동했다. 그곳에서 간단한 신체검사를 받고 기초군사훈련이라는 명목으로 보름 가까이 구보와 체조, 총검술, 사격 등을 배웠다. 훈련 마지막 날엔 출전수당으로 1인당 55원이 지급되었다. 작은 금액이지만 지폐를 받아든 방만식의 기분은 묘했다. 먹여 주고 재워 주고 돈까지 주다니. 영감 밑에서 테우리일을 하면서 만식은 한 번도 돈이라는 걸 받아 보지 못했다. 쌀이나 콩, 고구마에 가끔 고기나 말린 생선을 선심 쓰듯 얻어 왔을 뿐이다. 훈련 기간 동안 친해진 제갈 성을 가진 녀석은 키가 크고 덩치가 좋았다. 풍채에 맞지 않게 순한 성품이라 금방 방만식과 친해졌다. 그 역시 돈을 꼬깃꼬깃 주머니 속에 쑤셔 넣으며 들뜬 목소리로 말한다.

"돈 벌멘 장가갈 수 있시카?"

"그 상판으루다?"

돈을 벌기 위해 지원했다는 고유수가 킥킥거린다. 하얀 피부에 이목구비가 또렷한 고는 자신의 큰 조쟁이로 일본 비바리들을 모조리 따먹어 버릴 거라고 허풍을 치고 다녔다.

"하멍 너는 그 상판으루 아직까정 비바리 하나 못 꼬시고 멘날

75

소랑이야기만 하시냐."

"베아지 볼라불라. 말 다햅써!"

두 녀석의 티격태격하는 모습을 보면서 방만식 역시 잠깐 동안 이긴 하지만 그런 꿈을 꾼다. 일본에서 모은 돈으로 도새기와 밭 갈쇠도 사고 예쁘고 심성 좋은 비바리 만나 딸 셋을 키우는 꿈. 비루한 인생을 살지 않아도 된다는 희망. 그 순간 방만식은 자신의 가슴속에서부터 꿈틀거리는 전율 같은 걸 느낀다. 이제껏 경험하지 못한 삶에 대한 애착이라고 해야 할까.

관부연락선의 종착지인 시모노세키에는 전국에서 징집되어 온 조선인 청년들로 가득했다. 서울서 왔다는 한 청년은 들떠 있는 만식 일행과 달리 시무룩한 표정으로 지쿠호에 있는 탄광이나 야하타제철소에서 일하게 될 거라고 했다. 고등학교에서 아이들을 가르쳤다는 그는 자신의 이름을 석호라고 알려 주었다. 교사를 하다가 왜 이곳까지 오게 되었는지 끝내 입을 열진 않았지만 먹물 냄새가 나는 사내였다.

구주여관이란 곳에 지내며 다시 신체검사를 받았다. 그동안 여관에서 주는 밥을 먹으며 빈둥거렸다. 누군가는 출전수당으로 받은 돈을 모아서 술을 사 먹거나 노름을 했다. 방만식과 제갈, 고유수는 석호가 건네준 담배를 나누어 피우며 이런저런 이야기로 무료한 시간을 보냈다. 여관 창문에서 바라보는 야하타제철소는 제주의 한라산만큼이나 주변을 압도했다. 높이 솟은 굴뚝에서는 밤낮 없이 연기가 피어올랐다. 캉캉거리는 소리가 불규칙적으로 들려와 잠을 설치기도 했다. 바다와 접한 구주모지 선창의 공터에는 고철덩어리들이 산처럼 쌓여 있었고 그 옆 광장에는 만주로 실고 갈 트럭과 탱크, 포가 **빽빽**하게 차 있었다. 석호는 그 광경을 바라보며 냉소적으로 말한다.

"그래도 결국 일본은 지게 된다."

"일본이 지명 우리나라는 얼케 되는 거우까?"

"해방이 되겠지. 외세에 의해서."

"미국?"

고유수가 입을 연다.

"아님 소련이우까."

"이런들 어떠하리 저런들 어떠하리……."

"하여가(何如歌)를 부르는 걸 보니 석호는 국어선생이었구나."

석호의 빈정거림에 고유수가 킥킥거린다. 하지만 석호는 무표정한 얼굴로 시선을 다시 창밖으로 돌린다. 스스로 독립할 만한 국력도 열정도 잃어버린 나라가 아닌가. 방만식은 석호의 말투나 행동이 김헌일과 많이 닮았다고 생각한다. 그도 책만 읽던 부잣집 도련님이었을까? 그런데 왜 김헌일처럼 다른 사람을 보내지 않은 걸까?

평화로운 시간은 일주일을 넘기지 않았다. 청년들은 순번에 따라 후쿠오카의 탄광촌과 야하타제철소로 분산 배치되었다. 방만식과 석호 일행은 지쿠호의 어느 탄광으로 끌려갔다. 인솔자는 탄광의 소장이었는데 도가다(土方) 십장이라는 험상궂게 생긴 사람들과 함께 나타나 일일이 근로계약서에 사인을 받았다. 일본어를 모르는 만식과 제갈, 고유수는 십장이 가리키는 곳에 무작정 사인이나 지장을 찍었지만 석호는 계약서 내용이 근로자에게 불리하다고 항의하다 뺨을 얻어맞는다. 방만식과 제갈이 석호를 막아서며 두둔하자 소장은 입술을 굳게 다문 채 그의 등 뒤에 서 있던 남자를 짜증스럽게 바라본다. 어깨와 등판에 이레즈미 문신을 한 사내가 누런 이빨을 드러내며 앞으로 걸어 나온다.

"간덩이가 부었구나. 너희 세 놈은 꼭 기억하고 있겠다."

이레즈미 문신을 한 녀석의 이름은 요시무라였다. 생긴 것만큼 음흉한 얼굴에 빈말을 하지 않는 사람이었다. 오사카 출신인 그는 한때 야쿠자의 행동대원으로 활동하다 살인죄로 징역형을 산 적이 있었다. 도가다 십장들은 그를 오야가다(두목)라 불렀는데 근로계약서를 가지고 사라진 소장을 대신해 실질적인 탄광의 관리를 맡고 있었다. 1미터 80센티미터의 장신에 100킬로그램이 넘는 거구로 얼굴엔 개기름이 번들거렸다. 서너 명의 도가다 십장과 함께 다니면서 걸핏하면 조선인 징용자들에게 폭언과 폭력을 일삼았다.

탄광과 인접한 곳에 타코베야라 부르는 숙소가 있었다. 주변은 성인 키보다 높은 철조망으로 둘러싸인 데다 나무로 엮어 만든 초소도 두 곳이나 있어서 숙소라기보단 수용소 같은 느낌이었다. 방만식은 지급품으로 받은 침구와 작업복, 갱내모, 회전지와 일용품을 들고 타코베야의 어둡고 습한 기숙사 안으로 걸어가면서도 불길한 생각을 지울 수 없었다. 뭔가가 잘못되었다. 그런 만식의 속마음을 읽었는지 뒤따라 걸어오던 석호가 나직이 입을 연다.

"이곳은 지옥이다."

"무슨 소리이우까?"

방만식이 뒤돌아보며 묻는다. 석호는 침울한 표정으로 숙소 정문 앞 기둥에 누군가 못으로 긁어 쓴 낙서를 봤다고 말한다.

"한글이었으니 조선인이 쓴 글귀가 분명하다."

"그런 말 하지 맙서. 지옥은 우리 안에 있는 거주. 뭐든 생각하기 나름 아니우까."

"생각보다 낙천적이구나 만식이는……."

"허멍, 여긴 숙소가 아니라 감옥 같긴 하주."

"조선인들이 도망치지 못하게 감시를 하는 거겠지."

그때 도가다 중 한 명이 다가와 석호의 얼굴에 다짜고짜 주먹을 날린다.

"고노야로! 잡담하지 마라."

석호의 코에서 금세 피가 쏟아진다. 그러나 도가다의 주먹질은 멈추지 않는다. 보다 못한 방만식이 도가다 앞을 막아서며 굽신거린다.

"한 번만 봐줍서. 죄송하우다."

"이 새낀 또 뭐야!"

도가다의 주먹이 이번엔 방만식에게 날아간다. 만식은 그의 주먹을 맞으면서도 용서해 달라고 뻗댄다. 방만식의 맷집에 기가 질려 버린 도가다가 멈칫거리는 사이 요시무라가 다가와 묻는다.

"어디서 왔나?"

"제주이우다."

"제주에선 뭘 했나?"

"쇠테우리……."

"쇠테우리?"

"쇠와 말을 키우지 마씀."

"부라쿠민(천민) 녀석이구나."

김빠진 얼굴로 방만식을 내려다보던 요시무라는 바닥에 카악 하고 침을 뱉은 뒤 다시 묻는다.

"저 뒤에 있는 녀석이 네가 모시는 도련님이냐?"

"아니우다."

"그럼, 저 녀석을 두둔하는 이유가 뭐지?"

방만식은 선뜻 대답하지 못한다. 왜 석호 앞을 막아섰을까? 어렸을 때부터 김헌일을 돌보던 습관 때문일까? 아니면 앞에 서 있는 왜놈의 말대로 노비근성 때문일까? 대답을 하지 못하는 방만식의 행동이 오히려 요시무라의 심기를 건드린다. 그는 시뻘게진 얼굴로 소리친다.

"개, 돼지보다 못한 부라쿠민 녀석이 내 질문을 무시해? 너처럼 자존심 강한 부라쿠민일수록 모질게 다루는 게 일본인의 방식이다……. 빠가야로!"

요시무라의 커다란 손이 방만식의 멱살을 잡는다.

"네 녀석들이 얼마나 견디는지 두고 보겠다. 바짓가랑이를 붙잡고 살려 달라고 할 때까지 말이다."

미소를 짓는 요시무라의 표정이 섬뜩하다. 말이 끝나자마자 주변에 있는 도가다들이 방만식과 석호를 둘러싼 뒤 몽둥이질을 한다.

그날 저녁 같은 방을 배정받은 방만식과 석호, 제갈, 고유수는 저녁식사를 하지 못했다. 오야가다인 요시무라의 질문에 곧바로 대답하지 않았다는 이유에서다. 희멀건 된장국에 단무지 몇 조각이 전부인 식사였지만 여관에서 쥐어 준 도시락을 끝으로 아무것도 먹지 못한 네 사람의 배에선 연신 꼬르륵거리는 소리가 울린다.

"연대책임이라는 걸 운운하면서 우릴 이간질시키려는 거야."

퉁퉁 부어오른 얼굴로 석호가 말한다.

"지실(감자)이라도 먹었으멍."

덩치만큼 대식가인 제갈이 힘없이 내뱉는다.

"이렇게 배가 고픈데 아척(아침)까진 어이 견디나……. 정지(부엌)가서 놈삐(무우)라도 훔쳐 올가양."

"게메 마씀(그러게 말이다)."

하지만 모두들 거적때기에 누워 꼼짝도 하지 않는다. 음식을 훔치거나 작업장을 이탈하다 걸리면 갱도에서 영원히 나올 수 없을 거라던 소장의 말이 떠오른 때문이다. 멀리서 사이렌 소리가 울리는 걸 보니 야간작업이 시작되는 것 같다. 시모노세키에 도착할 때까지 품었던 막연한 희망이 절망으로 바뀌는 순간이었다. 그만큼 지쿠호 탄광촌의 첫날은 암울하다. 방만식은 처음으로 죽음에 대해 생각한다. 쓰러진 방만식과 석호를 부축해 주던 조선인 인부가 귀엣말로 요시무라에게 찍히면 절대로 이곳에서 살아 나갈 수 없다고 충고를 해 줬다. 어느새 곯아떨어진 제갈의 코 고는 소리가 나지막이 들려온다. 그때 석호가 혼잣말처럼 중얼거린다.

"혁명이 일어나지 않는 이상 세상은 변하지 않는다……."

8

갈비뼈가 부러진 김헌일은 병원 신세를 져야 했다. 그가 제주읍에 있는 도립병원으로 수송되는 동안 서북청년단의 비서부장은 곤지동을 들쑤시고 다녔다. 먼저 산으로 올라간 최기호의 늙은 노모가 화북지서로 끌려가 고문을 받았다. 평생 물질로 살아온 순박한 그녀는 서북사투리를 쓰는 비서부장의 말을 알아듣지 못했다. 다혈질인 비서부장은 인내심이 바닥나자 말 대신 폭력을 사용하기 시작했다. 반쯤 실신한 상태로 풀려난 최의 노모는 시름시름 앓다가 이틀 만에 숨을 거두었다. 공회당에서 최와 어울렸던 마을 청년들도 줄줄이 화북지서로 끌려갔다. 청년들 역시 비서부장의 폭력 앞에서 자유로울 수 없었다. 어렸을 때부터 최와 단짝이었던 김 노인의 막내아들 문식이는 폭도들의 중간 연락책이라는 누명을 쓰고 제주읍으로 호송되었다.

마을에서 가장 머리가 좋다는 김은 비서부장이 처음부터 눈독을 들이고 있었다. 4.3의 주모자로 알려진 김달삼과 같은 시기에 일본에서 대학을 다녔다는 사실 때문이다. 이 정도 이력이라면 남로당 제주도당 간부로 엮어서 육지형무소로 보내 버려도 어색할 게 없었다. 남선파견대본부(南鮮派遣隊本部)가 있는 대전에서 제주로 내려올 때 서청의 지부장도 작품 하나 정도는 만들어 보라고 했다. 입지를 다지는 데 도움이 될 거란 사실도 빼먹지 않았다. 경비대와 경찰 중엔 제주에서의 전공(戰功)을 바탕으로 고속승진을 하는 경우가 많았다.

초벌구이 하듯 매타작을 당한 김의 얼굴은 붓고 여기저기 피멍이 들어있다. 마주앉은 김은 그러나 매서운 비서부장의 시선을 피하지 않는다.

"얼케 다시 맞고 시작하갔어?"

"이런다고 달라지는 건 없어요."

"어마이 생각도 해야디."

아픈 곳을 찌르는 말이다. 김은 입술을 질끈 깨문다.

"최의 노모가 얼케 된 건 알고 있지비?"

"원하는 게 뭡니까?"

"이거이……. 지장 띡고 끝내자."

비서부장이 타이프로 친 진술서를 내민다. 김은 진술서의 내용을 읽으며 고개를 좌우로 흔든다. 진술서에는 김이 오랜 친구이자 동료인 김달삼과 함께 남로당의 지령을 받아 무장폭동을 일으켰다는 내용이 적혀 있다.

"종일이 형을 찾는다는 핑계로 출세할 생각만 하는군요. 마을 청년들의 목숨을 담보로……."

"동일이 납치하려고 판으 짠 게 누군데 기래!"

말을 끝내기도 전에 탁자를 치며 비서부장이 소리친다.

"질문으 다시 하디. 김달삼이르 알고 있디? 일본에서부터 알고 있었디 않아? 거기서 사회주의 공부 같이 하면서 제주에 폭동을 일으킬 계획으 짠 거이야. 기렇티?"

"말도 안 되는 소립니다. 당신도 잘 알잖아요?"

"이런 쌍!"

탁자를 밀친 비서부장이 김의 가슴을 사정없이 후려 찬다. 김은 힘없이 바닥으로 넘어진다. 비서부장은 쓰러진 김의 목과 턱 사이로 워커발을 가져가 지그시 누른다.

"문식이도 이런 식으로 지장을 찍게 했나요?"

지지 않고 입을 여는 김에게 비서부장은 가소롭다는 듯 말한다.

"간나새끼. 질문은 내가 하는 거디. 넌 묻는 말에나 대답하라!"

"그렇다면 정말 할 말이 없습니다."

생긴 것과는 다르게 호락호락한 녀석이 아니구나. 비서부장은 김을 내려다보며 생각한다. 녀석의 어머니를 잡아 족치기 전까진 절대로 굴복시킬 수 없을 거란 사실도. 그때 취조실 안으로 경관이 들어와 사람이 찾아왔다고 전한다.

"누구야?"

"홍성수라는 사람입니다."

"홍성수?"

비서부장은 곤지동에서 만났던 글쟁이를 기억해 낸 뒤 미간을 찡그린다.

김의 어머니와 함께 모습을 나타낸 홍성수의 얼굴은 초췌하다. 김종일이 산사람들에게 납치당한 이후 한숨도 자지 못한 모양새다. 속옷과 사식을 가지고 화북지서로 들어서는 김의 어머니가 먼저 비서부장에게 허리를 90도 가까이 굽히며 인사를 건넨다. 비서부장은 심드렁한 표정으로 응답하며 뒤따라 들어오는 홍성수에게 악수를 청한다.

"여기까던 무슨 일이오?"

"마을 청년들을 풀어주세요."

다짜고짜 석방 이야기부터 꺼내는 홍성수의 태도가 마음에 들지 않는다. 비서부장은 욱하는 감정을 삭이며 홍성수에게 말한다.

"종일이가 납치르 당했소."

"종일이가 납치를 당한 건 저도 마음 아픕니다. 하지만 마을 청년들과는 관계가 없어요."

"최기호르 알디 않소?"

"……."

"길구 방만식이……. 우리 정보에 의하면 방만식이르 남로당과 깊은 관계르 있소."

비서부장의 말이 낯설게 느껴진다. 언젠가 김헌일은 방만식에 대해 이런 말을 한 적이 있었다. '그저 순하고 제주의 자연을 좋아하는 사람입니다. 올바른 집안에서 자랐다면 꽤 유능한 사람이 되었을 거예요. 선생이든, 의사든, 판검사든, 뭘 해도 어색하지 않은 사람이니까.'

"비서부장의 말을 부정하자는 게 아닙니다. 단지, 마을 청년들 대부분이 산사람들과 관계가 없다는 말을 하고 있는 겁니다."

"책임으 딜 수 있소?"

"원하신다면……."

"그 말 한마디에 당신으 목숨이 달려 있지비."

홍성수를 바라보는 비서부장의 눈에 살기가 인다. 하지만 여기서 물러설 수 없는 홍성수다.

"목숨을 걸라면 걸겠소."

"지금 농담으 하는 게 아니오."

"알고 있어요."

한동안 두 사람 사이에 팽팽한 긴장감이 감돈다. '가방끈 긴 려석드르 이래서 싫티.' 비서부장은 글쟁이 녀석이 사찰주임만 믿고 이런 행동을 하는 거라 믿는다.

"풀어 두기 싫다멘 얼케 할 생각이오?"

"중앙지에 사설을 쓰겠소. 지금 제주에서 일어나고 있는 비상식적인 일들에 대해서 말입니다. 그리고 거기에 관련된 사람들 모두 직책과 이름을 실명으로 거론할 겁니다."

"디금 협박으 하는 겁매?"

"협박이 아니라 진심을 말하는 것뿐이오."

마음 같아선 김과 함께 흠씬 두들겨 팬 뒤 육지형무소로 보내 버리고 싶지만 이내 마음을 추스른다. 괜히 시끄럽게 할 필요는 없으니까. 비서부장은 한 발짝 물러서서 생각한다. 어차피 도망칠 곳도 없는 녀석들이니 말이다.

"종일이가 살아 돌아오디 않으멘 그땐 정말이디 나한테 아무것도 바라디 말기요."

그제야 홍성수도 마음이 풀렸는지 비서부장에게 대꾸한다.

"누구보다 그걸 바라는 사람은 접니다."

9

김종일이 돌아올 때까지 마을을 떠나지 않겠다고 고집을 피우던 한석희를 설득시킨 것도 홍성수다. 최의 어머니가 고문 후유증으로 이틀 만에 숨을 거두자, 최가 다시 산사람들과 함께 마을에 들이닥칠지 모른다는 걱정이 앞선 때문이다. 하나뿐인 외동아들을 위해서라도 제주읍으로 들어가는 게 좋겠다는 홍성수의 말에 그녀는 입술을 질끈 깨물며 짐을 쌌다. 그동안 인선은 도립병원 근처에 방을 얻어 생활하고 있었다. 김종일이 살던 집이 비어 있었지만 시아주방의 물건들이 고스란히 남아 있는 그곳에 머물 자신이 없었다.

병상에서 홍성수의 이야기를 듣는 김헌일은 의외로 담담하다. 아무리 세상이 뒤집어진다곤 해도 사람의 천성이란 쉽게 변하지 않는 법이니까. 방만식은 절대로 형을 해칠 사람이 아니다……. 홍성수는 아직 부기가 빠지지 않은 김헌일의 얼굴을 내려다보며 길게 한숨을 내쉰다.

"형수는 지금 어디에 있습니까?"

"언니와 함께 있고 싶다고 해서……. 남문통 사거리까지 바래다주고 오는 길이네."

김헌일은 고개를 끄덕이며 되묻는다.

"비서부장이 내려가서 마을을 쑥대밭으로 만들었다면서요?"

"마을 청년들이 모조리 끌려가 조사를 받았지. 안타깝게도 최의 어머니는 끝내 돌아가셨어. 그리고 최와 친했던 문식이가 제주 경찰청으로 압송된 뒤에 소식이 끊겨졌네."

"다른 친구들은요?"

"김과 나머지 청년들은 비서부장과 담판을 짓고 겨우 빼내 올 수 있었어."

"어떻게 알고 내려갔답니까?"

"글쎄……. 하지만 그는 영혼이 없는 사람 같았어. 종일이가 저런 사람과 친구였다는 사실이 믿기지 않을 만큼……."

"……."

창밖의 제주읍은 평온하기만 하다. 김헌일은 며칠 전 꾸었던 꿈을 생각한다. 혼미한 상태가 계속되던 날이었다. 숨쉬기가 어려워 새벽까지 몸을 뒤척이다 겨우 잠이 들었을 때 산사람들에게 끌려갈 당시의 모습으로 김종일이 나타났다. 두 손이 쇠줄에 묶인 채 파리한 얼굴로 춥다는 소리를 끊임없이 내뱉었다. 김헌일이 '형님 왜 그러시오? 거기가 어딘데 그리 춥소?'라고 물어도 김종일은 춥다는 말만 되풀이했다.

"형님은 살아 있을까요?"

"그렇게 믿어야지."

하지만 김헌일의 얼굴은 어둡다. 그날 밤, 급히 본가를 나서려는 형을 붙잡지 않았다면 이런 일은 일어나지 않았을 것이다. 병상에 누워 있으면서도 그때 일이 자꾸만 떠올라 그는 몇 번이나 몸을 뒤척이며 한숨을 내쉬었다.

"형님은 어떻게 하실 생각이시오?"

"난 곤지동으로 돌아갈 생각이네."

김헌일이 홍성수를 힘겹게 올려다본다. 그는 더 이상 묻지 말라는 듯 김헌일의 손을 살며시 잡는다.

"어차피 해안이 봉쇄되어 갈 곳도 없으니……. 곤지동에 들어가 해결하지 못한 일이나 정리하고 싶어."

"아직까지도 사람이 죽어 나간다면서요."

"인명은 재천이라 하지 않나. 어쩔 수 없는 일이지……. 나보단

88

자네가 걱정일세. 몸조리 잘하게나."

"차라리, 제가 끌려갔어야 했습니다."

김헌일은 처음으로 속엣 생각을 홍성수에게 털어놓는다.

"이 사람……. 그런 약한 소리를 왜 하나. 제수씨와 어린 조카는 어떻게 하라구."

호흡을 가다듬던 김헌일이 다시 입을 연다.

"왜 절 중간에서 풀어 주었는지 알 수가 없었지요. 그를 보기 전까진."

"무슨 말인가?"

"비석거리 앞 오름 근처에서 왜놈 군복을 입은 사내가 있었습니다. 처음엔 모자를 깊게 눌러서 반신반의했었는데, 차가 불에 탈 때 그 사내의 얼굴을 자세히 볼 수 있었어요. 그리곤 확신이 들었지요. 만식이라는 걸."

홍성수는 당황한 낯빛으로 김헌일을 내려다본다. 옆에 있던 인선도 적잖이 놀란 모양이다.

"사실은…… 자네에게 말하지 않은 게 있어…… 비서부장이 그러더군. 방만식이 남로당과 관계가 있다고 말야."

"모든 게 제 잘못입니다."

인선은 믿기지 않는다는 표정으로 두 사람의 대화를 엿듣는다. 방만식이라면 남편과 죽마고우처럼 막역했던 사이 아닌가. 세상이 어떻게 되려는 것일까? 초주검이 되어 돌아온 남편도, 집안의 기둥이었던 시아주버니의 실종도, 하루아침에 쫓겨나듯 마을을 떠나야 했던 억울한 심정까지 더해져 가슴이 먹먹해진다.

홍성수가 돌아가고 난 뒤 김헌일은 침울하다 못해 고통스러운 얼굴로 병실 천장을 올려다본다. 의사가 회진을 돌 때까지 침묵을 지키던 김헌일이 입을 연 건 저녁식사 시간이 한참 지난 뒤였다.

"형수와 아이가 궁금하구려."

인선은 대꾸하지 않는다. 다만 김헌일이 갈아입은 속옷을 보자기에 쌀 뿐이다.

"시간 내서 다방에 가쿠다게."

마지못해 입을 여는 그녀의 목소리에 퉁명함이 가득하다.

"성진이 걱정이요. 백일도 안 된 녀석이 그런 큰일을 치르고서……."

"만식 삼춘이 얼케……."

참았던 말을 끄집어내려다 결국 뒷말을 잇지 못한다. 김헌일은 아내의 그런 모습을 담담히 받아들인다. 인선의 원망스러운 눈초리에도, 왜 당신만 살아 돌아왔냐고 따져도 변명할 말이 없기 때문이다. 소총을 든 사내가 만식이었다면 시아주버니와 같이 내려올 수도 있지 않았냐고 닦달을 해도 변명할 말이 없기 때문이다. 서슬 퍼런 칼날을 보는 순간 그는 형의 안부 따위를 생각할 겨를이 없었다. 불타는 자동차 옆에서 묵묵히 자신을 지켜보던 사내가 만식이라는 걸 확신하고도 형을 살려 달라고 외치지 못한 이유가 정말 목구멍 속에서만 맴도는 목소리 때문이었을까? 생명에 대한 집착과 공포 때문이 아니었을까? 그런 죄책감에서 김헌일은 결코 빠져나올 수가 없었다.

10

별도봉을 지나 붉은오름으로 행군하는 동안 방만식은 절뚝거리며 끌려가는 김종일의 뒷모습을 무심히 바라본다. 따지고 보면 그와는 처음부터 원수 질 일이 없었다. 주인집 장남으로 서울서 유학하고 돌아온 샌님에 불과했으니까. 겨우 한글을 뗄 수 있었던 쇠테우리 방만식과는 태생부터 살아온 환경까지 모든 게 달랐다. 정이 많은 김헌일과 달리 김종일은 방만식을 종 부리듯 대했지만, 그렇다고 나쁜 인간은 아니었다. 아버지를 닮아 냉정하고 이재에 밝은 편에다 일찍부터 일본을 동경해 왔던 것뿐이었으니. 일본이 전쟁에 패하지 않았다면 그는 시모노세키나 오사카에서 창씨개명을 한 일본이름으로 평범하게 살아 갔을지 모른다.

앞장서 걷던 일본도 사내가 뒤돌아서서 방만식을 기다린다. 한라산 꼭대기에 걸린 만월이 제주의 밤을 밝히고 있다.

"도당 군사부에서 좋아하지 않을 겁니다."

일본도 사내가 기다렸다는 듯 말을 꺼낸다.

"구승(불평) 호지 맙써."

"그래도……."

"호�끔만 이십서게. 지대장이 맘에 걸린다멍 내가 해결하주."

일본도는 대꾸하는 대신 앞서 가는 김종일을 바라본다. 육중한 몸에 절뚝이는 뒷모습이 마치 도축장에 끌려가는 돼지 같다. 차라리 가금이었다면 소대원들의 주린 배라도 불릴 수 있을 텐데. 일본도는 기동부대를 맡고 있는 방만식의 행동을 이해할 수 없다. 사령부의 명령대로라면 김종일은 연디동산에서 총살시켜야만 했다.

 김종일은 정보부에서 건너온 리스트의 앞장에 있던 사람이었다. 사업을 위해 서청의 간부들에게 금전적인 지원을 하고 있었기 때문이다. 친일경력의 고문경찰들과도 친분이 두터워 제주읍 특별위원회에서도 그에 대한 정보를 수집하고 있었다. 서청과 경찰들의 가혹행위는 이미 도를 넘어 고문치사나 공개처형까지 가책 없이 저지르던 때라 더더욱 그를 용서할 수 없었다. 사무실에 위장 취업한 민주여성동맹 소속의 비서로부터 김종일이 모일 모시에 곤지동으로 들어간다는 정보가 흘러나왔다. 그 정보는 통신대를 통해 사령부로 전달되었고 훈련 중이던 유격대로 곧 작전이 하달되었다. 먼저 마을 주변의 전화선을 끊고 도로 곳곳에 웅덩이를 파거나 돌맹이를 쌓아서 응원경찰의 진입을 막았다. 김종일이 집으로 들어가는 걸 확인한 최가 마을 앞에 대기 중이던 기동부대에 신호를 보냈다. 방만식은 마을로 내려가는 대신 일본도에게 명령했다. 죽이지 말고 살려서 데려올 것. 그때부터 일본도는 방만식을 이해할 수 없었다. 김종일의 동생을 함께 끌고 왔을 때도 방만식은 매서운 눈초리로 그는 풀어주고 떠난다고 말했다.
 "어떻게 하실 생각입니까?"
 "전향한다멍 큰 힘이 될 거우다."
 "죽이지 않고 같이 입산한다는 뜻입니까?"
 방만식은 대답 대신 고개를 끄덕인다.
 "이런 적은 없었어요. 더구나 우리의 아지트까지 노출될 위험이……."
 "나한테 맡기멍 되는 거우다."

서청의 프락치 같은 놈을 그토록 살리고 싶어 하는 이유가 무엇일까? 김종일은 자신의 사리사욕을 위해 제주도민들의 고통을 외면하고, 오히려 그 가해자들에게 양심을 판 사람이다. 절대로 용서할 수 없는 일이지 않은가. 일본도는 김종일에게 다가가 보란 듯이 그의 등을 밀치며 빨리 걸으라고 호통을 친다.

제주읍을 우회해 거문오름에 다다를 무렵 하늘은 어느새 푸른 빛을 내뿜기 시작한다. 날이 차츰 밝아오면서 어디선가 까마귀 울음소리가 처량하게 들려온다. 김종일은 졸음을 이겨 내지 못하고 반쯤 눈을 감은 채 비틀거리며 걷는다. 그의 곁에 선 무장대들도 마찬가지다. 혹시 있을지 모를 토벌대의 추적을 피해 밤새 행군한 탓이다. 99식 소총을 어깨에 둘러멘 방만식이 제일 먼저 거문오름의 중턱을 넘어선다.
왜정시대에 만들어진 갱도진지가 오름 중턱에서부터 군데군데 그 모습을 드러낸다. 진지 주변은 잡풀과 넝쿨이 우거져 쉽게 눈에 띄지 않는다. 오름 정상에 교대로 보초를 세우면 나머지 대원들은 갱도진지 안에서 잠을 청할 수 있을 것이다. 낮 동안 이곳에서 휴식을 취한 후 이동한다면 내일 새벽까진 관음사에 도착할 수 있을 것 같았다. 호흡을 가다듬던 방만식이 주먹을 불끈 쥐며 휴식이라고 외친다. 몇몇 소대원의 입에서 탄성이 터져 나온다. 심기가 불편해 있던 일본도도 그 자리에 주저앉아 수통부터 꺼내 든다.
김종일 역시 하얗게 질린 얼굴로 갱도진지의 이끼 낀 시멘트벽에 몸을 기대고 앉아 가쁜 숨을 내쉰다. 입술이 부르튼 그는 목이 마른지 연신 마른 침을 삼킨다. 만식이 다가가 말없이 수통을 내민다. 김종일은 만식과 눈도 마주치지 않은 채 수통을 빼앗듯 양손으로 움켜쥐고 주둥이 부분을 입으로 가져가 벌컥거리며 물을 마신다. 방만식은 그 모습을 내려다보며 지쿠호 탄광에서의 생활을 떠올린다. 새벽부터 시작된 고된 노동은 늦은 밤이 되어야 끝이 났다. 언제 무너질지 모르는 갱도의 깊은 곳까지 탄차를 끌고 들어가 작업을 했다. 전등 없이는 한 치 앞도 분간할 수 없는 어두운 곳이었다. 곡괭이 자루로 찍어 댈 때마다 고스란히 그 충격이 몸으로 전해졌다. 여러 번 물집이 잡힌 손바닥은 어느새 거북이 등처럼 굳은살이 박여 감각이 둔해졌다. 12시간씩 2교대로 시작되는 근무는 휴일도 밤낮도 없었다. 안남미와 옥수수를 섞어 만든 잡곡밥에 감자껍질이 들어간 된장국과 절인 무로 끼니를 때우다 보니 항상 배가 고팠다. 한 달도 지나지 않아 얼굴이 누렇게 뜨고 손발이 부어올랐다. 거기다 요시무라의 괴롭힘은 집요하다 못해 끈질겼다. 케이블선을 가지고 다니면서 회초리처럼 등짝을 후려치거나 할당량을 채우지 못했다는 핑계로 작업시간이 끝난 뒤에도 갱도를 나오지 못하게 막아섰다. 언제부턴가 모두들 말을 잃어갔다. 노예처럼 일어나 일하고 쓰러져 자는 일이 반복되었다. 하루하루를 견디는 길밖엔 지쿠호 탄광에서 살아남는 방법은 없어 보였다.

"주린 배를 물로 채우멍 오늘도 무사히를 외치는 게 일과가 되엇수다."

방만식은 모자를 벗어 허리춤에 찬 뒤 한쪽 무릎을 꿇고 앉아 혼잣말처럼 내뱉는다. 수통에 들어 있는 마지막 한 모금의 물방울까지 마신 뒤에야 김종일은 겨우 방만식의 목소리를 알아본다.
한동안 침묵이 흐른다.

"만식이……."

김종일이 수통을 내밀며 묻는다.

"그 일 때문인가?"

"무슨 생각을 하던 나와는 상관 없수다. 종일 성은 처음부터 제
주도당의 타켓이었주."

"그런데도 왜 날 아직까지 살려 뒀나?"

"헌일이 때문이주."

"헌일이?"

방만식은 고개를 끄덕인다.

"헌일이가 날 살렸듯이 나도 성님을 살릴 거우다."

"날 원망하지 않나?"

"후쿠오카에 있으멍……. 영감과 성님을 많이 원망했수다."

방만식은 목 뒤의 흉터를 보여준다. 요시무라가 휘두른 케이블
선에 맞아 생긴 흉터였다.

"지쿠호 탄광엔 한인 징용자들이 많이 있었주. 그들을 통해 전
세상을 알았수다. 왜 세상이 변해야 하는지도……. 하멍 지금 생
각하멘 원망할 일만도 아니주. 후쿠오카에 가지 않았다멘 그저
그런 인생을 살으멍 했겠주."

"헌일이한테는 왜 말하지 않았나? 일본으로 떠난 이유를……."

"헌일이가 상처받는 걸 원하지 않았주."

쓸쓸한 미소가 인다. 친형제보다 두 사람의 사이가 더 끈끈해
보였기 때문이다. 김종일은 반쯤 체념한 얼굴로 방만식을 바라

본다.

"우리 김씨 집안을 이을 아들놈이 태어났어. 그 녀석을 유복자로 만들고 싶진 않아."

"서청과 경찰 때문에 가족을 잃은 사람이 많수다……. 그 고통을 성님은 이해할 수 없을 거우다."

방만식의 표정에서 어떤 결의 같은 게 보인다. 한편으로는 서청의 비서부장과 호형호제하며 가깝게 지내는 종일을 나무라는 것도 같다. 그의 눈빛이 변한 건 후쿠오카에서 돌아온 뒤부터다. 일본에서 어떤 일을 겪었는지 알 순 없지만 그는 과거의 순박하고 무던한 성품의 방만식이 더 이상 아니었다.

"헌일이한테 듣기 전까진 자네가 화북지서에서 고초를 겪었다는 걸 정말 몰랐어. 알았다면 내가 먼저 손을 썼을 거야."

"지나간 일이지멍."

"날 어떻게 할 생각인가?"

"관음사로 데리고 갈 거우다."

"관음사?"

"그곳에서 정치지도원 동무를 만나기로 했수다. 그와 성님을 살릴 방법을 의논할 거우다."

"그가 날 죽이려 한다면?"

방만식은 대답하는 대신 김종일을 넌지시 바라본다.

"죽음이 두렵수?"

"죽음을 두려워하지 않는 사람도 있나?"

"곧 만나게 될 거우다. 죽음을 두려워하지 않는 사람들을……."

잠시 뜸을 들인 뒤 방만식이 다시 입을 연다.

"그 사람들을 벼랑 끝으로 내몬 이가 비서부장 같은 도살자들과 권력에 눈이 먼 정치꾼들이우다. 가장 사랑하는 사람을 잃게 만들고 목숨을 담보로 남이냐 북이냐를 강요하는 거주. 겐데 성님은 그들과 어떻게 친구처럼 지낼 수 있수과? 돈 때문이라멘 성님 말대로 그들이 결코 용서하지 않을 거우다."

11

한석희를 보며 인선은 짐짓 당황함이 앞선다. 새빨갛게 립스틱을 칠한 입술에 분을 두껍게 바른 피부는 창백할 만큼 희고 아름답다. 가지런한 이를 드러내며 함박웃음을 짓고 있는 그녀의 얼굴이 다방에서 제일 눈에 띈다. 김종일이 산사람들에게 끌려간 뒤 쫓기듯 곤지동을 빠져 나올 때만 해도 그녀는 초췌한 모습에 생기라고는 없어 보였다. 군복 입은 사내들 틈에서 농밀한 농담을 주고받는 그녀의 모습이 인선에게는 그래서 더 가슴 아프다.

경찰과 정답게 이야기를 나누던 한석희가 카운터 근처에서 엉거주춤 서 있는 인선을 발견하고 눈짓을 한다. 인선은 말없이 부엌 쪽으로 걸어간다. 부엌 한켠에서 설거지를 하고 있던 주방 아주머니가 인선을 알아보고 인사를 건넨다. 그녀는 부엌을 지나 2층에 있는 방으로 올라간다.

일본식 다다미방으로 두 자 크기의 창문이 외따로 나 있다. 창 밖으로 원정로 주변이 내려다보인다. 제주경찰서와 도청, 관덕정, 읍사무소, 식산은행이 있는 제주읍의 중심지다. 인선은 잠시 창

밖을 바라보다가 무릎을 꿇고 앉는다. 배고파 울던 성진은 지친 듯 그녀의 등에서 새근거리며 잠들어 있다. 그녀는 성진을 다다미방 중앙에 조심스레 눕히고 벽에 기대어 앉는다. 눈매와 콧날이 영판 김씨 집안 사내다. 인선의 얼굴에 살며시 미소가 인다. 남편에겐 이야기하지 않았지만 그녀는 시간이 날 때마다 한석희 대신 성진을 돌보고 있었다.

화장대 앞에는 일제 화장품이 어지럽게 널려 있고 옷걸이에는 화려한 색깔의 속옷이 걸려 있다. 인선의 입에서 절로 한숨이 튀어나온다. 시아주버니가 납치되지 않았다면 이런 낯 뜨거운 일은 일어나지 않았을 것이다. 밖에서 들리는 사내들의 웃음소리가 인선에게는 더없이 고통스럽다.

방으로 들어오는 한석희의 얼굴에는 피곤함이 묻어 있다. 경찰들 앞에서 환하게 웃던 모습은 찾아볼 수 없다. 그런 그녀의 얼굴을 인선은 정면으로 바라보지 못한다. 성진의 분유값 명목으로 받는 돈 때문이다. 손위 동서로서의 위엄과 김씨 집안의 권위가 하루아침에 조각난 까닭도 있을 것이다. 한석희는 잠든 성진의 얼굴을 멍하니 바라본다.

"서방님은 어떠세요?"

"퇴원 준비 하고 잇주……. 곧…… 해야주."

곤지동에 있을 때와 달리 한석희 또한 인선을 대하는 태도가 어색하다.

"꼭 이곳에서 일을 해야 하수꽈? 남편이 시아주방 회사에 갈 생각을 하던데…… 게메…….."

"저들이 복수를 해 줄 거예요."

한석희는 차분하게 대답한다. 인선은 그녀의 반응에 그저 마음속으로 놀랄 뿐이다. 김종일과 김헌일이 끌려가고 난 뒤에 안절부절못하던 인선과는 달리 차분하게 짐 정리를 하던 한석희였다. 짐을 싸 놓으라고, 앞오름 근처에 자동차를 세워 두고 왔다고, 혼잣말처럼 내뱉으며 아침 해가 뜰 때까지 마루방에 걸터앉아 김종일을 기다리던 그녀의 모습이 아직도 눈앞에 선하다. 김헌일을 지게에 메고 돌아온 홍성수가 시아주방을 찾을 수 없었다는 불행한 소식을 전할 때에도 그녀는 동요하는 기색이 없었다.

"무슨…… 그런 말을 함써……."

"아침에 업혀 온 사람이 서방님이 아니라 성진이 아버지였다면 어떻게 했을 것 같아요?"

"……."

인선은 아무 말도 할 수가 없다. 한석희의 갈라지는 듯한 목소리에서 그날의 아픔이 고스란히 묻어 나온다. 입술을 질근 깨문 한석희가 가슴을 풀어헤친다. 탱탱해진 유두에서는 희멀건 젖 방울이 맺혀 있다. 성진을 보듬어 안고 가슴에 얼굴을 가져간다. 아이는 본능적으로 입을 우물거리며 한석희의 가슴을 찾는다. 인선은 안타까운 시선으로 두 모자를 바라본다. 조그만 입으로 소리가 날 만큼 힘차게 젖을 빠는 성진과 그 얼굴을 슬프게 내려다보는 한석희의 모습에서 인선은 눈을 뗄 수가 없는 것이다.

12

사찰주임은 홍성수를 감찰청이 아닌 그의 숙소로 안내한다. 숙소는 감찰청에서 100미터쯤 떨어진 5층짜리 신식 건물이다. 왜정시대 때부터 운수회사 건물이었던 이곳에는 사찰주임뿐 아니라 육지서 들어온 경찰 간부들이 묵고 있었다.

사무실로 사용되던 곳이라 사찰주임이 기거하는 방은 넓고 창문이 많다. 동쪽으로 난 벽은 전부가 날일(日)자형 창문이다. 사찰주임은 군용 모포가 깔린 간이침대에 엉덩이를 깔고 앉아 홍성수에게 담배를 권한다. 창가에 서 있던 홍성수가 다가가자 사찰주임은 미군들이 사용하는 지포라이터와 함께 럭키 스트라이크 한 개비를 그의 손에 쥐어 준다.

"제주읍엔 언제 들어왔습니까?"

"며칠 되지 않았어요······."

"비서부장이 종일일 찾기 위해 동분서주한다고 들었소."

"죄 없는 마을 청년들이 그 때문에 많은 고초를 겪었습니다."

"그 친구······ 처음엔 복수에 눈이 멀더니 지금은 출세욕에 혈안이 되었소."

사찰주임은 침대에서 일어나 책상 앞으로 걸어간다.

"세상일이란 게 원래 그런 것 아니겠소? 어차피 우리 힘으로 이룬 독립도 아니니까······. 대신 피 흘리며 왜놈들과 싸운 건 미국이었지. 당연히 그들 입맛에 맞는 정부를 세우고 싶어 하는 게 자연스러운 거요. 그런 면에서 소련과 김일성은 날강도 같은 놈들이지. 크크크······."

시레이션 상자를 집어 들며 말을 잇는다.

"양키들은 뭐든 나눠 주려고 해요. 놈들에게 손을 벌리면 두말하지 않소. CIC사무실에서 시레이션 상자를 얻어 오는 경우도 더러 있죠. 여긴 갈수록 어려워지는데 말이오. 더구나 이북에서 넘어온 서청 아이들이 물 만난 고기떼처럼 휩쓸고 다니니……."

사찰주임은 시레이션 상자를 홍성수에게 건네고 다시 침대로 걸어가 앉는다.

"혜화전문학교 시절엔 홍성수라는 이름이 꽤 유명했지요. 1학년 땐가…… 신문에 소설이 실렸으니까."

"기억하고 있을 줄은 몰랐소."

"저도 한때는 괴테에 심취해 있었지요. 지금 생각하면 낯 뜨겁긴 합니다만……. 하지만 여기선 모든 게 이성으로 판단하기가 어렵게 되었소. 며칠 전에는 고문 전문가들이 서울서 내려왔지요. 그네들이 하는 일이라고는 왜정시대 때와 달라진 것이 없소. 단지, 빨갱이를 골라 낸다는 것 외에는."

"메피스토펠레스에게 영혼을 팔아 버린 녀석들이겠죠."

"말조심해야지. 요즘엔 세치 혀와 손가락이 제일 무서운 법이오. 요놈 하고 찍으면 그것으로 모든 게 끝장이니까."

사찰주임은 미소 띤 얼굴로 홍성수를 바라본다. 그리고 손가락으로 그의 가슴을 가리킨다.

"왜 곤지동으로 다시 들어가려는지 그 이유를 물어봐도 되겠소?"

망설이던 홍성수는 솔직해져야 한다는 걸 깨닫는다. 사찰주임에게 사생활을 털어놓는 게 싫지만 그의 도움 없인 곤지동으로 들어갈 방법이 없다.

"사귀는 여자가 있어요. 그녀와 함께 서울로 올라가는 게 언제부턴가 유일한 소원이 되어 버렸소."

담배를 피우던 사찰주임이 홍성수를 한동안 노려보다가 웃음을 터뜨린다. 얇은 입술과 가지런한 치아 때문에 그의 웃는 인상이 홍성수에게는 오히려 차갑게 느껴진다.

"결국엔…… 사랑이 문제였군……. 실례가 되지 않는다면 여자의 이름을 알고 싶군요."

"권… 유… 순……."

"아! 비서부장도 그 여자 이야길 하더군요……. 남편이 징용으로 끌려갔다 돌아오지 못했다고……. 역시, 작가답게 홍 선생도 미인을 알아보는군."

다시 군용 침대에서 일어난 사찰주임은 창문 사이로 피우던 담배를 집어던진다.

"그런 일이라면 마땅히 도와 드려야지. 내일 오전 중으로 만날 약속을 합시다. 재수가 좋으면 토벌 나가는 경비대 트럭을 얻어 탈 수도 있을 테니까……. 자, 그 이야기는 이것으로 끝내고……, 어떻습니까? 나와 술 한잔하겠소? 이 건물 지하에 바(bar)가 있지요. 아가씨들도 마음에 들 거요."

홍성수는 마지못해 고개를 끄덕인다. 사찰주임은 유쾌한 듯 그의 어깨를 두드리고 나서 세 자 크기의 옷장으로 걸어간다. 그가 외출복으로 갈아입는 동안 홍성수는 권유순의 얼굴을 떠올린다. 떨어져 있으면 있을수록 그녀에 대한 그리움으로 홍성수의 가슴은 가득 차는 것이다. 혹시, 험한 일이라도 당하진 않았을까? 마음 졸이며 밤잠을 설친 적이 한 두 번이 아니었다. 말끔한 정장 차림의 사찰주임이 나가자는 손짓을 한다. 홍성수는 말없이 그의 뒤를 따라 복도로 나선다. 맞은편에서 술에 취한 듯 비틀거리며 걸어오던 경위가 사찰주임에게 아는 척을 한다. 그 남자 뒤에는 10대 후반으로 보이는 소녀가 겁먹은 얼굴로 서 있다. 홍성수는 소녀와 눈길을 마주치지 못한다. 계단을 내려가면서 사찰주임은 복도가 울릴 만큼 큰소리로 홍성수에게 말한다.

"저 친구는 4월 초에 제주에 들어왔죠. 몇 번 토벌을 나갔다 오더니 술과 여자 없인 하루도 살 수 없는 인간이 되었소. 그것도 나이 어린 여자만 골라서 말이오. 하하하……. 전부가 미쳐 가고 있는 게 아니겠소?"

홍성수는 여전히 침묵을 지킨다. 다만, 제주읍을 벗어난 중산간 지방에서 어떤 일들이 벌어지고 있는지 궁금해질 뿐이다.

지프에서 내려 연병장을 걷는 동안 홍성수는 철조망 안에 있는 노약자와 부녀자, 아이들을 보고 놀란다. 천막과 건물 안에는 그보다 많은 수의 사람들이 수용되어 있을 것이다. 사찰주임은 먼지바람이 일자 신경질을 부린다. 손수건으로 입과 코를 막으며 걷는 그에게 홍성수가 묻는다.

"무슨 죄를 지은 겁니까?"

"폭도들이오. 토벌이 본격적으로 시작되면서 수용소 안이 비좁을 정도가 되었죠……. 아무튼 이 냄새엔 적응이 되지 않소. 지나다닐 때마다 이런 역겨운 냄새를 맡아야 하다니……."

"노약자나 부녀자, 아이들이 많군요."

"저 아이들이 빗개를 서는 겁니다. 봉오리에 올라가 교대로 망을 보지요. 경찰이나 경비대가 토벌을 나가면 나팔을 불거나 깃발을 흔들어 그 사실을 폭도들에게 알리기 위해섭니다. 그리고 부녀자들은 폭도들에게 옷과 식량을 구해 산으로 올려 보냅니다. 물론, 경찰과 경비대의 동향도 함께 말이오. 그러니 폭도와 다를 게 없는 거지."

"저 사람들은 그럼 어떻게 되는 겁니까?"

"저 중에서 남로당 놈들을 골라내야지. 골수 빨갱이들 말이오. 경비대 아이들이 그것 때문에 요즘 골치가 아픈 모양이오. 얼마 전부턴 양민증을 만들어 나눠준다고 들었소."

홍성수와 사찰주임은 운동장을 가로질러 100미터가량을 걸어 들어간다. 제주 농업학교의 교정은 4.3 이후 개편된 연대의 본부 건물로 사용되고 있었다. 건물 입구에 들어선 두 사람은 옷에 묻은 먼지를 털어내고 현관 안으로 들어선다. 건물 입구에서 경계 근무 중이던 군인이 사찰주임에게 거수경례를 붙인다. 1층 복도로 들어서는 홍성수의 몸이 움츠러든다. 이곳 어디에선가 서울에서 내려온 고문 전문가들이 제주도민들에게 끔찍한 고문을 자행하고 있을 것만 같다. '작전 3과'라는 문패가 걸린 사무실 앞에서 걸음을 멈춘 사찰주임이 홍성수에게 말한다.

"잠시만 기다려 주시오."

홍성수는 고개를 끄덕인다. 사찰주임이 문 안으로 사라지자 그는 복도를 두서없이 서성인다. 1년 전만 해도 교실로 사용되던 이곳을 이제는 부산과 대구에서 들어온 경비대들이 차지하고 있었다. 10평 남짓한 사무실 안에는 따분한 듯 군인들이 의자에 모여 앉아 수다를 떨고 있다. 한 사내가 이북 사투리로 제주 여성에 대한 너저분한 이야기를 하면 주변에 모인 군인들이 웃음을 터뜨리거나 박수를 친다.

얼마 지나지 않아 사찰주임이 젊은 장교와 함께 복도로 나온다. 대위 계급장을 단 그는 호남형에 키가 큰 사내다. 홍성수에게 손을 내밀며 악수를 청한다.

"작전 3과에 윤 대위라 하오. 주임에게 대충 이야길 들었습니다만……. 그곳에 들어가는 건 토벌 작전이 끝난 뒤가 어떻습니까? 중산간 마을을 중심으로 여기저기 산발적인 전투가 벌어지고 있어요."

"그러니까 더욱 불안한 거겠지."

옆에 있던 사찰주임이 끼어든다.

"농담이 아니라…… 화북은 인민위원회가 어느 지역보다 견실했던 곳입니다."

"방법이 없을까요?"

홍성수의 간절한 마음을 읽었는지 대위는 다소 누그러진 말투로 대답한다.

"오늘 작전 나가는 곳이 몇 군데 있긴 합니다만, 화북리 쪽으로는 없는 걸로 압니다. 설사 그쪽으로 가는 차편을 구한다 해도 안전을 장담할 수 없고요."

"각오하고 있습니다."

대위는 머리를 좌우로 흔들며 웃는다.

"참…… 난감해요. 동창이 여기까지 찾아와 부탁하는 일이니

105

모른 체할 수도 없고……. 민간인에게 불하해 준 일제 군용 트럭이 있어요. 게중에 징발된 트럭을 이용하는 방법이 있긴 합니다만……."

"그렇게라도 힘써 보지. 싫은 소리라도 한다면 내가 가만있지 않을 테니까……. 생각난 김에 지금 연락해 보는 건 어때?"

옆에 있던 사찰주임이 다시 홍성수와 대위 사이에 끼어든다.

"트럭 기사에게 얼마간의 돈도 쥐여 줘야 할 겁니다."

대위는 장담할 수 없다는 말을 덧붙이고는 문 안으로 사라진다. 사찰주임은 사무실 안으로 들어가는 젊은 대위의 뒷모습을 보면서 입을 연다.

"저 친구 말로는 심각한 교전은 없다고 하더군. 그래도 제주읍을 벗어나는 건 위험한 일이니까……. 쌍방 교전으로 생기는 사망자보다 종일이처럼 납치되거나 야밤에 살해되는 경찰이나 민간인이 더 많다고 하니 말이오……."

"무법천지가 되어 버린 까닭을 모르겠어요. 난 아직까지도 누가 적인지 아군인지 분간이 가지 않아요. 육십 먹은 노인이나 열 살이 채 되지 않은 아이들까지 수용소에 갇혀야 하는 이유를 말이오. 도대체 저들 중에 주임이 말하는 빨갱이라는 자가 몇 명이나 될 것 같소?"

"그래서 북로당이나 남로당 빨갱이 녀석들이 간악하다는 것이오. 순진한 제주도민들 선동해 폭동을 일으키고, 정작 토벌이 시작되면 모습을 감추어 버리니까."

홍성수는 사찰주임의 말을 들으면서 곤지동에서 사라진 문식이를 떠올린다. 일본 유학파인 김명호는 거짓 진술서까지 강요받지 않았던가.

"미군정청도 그들을 합법적인 정당으로 인정하지 않았습니까?"

"남로당을 정당으로 인정한 건 미군정청의 오판이었소. 폭도들이 남로당과 관계가 있다는 것 또한 명백한 사실로 밝혀졌으니까. 제주에서 일어난 총파업과 5.10선거 반대 운동이 얼마나 조직적으로 이루어졌는지 그 하나만 살펴봐도 알 수 있는 일이지. 더구나, 올 1월엔 남로당 제주도당본부를 습격해서 얻은 정보도 있어요. 선거를 앞두고 특사령이 내려지는 바람에 유야무야되어 버렸지만 말이오."

"파업과 단정 단선 반대는 정당한 이유가 있었던 겁니다. 김구 선생과 김규식 선생도 이번 선거를 반대하고 북으로 가지 않았습니까? 일본의 군국주의 시대에도 제한적이긴 하지만 언론의 자유, 집회의 자유를 보장받았어요. 해방이 되고, 새 세상이 왔다고 서로 부둥켜안고 좋아하던 때가 엊그제인데, 이제는 서로에게 총칼을 들이대고 있는 겁니다."

"폭도는 폭도일 뿐이지."

"물론이오. 폭도는 폭도일 뿐이죠. 하지만 곤지동에서 취조를 당한 청년들이 주임이 말하는 빨갱이 폭도들이라면 나는 납득할 수가 없어요. 그들은 단지 조선의 장래를 걱정할 뿐이었소. 힘없는 나라, 가난한 나라를 둔 청년들이……."

"편 갈라 싸우는 덴 정의가 필요하지 않소. 중요한 건 누가 먼저 시비를 걸었느냐지. 그 다음엔 받은 만큼 돌려주고 다시 원상태로 만들어 놓으면 그만이오."

"그게 가능하다고 생각하시오?"

"엎질러진 물을 담기는 불가능하겠지. 하지만 그 물이 땅속에 스며들기 전에 파헤치는 것은 가능한 일이오. 그것이 우리가 할 일이지."

"곤지동에서 압송된 마을 청년도 포함해서 말입니까?"

"물론이오. 적어도 종일이 산 폭도들로부터 지목을 받았다는 건 알고 있었으니까……."

"그는 지금 어디에 있습니까?"

"제주읍으로 압송된 뒤의 일은 나도 모르겠소. 하루에도 수십 명의 빨갱이들이 제주읍으로 압송되는 형편이니까. 재판을 받았는지 아니면 육지형무소에서 실형을 받아 살고 있는지……."

"문식이란 청년에 대해서 알아볼 순 없습니까?"

"지은 죄가 없다면 곧 풀려나겠지……. 안 그렇소?"

홍성수의 표정이 굳어진다. 사찰주임은 홍성수에게 답변을 하는 대신 '작전 3과'의 사무실 문으로 시선을 돌린다.

13

1944년 가을부터 일본 본토에까지 미군의 폭격이 시작되었다. 한인 징용자들 사이에 일본이 패망할지 모른다는 소문이 나돌았다. 하지만 지쿠호 탄광에서의 생활은 오히려 열악해져 갔다. 썩은 내가 풍기는 잡곡에 소금을 넣어 끓인 무국으로 끼니를 때우거나 감자나 호박죽으로 허기진 배를 채우는 날이 많아졌다. 한 달에 한 번 꼴로 떨어지는 대량생산령의 할당량을 채우기 위해

12시간 이상을 갱내에서 일을 해야 할 때도 있었다. 부실한 식단과 고된 노동을 견디지 못하고 도망치거나 사고로 부상을 입는 징용자들이 늘어났다. 졸다가 탄차의 레일에 발등이 깔리기도 하고 낙반사고로 목숨을 잃는 경우도 있었다.

서생에 가까웠던 석호는 언제부턴가 천식을 앓기 시작했다. 노인처럼 가래 끓는 소리에 기침을 달고 다녔지만 탄광의에게 아무런 조치를 받지 못했다. 탄가루와 분진 때문에 천식과 폐렴을 앓는 징용자들이 많았지만 모두 석호와 같은 처지였다. 40도를 오르내리는 갱도 안의 열기를 참을 수 없었던 제갈은 알몸으로 작업을 하다 생긴 타박상으로 언제나 붉거나 퍼렇게 멍이 들었다. 고유수는 10킬로그램 이상 살이 빠진데다 영양부족 때문인지 탈모까지 생기면서 나이보다 훨씬 더 늙어 보였다. 제갈은 고유수를 볼 때마다 '그런 얼굴로 장가가긴 걸렀수다'라며 농을 건넸다. 방만식도 갱도 폭파 때 날아온 파편에 맞아 앞니 두 개를 잃었다. 제갈은 방만식에게도 '깨진 이빨 새로 탄가루 다 들어가겠수'라고 너스레를 떨었다. 탄광에서 일하는 동안 감정도, 생각도, 얼굴 표정까지도 무디어져 갔지만 천성이 낙천적인 제갈은 여전히 분위기를 살리려 노력했다. 하지만 탄광에서의 생활은 앞날이 보이지 않았다. 그나마 가질 수 있는 희망이라면 계약이 끝난 뒤 목돈을 챙겨 고향 제주로 돌아가는 꿈을 꾸는 거였다. 혈혈단신 피붙이라곤 없는 방만식도 제주의 산과 들을 늘 떠올렸다. 제주의 맑은 공기와 자유가 무엇보다 그리웠다.

그러나 현실은 생각했던 것보다 가혹했다. 그 중심에는 요시무라와 도가다들이 있었다. 일본의 패색이 짙어지자 요시무라는 한인 징용자들이 파업을 일으키거나 폭동을 조장할지 모른다는 두려움을 가지게 되었다. 특히 석호를 눈엣가시처럼 싫어했는데 언제부턴가 석호를 중심으로 한인 징용자들이 단체행동을 하면서 일본인과의 차별대우나 작업환경 개선을 요구하는 일이 많아졌기 때문이다. 해고수당과 귀향여비를 두고 협상을 할 때에는 석호에게 소장이 직접 고개를 숙이며 해명을 해야만 했다.

"벌레 새끼 한 마리도 못 잡는 무능한 녀석이 대장 노릇을 하고 있으니……. 쯧쯧."

협상을 하고 돌아가면서 소장이 던진 말 한마디에 요시무라는 자존심에 큰 상처를 입었다. 오사카의 뒷골목을 휩쓸고 다니며 공포의 대상이었던 그가 조센징 한 놈 때문에 무능하다는 소리까지 듣게 되었으니 부하들에게도 체면이 서지 않았다. 그때부터 요시무라는 석호를 쥐도 새도 모르게 없애 버릴 생각을 하게 되었다.

1945년이 7월이 다가올 무렵 지쿠호 탄광에 또다시 사고가 발생했다. 갱도 내의 가스폭발로 8명의 사망자와 13명의 실종자, 다수의 부상자가 생겼다. 지쿠호 탄광은 메탄가스가 자연 발생하는 갑종탄광이어서 가스폭발사고가 종종 일어나곤 했다. 탄광의 노무자와 청원순사, 갱내 담당자, 탄광 의사로 이루어진 구조대가 곧 조직되었다. 무너진 갱도 안에는 13명의 실종자들이 있었고 그들 중에는 아직 생존자가 있을지도 몰랐다. 하지만 구조작업을 벌이는 일은 위험을 감수해야만 했다. 갱도 내 잔존가스가 남아 있는데다 추가 붕괴의 위험성도 존재하기 때문이다. 요시무라는 이 기회를 놓치지 않았다. 방만식과 석호를 비롯해 회사와 대립각을 세웠던 직원들을 우선적으로 구조대에 편입시켰다. 매몰된 인부들 중에는 한국인 징용자가 많아 선택의 여지가 없었다.

"아직도 가스 유출이 많아요. 자칫 구조대까지 위험해질 수 있습니다."

중년을 훌쩍 넘어 버린 한국인 노루바시(1개의 막장을 감독하는 사람)가 요시무라에게 성급하게 구조대를 갱도로 내려 보내는 건 위험하다고 건의했지만 소용없었다.

"실종된 사람들 중의 절반이 반도인이라는 걸 잊은 건 아니겠지? 그리고 저기, 정의에 목마른 사람도 있지 않아."

요시무라는 석호에게 다가가며 말을 잇는다.

"너네들이 선생으로 모시는 이 작자가 직접 갱도로 내려가 사람들을 구할 테니까. 걱정할 필요가 전혀 없어……. 그렇지 않나? 석호 센세!"

누런 이빨을 드러내며 웃은 요시무라에게 석호는 아무 말도 하지 않았다.

관음사에서 바라보는 삼각봉은 언제나 운치가 있다. 바람에 실려 오는 풍경소리를 들으며 방만식은 잠시 제주의 달빛에 빠져든다. 지쿠호 탄광에서 일하는 동안 그는 다시는 고향으로 돌아갈 수 없을 거란 두려움에 떨어야 했다. 잃어버린 뒤에야 소중함을 깨닫듯이 방만식 또한 강제징용을 떠난 뒤에야 제주에서의 삶이 얼마나 행복했는지 깨달을 수 있었다. 특히 제주의 바람은 그리움을 넘어 몸의 일부처럼 느껴졌다.

"그렇게 멋대로 행동하다간 징계를 받을 거야."

석호의 목소리가 들려온다. 방만식은 뒤돌아서서 그를 바라본다.

"하멩, 정치지도원인 석호가 살려줘서."

"지쿠호에서 자네가 날 살린 것처럼 말인가?"

"아직도 그때 일을 생각하우까?"

"어떻게 잊을 수가 있겠어?"

석호가 담배를 꺼내 방만식에게 내민다. 두 사람은 담배를 나누어 피우며 관음사 경내를 가로질러 걷는다.

"세상을 변화시키는 건 철학도 전쟁도 정치도 아니라 했주. 신념만 있으멘 된다고……."

"순수했던 시절이었지."

"지금은…… 변했단 말이우까?"

석호는 쓸쓸하게 미소를 짓는다.

"신념만으로 넘을 수 없는 벽도 있지. 그걸 깨닫기까지 많은 시간이 필요했지만."

"벽?"

석호는 고개를 끄덕이며 방만식에게 되묻는다.

"그를 살려야만 하는 이유가 있나?"

"특별한 이유는 없수다."

"요시무라를 기억하겠지? 제갈과 유수를 비롯한 수많은 한인 징용자들을 죽음으로 몰고 간……. 하지만 그 녀석보다 더 나쁜 놈이 바로 탄광의 소장이었어……."

"무슨 말을 하고 싶은 거우까?"

"김종일도 소장과 다를 바가 없다는 이야기네. 더구나 그는 제주에 탯줄을 묻는 사람으로 한때는 민전에서 활동을 했었지."

관음사 주변의 소나무 숲에서 바람이 분다. 솔잎이 흔들리며

'새' 한 소리를 내자 방만식의 가슴 한구석에도 바람이 지나가는 것 같다.

"전향을 시키면 좋지 않을까 햅써……."

"그럼 또다시 배신을 하겠지……. 그에겐 민족도, 국가도, 심지어 타인의 목숨까지도 모두 돈 아래에 있네. 자신의 이익을 위해선 뭐든 할 수 있는 사람이야. 설사 자신의 가족을 희생시키더라도 말일세."

석호가 허리에 차고 있던 14식 권총을 뽑아 방만식에게 내민다.

"자네가 그를 살리고 싶대도 난 상관하지 않겠어. 하지만 그를 풀어준다면 이곳은 곧 죄 없는 사람들의 시신으로 가득 찰 거야."

"하멍, 그를 살릴 방법이 없는 거우까?"

석호는 대답하는 대신 한동안 방만식을 뚫어져라 쳐다본다.

"이것으로 내 마음을 대신하겠네. 하지만……. 자네가 어떤 선택을 하든 난 결코 자넬 비난할 생각은 없어."

권총의 손잡이 부분을 방만식에게 쥐여 주며 석호가 대답한다.

14

남자는 오른손으로 핸들을 잡고 다른 한 손으로는 담배를 피운다. 거드름을 피우는 남자의 모습은 백두산이라는 하나의 무기물 때문이다. 백두산이라는 담배가 가진 우월성에는 제주의 현실이 잘 나타나 있다. 난리가 나면서 제주도는 기아 상태에 빠져들었다. 생필품이 턱없이 부족했기 때문에 일제 말기만큼 어려운 상황이 이어지고 있었다. 남자처럼 백두산을 피울 수 있는 사람은 많지 않은 것이다.

남자의 손가락 사이에 걸린 담배처럼 홍성수의 마음도 타들어간다. 곤지동에 도착하면 제일 먼저 권유순을 만나야 한다. 그의 마음은 처음부터 그렇게 정해져 있었다.

일제 군용트럭까지 대여받은 걸 보면 사내는 볼품없는 외향과는 달리 육지서 건너온 군정사람들이나 경찰들과 어떻게든 손이 닿아 있는 게 분명하다. 조수는 제주읍을 벗어나는 동안 계속해서 하품을 해댄다. 머리를 이리저리 흔들며 졸다가 깨어나기를 몇 번이나 반복한다. 홍성수는 스포츠머리의 어린 조수에게서 동생의 모습을 떠올린다. 목덜미의 여드름 자국이나 구레나룻에 파릇파릇 돋아나는 솜털 같은 수염까지 말이다. 지금쯤 동생은 소나무 가지가 우거진 숲 속 창가에 앉아 수업을 듣고 있겠지.

"경 화북은 왜 다시 들어가려 하우꽈?"

운전이 따분한지 남자는 고개를 반쯤 옆으로 돌리며 퉁명스럽게 묻는다. 창밖을 바라보던 홍성수가 남자에게 대답한다.

"만나야 할 사람이 있습니다."

"주임에게 얼핏 듣긴 했습니다만, 맞수과? 곤지동 사는 예펜 때문이라는……."

홍성수는 대답하는 대신 살며시 미소를 짓는다. 주임이 쓸데없는 말까지 늘어놓은 모양이다. 옆에서 졸고 있던 조수가 실눈을 뜨며 홍성수를 올려다본다.

"그쪽은…… 결혼을 했습니까?"

"큰 아덜이 네 살이우다."

"한참, 귀여울 때군요."

"하루에도 몇 번씩 똘아이 얼굴이 떠오름서게. 하지만 시국이 어수선 하다 보니 걱정이 되는 것도 사실이우다. 물가는 오르고 돈은 가치가 없어지고……. 여기저기서 소나이 죽어 나간다는 소리만 들리니……."

남자는 한숨을 내쉬면서 다시 입을 연다.

"말씨가 여기 소나이는 아니고, 서울서 왐수꽈?"

"네. 친구집에 머리 식힐 겸 내려왔다가 그만 눌러앉아 버렸습니다."

"집에서 걱정이 이만저만 아니겠수다."

"무슨 말씀인지……."

"나주서 저희 성님이 경찰 서장을 하고 있수다. 저더러 빨랑 육지로 들어오라고 난리 아니수꽈. 그쪽에선 여길 빨갱이섬이라고 부른단 마씀."

"아, 네……."

홍성수는 머쓱하게 고개를 끄덕인다. 그리고 다시 시선을 차창 밖으로 던진다. 사내가 말하는 빨갱이섬 치고는 주변 경관이 아름답다. 바람결에 춤을 추는 유채의 노란 꽃잎은 부엌 한 곳에 퍼질러 놓은 콩고물 같다. 유채꽃 뒤로 일렁이는 파도는 여인의 속눈썹처럼 파르르 몸을 떨고 있다. 모든 것이 평화롭고 고즈넉하다. 홍성수는 차창 밖에서 흘러들어 오는 유채향기를 맡으면서 안드렁물의 밤을 떠올린다. 권유순의 몸에서도 유채꽃 같은 향기가 났을 것이다. 그녀의 그을린 매끄러운 피부와 봉긋한 가슴의

115

감촉이 시릴 정도로 그리워진다.

짙은 회색 먹구름이 하늘을 뒤덮고 있다. 바다에서 불어오는 소금기 섞인 해풍은 어느덧 산 중턱에서 막혀 버린 듯하다. 남자는 선심을 쓰듯 삶은 계란을 홍성수에게 내어놓는다. 조수는 계란 두 개를 요절내고 나서도 허전한 표정을 짓는다. 홍성수가 남자에게 받은 계란을 조수에게 내민다. 조수는 남자의 눈치를 살피더니 개구쟁이 웃음을 터뜨린다. 소년의 얼굴에선 제주의 심란한 공기가 느껴지지 않는다. 계란을 조수에게 건네준 홍성수는 미군들이 사용하는 알루미늄 양철 물통을 입으로 가져간다.

한차례의 모래바람이 지나간다. 남자는 트럭 타이어에 몸을 바짝 붙인다. 돌풍이 지나간 자리는 뿌연 생채기만 남는다. 조수가 헛기침을 해댄다.

"소금에 모래가 다 들어갑서. 아시과. 여긴 보름과 둘 빼면 암것도 아닌 섬이지 마씀."

홍성수가 머리에 묻은 흙먼지를 털면서 대답한다.

"삼다에서, 여자가 빠졌군요."

"아, 선생도……. 하지만 겐 말은 별로 듣고 싶지 안수다. 육짓것들 하는 것 보면 죄다 염장 지를 일 뿐이수꽈."

홍성수는 남자의 말을 들으면서 어둡고 습한 농업학교의 복도를 떠올린다. 사찰주임이 지내던 5층짜리 적산 건물이 생각난다. 술에 절은 경위 뒤에 불안한 듯 서 있던 소녀는 지금쯤 어떻게 되었을까?

"여기서 얼마나 더 가야 할까요?"

홍성수는 애써 화제를 돌리고 싶다. 섬 안에 갇혀 버린 사람들은 살아남기 위해 산이냐 해안이냐를 선택해야만 하는 운명에 빠져 있다. 앞에 서 있는 남자도 어린 조수도 마찬가지다. 맨발로 끌려 다니다 실종된 종일이도 제주에 탯줄을 묻은 섬사람의 운명을 짊어졌을 뿐이다.

"두 시간 정도멘 도착할 수 있을 거우다."

계란을 통째로 입으로 쑤셔 넣은 조수가 잰걸음으로 길가의 낮은 골로 내려간다. 다리를 어깨 넓이로 벌리고 앞섶을 풀어 제친다. 남자가 조수의 뒷모습을 바라보면서 말한다.

"지금이 오시(午時)니까 미시(未時)쯤엔 화북에 들어가 있을 거우다. 마음이 급한가 봅서."

"급하다기 보단 걱정이 되어서요."

"곤지동이라고 했수꽈? 그곳도 따지고 보멘 해안가 마을이니 큰일이야 일어나겜수꽈?"

"그렇겠죠?"

홍성수가 웃음 띤 얼굴로 답변한다.

남자가 소년에게 빨리빨리 하고 재촉한다. 운전석에 앉은 그는 홍성수의 심정을 이해한다는 듯 시동부터 걸어 둔다. 조수가 헐레벌떡 트럭으로 뛰어온다. 미안한 듯 머리를 긁적이는 조수에게 홍성수는 등을 두드려 준다. 소년이 조수석에 타고 홍성수가 뒤따라 트럭에 오른다. 차는 곧 둔탁한 엔진소리를 내며 움직이기 시작한다.

15

어둡고 우울했던 청명(淸明)이 무기력하게 지나간다. 비서부장이 김헌일을 찾아온 건 여름 초입에 들어선 것처럼 무덥던 5월 중순이다. 5.10선거를 앞두고 제주는 여전히 몸살을 앓았다. 선거등록사무소의 방화와 선거 요원들의 테러 뒤에 경찰과 경비대의 보복성 짙은 토벌이 반복되었다. 증오와 분노가 어디서부터 시작되었는지 이제 아무도 관심을 가지지 않았다. 폭력과 살인만이 문제를 해결할 수 있는 유일한 길처럼 느껴졌다.

하루가 멀다 하고 본토에서 응원 경찰과 군인들이 제주에 발을 들여놓았다. 무장대와 토벌대 사이에서 곤욕을 치렀던 중산간 지역 사람들까지 해안 마을로 들어오면서 제주읍은 그야말로 인산인해를 이루었고, 당연히 사람 사는 모양새도 어설프게 얹은 이엉처럼 불안하기만 했다.

군살이 붙은 새하얀 얼굴의 김헌일과 달리 비서부장은 구릿빛 피부에 스포츠머리, 군복을 입고 있다. 그가 어떻게 대위 계급장을 달게 되었는지 알 수 없지만 앞전에 봤던 모습보다 한결 여유로워 보인다. 김헌일의 몸 상태를 확인하던 그가 느닷없이 경찰학교에 대해 이야기를 꺼낸다. 도내에 경찰학교가 생겨서 단기 훈련만 받으면 곧바로 임관이 된다는 그의 말에는 은근히 형의 복수를 하지 않겠냐는 뜻이 담겨 있다.

"은혜르 원수로 갚은 새끼드르 잡아 혼을 내 주어야 하디 않겠음?"

비서부장의 텁텁한 목소리 끝에 힘이 들어간다. 하지만 김헌일은 오히려 그의 말이 거북스럽다. 럭키 스트라이크를 피우며 제법 장교 흉내를 내는 비서부장의 행동 또한 정이 가지 않는다. 형하고 친하게 지내던 사람이라지만, 형이 사업상의 이유가 아닌 그의 인간 됨됨이에 반해 가까워졌다고는 생각하기 싫다. 김헌일의 냉담한 반응에 비서부장의 얼굴이 굳어진다.

"종일이가 빨갱이들에게 납치르 당해소. 자네도 리렇게 맞지 않았지비……. 얼케 기렇게 냉담할 수가 있소?"

"하지만 경찰이 되고 싶은 마음은 없어요. 제가 경찰이 된다고 해서 형이 돌아오는 것도 아니지 않습니까?"

김헌일의 말이 끝나기도 전에 비서부장은 피우던 담배를 바닥에 거칠게 내동댕이친다.

"내가 말렸디만 기어코 가겠다고 고집으 피우던 종일이오. 그게 누구 때문이라고 생각하고 있소? 내레 3.8선 내려올 때 혼자였지비. 약방하던 아바이, 미국에서 의학 공부하고 돌아온 형님, 교회 집사로 지내던 형수님 모두 인민재판 받아 가지고 즉결 처분이 되지 않았겠소. 마침, 고모님 집에 다녀오던 나만 살아서……. 야산에 버려진 시신조차 수습 못하고 피눈물 흘려 가며 3.8선 넘을 때, 죽으 고비르 몇 차례 넘게 가지고 내려오면서 무슨 생각이 래 했는디 아시오? 이 세상 빨갱이들은 씨르 말려 버리겠다고 다짐했지비. 씨르 말려 버리겠다고 말이오. 내가 끝까지 곤지동으로 가겠다는 종일으 잡지 못한 것도 가족으 위해서라는 말 때문이었소. 무슨 소린지 알아듣겠소?"

김헌일을 노려보는 비서부장의 눈길이 매섭다.

"형님 일에 분해하는 마음은 고맙게 받겠습니다. 하지만 당분

119

간은 제주읍에 머물면서 어린 조카와 아내와 함께 지내고 싶습
니다. 산사람들에 끌려가기 전에 형님이 제게 한 부탁도 있고,
또…… 어수선한 분위기가 잦아들면 형님을 다시 볼 수 있을지도
모르고……."

"아딕 분위기 파악이래 못하고 있구만? 기러케 한가한 생각
할 때가 아니지비. 내가 왜 곤지동으로 내려갔다고 생각하고 있
습메?"

"……."

"종일이 곤지동으로 들어가기 던에 미리 부탁으 했던 거였소.
만일으 위해서 말이오. 기렇케 돼서, 폭도들에게 끌려갔다는 소식
으 듣자마자 곧장 화북으로 달려갈 수 있었던 기고……. 곤지동
에 최라는 자가 폭도들과 연관이 있다는 단서르 잡아 가디고 그
어마이르 잡아 먼저 취조르 했습메. 다음에는 공회당에서 모인다
는 늠드르……. 민애청에 가입했던 그늠들 중에 한 늠이 아무래도
심상치가 않아 끝까지 뒤를 캐지 않았겠소."

"문식이는 지금 어디에 있습니까? 제주 경찰청으로 압송된 뒤
에 소식이 끊어졌다고 들었습니다."

"그늠에게 관심으 가지는 이유가 무엇이오?"

비서부장의 얼굴에 얄팍한 미소가 인다. 김헌일은 그의 미소가
무엇을 의미하는지 알 수가 없다. 다만, 난리가 나고부터 사람 목
숨이 파리 목숨보다 못하다는 이야기만 생각날 뿐이다.

"민애청에 가입했던 려석들 중에 자네 리름도 있었지비. 모른
턱 눈감아 주는 것도 돟다고 생각으 했습메. 자네 형님과도 그런
이야기르 했었던 덕이 있었지비……. 거기다 새로운 사실으 알아

냈소. 방만식이라는 늠으 화북지서에서 빼간 사람이 자네라는 사실으 말이오."

김헌일은 자신을 대하는 비서부장의 행동이 강압적인 이유를 그제야 알 것 같다. 그는 비서부장의 입에서 방만식이라는 이름을 듣자마자 한쪽 가슴이 심하게 울렁거린다.

"만식이가…… 화북지서에 끌려갈 이유는 없었습니다. 그날 제가 사랑방 문을 박차고 나간 뒤에 형님과 무슨 얘길 나눴는진 모르겠지만요. 그리고 해방되고 나서 곤지동의 청년들이 자발적으로 인민위원회나 민애청에 가입했던 건 전혀 부끄러운 행동이 아니었소. 해안에 방치되어 있던 지뢰를 찾아 없애고, 안곤지동과 가운데곤지동 사이에 다리를 놓고, 공회당에서 아이들에게 한글을 가르치는 일 모두 민애청에서 했던 일입니다. 그런데 지금에 와서 그 사실이 곤지동 젊은이들의 발목을 잡는다는 게 이해되지 않아요. 민애청에 가입했던 마을 청년들이 왜 모두 폭도들이라고 생각하는 겁니까?"

비서부장은 말없이 자리에서 일어난다. 그의 검붉은 얼굴 뒤로 노을이 지고 있다.

"경찰과 그 가독들뿐 아니라 루익 단체의 애국지사드르 살해당하고 있습메. 기관총과 듀류탄까지 터뜨리면서 관청과 지서, 민가에까지 공격으 하는 것이 폭도가 아니고 무엇이오? 거기다 며칠 던에 남로당의 세포 조직으로 활동으 하는 새끼르 잡았지비. 독한 늠이라 입을 여는 데 많은 시간이 필요했디만……. 그늠이 방만식이라는 늠도 알고 있었지비. 일본에서 로동자 생활으 할 때 안면을 익혔다고 했소. 한동안 후쿠오카의 조선인 시설에 있으면서 친분으 쌓았던 모양이오. 늠에게 끝까지 자백으 받아 내지는 못했디만 방만식이가 남로당 빨갱이인 건 확실하디."

김헌일의 가슴이 또다시 울렁거린다. 비서부장은 작별 인사를 하듯 모자를 깊게 눌러쓴다.

"자네가 그 사실으 알고 있었다고 생각하디 않겠슴메. 하디만 그 증거를 나에게 보여야겠지비. 기럼, 몸조리 잘 하기요. 그리고 나의 말으 잘 새겨들으시오. 자네 형에 대한 나의 마지막 배려니까니."

병실 문이 열리자 소독약 냄새가 난다. 비서부장은 복도로 나서다 말고 다시 한 번 김헌일을 노려본다. 냉소적이면서도 강렬한 눈빛이다.

그가 나간 뒤 적막이 찾아온다. 김헌일은 병상에 누워 방만식과의 추억을 떠올린다. 누렇게 익은 호박의 속엣 것을 파내고, 파낸 자리를 송진으로 막으면 훌륭한 물놀이 기구가 되었다. 수영을 못하는 김헌일은 마을 아이들과 함께 바다에 나갈 수 없었다. 마을 아이들이 바다를 제집 드나들 듯하며 어울려 놀 때 김헌일은 홀로 본가 마루에 앉아 책을 읽거나 낮잠을 잤다. 아이들과 어울리지 못하는 김헌일의 손을 잡아 준 사람이 방만식이었다.

여름이 다가오면 그는 아버지 몰래 고팡에서 늙은 호박을 서리해 물놀이 기구를 만들어 주었다. 호박튜브를 가슴에 품고 바닷물에 뛰어드는 걸 김헌일은 좋아했다. 호박튜브만 있으면 곤지동 앞바다에 떠 있던 돌섬까지도 왕복할 수 있었다. 돌섬을 다녀올 수 있는 아이들은 방만식을 포함해 뼈대가 굵고 배짱이 두둑한 몇 명

밖에 없었다. 그런 사실만으로도 김헌일은 가슴이 뿌듯해졌다.

천성이 순하고 사려 깊은 방만식이 변하기 시작한 건 언제부터였을까? 김헌일은 그가 남로당의 세포 조직으로 활동했다는 비서부장의 말을 믿지 않았다. 하지만 그날 비석거리 앞오름에서 봤던 방만식의 얼굴이 자꾸만 아른거리는 것은 어쩔 수 없는 일이다. 그는 길게 한숨을 내쉰 뒤 몸을 일으킨다. 한석희를 만나러 간 아내는 아직 돌아오지 않았다. 창밖 어둠 너머로 형의 모습이 아른거리는 것 같아 기분은 더욱 우울해진다.

16

두 번째 폭발은 구조작업이 시작된 지 1시간도 지나지 않아 일어났다. 갱내에 남아 있는 가스 때문에 산소통을 매고 들어가야 할 정도로 위험한 일이었지만 요시무라의 생각을 꺾을 순 없었다. 그에겐 매몰된 실종자를 찾는 일보단 구조대에 뽑힌 석호와 방만식이 갱도 아래의 실종자들과 함께 조용히 사라져 주기를 바라는 눈치였다. 불구덩이 속으로 산사람을 밀어 넣듯 요시무라의 얼굴엔 광기마저 일었다. 들어가서 사람을 구하라는 말이 너희들도 함께 들어가 죽으라는 말처럼 들렸다. 장년의 한국인 징용 노루바시가 걱정스러운 눈빛으로 석호와 방만식의 손을 움켜잡았다.

"삶과 죽음이 어찌 인간의 의지만으로 감당할 수 있겠습니까?"

석호가 옅은 미소를 지으며 대꾸했지만 노루바시의 두 눈엔 눈물이 글썽거린다. 그가 아니었다면 한인 징용자들은 지금보다 더 열악한 환경에서 생활해야만 했다. 샌님처럼 약하고 힘없는 약골이었지만 석호에게는 사람을 끄는 묘한 매력이 있었다. 그의 말을 듣다 보면 어느새 가슴 한쪽에서 뭉클하는 열정 같은 게 타올랐다. 살아서 고향으로 돌아가자는 그의 목소리가 귓가를 때릴 때마다 마음을 다잡을 수 있었다. 방만식 역시 마찬가지였다.

비가 내리기 시작한다. 방만식은 수수로 만든 막걸리 사발을 들이키며 안개에 휩싸인 삼각봉 부근을 올려다본다. 싸늘한 날씨 때문인지 그의 손에 들려 있는 금속성 흉기가 평소보다 차갑게 느껴진다. 무너진 갱도 너머의 공간에 공기를 주입하기 위해 드릴 작업을 하던 중 불꽃이 일면서 두 번째 폭발이 일어났다. 피할 사이도 없이 석호와 방만식, 제갈, 고유수를 비롯해 구조대 사람들이 또다시 매몰되었다. 천운인지 석호와 방만식은 갱내의 지지목이 무너지지 않아 죽음을 면할 수 있었다. 하지만 고유수가 있던 자리는 석탄더미로 가득했다. 제갈은 허리 아래가 통나무에 깔리면서 고통스러운 신음소리를 터뜨렸다. 반나절이 지난 뒤에야 정신을 차린 방만식은 옆에서 들려오는 석호의 거친 숨소리에 안도의 한숨을 내쉰다.

"살아있주?"

"그런데 제갈이 더 이상 말을 하지 않아?"

"제갈?"

"간드레(hand lamp)는?"

"안쪽에……. 손이 닿지 않아 꺼낼 수가 없네."

방만식은 그제야 자신의 머리가 찢어진 걸 알았다. 낙석에 맞아 쓰러져 있는 동안 석호가 자신의 옷을 찢어 머리를 감싸 준 것까지. 방만식은 손가락과 발가락을 움츠리다 펴기를 반복한다. 다행히 머리 외엔 부상이 없는 걸 확인할 수 있다. 뒤통수에서 흘러내린 피가 말라붙었는지 왼쪽 머리카락이 뻑뻑하다. 몸을 조심스럽게 일으킨다. 목이 말랐지만 수통 속의 물은 아껴야 했다.

"하리(관목, 천정에 대는 갱목)가 우릴 살렸어."

"다른 친구들은?"

잠시 침묵을 지키던 석호가 대답한다.

"유수와 앞쪽에 있던 사람들은 모두 매몰됐네."

방만식은 손을 더듬거리며 앞쪽으로 기어간다. 그러나 한 치 앞을 분간할 수 없는 암흑 속에서 만식은 더 이상 전진할 수가 없다. 갱목과 무너진 토사로 막혀 있기 때문이다. 팔등이 들어갈 정도의 작은 구멍에 대고 만식은 제갈의 이름을 부른다. 하지만 아무런 인기척이 없다.

"우리도 곧 따라가겠지."

침울한 목소리로 석호가 내뱉는다.

"그런 말 하지 맙써. 반대쪽으로 갠노(망치)질 하멘 금방 길을 뚫을 수 있을 거우다."

"이번엔 구조대를 보내지 않을 거야. 모든 게 요시무라가 바라던 대로 되었으니까."

"중이(쥐) 같은 새끼. 꼭 살아서 복수할 거우다."

하지만 시간이 지날수록 숨쉬기가 힘들어진다. 이산화탄소의 농도가 높아지면서 머리가 어지럽고 숨이 턱 아래까지 차오른다.

석호는 포기한 듯 통나무 기둥에 기대어 죽음을 기다린다. 방만식은 정과 망치로 무너진 갱도에 구멍을 뚫기 위해 계속해서 망치질을 한다.

"내가 왜 여기까지 왔는지 궁금하다고 했지?"

석호가 숨을 헐떡이며 말한다. 방만식도 금세 기운이 떨어지는지 맥없이 주저앉는다.

"왜놈 여자를 좋아했지. 그것도 유부녀를 말야."

"겐 말 하지 맙써. 듣고 싶지 않쿠다."

"아니. 들어야만 해. 내가 어떤 인간이라는 걸 알아야 하니까……."

"겐다고 달라지는 게 있쿠꽈? 나한테 석호는 좋은 사람이주. 그걸로 된 거우다."

"내 자신에게 벌을 주고 싶었어. 그래서 선택한 방법이었지. 크크크……. 어쩌면 이곳에서 죽고 싶었는지도 몰라."

어둠 속이지만 그의 표정을 읽을 수 있다. 방만식은 그런 석호의 말이 오히려 가슴에 와 닿는다.

"석호는 충분히 존경받을 만하우다."

"난 그런 말을 들을 자격이 없네."

"암시나? 모두들 나와 같은 생각이주."

잠시 침묵이 흐른 뒤 석호가 다시 입을 연다.

"그동안 고마웠네. 자네가 아니었으면 난 벌써 포기했을 거야."

"아니우다. 나야 말로 석호가 고맙주."

방만식은 수통에 든 물을 마지막으로 마신다. 나머지 반은 석호에게 건네준다. 죽음이 문턱까지 다가오자 오히려 마음이 편안해진다. 산소통의 공기도 바닥난 지 오래다. '다음 생애에선 모두들 행복한 모습으로 만났으면 좋겠어' 석호가 덤덤하게 말한다. '그럴 수만 있다멘……' 방만식이 대꾸한다. 갱도 안의 공기가 점점 더 줄어드는지 정신이 혼미해진다. 그때 희미해져 가는 의식 속에서 어떤 소리가 들려온다. 쿵쿵쿵……. 환청일까? 하지만 소리는 점점 더 커진다. 방만식이 기대고 선 흑탄더미 옆으로 구멍이 뚫리면서 카바이드 불빛과 함께 장년의 노루바시 목소리가 터져 나온다.

"여기 생존자가 있다! 사람이 있어!"

탄광병원에 입원해 있는 동안 생존자가 두 사람뿐이라는 걸 깨닫는다. 석호는 자신의 집 주소를 주문 외우듯 반복하던 제갈의 목소리가 환청처럼 들려왔다.

"이젠 아픈지도 모르쿠다. 석호야, 살아 있으멘 나 대신 안부 전해 줍서. 제주 안덕면 동광리…… 제갈 성을 가진 집은 몇 군데 없으멍 찾기 쉬울 거우다. 제주 안덕면 동광리……. 우리 어멍이 기달릴 낀데…… 장가도 가고 싶었주……. 안덕면 동광리…… 잊어버리지 맙써……."

제갈의 목소리가 들릴 때마다 석호는 주먹을 쥐었다. 왜 우리는 당하고만 살아야 하는가. 뒤이어 요시무라의 비열한 얼굴이 떠올랐고 석호는 분노를 넘어 복수심이 일었다. 일본인 간호사가 혈압을 재고 돌아간 뒤 옆자리에 누워 있는 방만식에게 그는 말한다.

"내일 밤 요시무라의 목을 따러 가자."

"하멍 우리도 무사허지 못할 거우다."

"그래도 난 해야겠네."

"유수와 제갈 때문이주?"

"한인 노루바시의 말을 듣지 못했나? 요시무라는 처음부터 그럴 계획이었어. 두 번째 폭발이 일어난 직후에 녀석은 구조 포기를 선언했지. 한인 노루바시가 동포들과 함께 내려와 구조작업을 하지 않았다면 우리 역시 유수와 제갈의 뒤를 따라갔을 거야……. 요시무라…… 그 녀석은 3개월 전에 있었던 파업주동자 모두를 갱도에 묻어 버릴 생각을 하고 있었어. 탄광감독국엔 사고사로 올리면 그뿐이니까……. 절대로 용서할 수 없어."

석호는 이튿날 새벽 병실을 빠져나와 요시무라가 묵고 있는 접견실 겸 침실로 숨어들었다. 다코베야의 감시초소와 창고, 매점을 겸한 조바(경리)실을 지나 10여 미터 거리에 요시무라가 기거하는 침실이 있었다. 석호는 병원에서 훔친 수술용 칼을 손에 들고 현관으로 걸어갔다. 초소 위에서 불침번을 서던 일본인 관리자도 잠이 들었는지 보이지 않았다. 다행히 안개까지 자욱하게 끼어 시야를 가려 주었다. 문이 잠겨 있었지만 방만식이 문틈으로 장도리를 끼워 간단하게 잠금장치를 부숴버렸다.

요시무라는 코를 골면서 대자로 뻗어 자고 있었다. 가까이 다가가자 청주냄새가 진동을 했다. 만식은 주저하지 않고 그의 코와 입을 손으로 막았다. 동시에 석호가 수술용 칼로 요시무라의 목을 깊숙이 그었다. 동맥이 끊어졌는지 목에서 검붉은 피가 솟구쳐 올랐다. 요시무라는 비명조차 지르지 못한 채 몇 차례 몸을 부르르 떨더니 죽어 버렸다. 석호는 늘어진 요시무라의 시신 앞에서 제갈과 고유수의 죽음을 애도한 뒤 '저승에서 그들을 만나거든 용서부터 빌어라.'라고 혼잣말을 했다. 그다음 여기저기 피가 묻은 환자복을 벗고 요시무라의 옷장에서 꺼낸 외출복으로 갈아입었다. 책상과 호주머니를 뒤져 현금도 챙겼다.

"이 정도 돈이면 당분간 숨어 지낼 수 있겠어. 경찰서를 우회해 도심으로 들어가자. 사람들 속에 섞여 있으면 쉽게 발각되지 않을 거야."

방만식과 석호는 그날 새벽 탄광을 탈출해 하카다 항으로 도망을 쳤다. 항구를 선택한 이유는 기회가 되면 언제든 한국으로 밀항할 계획을 세우기 위해서였다. 하지만 한 달도 지나지 않아 일본은 패망했다.

방만식은 그때 일을 떠올리며 한숨을 내쉰다. 석호의 말이 틀린 적은 없었주. 만식은 그가 건네준 14식 권총을 내려다보며 마음을 다잡는다.

17

곤지동 초입에 들어서면 수령이 300년에 가까운 소나무가 버티고 서있다. 바람을 맞아 제주까지 유배 온 허흡이라는 사람이 자신의 절개를 보여 주기 위해 심었다는 전설이 깃든 나무다. 나뭇가지를 옆으로 길게 늘어뜨린 소나무는 바다를 끼고 있는 곤지동을 운치 있게 만든다. 이곳에서 1리쯤 들어가면 비석거리 앞오름이다. 옛 제주성과 가장 가까운 포구에 위치해 있어 제주목사나 판관의 치적을 기리는 비석이 이곳에 나란히 세워지게 되었다. 세월의 흐름만큼이나 이끼가 끼고 마모가 된 열 세 개의 비석 앞을 지나치면서 홍성수는 기분이 착잡해진다. 김종일이 맨발인 채 사람들에게 끌려가던 모습이 생생하게 떠올랐기 때문이다. 김헌일의 말을 빌리자면 이곳에서 그는 방만식이라는 사내를 만났을 것이다.

운전을 하던 남자가 브레이크를 밟으며 홍성수를 바라본다. 트럭 옆으로 불에 타 뼈대만 남은 김종일의 자동차가 흉측한 시체처럼 방치되어 있다.

"혹, 이곳에서도 난리가 있었수꽈?"

불 탄 자동차를 바라보던 남자가 홍성수에게 묻는다. 이제껏 졸음에 빠져 있던 조수가 남자의 긴장된 목소리에 실눈을 뜨고 창밖을 바라본다. 남자의 불안한 눈빛을 마주보며 홍성수가 입을 연다.

"제 친구 참니다. 그날 사람들에게 끌려간 뒤 행방불명이 되었어요."

홍성수의 이야기를 듣는 남자의 안색이 변한다. 그는 시동을 끄고 나서 홍성수에게 다시 질문을 던진다.

"마을 사람들 짓인 갑서게. 산사람들이 여기까지 내려올 리 업젠……"

남자의 질문에 홍성수는 고개를 좌우로 흔든다.

"그 사람들이 산에서 왔는지 알 수 없습니다만 마을 사람들은 아니었소."

130

하지만 남자의 시선은 곱지가 않다. 마치 곤지동을 빨갱이 마을이라고 단정해 버리려는 것처럼. 남자의 표정을 살피던 홍성수가 지갑에서 100원짜리 다섯 장을 꺼내 건넨다.

"고마웠습니다."

"여기서 내릴 거우꽈? 겐찮으시멘……."

차 문을 여는 홍성수에게 남자가 말을 잇는다.

"화북에서 반나절 정도는 기다릴 수 있수다. 그 여자분하고 제주읍으로 들어갈 마음이 있으시다멘."

조수가 남자의 옆구리를 팔등으로 슬며시 누른다. 남자는 아랑곳하지 않고 홍성수의 입이 떨어지기를 기다린다.

"폭도들이 나타났다면 이 마을 사람들 중에 분명 연관된 이가 있을 거우다. 또다시 그들이 나타나지 말란 법도 업젠……. 성내라면 그래도 제주에선 가장 안전한 곳 아니우꽈."

홍성수는 남자에게 미소를 짓는다. 마음 여린 권유순이 생계를 책임지지 못할 만큼 몸이 불편한 시부모를 버리고 자신을 따라나설 리 만무했기 때문이다.

"말씀은 고맙지만……. 제주읍으로 들어가는 차편은 어떻게든 제가 구해 보겠습니다."

남자는 홍성수의 말에 어쩔 수 없다는 듯 고개를 끄덕인다. 홍성수는 남자에게 한 번 더 눈인사를 건넨 뒤 뛰다시피 차에서 내린다. 조수가 홍성수의 뒤를 따라 내리며 인사를 한다.

"삼춘은 정말 좋은 사람 같주."

홍성수는 대답 대신 조수의 짧게 깎은 머리를 쓰다듬는다.

곤지동에서 바라보는 화북봉은 조그만 동산 같다. 화북봉과 이어진 연디동산에서 쓰러진 김헌일을 지게에 지고 내려왔다. 그러면서 얼마나 많은 눈물을 흘렸던가. 홍성수는 길게 한숨을 내쉬며 걷는다. 구멍이 뚫린 현무암의 검은색이 바다의 짙은 녹색과 대조를 이루고 있다. 그 사이 완충 역할을 하는 모래톱이며 노란 꽃잎과 푸른 잎줄기가 두드러진 유채, 억새와 함께 바람에 휘돌고 있다. 바다 냄새가 밀려와 홍성수의 콧속을 후빈다. 자신을 다 잡아 두었던, 두껍게 깔린 먹구름 아래 곤지동의 아름다운 전경들이다. 비석거리에서부터 갈라져 나온 화북천은 메말라 있다. 논다랑이 옆을 지나쳐 가는 홍성수의 시야에 밀려오는 파도의 새하얀 포말이 일렁인다.

동곤지동과 가운데곤지동을 잇는 다리를 건넌다. 홍성수가 생각했던 것보다 곤지동은 평온해 보인다. 비서부장이 내려와 마을을 분탕질치고 돌아갔다는 사실이 무색할 정도다. 돌담 사이의 골목을 걷던 홍성수는 먼저 김종일의 본가로 걸음을 옮긴다. 마을에서 유일하게 기와를 얹은 집으로, 인적이 끊긴 마당에는 벌써부터 잡풀이 자라기 시작한다. 홍성수는 마당 중앙에 서서 주위를 두리번거린다. 문지방을 넘어오는 바람소리만이 황량한 집 안을 맴돌 뿐이다.

바다 위로 올라온 권유순은 길게 숨비소리를 내뱉는다. 잠녀생활이 몸에 밴 그녀지만 물질을 서너 차례 하고 나면 몸 안의 기운이 쇠하기 마련이다. 그녀는 통눈을 벗으며 하늘을 올려다본다. 빗방울이 조금씩 떨어지고 있다. 박으로 만든 테왁과 연결된 망사리에 빗창으로 딴 전복을 담는다. 파도가 제법 높게 울렁거린다. 시차를 두고 물질을 하던 상군 해녀인 고씨 어멍이 휘파람 소리를 내며 공기를 들이마신다.

"하늘이 왁왁하우다."

그녀는 테왁에 딸린 망사리를 툭툭 치며 주위를 둘러본다. 안곤 지동에 사는 금순 어멍과 무자맥질을 잘해 애기상군이라고 불리는 김 노인의 손녀딸 성란이 보이지 않는다. 고씨 어멍은 물때를 살피며 권유순에게 말한다.

"이제 그만합서. 물길이 바뀌이우다."

고씨 어멍은 굵어지는 빗줄기 보단 썰물에서 밀물로 옮아가는 물길이 걱정이다. 바닷물의 흐름이 바뀌기 전에 정리를 하고 뭍으로 올라가야한다. 권유순은 고개를 끄덕이며 테왁을 가슴에 품는다.

고씨 어멍의 남편은 해방을 한 달여 앞두고 안타깝게 목숨을 잃었다. 한림항의 군기고에서 일용직 노동자로 일하던 그녀의 남편은 미군의 소이탄 공습이 있던 날 밤, 군기고 인근 민가에서 잠을 자다 참변을 당했다. 군기고 안에 있던 폭탄이 터지는 바람에 사상자가 230여 명이나 되었다. 일본에서 유학하고 돌아온 외아들 김명호가 아니었다면 그녀는 남편을 잃은 상실감에서 벗어나지 못했을 것이다.

자맥질에서 나온 금순 어멍, 성란과 함께 용암석 근처 뭍으로 헤엄쳐 가면서 고씨 어멍이 노랫가락을 뽑는다. 뒤이어 금순 어멍이 따라 목을 놓는다. 눅눅한 날씨 때문인지 두 여인네의 목소리가 여간 구슬프지 않다.

이여싸나 이여싸나
너른바당 앞을 재연
혼질두질 들어가난
저승길이 왓닥갓닥
이여도사나 이여도사나

　고씨 어멍이 먼저 테왁을 옆구리에 끼고 전복으로 묵직해진 망사리를 어깨에 두른 채 뭍으로 올라간다. 파도가 칠 때마다 해안을 둘러싼 현무암은 흑단처럼 번들거린다. 파이프오르간처럼 육각형의 화산석으로 이루어진 주상절리柱狀節理는 금방이라도 바다 속으로 허물어질 듯 위태로운 모습이다. 물에 불린 손으로 권유순은 조와 보리에 고구마를 섞은 주먹밥을 가망이에서 꺼낸다. 뒤늦게 뭍으로 올라온 성란이 권유순의 손에 들려 있던 주먹밥을 덥석 챙긴다. 자맥질 전에는 포만감이 들 정도로 식사하는 법이 없기 때문에 몇 시간씩 물질을 하고 난 뒤엔 곡기가 그리워지기 마련이다. 허겁지겁 주먹밥을 입으로 가져가는 성란을 보며 금순 어멍이 소리친다.
　"제집아이, 고낄라 천천히 먹으멍."
　"목이 막혀도 제가 막히주. 금순 어멍도 먹소."
　"고년 말이나 못하문."
　고씨 어멍은 권유순에게 조용히 적삼을 건넨다.
　"아직 바다가 실렵다. 뜻뜻하게 입고……. 홀몸도 아니멘서."
　"올핸 물 밭이 풍년이에요."

적삼을 받아 들며 권유순이 대꾸한다. 고씨 어멍은 그런 권유순의 모습이 측은하다. 신혼의 단맛도 느낄 사이 없이 사지로 서방 보내고, 이제는 풍으로 몸을 가누지 못하는 시아버지 대신 농사에 살림까지 모두 권유순의 어깨에 달려 있었다. 마음 같아선 후살이라도 보냈으면 하는 심정이다.

"시아방 시어멍 땜시 네가 고생이주."

"시어멍이 안살림을 도와주세요. 요즘 고달치 않은 사람 있나요."

권유순의 말하는 폼이 고씨 어멍은 대견스럽다. 착하디착한 것이 무슨 업보를 타고났는지 모를 일이다.

"유순이가 요망져서 다행이주. 네시 어멍 복인 갑서."

빗방울이 제법 흩뿌리기 시작한다. 성란이 입안 가득 주먹밥을 쑤셔 넣고 망사리를 어깨에 다시 둘러멘다. 아무래도 쉽게 그칠 비가 아니다. 자갈이 깔린 해안을 따라 총총 걸음으로 앞서던 성란이 멈칫한다. 금순 어멍이 성란의 등 뒤에서 머리를 기웃거린다.

"저기……. 서울서 온 성수 삼촌 아니수꽈?"

성란의 말에 권유순의 시선이 억새 사이에 서 있는 남자로 향한다. 양손을 바지 주머니에 넣고 엉거주춤 서 있던 남자가 이쪽을 건너다본다. 중키에 피부가 하얀 사내는 분명 홍성수다. 성란이 손을 흔들면서 외친다.

"성수 삼춘! 성수 삼춘! 나 성란이요."

"제주읍서 언제 와시냐."

무슨 낌새를 챘는지 고씨 어멍이 귓불까지 벌게진 권유순과 홍성수를 번갈아 바라보며 혼잣말처럼 내뱉는다.

18

김헌일이 퇴원하던 날 제주 하늘은 짙은 먹구름으로 가득했다. 바다 끝 수평선 위로 시커멓게 몰려드는 구름이 제주의 불길한 운명을 예견하는 것 같다. 내색하진 않았지만 그동안 인선의 힘 들어하는 표정을 보면서 그는 늘 마음이 불편했다.

도립병원 근처에 얻은 집은 열두 자 크기의 다다미방에 작은 부엌이 딸려 있었다. 일본인 선주가 살았다는 2층짜리 목조주택 으로 지금은 칠성로 부근에서 약방을 하는 이가 주인이라고 했 다. 남향인 데다 창이 난 쪽으로 정원이 바라보여 아직 통원치료 를 해야 하는 김헌일에겐 더없이 좋은 환경이다. 도립병원까지 도 보로 15분 거리밖에 떨어지지 않는 것도 아내가 이곳에 방을 구 한 이유다. 곤지동에서 급히 나오느라 이불과 옷가지 몇 벌이 전 부였는데 어디서 구했는지 살림살이가 제법 갖추어져 있었다.

성진을 둘러업은 아내가 점심상을 내온다. 밥상을 두고 마주앉 은 인선의 얼굴에서 김헌일은 그동안 보지 못한 그늘을 읽는다. 눈 주위의 잔주름과 핼쑥한 뺨이 아내가 겪어야 했을 생활고를 짐작할 수 있다. 김헌일은 침울한 표정으로 인선이 내온 반지기에 숟가락을 가져간다.

"읍내 생활은 어떻소?"

김헌일이 조심스럽게 묻는다. 홍성수가 병원비를 대신 정산했 다는 소리도 그렇고 곤지동에서 가지고 나온 돈이라야 뻔한 액수였다. 이제야 주위를 둘러볼 여유가 생긴 것이다. 옹알이를 하는 성진을 품에 안고 달래는 모양새가 친모처럼 다정하다. 창백한 인선의 얼굴에 잠시 미소가 지나간다.

"동세가 성진이 분유값 명목으로 생활비를 보내 오우다."

"형수가?"

인선의 표정을 살피던 김헌일은 수저를 내려놓으며 길게 한숨을 내쉰다. 듣지 않아도 알 수 있는 일이다. 그나마 잡곡에 쌀이 섞인 반지기를 먹을 수 있는 것도 한석희가 다방에서 웃음을 판 덕분일 테니까. 식욕이 가신 김헌일은 상을 밀쳐 내며 다시 한숨을 내쉰다. 성진을 아랫목에 눕히고 돌아앉은 인선이 김헌일을 넌지시 바라본다.

"왜 수저를 들다 마쏨?"

"입맛이 없구려……. 그럼 숙식도 다방에서 한단 말이요?"

인선은 큰 잘못이라도 지은 양 시선을 바닥으로 떨어뜨린 채 고개를 끄덕인다.

"동세가 거센 소나이 속에서 생활하는 게 마음에 걸림수다게. 시아주방 볼 면목도 없구……. 곤지동으로 들어갈 처지가 아니라면 당신이 나서야 하지 않겠수꽈."

거기다 한 달 이상 통원치료를 받으려면 생활비와 치료비가 필요했다. 형수를 계속 다방에 두는 일도 용납할 수가 없다.

"형님이 살던 곳은 어떤지 모르겠소."

"동세가 가끔 가는 갑서……"

김헌일은 고개를 끄덕이며 잠든 성진을 내려다본다. 콧방울이며 눈이 종일이 형을 빼다 박았다.

"그때 비서부장이라는 사람이 와서 한 말은 얼케 하시카? 전 그 사람 볼 때마다 숨이 막히우다."

인선이 말한다.

"그치들은 신경 쓸 필요 없소. 그보단 곤지동으로 들어간 홍 형이 걱정이오. 사태가 악화되기 전에 경성으로 올라갔으면 좋으련만."

"경 심각하우꽈?"

인선이 걱정스러운 표정으로 묻는다.

"병원에 입원해 있는 동안 많은 걸 보고 들었소. 이대로 가다간 많은 사람이 죽어 나갈 판이요."

"그럼, 곤지동에는 영영 들어가지 못한단 말이우꽈?"

"형님 말을 믿읍시다. 사람들 속에 묻혀 있는 게 안전할 거란 생각이오. 힘들더라도 당분간 성내에서 살아갈 방도를 마련해야겠소."

김헌일이 인선의 손등을 쥐며 말한다. 인선이 손을 빼내려 하지만 김헌일은 오히려 그녀의 손을 잡아끈다. 귓불까지 발개진 인선이 김헌일의 가슴에 안긴다.

"만식이나 최는 잊어버리고 형님이 무사히 돌아오기만 기도합시다……. 세상이 잠잠해지면 형님 내외와 함께 성진이 커 가는 모습을 낙으로 살아요."

김헌일은 병원에서 겪었던 수많은 고뇌의 시간을 떠올린다. 형에 대한 죄책감과 만식이와 마을 청년인 최기호에 대한 섭섭함, 서로를 증오하게 만드는 세상에 대한 절망감을 떨치기 위한 인고의 시간이었다. 모든 것을 용서하고 잊어버리자. 그가 생각해 낸 유일한 해결방법이었다.

"정말 예전처럼 살 수 있수과?"

인선이 다시 묻는다. 김헌일은 대답 대신 아내를 꼭 껴안는다.

5.10 제헌국회의원 선거의 당위성을 알리는 벽보며 플래카드가
거리 곳곳을 분장질한다. 원정로를 걷는 동안 김헌일을 놀라게 한
건 사람들의 얼굴이다. 눈빛에 이는 살기며 굳은 표정이 먹잇감을
앞에 둔 육식동물의 그것과 다름없어 보인다. 그는 짐짓 두려움이
앞선다. 그날 횃불과 죽창을 들고 마당을 들어서던 산사람들이나
경찰이 되라고 윽박지르던 비서부장이 생각나는 것도 그 때문이
다. 하늘에서 가는 빗방울이 떨어진다. 김헌일은 한석희가 있는 다
방 앞에서 잠시 멈춰 선다. 화려한 네온사인 아래로 마카오 신사
라 불리는 양복과 미군 군복을 입은 사내들이 들락거린다. 김헌일
은 가슴 근처가 뻐근하게 저려 온다. 차마 안으로 들어갈 염치가
나지 않는다. 그는 어두운 표정으로 다시 걸음을 옮긴다.

김종일이 운영하던 동양물산은 제주 경찰서와 도청, 관덕정이
모여 있는 원정로 서쪽의 적산 가옥 3층에 있었다. 차례를 지내고
돌아가면서 김종일은 김헌일에게 회사의 위치를 알려주었다. 성
내로 들어올 일 있으면 꼭 들렀다 가라는 말도 덧붙였다. 방만식
의 일로 앙금이 남아 있던 시기라 김헌일은 대꾸 한마디 하지 않
았다. 가랑비처럼 흩뿌리는 빗줄기를 맞으며 김헌일은 적산 가옥
의 현관으로 들어선다. 머리에 묻은 물기를 털고 옷매무새를 살
핀 뒤 계단을 오른다.

동양물산이라는 푯말 앞에 서서 노크를 한다. 20대 중반으로

보이는 여자가 문을 연다. 머리를 단정하게 묶은 여자에게 '김종일 사장이 저의 형님입니다'라고 말한다. 여자가 황급히 고개를 숙이며 인사를 건넨다.

사무실에는 두 명의 남자가 앉아 있다. 두 사람 모두 말쑥한 양복 차림이다. 안쪽 책상에 앉아 있던 남자가 여자와 몇 마디 이야기를 나눈 뒤에 다가온다. 포마드 기름을 바른 머리가 백열등 불빛에 번들거린다. 그는 김헌일에게 묵념하듯이 고개를 숙인다.

"사장님 방으로 들어가시죠."

공손하게 말하는 남자의 목소리 뒤로 남한 단독선거 결과를 알리는 가두방송이 이어진다. '우리 모두 대한민국정부수립을 환영합시다! 자유민주주의를 쟁취합시다!'라는 마이크 소리가 울린다. 창가 쪽 책상에 앉아 있던 남자가 미닫이로 된 창문을 닫는다.

"고영두라고 합니다. 예전에 곤지동에서 몇 번 뵌 적이 있었는데 기억이 나실지……."

가죽소파에 앉아마자 남자가 명함을 내민다. 그러고 보니 남자의 얼굴이 눈에 익다. 작년 구정에도 가운데곤지동에 있는 본가 마당에서 잠시 이야기를 나눈 적이 있었다. 김헌일은 텅 빈 원목 책상으로 눈길을 돌린다.

"저기가 사장님 자립니다."

그의 말에 김헌일은 울렁증이 생긴다. 여자가 녹차 두 잔을 내려놓고 나간다.

"사장님이 실종되시고 나서 많은 일들이 있었습니다. 말하기 좀 그렇습니다만, 저희 회사에서 하는 일이라는 게 간판만 달았다 뿐이지 밀수품을 취급하는 창고지기나 마찬가집니다. 그동안 수

완 좋은 사장님이 군정이나 경찰들 비호 아래 돈을 모으긴 했습니다만."

고영두가 주머니에서 담배를 꺼낸다. 그는 라이터로 불을 붙이고 나서 길게 담배 연기를 내뿜는다.

"이 세계엔 상도라든가 의리 같은 게 없어요. 사장님 실종되시고 얼마 지나지 않아 감찰청 사람과 재산 관리관이라는 미군 대위가 와서 장부일체를 가져가 버렸습니다. 모두 사장님과 호형호제하며 지내던 사람들입니다. 여기 사무실도 다음 달까지 비워 달라는 통지가 날아와서 알아보는 중입니다."

"회사가 없어진다는 말씀입니까?"

김헌일이 엉거주춤 묻는다. 남자는 착잡한 표정으로 고개를 끄덕인다.

"큰돈이 오가는 곳이다 보니 그만큼 경쟁이 치열합니다. 먼저 치고 들어가서 선점하는 업체가 최곱니다. 밀수품이라는 게 거의 일본에서 들여온 생필품이나 미군에서 나오는 구호품들인데, 높은 마진으로 유통시키거나 육지에 되팔 수 있으니까요. 사장님이 갑자기 실종되시면서 전부터 눈독을 들이던 이들이 다시 줄을 대기 시작한 모양입니다."

담배 연기를 내뿜으면서 고영두가 말을 잇는다.

"하긴, 이쯤에서 정리하는 것도 나쁘진 않을 겁니다. 여기 돌아가는 분위기도 심상치 않고……. 전 사무실이 정리되는 대로 일본으로 뜰 생각입니다."

말을 마친 고영두는 자리에서 일어나 책상 옆으로 걸어간다. 책장 옆에 있는 철제 캐비닛에서 달러 뭉치를 꺼내 와 김헌일에게 내민다.

"그렇지 않아도 한 번 찾아 뵐 생각이었습니다. 이걸 전해 드려야 할 것 같아서……."

김헌일은 고영두가 내미는 달러 뭉치를 내려다보며 묻는다.

"이게 뭡니까?"

"보시는 대롭니다. 사장님은 은행과 거래하는 대신 달러를 모으고 계셨습니다."

고영두의 말에 김헌일은 다시 울렁증이 도진다. 둥글게 말린 10달러짜리 지폐는 고무 밴드로 단단하게 고정되어 있다. 형은 저 돈을 가지고 일본으로 밀항할 생각을 했단 말인가?

"돈을 전해 주지 못할까 봐 조마조마했었습니다. 사실, 사장님이 화북으로 떠나시기 전에 제게 부탁을 한 겁니다. 무슨 일이 생기면 캐비닛 안에 있는 돈을 동생인 헌일 씨에게 전해 달라고 말입니다. 스쳐 가는 말이어서 건성으로 대답을 했었는데……. 이제야 마음을 놓을 수 있겠습니다."

김헌일은 고영두라는 사내의 말을 들으면서 안곤지동에서 봤던 형의 마지막 모습을 떠올린다. 작은 방에서 옛 추억을 떠올리며 이야기를 주고받던 형의 모습이 눈앞에 아른거린다. 왜 그날 좀 더 다정스럽게 형을 대하지 못했는지 안타까움만 밀려온다. 테이블 위에 놓여 있는 달러 뭉치를 보면서 김헌일은 길게 한숨을 내쉰다. 고영두가 김헌일의 표정을 살피며 다시 입을 연다.

"식산은행에서 달러를 환전할 수 있습니다. 한몫에 환전하기보단 필요할 때마다 조금씩 환전해서 사용하시는 게 좋을 겁니다. 요즘엔 주의를 끌어봐야 득 될 것이 없으니."

하지만 김헌일은 돈을 집어 들 용기가 나지 않는다. 고영두가 미소를 지으며 직접 달러 뭉치를 김헌일에게 건넨다.

"이번 사태는 쉽게 끝나지 않을 겁니다. 5.10선거가 제주에서만 보이콧 된 이후로 육지서 들어오는 소식도 별 달갑진 않구요. 여길 남로당 소굴 정도로 알고 있더군요. 서청 녀석들은 제주를 모스크바라고 부른답니다. 크레이그혼가 뭔가 하는 미군 구축함이 제주 앞바다를 봉쇄하고 다닌다는 소문도 있고."

"해안까지 봉쇄하고 있단 말입니까?"

"조만간 큰 사건이 터질 거란 소문이에요. 사장님도 이런 분위기 탓인지 달러를 고집하셨습니다. 저와 일본으로 밀항할 구체적인 계획까지 세우면서……."

고영두는 담배를 재떨이에 짓눌러 끄며 얼굴을 김헌일 가까이 들이댄다.

"일본에서도 달러만 있으면 뭐든 새롭게 시작할 수 있습니다……. 저와 같이 일본에 갈 생각이 있으시다면 연락 주세요. 이미 배도 섭외를 해놓았으니까요. 베테랑에 속하는 바닷사람입니다. 물길도 잘 알고 제주항 근처의 모리배들과도 연줄이 있는 잡니다."

평소의 김헌일이라면 고영두에게 화를 냈을 것이다. 고향을 등지고 밀항을, 그것도 왜놈 나라로 도망칠 생각이나 하다니, 라고. 하지만 김헌일은 대신 귀가 솔깃거린다. 아내와 성진, 한석희 때문이다. 형을 사지로 내몰았다는 죄책감만큼이나 성진을 탈 없이 키워야 한다는 의무감이 그의 가슴을 옥죄고 있었다. 다방에서 거친 사내들에게 웃음을 팔아야하는 한석희는 또 어떤가? 무기력한 자신의 처지를 생각하면 차라리 일본에서 새로운 삶을 시작하는 것도 괜찮을 거란 생각이 든다.

"그게…… 언젭니까?"

고영두의 얼굴에 온화한 미소가 번진다.

"늦어도 다음 달 중순까지는 준비를 하셔야 합니다."

김헌일은 고영두를 바라보며 고개를 끄덕인다.

19

오후 무렵부터 내리기 시작한 빗줄기는 시간이 지날수록 굵어지고 있었다. 김종일은 관음사 부근의 토굴에서 여섯 명의 청년들과 함께 생활하고 있었다. 무장대와 달리 지원부대에 속한 그들은 주로 땔감을 모으거나 숯을 만들고 산 아래 마을을 오르내리며 식량 조달을 도맡아 했다. 김종일도 그들과 함께 나무를 하거나 약초를 캐며 시간을 보냈다. 오늘은 모두 중산간 마을로 내려가 김종일 혼자 토굴을 지키고 있었다. 특별한 명령이 없는 한 김종일은 근방 1킬로미터 밖으로 나가지 못했다.

김종일은 토굴 입구에 앉아 직접 캔 칡뿌리를 베어 문다. 산속 생활을 이어오면서 15킬로그램이나 몸무게가 줄었다. 그만큼 먹는 게 시원찮았다. 마실 물도 잠자리도 불편한 생활이었다. 그런데도 왜 이들은 목숨까지 걸어 가며 산속 생활을 하고 있을까? 남한에서 단독으로 선거를 치르든 말든, 친일파들이 군정에서 살아남아 권력을 행사하든 말든 무슨 상관이란 말인가? 그저 자신

의 가족 건사나 하며 눈치껏 살아가는 것이 현명하지 않은가? 김
종일에겐 국가나 민족이나 이데올로기 같은 건 그저 다투기 좋
아하는 사람들이 만들어 낸 허상 같았다. 왜정시대에 그는 일본
을 줄곧 동경해 왔고 지금은 미국이라는 나라가 그랬다. 우리 힘
으로 얻은 해방도 아니니 자립할 수 있을 때까지 그들의 도움을
받는 게 부끄러운 일은 아닐 것이다. 어차피 한국이란 나라는 과
거에서부터 중국에 기대어 살아 왔고 지금은 그 대상이 일본에서
다시 미국으로 바뀌었을 뿐이니까. 씁쓸한 맛이 입안을 감돈다.
해방된 조국이 마음에 들지 않은 건 김종일도 마찬가지였다. 누
구의 나라가 되던 또다시 권력을 잡는 사람들이 생길 것이고 그
들에 의해 나라는 어떻게든 흘러가게 되어 있으니까.

　빗소리를 들으며 김종일은 성진과 한석희를 떠올린다. 옹알이
를 하던 성진의 작은 입술이며 창백할 만큼 새하얀 피부를 가진
한석희를 생각할 때마다 성내로 돌아가고 싶은 마음이 간절해진
다. 몸이 상했을 동생 역시 제대로 치료를 받고 있는지 걱정이 되
었다. 그때 방만식이 망태기를 들고 토굴로 걸어온다. 얼굴이 발
갛게 물든 걸 보니 술에 취한 것 같다. 제주도민으로 이루어진 유
격대지만 군기와 규율이 있는 곳이라 김종일은 의아한 생각이 든
다. 토굴 안으로 들어온 방만식은 김종일 앞에 주저앉아 망태기
를 펼친다. 망태기 안에는 조 막걸리와 구운 감자가 들어 있다.

　"성님 아방도 그랬주. 볼 일이 있을 때멍 술과 고기를 챙겨 들고
나한테 왔시카……."

　"무슨 일인가?"

　불안한 듯 바라보는 김종일에게 방만식은 왜군들이 쓰던 14식

권총을 꺼내 놓는다. 김종일의 얼굴이 금세 창백하게 변한다.

"곤지동 소식을 들었주. 기호 어멍이 맞아 죽고 김 하르방 손자 문식이는 성내로 끌려간 뒤 소식이 없으멍."

"……."

방만식이 잠시 토굴 밖으로 시선을 돌린다.

"겐 곤지동 청년들이 모두 끌려가 매타작을 받으멍 고문을 당했주."

"나 때문인가?"

"서청과 검정개들 뒤를 봐주던 성님 아니수과? 돈줄이 끊어졌다 생각하멍 똥줄이 탄 거주."

"날 납치하지 않았다면 이런 일도 없었겠지."

"하멍 더 많은 사람들이 고통을 받았겠주."

김종일은 막걸리를 입으로 가져간다. 빈속이라 그런지 금세 얼굴이 화끈거리며 취기가 오른다.

"그들과 손을 잡지 않고는 사업을 이어 갈 방법이 없었어."

"하르방도 왜정시대에 그런 말을 햅써. 왜놈들 말을 듣지 않으멍 살 수가 없다고……. 유순이 남펜과 아직 돌아오지 못한 이들 모두가 하르방 책임이우다."

"어떻게든 살아남는 게 중요한 세상이었으니까."

"하멍 자신과 가족만 중요하단 말임수꽈?"

"가족부터 챙기는 것이 인지상정 아닌가."

"그런 생각을 가진 사람들 때문에 나라가 이렇게 변한 거우다."

"그래서? 만식이 넌 특별하다고 생각하나? 소총 몇 자루와 죽창으로 제주를, 세상을 변화시킬 수 있을 거라고 말이야."

김종일은 머리를 좌우로 흔들며 웃는다.

"지금이라도 늦지 않았어. 사람들을 설득해 성내로 내려가 자수하게. 그게 모두를 살릴 수 있는 방법이야."

"화북지서에 끌려가 사경을 헤매면서 결심을 했주. 내 자신이 움직이지 않으멍 아무것도 변하지 않는다는 사실을……. 일본에서도 그렇고 제주에서도 그렇주. 성님과 달리 저 같은 사람이 행복해질 수 있는 세상은 어디에도 없으멍. 스스로 만들지 않으멍 말이우다."

"어리석은 생각이야. 그걸 왜 아직까지도 깨닫지 못하는가……."

"모르쿠다. 내가 왜 화북지서로 끌려갔는지, 왜 검정개들한테 맞으멍 했는지 말이우다. 여기 있는 대부분의 사람들이 나와 같은 경험을 했주. 가족을 잃은 이도 있고, 살기 위해 입산한 청년도 많쿠다. 단지 그 때문이우다……. 그들은 말함써. 화북지서에서도 그랬주. 지은 죄가 있다멍 제주에서 태어난 거라 했주."

천둥 번개가 치는지 귀청을 울릴 만큼 큰 소리가 하늘에서 터져 나온다. 방만식은 김종일에게 구운 감자를 챙기라고 말한 뒤 자리에서 일어난다.

"어차피 이렇게 살 운명이라멍 가만히 앉아서 당하지만은 않을 거우다."

그리고 길게 한숨을 내쉰 뒤 덧붙인다.

"위에서 명령이 떨어졌주. 부대는 좀 더 산 쪽으로 이동할 거우다."

"그럼, 난 어떻게 되는 건가?"

방만식이 대답을 하지 않자 김종일의 얼굴에 두려움이 인다.

"저 권총으로 날 쏴 죽이라고 했나?"

"내려가자마자 비서부장이란 놈이 여길 토벌할 거라 걱정하는 이가 많수다."

"그런 걱정은 할 필요 없어. 사실 난 일본으로 밀항할 계획을 오래전부터 세우고 있었네. 가족들과 함께 일본으로 건너가 가게를 낼 생각이야."

"끝까지 친일하겠단 소리로 들리우다."

"친일이든 뭐든 난 상관하지 않아. 나와 내 가족이 안전할 수 있다면 말이네."

잠시 김종일을 바라보던 방만식이 다시 입을 연다.

"성님은 변한 게 없수다. 아니 세상이 변하지 않은 거우다."

그리고 권총을 허리춤에 찬 뒤 김종일에게 말한다.

"망태기를 들고 날 따라옵서."

"아이를 유복자로 만들고 싶진 않네……. 살려주게!"

죽음을 예감한 김종일이 무릎을 꿇고 앉아 방만식에게 애원을 한다. 만식은 그런 김종일을 애써 외면하며 말을 건넨다.

"기회는 지금뿐이우다."

그제야 방만식의 의도를 알아챈 김종일이 급히 망태기를 어깨에 걸친다. 빗줄기는 갈수록 거세졌지만 방만식은 개의치 않는 눈치다. 산길을 잘 아는 그는 무장대들이 다니는 길과 다른 방향으로 김종일을 이끈다. 비 때문에 온통 진흙밭으로 변한 산길을 내려가면서 김종일은 몇 번이나 미끄러져 넘어진다. 구상나무가 우거진 숲길에 다다른 방만식이 뒤돌아서서 김종일에게 말한다.

"헌일이 만나멍 안부 전해 줍서."

"이래도 되는 것인가? 자넨?"

"제 걱정은 하지 맙써."

김종일은 방만식에게 다가가 말한다.

"정말, 난 몰랐어. 네가 화북지서에 끌려간 사실을……. 알았다면 헌일이보다 내가 먼저 손을 썼을 거다."

방만식은 말없이 고개를 끄덕인다.

"이 길로 내려가면 마을이 나타날 거우다. 버스를 타고 성내로 들어갑써."

"고맙네. 만식이!"

방만식은 대답 대신 내려가라는 손짓만 한다. 김종일은 방만식에게 한 번 더 인사를 건넨 뒤 숲길을 뛰다시피 한다. 그렇게 정신없이 산길을 내려가던 김종일의 귓가에 빗소리와 함께 총성이 들린다. 잠시 관음사 쪽으로 시선을 돌리던 김종일은 다시 산 아래로 걸음을 옮기기 시작한다.

20

권유순의 3칸 집 안방은 시아버지의 분(糞)냄새로 가득하다. 권유순은 부엌에서 전복죽을 내온다. 병든 시아버지가 가장 좋아하는 음식이다. 풍에 좋다는 무를 잘게 썰어 같이 끓였다. 상을 받아 드는 시어머니의 발가락 마디가 관절염으로 비틀어져 있다. 하지만 그녀는 영감의 병 수발만이라도 혼자 감당할 요량이다. 영감의 병세가 호전되지 않는다면 같이 죽을 심산으로 그녀는 하루하루를 버티고 있다. 아들이 살아 돌아올 거라는 실낱같은 희망도 무디어진 지 오래다. 나날이 초췌해지는 며느리의 얼굴을 보면서 죽을 때가 되었나 보다, 죽어서 며느리 짐이라도 덜어 줘야지, 라는 생각이 드는 것이다. 이렇게 살아 무슨 영화를 누릴까, 권유순의 시어머니는 생각한다. 관절의 마디마디가 욱신거리거나 남편이 주책없이 똥을 싸지를 때마다 그녀는 그렇게 결심을 한다.

"침바치 하르방은 다녀갔나요?"

권유순이 전복죽 사발을 건네며 묻는다. 시어머니는 고개를 끄덕이며 남편을 내려다본다. 왼쪽 사지가 마비된 영감의 광대뼈 불거진 얼굴은 어딘지 모르게 심술궂어 보인다. 입이 비스듬히 찌그러진 게 소싯적 노름방을 전전하던 모습 그대로다. 차라리 왈패짓할 땐 건강하기라도 했다. 육 척 장신에 근골이라 곤지동은 말할 것 없고 화북에서도 꽤 알려진 장사(壯士)였다. 당시엔 쌀 두가마니는 거뜬히 짊어질 정도로 완력도 있었다. 그녀는 영감의 뼈마디가 드러난 앙상한 팔뚝과 좁아진 어깨를 보며 세월의 무상함을 느낀다. 해방이 된 뒤에도 여전히 소식이 없는 아들 걱정에 술로 밤을 새우다시피 하던 날이 많았다. 울화가 머리로 올라와 병이 커졌다고 인중혈에 침을 놓던 늙은 침바치가 혀를 차며 말하기도 했다. 그녀는 며느리가 건네준 사기그릇을 영감 머리맡에 두고 숟가락을 집어 든다.

"오늘도 침바치 하르방이 와서 침을 놓고 갔주. 여름 가기 젠 다시 일어설 수 있을 거라 그랬우. 다행히 보름 들어도 약한 보름

들었다구……. 거기다 영감이 원체 건강한 체질이지 맙서."

시어머니의 주름진 얼굴에 미소가 인다.

"고씨 어멍이 그러는데 풍에는 천마가 좋대요."

"천마?"

"네. 천마를 곱게 갈아서 식후에 먹으면 좋다구……."

"그 예펜 모르는 게 없수다. 명호가 지 애미 닮아 공불 잘했주."

시어머니는 전복죽을 한 숟갈씩 영감의 입으로 가져간다. 시아버지가 입술을 우물거릴 때마다 죽의 반이 입 밖으로 흘러내린다. 시어머니는 흐르는 죽을 숟가락으로 받쳐 다시 떠먹이는 동작을 반복한다.

"갠 그렇고, 침바치 하르방이 가기 젠 우황청심환을 주고 갔주. 돈도 필요 없다 하고……. 암것도 필요 없다 하고 막무가내로 주고 갔주."

셈이 밝기로 소문난 늙은 침바치다. 그가 아무 이유 없이 청심환을 건네주고 가진 않았을 것이다. 권유순은 시어머니의 말을 들으며 홍성수를 떠올린다. 바닷가에서 만났던 홍성수의 미소가 그리워진다. 그가 늙은 침바치에게 부탁했을까? 권유순은 그런 생각만으로도 가슴이 뛴다. 눈치 빠른 성란이나 고씨 어멍이 없었다면 그의 품에 당장이라도 뛰어들었을 것이다.

"인색한 늙은 침바치가 노망이 든은 갑서……. 오래 살고 볼 일이주. 청심환으로 우리 영감 일어서멘 얼마나 좋을시냐."

"꼭 일어나실 거예요."

"네 고생하는 모습만 봐도 아덜 생각이 나. 그 무심한 놈이 왜 아직 연락이 없는지 몰르쿠게……."

서러움이 북받치는지 시어머니의 눈이 붉게 물든다. 누워 있는 시아버지의 눈에서도 눈물이 맺힌다. 권유순은 고개를 돌리며 일어선다. 시어머니와 시선을 마주칠 용기가 나지 않는다. 시아버지를 닮아 호남형에 키가 큰 사내였다. 결혼식을 하루 앞둔 가문잔 칫날 권유순의 집으로 몰려온 남편과 남편의 친구들을 보며 마을 사람들과 친지들 모두 칭찬을 아끼지 않았다. 하지만 불행하게도 그녀에겐 사랑이라는 감정을 느낄 만큼의 시간이 주어지지 않았다. 남편과 살을 섞으며 지낸 기간은 6일에 불과했다. 기억 속의 남편은 그저 큼직한 허우대와 웃을 때마다 드러나는 고른 치아를 가진 사람이었다. 부엌으로 나간 권유순은 아궁이에 앉아 비 오는 마당을 멍하니 바라본다. 그리고 억새밭 사이에 서 있던 홍성수의 모습을 떠올린다.

해가 지면서 날은 더욱 사나워진다. 빗줄기는 굵어지고 바다에서 불어오는 바람은 새소리를 내며 곤지동을 휘돈다. 권유순은 몽유병 환자처럼 돌담 사이를 걷는다. 발을 내디딜 때마다 검정 고무신 사이로 빗물이 찬다. 소금기 섞인 빗줄기 때문에 눈앞이 아린다. 숨이 차오를 때면 그녀는 자리에 멈춰 서서 심호흡을 한다. 한순간의 죄책감도 그녀의 마음을 결코 흔들지 못한다. 남편이 지금 돌아온다 해도 홍성수에 대한 그녀의 사랑은 변함없을 것이다. 홍성수를 다시 보는 순간 권유순은 그런 사실을 깨달았다. 그녀의 발걸음이 시간이 지날수록 빨라진다.

창호지 너머로 희미한 불빛이 아른거린다. 정낭을 지난 권유순은 마당을 가로질러 댓돌 위로 올라선다. 홍성수의 검은색 구두를 내려다보는 권유순의 가슴이 다시 요동치기 시작한다.

"저예요."

낮고 작은 소리로 외친다. 백열등 불빛 아래에 검은 그림자가 움직인다. 문이 열리면서 홍성수의 얼굴이 나타난다. 그는 들고 있던 책을 내동댕이치며 마루로 뛰쳐나온다. 갈적삼에 중이를 입은 권유순의 몸은 빗물에 젖어 있다. 홍성수는 동그란 눈으로 댓돌 위에 서 있는 권유순의 손목을 잡아끈다.

권유순의 옷에서 떨어진 빗물이 방바닥을 적신다. 홍성수는 말없이 권유순의 젖은 옷을 벗긴다. 그녀는 가슴이 드러날 때까지 꼼짝하지 않는다. 중이를 벗기던 홍성수가 그녀의 몸을 안는다. 물기 묻은 머리카락과 축축한 입술에 홍성수는 얼굴을 가져간다. 뜨거운 입김 속에 그녀의 체취가 묻어난다. 소름이 돋은 가슴이며 움츠린 그녀의 어깨에 홍성수는 애잔함을 느낀다.

"보고 싶었소."

잠시 얼굴을 바라보던 홍성수가 다시 그녀를 꼭 껴안는다. 권유순은 가슴에 모았던 양손을 풀어 홍성수의 허리를 감싼다.

"헌일 삼춘은 어때요?"

"지금쯤 퇴원했을 거요. 제주읍에서 한동안 통원치료를 받아야겠지만……. 건강하더군."

"종일이 삼춘이 안됐어요. 아덜 때문에 죽은 황씨 어멍도 그렇고."

팔베개를 하고 누운 권유순이 홍성수의 얼굴을 살며시 올려다본다. 그는 담배를 입에 문 채 빗소리에 귀를 기울인다. 권유순의

집게손가락이 홍성수의 코끝에서 이마로 다시 눈과 뺨으로 지나
간다.

"그 뒤로 마을은 어떻소?"

"마을 어른들 모두 숭시가 난다고 불안해해요."

"숭시?"

권유순은 홍성수의 가슴에 얼굴을 파묻는다. 홍성수는 그녀의
머리카락을 쓸어 넘긴다.

"테우리들 말로는 몰과 쇠가 물을 먹을 수 없을 만큼 연못에 올
챙이들이 많아졌다고 기분 나빠해요. 고씨 어멍은 냉시가 너무
잘 자란다고 걱정이구."

홍성수는 마을 이장이나 다름없는 김 노인의 말을 떠올린다.
그는 언젠가 '냉시가 무성하면 변이 일어난다'고 말한 적이 있었
다. 신축년(1901년, 이재수의 난이 일어난 해)에도 마을 어디에서나 냉
이를 쉽게 찾아볼 수 있었다고 했다. 한일합방이 되던 해에는 생
전에 피지 않던 대나무 꽃이 피었다고도 했다. 홍성수는 담배를
재떨이에 짓눌러 끄고 나서 권유순을 물끄러미 바라본다. 미신에
의존할 만큼 세상물정에 어둡고 착하기만 한 그녀가 사랑스럽다.

"김명호를 만나봐야겠소."

"그 일 이후로 공회당에도 마을 젊은이들이 모이지 않아요."

"방만식과 산으로 올라간 최기호 때문이겠지. 공회당에서 그와
어울렸던 마을 청년들 모두 화북지서에 끌려가 매타작을 받았으
니……."

"문식인 아직 소식이 없나요?"

"제주읍에서 수소문해 봤지만 알아낸 게 없소."

"김 노인이 그 일 때문에 몸져누웠다고 들었어요."

"안타까운 일이오."

처마 밑에 놓아 둔 항아리로 떨어지는 물방울 소리가 경쾌하다. 하지만 홍성수의 기분은 반대로 우울해진다. 공회당에 모여 청주를 마시던 마을 젊은이들의 얼굴이 선명하게 떠오른다. 그들에게 있어 홍성수는 이방인에 불과했다. 미국이니 소련이니 좌익이니 우익이니 하는 것도 남북이 갈라져 서로를 적대시하는 것도 곤지동의 젊은이들에겐 그저 육지것들이 벌이는 이권다툼에 지나지 않았다. 제주 사람들에게 색깔을 입혀 진흙 싸움으로 밀어 넣는 게 북한이든 그에 동조하는 남로당이든 곧 생길 대한민국 정부나 친일파든 제주 사람들의 의지와는 상관없는 일이었다. 왜 제주가 그들 사이에서 희생양이 되어야만 하는지 마을 젊은이들은 이해할 수 없을 것이다. 종일이 납치당한 것도 그렇고 방만식이 산사람들을 끌고 마을을 내려온 것도 그렇다. 마르크스와 엥겔스를 안다고 해서, 유물론이니 무상계급 같은 단어를 꿰찬다고 해서 사람을 함부로 죽일 수 있는 건 아니다. 타인의 생살권을 쥐고 흔들 만큼 이념이 중요한 거라면 그 당위성은 어디에서 찾을 수 있을까? 거기다 이념의 덫을 씌워 제주의 젊은이들을 죽음으로 몰아가는 군정과 남한의 정치인들은 더더욱 최악이었다. 홍성수가 제주의 앞날을 불길하게 느끼는 이유도 그 때문이다.

"무슨 생각 하세요?"

권유순이 홍성수의 어두운 표정을 살피며 묻는다. 홍성수는 미소를 지으며 권유순을 올려다본다.

"잠시 종일이 생각을……."

말을 하다 말고 홍성수는 몸을 옆으로 돌려 권유순과 얼굴을 마주 대한다.

"시부모님께 우리 이야길 하고 싶소."

"아직은 안 돼요. 침바치 하르방 말로는 가을이 오기 전에 시아방이 일어날 거라 했어요. 그때까진……."

"그때가 되면…… 약속할 수 있소?"

권유순이 고개를 끄덕인다. 홍성수는 그녀의 등을 감싸 안는다. 담팔수에 흰꽃이 필 때쯤이면 당당히 그녀의 시부모를 만날 것이다. 그녀를 사랑한다고, 결혼하고 싶다고 말할 것이다. 홍성수는 권유순의 입술을 탐하고 가슴을 만진다. 거친 해풍에도 그녀의 피부는 티 하나 없이 매끄럽다.

"당신이죠?"

홍성수는 권유순의 가슴으로 얼굴을 가져간다. 그녀의 봉긋한 양 가슴에 뺨을 비비댄다.

"침바치 하르방이 우황청심환을 주고 갔어요. 그 하르방 자린고비로 마을에선 유명한 사람이에요."

"칠성로에 있는 약방에서 몇 갤 구했소. 나도 뭔갈 돕고 싶어서……."

권유순의 웃는 얼굴을 보는 게 홍성수에겐 가장 기쁜 일이다. 그녀의 볼에 작은 보조개가 일 때마다 홍성수는 행복하다. 그녀가 홍성수의 이마에 입술을 가져간다. 그는 권유순의 허리를 감싸 안으며 시간이 이대로 멈춰 버렸으면 하고 간절히 소망한다.

21

모슬포에 주둔해 있던 9연대 경비대 중 제주도 출신 일부가 대정지서등을 습격해서 경찰관을 살해하고 입산했다는 소문이 나돌았다. 국방 경비대의 책임자가 바뀌면서 그동안 소극적으로 토벌작전을 펼치던 경비대마저 경찰들과 발을 맞추기 시작했다.

김헌일이 세 들어 사는 남문로 쪽으로도 캘리버 자동소총을 장착한 지프나 경비대를 태운 스리쿼터가 자주 지나다녔다. 야간 통금시간이 밤10시에서 7시로 길어지면서 제주읍의 밤거리는 일찍부터 적막에 휩싸였다. 통행금지를 알리는 사이렌이 울리면 김헌일은 현관문을 걸어 잠그고 방으로 들어와 소설책을 읽거나 아내와 잡담을 나누며 시간을 보냈다. 통원치료를 받는 동안 몸 상태도 좋아져 팔굽혀 펴기나 윗몸 일으키기를 하며 체력을 회복했다. 하지만 안정을 찾아 갈수록 김헌일은 고영두의 말이 계속해서 귓가에 맴돈다. 형이 남긴 돈만으로도 일본에서 조그만 사업을 시작할 수 있다는 그의 말에는 어떤 사심도 들어 있지 않았다. 밀항할 목선의 엔진은 GMC트럭의 엔진을 개조해 만들었기 때문에 제주해안을 감시하는 순시선보다 빠르다고 그는 장담했다. '야간 통금이 시작될 무렵 출발하면 새벽녘에는 시모노세키 근처의 해안에 도착할 수 있습니다. 일단 해안에 도착하기만 하면 그다음부턴 걱정할 필요가 없어요. 시모노세키엔 밀항한 한국인들이 많으니까 도움을 받을 수 있습니다. 아, 그리고 양복이나 원피스가 필요합니다. 해안을 벗어날 때 갈아입어야 하니까요.' 김헌일은 구체적인 계획까지 늘어놓던 고영두의 이야기가 뇌리에서 떠나지 않는다. 제주의 상황이 어지러워질수록 밀항에 대한 생각은 차츰 강도를 더해 간다.

그러나 노란 백열등 아래에서 성진의 무명 기저귀를 개는 인선은 성내에서의 생활에 차츰 적응해 가고 있었다. 아니, 김헌일이 시아주버니 회사에 다녀온 뒤로는 생활에 대한 걱정도 한풀 꺾여서 사는 게 재미까지 나는 것이다. 시아주버니에겐 미안한 마음이지만 성진의 방긋 웃는 얼굴을 보는 것도 그렇고 러닝 차림으로 방바닥에 엎드려 신문을 읽고 있는 남편의 건강해진 모습에도 행복감을 느낀다. 시집온 첫날부터 까다로운 시아버지의 비위를 맞추느라 숨 한 번 제대로 쉬지 못했던 그녀로서는 제주읍에서의 생활이 때늦은 신혼 같은 느낌이다. 곤지동에선 언제나 무뚝뚝하고 침울하기만 하던 남편의 성격이 변한 것도 그녀에겐 고마운 일이다.

인선은 한석희에게 가져다줄 기저귀를 보자기에 챙겨 넣고 부엌으로 들어가 커피를 탄다. 한석희로부터 배운 커피 맛에 그녀는 이미 길들여져 있었다. 양반다리로 신문을 읽고 있던 김헌일이 아내가 건네는 커피잔을 받아 든다.

"오늘은 또 무슨 일이 있수꽈?"

김헌일의 아내가 자리에 앉으며 묻는다. 신문의 정치, 사회면은 새로 구성된 대한민국 국회와 국회의장에 선출된 이승만 박사에 대한 이야기로 가득 차 있다.

"북한지역에서 선출될 국회의원 100명의 의석을 비워 두기로 새 입법부가 결정한 모양이오. 유엔한국임시위원단의 연락사무소를 서울에 설치하기로 했다는 소식도 있고……."

하지만 김헌일에겐 세상 돌아가는 이야기는 그저 하늘에 떠다니는 뜬구름 같다. 그는 신문을 한쪽에 접어 놓으며 한석희에 대해 묻는다. 고영두로부터 달러를 받아 나오면서 제일 먼저 떠올린 사람이 한석희였다. 다방에서 일하는 그녀를 본다면 형은 얼마나 동생인 자신을 책망할 것인가. 그런 김헌일의 마음을 읽었는지 인선은 어두운 표정으로 남편을 응시한다.

"형수에게 말은 해 봤소?"

인선은 말없이 고개를 끄덕인다.

"방만식뿐 아니라 곤지동 사람들에게도 적개심이 만쑤다양."

"그래서 군인들과 경찰들에게 웃음을 판단 말이오?"

인선은 대답하지 못한다. 시선을 바닥으로 떨어뜨리는 아내를 보며 김헌일은 알 수 없는 분노를 느낀다. 다방을 들락거리는 경찰이나 경비대들의 비위를 맞춰서라도 형의 복수를 하겠단 생각인가? 그녀에게 곤지동은 그저 죄 없는 연인의 목숨을 빼앗아 간, 태어난 지 보름도 안 된 자신의 아들을 유복자로 만들어 버린 파렴치한 인간들이 사는 곳일 뿐이다. 김헌일은 한석희가 곤지동을 쑥대밭으로 만들기 전까진 마을 사람들을 용서하지 않을 거란 사실에 놀란다.

"내가 동양물산에 찾아갔단 이야기도 했소?"

"네, 하멘…… 같이 살고 싶은 마음은 없는 것 같아우다."

"성진의 장래를 생각한다면 그렇게 함부로 말하진 않았을 거요."

인선이 다시 눈을 아래로 내리깐다. 한석희만 좋다면 제주읍에 네 식구가 살 만한 집을 얻을 생각이었다. 김헌일은 착잡한 심정으로 입술을 깨문다. 누가 뭐라든 성진은 김씨 가문의 장손이다.

아이를 그런 곳에서 자라게 할 순 없다고 김헌일은 마음속으로 다짐한다.

"차라리⋯⋯."

길게 한숨을 쉬면서 김헌일은 아내에게 말을 잇는다.

"차라리 일본으로 밀항이나 할까?"

"네?"

인선은 두 눈을 깜박거리며 남편을 바라본다. 남편의 성격에 그냥 내뱉는 말은 아닐 것이다. 목포나 광주가 아니라 일본으로 밀항하자는 남편의 말이 그녀에겐 현실감 있게 다가오지 않는다. 거기다 왜 일본까지 밀항할 생각을 하는지 그 이유조차 인선은 알 수가 없다.

"갑젠 무슨 말씀이우꽈?"

"회사에 갔다가 고영두란 사람을 만났소. 구정에 형님과 함께 왔던 양복 입은 사내를 기억하오? 서울 말씨를 쓰던⋯⋯."

고개를 끄덕이는 인선의 미간에 주름이 인다. 곤지동 본가 마당에서 남편과 이야기를 나누던 말쑥한 차림의 남자를 그녀는 떠올린다. 하지만 시아주버니의 비위를 맞추던 사내의 모습이 그리 탐탁하게 보이진 않았다.

"배를 구해 두었다고 하더군. 마음만 있으면 언제든 떠날 수 있다고 했소."

"육지도 아니구⋯⋯. 왜 갑젠 왜놈 나라로 밀항할 생각을 하시우꽈?"

"쉽게 하는 말이 아니오. 난 외지인들이 내세우는 이념이라는 잣대에 의해 희생당해야만 하는 제주 사람들을 더 이상 볼 용기

160

가 없소. 아니 무법천지가 된 조선이란 나라가 싫어. 성진을 평화로운 곳에서 자라게 하고 싶소. 형수도 제주에서 멀어지면 마음이 달라질 거요.”

인선은 남편의 두 눈을 똑바로 바라본다. 결혼 생활 7년 동안 그녀는 남편의 눈빛만 봐도 무슨 생각을 하는지 알 수가 있었다. 김헌일 또한 마음 속 생각을 그녀에게 털어놓고 나니 밀항에 대한 결심이 굳어지는 걸 느낀다. 어차피 남한에 단독 정부가 들어서면 유일하게 선거가 보이콧된 제주는 고립무원이 될 게 뻔했다. 4월 이후로 응원경찰만 1700명이 제주에 새롭게 발을 디뎠다. 고영두는 ‘산으로 들어간 무장대는 300명이 채 되지 못합니다. 그런데 경찰이고 경비대고 서청이고 간에 마구잡이로 제주에 들어오고 있어요. 그게 뭘 의미하는지 압니까? 제주 사람 대부분을 빨갱이로 생각하고 있단 증거예요. 3.1절 기념대회에서부터 파업까지……. 거기다 선거를 앞두고 일어난 선관위 사람들의 피살사건까지 모두 말입니다. 그러니 이 저주받은 땅에선 희망이 없습니다. 눈치가 빠른 사람들은 모두 육지나 일본으로 밀항할 계획들을 가지고 있어요.’ 김헌일은 그의 말을 들으면서 서북청년단 간부였던 비서부장을 떠올렸다. 자신에겐 선택권이 없다고 말하던 그는 경찰학교에 들어가라는 강요 아닌 강요를 하고 돌아갔다. 그는 비서부장의 마지막 말이 경찰이 되어 형의 복수를 하라는 단순한 의미가 아니라는 걸 뒤늦게 깨달았다.

“내가 직접 형수를 만나 봐야겠소.”

인선에게 말한다.

“성진을 위해선……. 그게 최선이우꽈?”

그녀가 묻는다. 김헌일은 말없이 고개를 끄덕인다.

"어차피 여기선 양자택일을 하지 않고는 살 수가 없을 거요. 내가 살겠다고 제주 사람들에게 총부리를 겨눌 순 없잖소."

인선은 냉랭해진 커피잔으로 시선을 돌린다. 지금처럼만 살 수 있다면 일본이든 어디든 상관없을 거란 생각이 든다.

"당신 결심이 겐다면 전 반대하지 않을 거우다."

"난 더 이상 가족을 잃고 싶지 않아. 그뿐이오."

김헌일의 목소리가 떨린다. 그는 진심으로 가족을 지키고 싶다. 사랑하는 아내와 김씨 가문의 대를 이어갈 성진을, 한석희를 무슨 일이 있더라도 지켜 주고 싶은 것이다.

22

주정공장의 높은 굴뚝 위로 두꺼운 먹구름이 깔렸다. 새벽까지 내린 비로 제주항에는 출항을 미룬 어선들로 가득하다. 원통 모양의 물탱크와 전봇대에는 대한민국정부수립을 환영하는 선전문구가 붙어 있다. 고영두는 담배를 바닥에 짓눌러 끄고 부두를 걷는다. 뒤따르는 김헌일은 부두에 줄지어 정박해 있는 바지선과 어선, 경비정을 바라본다. 선창에 자동소총을 단 경비정을 지나쳐 갈 때에는 괜히 가슴이 뛰기도 한다. 몇 발짝 앞서가던 고영두가 구레나룻에 수염이 덥수룩하게 난 40대 후반의 남자와 인사를 나눈다. 누렇게 때가 긴 셔츠에 군용바지를 입은 사내가 고영두의 어깨를 건드리며 농담을 건넨다. 고영두가 다가오는 김헌일을 보며 남자에게 말한다.

"이분이 사장님 동생 되는 분입니다."

멧돼지처럼 야무지게 생긴 남자가 손을 내민다. 바다 사나이답게 그의 손은 크고 투박하다.

"사장님 소식은 들었소. 안됐습니다."

남자의 입에서 술 냄새가 풍긴다. 김헌일은 대답 대신 살며시 미소를 짓는다. 김헌일의 표정을 살피던 고영두가 선장에게 말한다.

"이럴 게 아니라 들어갑시다."

남자는 주위를 한 번 둘러보더니 턱짓을 한다.

"조심해서 내려오시오. 자칫 바다에 빠질 수 있어요."

남자는 정박해 있는 어선 중 한 척에 몸을 날린다. 키에 비해 다부진 체격을 가진 남자는 가뿐하게 갑판으로 뛰어내린다. 그는 닻줄을 잡아끌어 배가 선창에 바짝 다가서게 만든다. 그 사이 고영두와 김헌일이 갑판 위로 올라선다. 남자는 조타실로 들어가 자리를 만든다. 갑판 위에 엉거주춤 서 있는 고영두와 김헌일에게 남자는 들어오라는 손짓을 한다. 직사각형 모양의 조타실은 세 사람이 앉기에도 버겁다.

"그렇게 불편해할 거 없소. 빨갱이만 아니라면 괜찮단 소리요."

두리번거리는 김헌일의 모습을 보며 남자가 말한다. 그는 창가 쪽 선반에서 청주병을 끄집어내 마개를 딴다.

"날이 괴팍해서 이틀은 공치게 생겼으니 그동안 술이나 마셔야지. 한 잔 하겠소?"

남자가 두 홉들이 술병을 흔들어 댄다. 김헌일은 말없이 고개를 좌우로 내젓는다. 고영두는 대신 담배를 꺼내 입에 문다.

"하긴, 황구든 백구든 다 같은 개새끼들인데 말요."

킥킥거리며 남자가 웃는다. 고영두는 담배 한 개비에 불을 붙여 남자에게 건넨다. 남자는 술병에 입을 가져가려다 말고 고영두가 내미는 담배를 받아 문다.

"그때 하던 이야기나 마무리합시다."

고영두의 말에 남자는 여전히 미소를 지으며 답한다.

"모두 몇 사람이라고 했소?"

"나까지 다섯이요."

"그럼, 50만 원은 받아야겠는걸. 선불로 20만 원, 도착하면 30만 원……. 어떻소?"

고영두가 김헌일을 바라보며 말없이 고개를 끄덕인다. 잠시 침묵을 지키던 김헌일이 남자에게 묻는다.

"안전하게 일본까지 갈 수 있는 겁니까? 중간에 나포되거나 침몰당할 우려는 없어요?"

"더럽게 재수가 없다면 말요."

남자는 조타실 밖을 넌지시 바라본다. 경비정 근처에 있는 나무 막사를 가리키며 그가 다시 말을 잇는다.

"저기 보이는 사무실에 해안경비대 아이들이 있소. 그네들에게 돈을 좀 쥐어 주지. '오늘 날씨가 좋아 큰 건 하나 해야 하는데'라고 말하면 녀석들은 알아서 챙겨 들어요. 문젠 일본 해안에 도착했을 때지. 일본 순시선에 발각되면 좀 귀찮아지거든."

남자는 술병을 입으로 가져가 청주를 들이킨다.

"하지만 말요. 이 바닥에선 내가 최곱니다. 나보다 경험 많고 뱃길 잘 아는 놈 만나긴 쉽지 않을 거요."

"맞아요. 당신이 최고란 소릴 들었소."

고영두가 남자의 말에 맞장구를 친다. 김현일은 자신과 가족들의 목숨을 맡길 만큼 이 남자를 믿을 수 있는지 가늠한다. 눈빛이 붉고 입술이 두터운 남자의 첫인상은 그렇게 호감이 가진 않았다. 하지만 남자의 말투는 힘이 있고 확신에 차 있다. 무조건 믿으라는 말보단 솔직한 답변이 오히려 마음에 든다.

"우린 어디에 승선을 하죠?"

"선창이요. 열 사람은 거뜬히 들어갈 수 있는 공간이오. 답답할진 모르지만 그렇게 오래 참을 필욘 없을 거요. 여기서 시모노세키라면 말이오."

"갓 백일이 지난 애기가 있는데 괜찮겠소?"

"제주 근해를 벗어나면 선창 문을 열어 드리지."

"언제 떠나는 게 좋겠소?"

"나야 언제든……. 음력 그믐이면 안전할 거요. 될 수 있으면 눈에 띄지 않는 게 좋으니까 말이오."

"그럼, 다음 달 초가 좋겠군요."

고영두가 날짜 계산을 하며 말한다. 남자는 청주를 한 모금 더 마시고 나서 몸을 일으킨다. 두꺼운 먹구름 사이로 마른천둥이 지나간다. 고영두가 하늘을 올려다보며 손바닥을 펼친다. 빗줄기가 떨어지진 않지만 주위 공기는 습기로 가득 찬 느낌이다. 남자가 갑판 위를 성큼성큼 걸어 나가 다시 닻줄을 잡아끈다.

"해방되고서 일본에서 많이들 건너왔지. 하지만 어떻게 된 게 다시 일본으로 돌아가려는 제주사람이 많아졌어요. 덕분에 나 같은 놈들만 살맛이지."

먼저 부두로 올라간 고영두가 김헌일의 손을 잡는다. 경사진 콘크리트 벽을 밟으며 김헌일이 몸을 움직인다.

"육지것들이랑 왜놈들이랑 다른 게 없어 그런 거 아니겠소. 그래도 왜놈들은 이유 없이 사람을 죽이진 않았어요."

고영두가 남자에게 말한다. 부두 위로 올라선 김헌일은 양손으로 바지를 털며 남자를 내려다본다. 그는 누런 이빨을 드러내며 웃는다.

"내 동생도 일본으로 밀항을 했죠. 지금은 오사카의 공단지역에서 일하고 있어요. 여기나 거기나 힘들긴 마찬가지지만 적어도 목숨 걱정은 하지 않는다 들었소……. 그럼, 연락 주시오."

"곧 비가 내릴 것 같군요."

"말하지 않았소. 오늘까진 청주나 마시면서 쉴 생각이오. 이런 날 멋모르고 나갔다간 자칫 물귀신 되기 십상이지."

고영두는 남자에게 일주일 뒤 이맘때쯤 한 번 더 찾아오겠다는 말을 남긴다. 남자는 고개를 끄덕이며 손을 흔든다. 김헌일은 고영두와 나란히 왔던 길을 되돌아 걷는다. 고영두의 말처럼 한바탕 비라도 퍼부을 기세로 하늘은 온통 검은빛이다. 갈매기 한 마리가 날개를 크게 펼치며 저공비행을 한다.

남자의 말처럼 일본에서의 생활이 행복할 거라는 보장은 없다. 하지만 제주에서처럼 가족을 잃을 걱정은 하지 않을 것이다. 고영두가 김헌일과 어깨를 나란히 하며 말한다.

"결심을 굳혔다니 다행입니다. 전 사장님의 판단이 옳다고 믿고 있어요."

김헌일은 고영두의 말을 들으며 곤지동으로 찾아왔던 형의 모

166

습을 떠올린다. 한석희와 갓 태어난 성진을 데리고 급히 마을을 떠나려 했던 형은 어쩌면 자신의 운명을 이미 알고 있었는지도 모른다. 또다시 하늘에서 마른천둥이 울린다. 아침이나 먹고 가라고 형을 붙잡지 않았다면 지금 이 자리엔 자신이 아닌 형이 고영두와 함께 걷고 있었을 것이다. 김헌일은 길게 한숨을 내쉬며 걸음을 빨리한다. 후두둑거리는 소리와 함께 어느덧 굵은 빗줄기가 떨어지기 시작한다.

23

　방만식이 관음사로 돌아왔을 때 정치지도원인 석호는 무장대와 함께 이야기를 나누고 있었다. 만식은 그와 눈을 마주치지 않은 채 말없이 무장대 속으로 걸어간다. 석호는 그를 곁눈질로 잠시 바라보다가 다시 말을 잇는다.

　"반동숙청에 이어 투표 보이콧까지 모두 성공적인 활동이었소."

　"하지만 지금은 검정개(경찰)뿐 아니라 노랑개(경비대)까지 사람들을 죽이거나 고문하고 있습니다."

　서울유학파인 한 청년이 입을 연다. 일본도가 눈을 치켜뜨며 그를 쳐다봤지만 곧 다른 청년 하나가 말을 잇는다.

　"겐 우리가 그들을 이길 수 있수까? 육지서 응원군들이 많이 들어온다 하젠 않소."

　"9연대 장병 43명이 입산을 하지 않았습니까? 응원 온 군인들 중에서 우리와 뜻을 같이하는 이들이 앞으로 더 많아질 것이오."

하지만 석호는 입산한 9연대 장병들 중 20명이 경비대에 의해 체포되었다는 사실은 밝히지 않는다. 지쿠호 탄광에서와 달리 석호는 더 이상 사람들에게 진실을 말하지 않았다. 그의 이야기 중 일부는 그럴듯한 감언이설에 불과했다. 진심이 담긴 말로 사람들에게 희망을 주던 지쿠호에서의 석호는 단지 과거의 모습일 뿐이다. 언제부터였을까? 시모노세키부터 지쿠호 탄광을 거쳐 하카다 항까지 수차례 죽을 고비를 넘기면서 두 사람의 우정은 두터워졌다. 제갈과 유수를 사고로 먼저 떠나보낸 뒤에는 둘밖에 남지 않았다는 묘한 동료애 같은 것이 싹트기도 했다.

방만식과 석호가 하카다 항으로 숨어들었을 땐 이미 항구 주변의 여관이나 민박집에는 조선인들로 넘쳐났다. 미군의 공습이 본격적으로 시작되던 1944년 말부터 강제징용으로 일본에 끌려온 조선인들 중에서 정기연락선이 다니는 시모노세키나 박려연락선이 있는 하카다 항으로 몰려드는 이들이 많았다. 돈을 아끼기 위해 여러 가구가 한 방에 기거를 하며 후쿠오카 시내에서 뱃삯을 벌기도 했다. 그들 대부분은 방만식과 석호처럼 소형발동선이라도 구해 고향으로 돌아가기를 희망했다.

후쿠오카 외곽의 작은 여인숙에 머물며 부두노동자로 일하던 방만식은 그 무렵 제주와 다른 이색적인 풍경에 마음을 빼앗겨버렸다. 석유냄새가 나는 짠내 나는 바다와 선창의 술집 골목에서 들려오던 엔카, 석쇠에 구워지는 돼지와 닭 꼬지의 달콤한 냄새, 그리고 몸뻬바지를 입고 다니는 조선인 여성들의 수줍은 표정을 좋아했다. 석호는 '유수와 제갈이 옆에 있었다면 분명히 그네들에게 농을 건넸을 거야'라고 농담처럼 말하곤 했다. 그들의 빈자리가 아쉽게 느껴졌던 건 방만식도 마찬가지였다. 한편으로 그는 제주나 지쿠호에선 경험하지 못한 후쿠오카만의 자유로운 분위기에 매료되어 있었다. 우뚝 솟은 빌딩이며 서양식 건물들, 부두를 따라 이어진 배들과 대낮처럼 밝은 도시의 네온사인과 가로등 아래를 하염없이 걸어 다녔다. 석호의 주선으로 조선인 여성과 생전 처음 데이트라는 걸 경험하기도 했다. 검정 치마에 하얀 저고리를 입은 윤은 경성이 고향이라고 했다. 제철소에서 일하는 아버지를 따라 가족 모두가 일본으로 건너왔다가 미군 폭격으로 공장이 사라지면서 밀린 임금조차 받지 못하고 쫓겨났다고 담담히 말했다. '그래도 우린 아버지를 잃진 않았어요. 야간조로 일을 나갔던 조선인들 중엔 폭격으로 돌아가신 분들이 많으니까…… 그나마 우리 가족은 운이 좋은 편이죠'라고 수줍게 내뱉는 그녀가 한없이 사랑스러웠다. 제주 여성들과 달리 하얀 피부에 부드러운 표준어를 사용하는 윤에게 방만식은 금세 마음을 빼앗겼다. 한동안 꿈같은 시간이 지나갔다. 부두에서의 작업도, 석호와의 끝없는 대화도, 윤과의 밀애시간도 그렇게 빠르게 흘러갔다.

비록 요시무라의 살인범으로 경찰의 수배를 받고 있었지만 두려워할 필요는 없었다. 1945년 여름이 올 때까지 미군의 소이탄 폭격으로 도쿄와 나고야, 고베, 오사카, 요코하마는 불바다가 되었고 수십만 명의 인명피해가 발생했다. 후쿠오카를 포함하고 있는 규슈의 남부도시도 미군의 폭격에서 자유로울 수 없었다. 하루에도 수백 명의 사상자가 발생하는 일본에서 전직 폭력배의 행동대원이었던 요시무라의 죽음은 아무런 관심도 받지 못했다.

1945년 8월 15일 정오, 나가사키에 핵폭탄이 터졌다는 소문을 들은 지 6일 만에 히로히토 쇼와 천황의 목소리가 라디오에서 흘러나왔다. 선창과 맞닿은 식당에서 막 점심식사를 하고 있던 방만식과 석호는 신으로 추앙받던 일본천황의 목소리에 귀를 기울였다. '지금부터 중대발표가 있겠습니다. 전국의 청취자 여러분께서는 기립해 주시기 바랍니다'로 시작하는 방송에선 기미가요 음악이 흘러나왔다. 식당에서 점심을 먹고 있던 일본인들 모두가 자리에서 일어나 라디오에 귀를 기울였다. 기미가요가 끝나자 녹음된 히로히토의 목소리가 일본 전역으로 퍼져 나갔다. '짐은 깊이 세계의 형세와 제국의 현상에 비추어 보아…… 충성스럽고 선량한 그대들 신민에게 고한다'로 이어지는 그의 목소리는 신이라기엔 너무 평범해 보였다. 히로히토는 끝까지 항복이라는 단어를 사용하지 않았지만 많은 이들이 무릎을 꿇거나 일어선 채 눈물을 흘렸다. 방만식과 석호는 조용히 맥주잔으로 건배를 하며 일본의 패망을 자축했다.

"이젠 고향으로 돌아가는 일만 남았어."

일본의 패망과 함께 고국으로 돌아가려는 조선인들이 시모노세키와 하카다 항뿐만 아니라 사세보, 센자키. 마이즈루, 하코다테의 항구를 메웠다. 전쟁을 승리로 이끈 연합국의 군최고사령부가 고국으로 귀환하는 조선인들에게 무상으로 배편을 제공한다는 발표가 전해진 뒤였다. 하지만 언제 귀환 길이 열리는지 아는 사람은 없었다. 전쟁 동안 일본 근해에 떨어진 수많은 기뢰 때문에 한동안 배를 띄울 수 없을 거라는 우울한 소식이 전해졌다. 뒤이어 맥아더 사령부의 명령에 따라 조선인 귀환자가 고국으로 들고 갈 수 있는 돈이 1000엔으로 제한되었으며, 나머지 재산은 영수증을 발급한 일본정부가 관리하게 될 거라는 소문이 이어졌다. 치안과 사회불안을 이유로 귀환하는 조선인들의 성분도 제약을 받았다. 강제 연행된 군인과 군속부터 귀환시키고 탄광노무자들과 돈을 벌기 위해 일본으로 들어온 공장 노동자들은 자국의 경제복구를 위해 가능한 한 귀환 시기를 늦춘다는 내용이었다. 하카다 항까지 그 소식이 전해지자 사람들은 격노했다. 귀국할 날만 기다리며 노숙생활을 하던 많은 이들이 절망에 빠졌다. 여전히 일본은 조선인들을 식민지 국민으로 차별하고 있다고 분통을 터뜨리는 사람들이 늘어났다. 일본정부가 아닌 맥아더사령부와 직접 교섭할 수 있는 방법을 찾아야 한다는 자각이 일면서 청장년층을 중심으로 조직이 만들어졌다. 후쿠오카에서도 귀국동포원호회라는 것이 생기면서 석호의 역할이 커졌다. 일본어와 영어를 할 수 있었던 석호는 하카다 항에 머물고 있는 조선인들은 물론 다른 지역의 조선인들과 연계해 군최고사령부와 협상을 벌였다. 귀환자의 명부를 작성하고 귀환증명서를 발급하는 일에서부터 조선인들이 남기고 간 재산을 일본정부가 아닌 조선인들 스스로 관리하는 문제가 주를 이루었다. 하카다 항과 가까운 창고를 임대해 수용소를 만들고 귀국할 때까지 동포의 편의를 제공할 수 있도록 지원을 약속받았다.

방만식이 민족주의나 사회주의 같은 정치 문제에 간접적이나

마 눈을 뜰 수 있었던 것도 그 무렵이다. 하카다 항에 모여든 조선인들 중에는 석호처럼 똑똑한 사람들이 많았다. 그들은 시간이 날 때마다 수용소에 모여 해방된 조국의 당면 문제에 대해 열띤 토론을 벌였다. 그 대부분이 추상적이거나 현실성이 떨어지는 내용이었지만 만식은 마치 새로운 세상에 발을 디딘 것처럼 흥분을 감출 수 없었다. 그들의 말 한마디 한마디가 신선한 충격으로 다가왔기 때문이다. 토지를 무상으로 국민들에게 나누어 줘야 한다는 이야기는 방만식의 가슴을 벅차오르게 만들었다.

"위대한 과업을 완성시키기 위해 제주도민들에게 백지날인을 받아왔던 동무들에게 새로운 소식을 전하게 되어 기쁩니다. 동무들 덕분에 해주에서 열리는 남조선인민대표자대회에 참석하게 된 김달삼 사령관이 며칠 전 북으로 향했습니다. 동무들도 알다시피 외세의 탄압에서 벗어나 새로운 세상을 만들기 위해선 친일파 처단과 토지개혁을 단행한 북조선이 개혁의 중심에 서야 합니다. 지금의 남한정부는 친일파와 친미파들에 의해 세워진 괴뢰정부에 지나지 않습니다. 모두 힘을 모아 새로운 투쟁에 동참해 주시오."

석호의 이야기에 대원들은 '새로운 투쟁'이라는 말에 의구심을 나타낸다.

"새로운 투쟁이란 뭘 뜻하는 겁니까?"

한 대원이 손을 들고 일어나 질문을 던진다. 석호는 그에게 주먹을 불끈 쥐며 다시 입을 연다.

"새 사령관이 선출될 겁니다. 동시에 조직개편이 이루어질 거요. 경비대와 경찰의 토벌이 본격화되기 전에 전력을 새로이 다지자는 의미입니다."

"북으로 간 김 사령관님은 그럼, 제주로 돌아오지 않는다는 말입니까?"

"아니! 돌아올 겁니다. 혁명을 이끌 군인들과 함께 말이오. 한반도의 남쪽 끝인 제주에서 시작된 혁명의 불꽃은 평양에서부터 그 꽃을 피우게 될 것입니다!"

그제야 대원들의 긴장된 얼굴에 미소가 인다. 멀리서 연설을 듣고 있던 방만식이 자리에서 일어나 석호에게 묻는다.

"남한정부가 그 사실을 알멘 어찌 되는 거우까?"

잠시 방만식을 바라보던 석호가 대답한다.

"겨울이 오기 전에 대대적인 토벌작전을 벌이겠지. 하지만 방동무도 나도 굴복하는 일은 없을 것이오. 그렇지 않소?"

그때 일본도가 기다렸다는 듯이 '제주도 빨치산 노래'를 부른다. 몇몇 대원들이 따라 부르기 시작하면서 이내 '한라산 깊은 골짜기, 우리의 진지 돌각담 울타리는 우리의 성새, 아! 제주도 빨치산은, 우리의 자유를 지킨다'라는 노래가 관음사 주변을 울린다. 앞에 서 있던 석호도 주먹을 불끈 쥐고 큰소리로 제주도 빨치산 노래를 부르며 방만식에게 미소를 건넨다.

24

담배연기가 자욱한 다방 구석에서 한석희를 발견한다. 검은색 가죽소파에 앉아 담배를 피우는 한석희는 곤지동 본가에서 보던 20대 초반의 청초한 모습이 더 이상 아니다. 하나뿐인 조카의 생모라기엔 혐오감이 들 정도로 짙은 화장과 속살을 드러낸 옷을 입고 있다. 말을 걸 때마다 얼굴을 붉힐 만큼 부끄러움을 타던 모습도, 함박웃음으로 사람을 대하던 모습도 찾을 수 없다. 김헌일을 알아본 한석희의 표정이 굳어진다. 분을 바른 얼굴 때문인지 전보다 더 창백해 보인다. 옆 소파에서 위스키를 마시고 있던 사내가 당황한 듯 몸을 일으킨다.

"헌일 씨."

제복을 벗은 모습이 낯설었지만 사찰주임이다. 김헌일은 엉거주춤 인사를 건넨다.

"제수 씨가 많이 힘들어하기에⋯⋯."

어색한 분위기 때문인지 그가 먼저 입을 연다.

"네."

"형수님하고 할 이야기가 있나 보죠?"

김헌일은 말없이 고개를 끄덕인다. 사찰주임의 시선이 한석희에게 향한다. 그녀는 김헌일을 맞은편 테이블로 안내한다. 그사이 사찰주임은 화장실에 가야겠다며 자리를 비켜 준다.

한석희와 마주앉은 김헌일의 마음은 착잡하다. 그녀의 모습을 형이 봤다면 얼마나 원통해할까. '커피라도 내올까요?'하고 묻는 모양새가 다시 성진의 어머니로 돌아온 느낌이다. 김헌일은 말없이 고개를 좌우로 흔든다.

"형님 회사에 다녀왔습니다."

한석희는 알고 있다는 듯 말없이 고개를 끄덕인다.

"이젠 여기서 일하지 않아도 될 만큼 많은 돈을 받아 왔어요."

한석희의 표정을 살피면서 김헌일이 다시 입을 연다.

"형수와 성진을 데리고 일본으로 밀항할 생각을 하고 있었던 모양입니다. 형님은……."

김헌일은 호주머니에서 달러 뭉치를 꺼내 그녀 앞에 내어놓는다.

"오늘 일본으로 밀항할 배와 선장도 보고 왔어요."

"그래서요?"

한석희가 냉랭하게 묻는다.

"같이 가셔야죠. 성진일 위해서라도……."

"서방님은 그런 말씀을 할 자격이 없어요."

김헌일의 얼굴에 그늘이 인다. 부정할 수 없기 때문이다. 김헌일이 침묵하는 동안 한석희가 다시 입을 연다.

"마을 사람들을 용서하지 않겠어요."

"형님은 단지 실종되었을 뿐입니다……."

"아직도 그이가 살아 있다고 생각하시는 거예요?"

반문하는 한석희에게 김헌일은 잠시 침묵을 지키다 겨우 대답한다.

"……그 때문에 마을에서도 사람들이 죽어 나갑니다. 애꿎은 사람들까지 피해를 입게 되었어요."

"나하곤 상관없는 일이에요."

"그런 생각이 세상을 불행하게 만드는 겁니다."

"방만식이란 사람을 지서에서 빼 간 사람이 누군데요."

한석희는 최대한 감정을 누그러뜨린다. 하지만 그녀의 눈에는 원망의 빛이 서려 있다. 김헌일은 그녀와 시선을 마주칠 수가 없다.

"돌아가 주세요. 성진인 곧 데리러 가겠어요."

"성진인 우리 집안의 유일한 핏줄이에요. 그 아이만은 안전하게 키우고 싶습니다."

"그런 걱정은 하지 마세요. 언니와 전 제주에서 가장 안전한 곳에, 힘 있는 사람들과 함께 있으니까."

맞은편 테이블을 눈으로 가리키며 그녀가 덧붙인다.

"사찰주임은 OSS*와도 친해요. 아시잖아요? 요즘은 모두가 그들 세상이라는 거."

씁쓸함이 밀려온다. 일본으로 밀항을 하든 제주읍에 남아 있든 모두가 외세에 의존하는 일일 뿐이다. 형과 술잔을 기울이던 마지막 날의 밤을 떠올린다. 형도 형수와 비슷한 말을 꺼냈을 것이다. 살기 위해 힘 있는 자의 편에 서는 게 잘못된 것은 아니다. 단지 종일이 형도 가족의 안전을 위해 그들을 선택했을 뿐이다.

따지고 보면 형도 해방되던 해엔 여느 마을 청년들과 다르지 않았다. 외세가 아닌 우리 스스로의 힘으로 새로운 세상을 만들어 갈 수 있을 거라는 꿈을 꾸었으니까. 제주항이 바라다보이는 별도봉 아래에서 마을 청년들과 함께 방만식이 기르던 도새기

---

* Office of Strategic Services. 2차 세계대전 당시 미국의 전략 정보국.

를 잡아 잔치를 벌이던 순간의 열띤 감정을 잊을 수가 없다. 행방불명이 된 문식이와 산으로 들어간 최가 감주를 마시며 듀엣으로 부르던 '왕서방 연서'로 주위는 일순 웃음바다가 되었다. 별도봉 언덕 위에서 마을을 내려다보며 '저기엔 다리를 놓고, 여기엔 둑을 쌓고…….' 하면서 호기를 부리던 형의 모습이 아련히 떠오른다.

'그런데 왜 이런 지경에까지 이르게 되었을까?'

김헌일은 입술을 질끈 하고 깨문다.

"일본에 자리를 잡자마자 전 다시 제주로 돌아올 생각입니다. 형님을 찾을 때까지 포기하지 않을 거예요."

"성진이 아빤 제가 직접 찾겠어요. 그러니 서방님은 돌아가 주세요."

단호한 목소리로 한석희가 외친다. 마지못해 자리를 일어서는 김헌일에게 그녀가 덧붙인다.

"앞으론 이곳에도 오지 않는 게 좋겠어요."

"절 원망하시는군요……."

김헌일을 바라보는 한석희의 눈이 금세 붉게 물든다.

"성진이 아버지가 살아 돌아오지 못한다면요. 평생 잊지 않을 거예요."

25

산에서 얼마나 내려왔을까. 김종일의 시야에 관음사에서 가까운 오동리 마을이 나타난다. 날씨 때문인지 마을 입구에서부터 인적이 보이지 않는다. 김종일은 무작정 경찰지서로 향한다. 5월에 있었던 무장대와의 충돌 이후 오동리 지서 앞에는 모래주머니를 쌓아 엄폐물을 만들고 육지서 들어온 경찰들이 증원되어 있었다. 근처 화엄사에는 곧 경비대가 주둔할 거란 소문이 무장대 사이에 나돌았다. M1소총으로 무장한 경찰이 다가오는 김종일에게 총구를 들이대며 의심스러운 눈초리로 묻는다.

"못 보던 얼굴인데 오동리 사람이오?"

머리를 좌우로 흔들며 김종일이 대답한다.

"곤지동 사람입니다."

"그런데 왜 산 쪽에서 걸어오는 거지? 통행증은 가지고 있소?"

지서 안에 있던 경찰 한 명이 동료의 목소리를 듣고 밖으로 나온다.

"산사람들에게 납치당했다 겨우 도망쳐 나오는 길입니다."

"납치?"

"어떻게 도망쳐 나온 거야?"

"땔감을 주우러 나왔다 감시가 느슨해진 틈을 타서 무작정 산 아래로……."

그때 작은 체구의 남자가 지서 안에서 뛰쳐나와 워커발로 김종일의 명치를 가격한다. 김종일이 앞으로 꼬꾸라지자 보초를 서던 경찰이 그를 강제로 일으켜 세운다.

"이런 날 무슨 땔감을 주우러 나간단 말이가! 이보라. 경계근무 강화하고 이 새끼 지서 안으로 끌고 들어가라."

지서 안에서 김종일은 무릎을 꿇린 채 지서장으로부터 여러 차례 뺨을 맞는다. 김종일의 입술이 터지면서 붉은 피가 턱 아래로 흘러내리자 지서장이 농담처럼 말한다.

"간나새끼. 빨갱이가 맞구나……. 얼케 염탐하러 온 거이가?"

"정말 납치당했다 도망쳐 나오는 길입니다."

"납치를 당했으문 죽어야디 얼케 살아 돌아왔니? 산에서 전향한 거 아니가!"

경계근무를 섰던 경찰이 김종일이 가지고 있던 망태기 안을 살피다 말고 웃음을 터뜨린다.

"폭도 새끼들이 산에서 감자도 주고 막걸리도 주고 그랬나 보지?"

"이 빨갱이 새끼가!"

지서장은 책상 위에 있던 진압봉으로 김종일을 사정없이 두들겨 팬다. 김종일은 몸을 구부려 머리를 감싼 뒤 큰소리로 외친다.

"서청에 친구가 있어요! 임태종이라고 이곳에서 비서부장을 하는 사람입니다!"

몽둥이질을 하던 지서장이 멈칫거리며 김종일을 내려다본다.

"임 부장으 안단 말이가?"

"그에게 전화를 걸어 물어보세요. 곤지동의 김종일이라고……."

의뭉스러운 눈으로 김종일을 바라보던 지서장이 담배 한 개비를 입에 물며 한숨을 돌린다.

"거짓말이문 얼케 되는디 알디?"

고개를 끄덕이자 지서장은 곧장 자신의 책상으로 걸어가 제주 읍에 있는 서청 사무실로 전화를 건다.

7월 말에 있었던 이승만 박사의 대통령 취임식 이후 제주에 파견 나온 서청 간부들은 저마다 기대감에 들떠 있었다. 전부터 이승만 박사의 친위대라 자처하던 사람들이니만큼 남한 내에 확고한 지지기반을 가질 수 있게 되었다는 기대감 때문이다. 비서부장도 제주를 바탕으로 출세의 길을 모색할 수 있게 되었다.

'돈하고 권력만 있음 나 임태종이두 크게 한자리 하디 않카서!'

그러기 위해선 무엇보다 돈이 필요했다. 김종일에게 받던 후원금이 사라진 뒤 금전적으로 쪼들리던 비서부장은 마음을 바꿔먹었다. 아예 김종일 회사를 통째로 집어삼킬 생각을 한 것이다. 이미 군정법무관과 해양경비대 간부에게는 적당히 기름칠을 해 둔 상태였다. 그렇게만 된다면 생각보다 빠르게 이곳에서 자리를 잡을 수 있을 테니까.

그때 그의 책상 위에 있던 전화기가 울린다. 비서부장이 수화기를 들자 곧 낯익은 목소리가 흘러나온다.

"나 박이오."

"어, 동생. 무슨 일이가?"

"혹시, 곤지동 사는 김종일이란 사람으 아오?"

"알디."

"그 사람이 지금 여기 와 있소."

"아덕, 살아 있단 말임메?"

자신도 모르게 큰소리를 치던 비서부장의 미간에 깊은 주름이 생긴다.

"친구가 맞소?"

"그게 말이디……."

비서부장은 사무실 문을 닫은 뒤 다시 책상으로 돌아가 수화기를 집어 든다.

"야, 박춘식이."

"네."

"그 간나가 제주읍으로 살아 돌아오문 내가 난처해디는 게 있어. 무슨 말인디 알간?"

"기럼……."

"영원히 행방불명이 되어야디. 그래야 나도 좋구 너두 좋은 거이야. 성내로 들어오문 네 몫까디 잘 챙겨 줄 테니……."

잠시 뜸을 드리던 그가 답한다.

"그 약속 잊디 마시라요."

전화를 끊은 오동리 지서장이 김종일 앞으로 다가가 권총을 뽑아 든다. 김종일은 절망적인 표정으로 그를 바라본다.

"비서부장이 뭐라고 했습니까?"

"남로당 빨갱이 새끼라 기러던데."

김종일은 믿을 수 없다는 듯 고개를 가로저으며 소리친다.

"절 바꿔 주세요. 다시 전화를 걸어서……."

"아딕도 분위기 파악이래 못하갔어?"

워커로 김종일의 얼굴을 짓이기며 지서장이 입을 연다.

"그러게. 납치르 당했으문 죽어야디, 여기까디 내려오문 얼케 하니. 빨갱이 새끼야!"

몸을 뒤틀며 김종일이 뒤로 넘어지자 망태기를 들고 있는 경찰에게 지서장이 명령한다.

"끌고 나오라. 즉결처분으 해야갔어."

경찰들에 의해 밖으로 끌려 나가면서 그제야 김종일은 체념한 듯 헛웃음을 터뜨린다. 비서부장이 지서장에게 무슨 말을 했는지 짐작할 수 있었다.

'모든 게 사필귀정이다!'

지서에서 500미터쯤 떨어진 야산으로 끌려 나간 김종일은 그 자리에서 지서장의 총에 머리를 관통당한다. 그가 힘없이 쓰러지자 또 다른 경찰 한 명이 휘발유를 들고 와 그의 몸에 뿌린 뒤 불을 붙인다. 지서장은 무표정한 얼굴로 검게 타들어 가는 김종일의 시신을 내려다본다. 그의 등 뒤에 서 있던 경찰이 젖은 옷을 쥐어짜며 '젠장, 날씨하고는……' 하고 투덜거린다.

2 장

1

화북국민학교는 제주읍과 삼양을 잇는 도로변과 가까운 곳에 위치해 있었다. 화북국민학교에서 해안 쪽으로 3여 리 정도 걸어 들어가면 가운데곤지동과 바깥곤지동의 중간 지역이 나온다. 그곳에서 다리를 건너면 김헌일이 사는 안곤지동이다. 안곤지동과 가운데곤지동, 바깥곤지동의 경계가 되는 것은 모두 화북천을 가로지르는 다리다.

4.3 이후 제주에 있는 학교가 대부분 무기휴학에 들어가면서 김명호는 아이들을 가르치는 대신 야학을 열어 아직 글을 깨치지 못한 화북 사람들에게 한글을 가르치기 시작했다. 홍성수가 3홉들이 병에 좁쌀 청주를 담아 학교 운동장에 들어섰을 땐 막 수업이 끝난 뒤였다. 교실 창 밖에 서 있는 홍성수를 발견한 김명호가 교재를 챙기다 말고 손을 흔들며 '여어' 하고 반긴다.

어디서 가져왔는지 김명호의 손에 마른 멸치가 한 움큼 들려 있다. 넓은 질그릇에 담아 대가리와 내장을 꺼낸 뒤 홍성수의 손에 쥐어 준다. 이곳에서 잡아 올린 멸치는 화북 특유의 바다 냄새가 배여 있다. 홍성수는 사찰주임이 건네준 고기 통조림보단 여기서 나는 멸치가 술안주로 제격이란 생각이 든다. 고추장에 찍어 멸치를 입안으로 가져간다. 짭짤한 맛과 함께 고소한 뒤끝이 혀에 맴돈다. 술잔 대신 찻잔에 따라 마시는 청주도 제법 운치가 있다. 여름이 절정에 오면서 저녁 7시가 되어도 하늘은 아직 검은 물이 들지 않았다. 풀벌레 소리가 여름밤을 재촉하듯 사방에서 들린다.

"헌일인 어떻습니까?"

"많이 좋아졌더군요."

"종일이 성님 일은 정말 안됐습니다."

"형제처럼 지내던 사람들이라 헌일이도 충격이 컸던 모양이에요."

찻잔을 기울이며 두 사람은 동문서답을 하듯 말을 주고받는다.

"기호 어머니 장렌 잘 치렀는지요."

"마을 어른 몇몇이 팔을 걷어붙이고 나서서 마무릴 했습니다."

"평화로운 곳이었는데……."

쓸쓸해하는 홍성수의 표정 때문인지 김명호도 마음이 울적해진다.

"성내는 어떻습니까?"

"거긴 사람들로 붐비더군요. 육지서 들어온 군인과 경찰들로……."

김명호가 '허헛' 하고 쓴웃음을 지으며 청주를 입으로 가져간다.

"다행히 여긴 조용하군요."

"폭풍 전의 적막감이라 표현하는 게 맞을 겁니다."

"왜요?"

"북에서도 선거가 있었다는군요."

"소문은 저도 들었습니다."

"제주 남로당 군사부책을 맡았던 김달삼이란 자가 북으로 넘어 갔단 소문이에요. 거기서 헌법위원으로 선출되었다고 말입니다. 제주에서의 투쟁으로 영웅칭호를 받을 만큼 인기가 좋았던 모양이에요."

학도병 출신인 김달삼은 잘생긴 외모에 강단이 있는 데다, 한때 대구에서 노동운동을 했을 만큼 사회주의를 신봉하고 있었다. 4월 3일에 있었던 무장투쟁도 그의 주도에 의해 일어났다는 소문이 돌았다.

"산사람들이 마을로 내려와 백지날인을 찍어 간 이유를 알겠더군요……. 애월에 사는 외삼춘도 가명을 올리고 억지로 손도장을 찍어 줬다고 했으니까."

"불길하군요."

"남과 북의 틈새에서 제주는 남한이 아닌 북한을 지지한 셈이 되어 버렸습니다."

김명호가 붉게 노을이 지는 하늘을 올려다보며 한숨을 내쉰다. 저 붉음 뒤에는 짙은 어둠이 밀려올 것이다. 아마 제주의 운명도 그와 비슷하겠지. 김명호는 혼잣말처럼 내뱉는다. 홍성수가 찻잔에 청주를 따르며 다시 건배를 청한다. 이 순간만큼은 절망적인 현실을 잊고 즐거이 술과 사람에 취하고 싶을 뿐이다.

"서울에 있는 선배로부터 얼마 전 편지가 왔어요. 로빈슨이라는 미국 군사관이 우리나라의 민족주의자들은 우익의 위장과 좌익의 입을 가지고 있다고 우스갯소리 하는 걸 들었다고요. 양키들까지 우릴 비웃고 있는 거예요……."

김명호의 자조 섞인 웃음이 뒤따른다. 홍성수가 이번엔 하늘을 올려다보며 크게 한탄을 한다.

"이북은 어떨까요? 그들은 정말 우리가 원하던 세상을 만들고 있을까요?"

"모두들 그곳에서 희망을 찾으려 하더군요. 하지만 이북도 46년 이후로 언론의 자유가 없어졌다고 들었어요. 토지개혁 역시 국민이 아닌 당을 위한 거라더군요. 북에 대한 막연한 환상만큼이나 찬양 일색인 것도 불길하긴 마찬가지예요."

"그게 권력의 속성인지도 몰라요."

"그렇다면 정말 희망이 없는 걸까요?"

"우리 힘으로 독립을 이루지 못한 까닭이겠죠. 그래서 강대국들의 실익에 따라 나라가 두 동강이 날 지경에 이르렀으니……."

"친일파들이 여전히 제주에서 활개 치고 다니는 것도 참을 수가 없어요."

어느새 청주가 바닥이 났다. 두 사람은 어깨를 나란히 하고 학교를 빠져나온다. 시원한 바닷바람을 맞으며 곤지동으로 걸어간다. 시국 얘기만 아니라면 김명호의 얼굴에도 미소가 인다. 홀로 남은 어머니를 위해서라도 결혼을 서둘러야 하지 않느냐고 묻는 홍성수에게 고개를 좌우로 흔들며 김명호가 대꾸한다.

"결혼은 홍 형이 먼저지요."

"실은 인연을 만났어요. 이곳에서."

"아! 곤지동으로 다시 돌아온 이유가 그 때문이었군요."

김명호가 호기심 어린 눈으로 홍성수에게 묻는다.

"그런데 누굽니까? 그 운명의 아가씨는?"

대답 대신 홍성수는 몇 발짝 걸음을 빨리한다. 김명호가 그의 등 뒤에서 소리친다.

"소문이 맞나요?"

"소문이라뇨?"

홍성수가 뒤돌아서서 묻는다.

"제 어멍이 말해줬거든요."

홍성수는 흑단 같은 암석 사이에 서 있던 권유순의 모습을 떠올린다. 막 자맥질에서 나온 듯 발갛게 물든 그녀의 뺨에선 보조개가 일었다. 김 노인의 손녀딸인 성란이 홍성수의 이름을 부르며 아는 척을 했을 때, 김명호의 어머니인 고 씨도 홍성수와 권유순을 번갈아 바라보며 묘한 표정을 짓고 있었다.

"다음에 만날 때 말해 주겠소."

앞서 걷던 홍성수가 대답한다.

"그럼 저도 소문의 당사자가 누군진 다음에 말씀 드리죠."

중요한 비밀이라도 되는 듯 너스레를 떨던 두 사람은 서로를 마주 보며 웃는다. 어느새 마을 입구로 들어선 김명호가 2차를 가자고 부추긴다.

"어머니께 폐를 끼치고 싶진 않아요."

"그런 말 하지 맙써. 날 살린 게 누군데……. 어멍이 만든 둠비에 짐치 얹어서 시원한 조 택베기나 먹으러 갑시다."

제주사투리를 섞어 가며 친근감 있게 말하는 김명호의 손에 이끌려 홍성수는 다시 걸음을 옮긴다. 김명호는 흥이 난 듯 홍성수의 어깨를 잡으며 민요조의 노래를 부르기 시작한다. 서청을 빗대어 유행하던 신판민요다.

"류쿠삭크 둘러메고 무엇 하러 왔더냐. 백 원짜리 담으려고 네 여기 왔느냐……."

2

대한민국정부가 수립된 뒤에도 무장대의 산발적인 테러와 그에 대응하는 토벌대의 충돌이 제주 곳곳에서 발생했다. 남로당 세포 조직에 대한 검거작전도 계속되었다. 제주읍 칠성통의 모자점이나 약방으로 들어오는 물품 중에 섞여 있던 남로당 지령문이 적발된 것도 그 무렵이다. 모자점과 약방을 운영하던 이들이 모두 남로당 당원이라는 사실이 밝혀졌다. 그들은 펜으로 쓴 지령문을 두루마리처럼 말아 담배개비 속에 끼워 넣거나 몸속에 숨겨 지방의 세포들에게 전달했다. 지령문은 남한단독정부가 들어섰으니 더 이상 기대할 것이 없다, 그러니 모두 반정부 운동에 동참하되 신분 노출의 위험이 있는 당원은 입산해 장기전에 대비하라는 내용으로 채워져 있었다.

김헌일이 잡혀간 건 약방의 사장이 체포된 지 이틀만이었다. 아침상을 물린 뒤 인선과 함께 막 말을 시작한 성진의 모습을 흐뭇하게 바라보고 있을 때다. 4명의 사복경찰이 찾아와 다짜고짜 김헌일에게 수갑을 채운다. 인선은 성진을 부둥켜안은 채 군화발로 들어오는 남자들을 올려다본다. 그 순간 곤지동의 악몽이 되살아난다. 산사람들을 피해 제주읍까지 내려왔는데 이번엔 경찰이 남편을 이유도 없이 잡아가는 것이다. 그녀는 이해할 수 없다는 듯

도리질을 치며 경찰들에게 소리친다.

"이 봅서. 무슨 일이우꽈. 제 남펜 아무 죄 없수다. 시아주방도 산사람들에게 납치당허고 이곳으로 피난 오지 않았수꽈? 갠데 아무 죄 없는 남펠 왜 잡아가우꽈!"

그녀의 절규에도 경찰들은 대꾸 한마디 하지 않는다. 끌려가는 김헌일의 손을 잡으며 필사적으로 매달려도 소용없다. 얼굴에 커다란 점이 있는 경찰이 그제야 인선의 어깨를 밀치며 말한다.

"겁먹지 마라. 조사할 게 있으니까 가는 거디."

인선이 점박이 경찰의 바짓가랑이를 잡고 애원한다.

"우리 남펜 산사람들에게 맞아 죽을 고비 넘겼주. 이제 겨우 몸 추스르고 있수다 양!"

"이 건물 주인이 남로당 당원이라는 게 밝혀졌디. 기러니까 담시 조사하는 것뿐이야."

그리고 김헌일을 연행하는 경찰들에게 소리친다.

"뭐하니? 날래 가디 않구!"

인선이 현관문을 몸으로 막아섰지만 점박이 경찰이 그녀를 옆으로 밀쳐낸다. 김헌일이 바닥에 주저앉는 인선을 보며 말한다.

"무슨 착오가 있었을 거요. 걱정하지 말아요."

인선이 고개를 끄덕이며 눈물을 흘린다. 도대체 무슨 날벼락인지 모를 일이다. 김헌일이 대로변에 정차한 지프에 몸을 싣는 동안 인선이 따라 나오며 '죽지 맙서. 죽지 맙서.' 하고 주문을 외우듯 되풀이 말한다. 조수석에 앉은 점박이가 출발 신호를 보내며 짜증스럽게 내뱉는다.

"날씨가 죽여두는구만. 이래 더운 곳에서 얼케 여름을 나갔어."

김헌일이 끌려간 곳은 도청 앞에 위치한 제주경찰서다. 미 군정청과 관덕정이 맞닿은 곳이다. 경찰서 앞마당에는 높이가 10미터는 되어 보이는 망루가 세워져 있고 경찰 한 명이 주변 경계를 서고 있다. 바리게이트 앞에는 캘리버 자동소총을 잡은 경찰관도 보인다. 수사과가 적힌 사무실에서 출생지와 가족사항, 이름과 나이를 확인한 뒤 곧장 유치장으로 끌려간다.

가로세로 길이가 3미터에서 4미터 정도 되는 감방이 좌우로 길게 늘어서 있다. 책상에 앉아 신문을 읽고 있던 30대 초반의 경찰이 복도로 통하는 철창문을 연다. 감방마다 사람들로 가득하다. 복도 제일 끝에 있는 감방 문을 열면서 동료경찰에게 묻는다.

"걸마들 하고 엮겼나?"

육지 사투리가 섞인 말투다.

"그 자식들 입에서 나온 이름만 모두 사십 두 명이야. 귀찮아 죽겠어."

김헌일이 감방 안으로 들어가자마자 다시 문이 잠긴다. 경찰들은 나란히 복도 밖으로 걸어가면서 제주의 무더운 여름 날씨로 화제를 돌린다.

감방 안은 발 디딜 틈이 없을 만큼 만원이다. 도대체 몇 명을 더 구겨 넣을 거냐고 짜증을 내는 사람도 있다. 창문 하나 없는 밀폐된 공간에 백열구만 노랗게 빛을 내고 있다. 김헌일은 한증막처럼 후덥지근한 공기에 숨이 막힌다. 사람들의 몸에서 뿜어져 나오는 열기와 땀 냄새에 적응하기가 힘들다. 그나마 바람이 잘 통하는 문 쪽에 자리 잡은 사람들은 신선한 공기를 마실 수 있다. 하지만 대부분의 사람들이 비좁은 마룻바닥에 쪼그리고 앉아서 힘겨운 시간을 보낸다. 등을 앞으로 숙이거나 엉덩이를 살짝 들어 김헌일이 안으로 지나갈 수 있게 길을 만들어 준다. 겨우 빈자리를 찾아 앉았을 때 옆에 있던 30대 중반의 남자가 무슨 죄목으로 끌려왔는지 묻는다.

"저도, 그 이유를 잘 모르겠어요."

"혹 약방이나 문구점하고 관계가 있소?"

"약방 주인 집에 세 들어 살고 있습니다."

"고약하게 됐군. 며칠 전 잡힌 남로당 조직원들 중에 약방 주인도 있다더니……."

남자는 김헌일의 얼굴과 입성을 살피며 덧붙인다.

"원정로에 있는 헌병대 건물 지하에 취조실이 있어요. 그곳에서 고문이 자행된다는 소문이더군. 왜정시대 때부터 고문 기술자로 유명한 사람이 있단 소릴 들었거든. 그놈한테 걸리면 누구라도 입을 열지 않곤 못 배긴다니까……. 약방 주인도 아마, 기억나는 이름은 모두 불었을 거요."

"말씨를 보니 여기 사람은 아니군요."

"아, 난 서울서 온 취재원 장준오라 하오."

큰 덩치에 환한 표정의 사내다. 그는 손을 내밀어 악수를 청한다.

"제주읍에서부터 예비검속이 시작될 거란 소문이오. 인민위원회에 가입했던 사람들 모두 빨갱이로 몰아갈 작정이던데……."

그때 한 남자가 자리에서 일어나 '대한민국 만세!'를 외치며 문 앞으로 다가간다. 감방 문을 두드리며 고함을 질러 대는 통에 주변이 꽤나 시끄러워진다. 소란이 커지자 경찰들이 되돌아와 남자를 끌고 나간다. 남자는 복도를 걸어가면서도 계속 '대한민국 만세'를 외친다.

"취조를 당해 본 적 있소?"

김헌일이 고개를 좌우로 흔들며 장준오라는 사람을 바라본다.

"당신은요?"

"왜정시대 때…… . 모질게 당해 봤지…… ."

그리고 허탈한 듯 미소를 짓는다.

"해방된 뒤에도 친일 고문경찰들에게 똑같은 짓을 당해야 하다니…… . 고문을 당하면 더 이상 자존심을 세울 수 없소…… . 인격이니 품위니 하는 것이 얼마나 하찮은지 깨닫게 되니 말이오. 그러니 김 형도 내 말 명심하시오. 절대로 자신을 벌레처럼 생각해선 안 된다는 걸. 무슨 짓을 당하더라도 자신이 누구라는 사실을 결코 잊어버려선 안 된다는 걸 말이오."

"무슨 짓을 당하더라도…… 말입니까?"

김헌일이 장준오와 시선을 마주치며 묻는다. 기자는 백열전구를 손가락으로 가리키며 대답한다.

"어디든 희망이란 있는 법이니까."

3

유치장에서 보내는 하루가 열흘보다 길게 느껴진다. 딱딱하고 차가운 마룻바닥과 화장실에서 흘러나오는 지린내까지. 조금만 몸을 뒤척여도 옆사람과 부딪친다. 다리를 뻗을 만한 공간도 없다. 거기다 홀로 남은 인선과 성진 걱정에 밤이 새도록 잠을 이루지 못한다.

새벽녘에도 몇 명의 사람이 어디론가 끌려 나간다. 그중에 반수 가까이가 감방으로 돌아오지 않는다. 언제 자신의 차례가 될지 모른다는 두려움과 긴장감이 방 안에 가득하다. 김헌일도 자다 깨다를 반복한다. 설핏 잠이 들었을 땐 대학생 모습의 종일과 마주치는 꿈을 꾸기도 한다.

복도에서부터 날이 밝아 왔지만 모두들 새우처럼 몸을 웅크린 채 누워있다. 서울에서 왔다는 장준오는 코까지 골면서 잠을 잔다. 김헌일이 몸을 돌려 반대방향으로 팔베개를 하고 누웠을 때 곤봉을 든 경찰들이 유치장 복도로 들어온다. 그들은 감방 문을 두들겨 대면서 '기상이다! 모두들 일어나! 일어나!'라고 소리친다. 대부분의 사람들이 힘겹게 몸을 일으킨다. 새벽에 끌려가 매타작을 받은 이들은 몸을 가누지 못할 만큼 거동이 불편해 보인다. 카빈소총을 든 경찰들이 복도 주위를 둘러싼다. 점박이가 앞으로 나서며 큰소리로 말한다.

"지금부터 내 말으 잘 듣기 바랍네다."

잠시 뜸을 드리던 그가 말을 잇는다.

"지금부터 이감 준비르 시작합네다. 이감할 곳은 농업학교에 있는 임시수용솝네다. 모두들 질서를 잘 지켜서 나오기 바랍네다."

그가 눈짓을 하자 경찰들이 복도 끝에서부터 차례로 감방 문을 연다. 그러나 사람들은 두려움에 밖을 나가려 하지 않는다. 점박이가 주위를 둘러보며 다시 설명을 늘어놓는다.

"아아, 겁낼 필요 없습네다. 밖에 스리쿼터가 대기 중이니까 니……. 아침 식사도 그곳에 둔비되어 있으니까 빨리 나오시라요."

점박이는 다른 경찰과 달리 반말을 사용하지 않는다. 스스로도 그런 자신의 태도가 마음에 드는지 흡족한 미소를 짓는다. 곤봉을 든 경찰이 '수용인원이 너무 많아서 옮기는 것뿐이다.'라고 덧붙인다. 그제야 사람들이 복도로 하나둘 걸음을 옮긴다.

점박이 말대로 경찰서 앞마당에는 10대의 스리쿼터가 시동을 건 채 대기 중이다. 망루 위에 있는 경찰이 카빈소총을 어깨에 둘러멘 채 마당 쪽을 내려다본다. 스리쿼터 주변에는 경찰 대신 무장한 경비대들이 손을 내저으며 '빨리! 빨리!'라고 재촉한다. 사람들은 유치장을 나온 순서대로 종종 걸음으로 스리쿼터의 짐칸 위로 올라간다. 김헌일은 두 번째 스리쿼터에 몸을 싣는다. 짐칸 위에서 미리 대기하고 있던 군인이 "올라온 순서대로 안쪽에서부터 무릎을 꿇고 앉는다. 머리는 들지 말고 질문도 하지 마라!"라고 계속해서 주의를 준다. 조금이라도 동작이 굼뜨면 카빈 소총의 개머리판이 사정없이 등이나 뒤통수에 꽂힌다. 짐칸 위로 올라온 몇몇 사람이 군인의 말을 듣지 않고 멋대로 행동하다가 군화에 짓밟힌다.

차가 제주 시내를 가로질러 이동할 때에도 사람들은 고개를 들지 못한다. 얼마 지나지 않아 스리쿼터는 제주읍의 끝자락에 자리 잡은 농업학교 운동장으로 들어간다. 학교 둘레는 성처럼 돌담이 둘러싸고 있고 정문 위에는 감시대가 세워져 있다.

제주농업학교의 운동장은 둘로 나뉘어 있는데 위쪽은 연병장으로 아래쪽은 수용소로 사용하고 있었다. 10대의 스리쿼터가 아래쪽 운동장에 차례로 정차한다. 먼저 군인들이 차에서 뛰어내린다. 운동장 가운데 서 있던 젊은 장교가 경찰에서 인계받은 서류를 들춰보며 한 명씩 호명한다.

"김헌일!"

장교의 목소리가 또다시 울린다. 김헌일이 손을 들고 일어선다. 짐칸 위에 서 있는 군인이 내려가라는 눈짓을 한다. 김헌일은 고개를 끄덕이고는 차에서 내려 곧장 장교 앞으로 걸어간다. 그는 서류를 바라보면서 '어디 출신이지?' 하고 묻는다.

"화북입니다."

김헌일이 대답한다. 장교는 '지금 사는 곳은?' 하고 다시 묻는다.

"도립병원 근처에 살고 있습니다."

"아니, 주소 말야."

김헌일이 주소를 말하자 장교는 고개를 끄덕이면서 다음 사람의 이름을 부른다. 김헌일은 운동장에 대기 중인 사람들의 뒷줄로 걸어가 차렷 자세를 한다. 긴장한 탓인지 허기조차 느낄 수 없다.

운동장 앞에는 아치형 콘센트건물이 나란히 서 있다. 건물 앞에 성조기가 휘날리는 걸 보니 미군들이 사용하는 건물이 분명하다. 위쪽 연병장에는 왜정시대에 지어진 농업학교 건물이 보인다. 입구 기둥에는 9연대본부라는 현판이 세로로 걸려 있고 무장한 헌병이 경계근무를 서고 있다. 천막수용소가 있는 아래 운동장은 철조망으로 구역을 나눠 놓았는데 남자들은 주로 천막에서, 아이와 노인, 여자들은 나무판자로 지어진 막사에서 생활하고 있었다. 김헌일이 막사 쪽으로 시선을 돌리자 그곳에 모여 있던 사람들의 모습이 한눈에 들어온다. 아기에게 젖을 물리는 여인도 있고 공기놀이를 하는 코흘리개 아이들도 있다. 흡사 난민수용소 같은 느낌이다.

"일동 차렷!"

인원체크가 끝나자 장교와 같이 있던 하사관이 소리친다. 4열 횡대로 줄지어 선 사람들 모두 긴장된 얼굴로 정면을 바라본다.

"이곳에서 여러분들은 조사를 받게 된다. 죄가 있는 사람은 육지형무소로 이감돼 실형을 살게 될 것이고 나머진 양민증을 발급받은 뒤 석방될 것이다."

사람들을 쭉 훑어본 뒤에 장교가 다시 말을 잇는다.

"이곳 규칙을 잘 지킨다면 불이익을 당할 걱정은 없다. 그리고 설사 빨갱이 짓을 했더라도 진심으로 뉘우치고 협조한다면 죄를 묻지 않을 생각이다. 이 점 새겨듣도록!"

장교의 연설이 끝나자마자 철조망 안으로 이동하라는 명령이 떨어진다. 줄지어 선 사람들은 군인들의 지시에 따라 4열 횡대로 수용소 안으로 걸어간다. 그때 줄에서 튀어나온 장준오가 장교에게 다가간다. 그는 수첩에서 명함을 꺼내 보이며 입을 연다.

"이봐요. 중위님. 어떻게 적군도 아닌 일반 시민이 수용소에 수

감될 수 있는 겁니까? 뭔가 착오가 생긴 게 아니라면 있을 수 없는 일입니다. 여기 있는 사람들은 폭도가 아니라 제주도민들이라구요. 대한민국 국민 말입니다."

"이 새끼가 방금 했던 말 못 들었어!"

장교의 손이 다짜고짜 기자의 뺨으로 향한다. 그는 이해할 수 없다는 표정으로 장교를 바라본다. 장교는 자신을 똑바로 쳐다보는 장준오를 도저히 용납할 수 없는 모양새다. 그는 사병이 들고 있던 카빈소총을 빼앗아 개머리판으로 사정없이 장준오의 얼굴을 짓이긴다. 그 충격 때문인지 거구의 장준오는 몇 발짝 물러서지도 못하고 바닥에 주저앉는다. 그의 이마에서 뿜어져 나온 선홍색 피가 순식간에 와이셔츠를 붉게 물들인다. 장교가 다시 기자에게 다가가 등을 짓밟는다. 폭행을 멈추지 않자 옆에 있던 하사관이 제지하고 나선다. 뿌연 흙먼지 아래에 시체처럼 널브러진 장준오를 가리키며 장교가 소리친다.

"봤나? 이곳에선 복종 외엔 아무것도 생각하지 마라. 개인적인 행동도 질문도 용납되지 않는다. 너희들은 오직 우리가 묻는 말에만 대답하면 돼!"

그리고 그는 4열 횡대로 줄지어 선 사람들 중 두 명을 손가락으로 지목한다. 사람들이 다가오자 장교는 쓰러진 장준오를 부축하라고 명령한다. 모든 광경을 묵묵히 지켜보던 김헌일의 얼굴에 절망감이 깃든다.

'아아, 이것이 제주의 현실이었구나.'

4

3년 만에 다시 만난 석호는 살이 많이 불어 있었다. 화북지서에
서 고문을 받고 만신창이가 된 만식이 겨우 바깥출입을 하게 되
었을 무렵이다. 텃밭에 나가 감자를 캐고 노루사냥에 쓸 올가미
를 설치하고 돌아오는 길이었다. 마당에 서서 그를 기다리던 석
호가 미소를 지으며 다가왔다. 부산항에서 각자의 길을 가자며
마지막 인사를 나누던 순간이 떠올랐다. 그때도 석호는 미소를
지으며 방만식의 손을 잡아 주었다. 그동안 어디서 무엇을 하고
지냈는지 지쿠호에서의 모습은 더 이상 찾아볼 수 없었다. 전과
는 다른 삶을 살겠다는 의지도 희박해져 가던 방만식에게 석호는
일종의 구세주나 마찬가지였다.

"지쿠호 탄광에서 제갈이 죽어 가면서 부탁했던 말을 잊을 수
가 없었어."

고구마로 만든 소주를 나누어 마시며 석호는 말한다. 제갈이
살던 동광리로 찾아가 제갈의 부모와 형제들을 만나 위로하고,
얼마간의 돈도 쥐어 주고 왔다는 그는 움집이나 다름없는 방 안
을 둘러보며 방만식에게 묻는다.

"자넨 어떻게 살아 왔나?"

"다를 게 없수다."

"나 역시 마찬가지였네. 후쿠오카를 거쳐 부산에 들어갈 때만
해도 희망에 부풀어 있었지만 현실은 녹록치 않았지……. 처음의
호기는 사라지고 무기력한 일상을 반복하는 비루한 시간을 보냈
던 것 같아……. 해방 전처럼 여전히 세상은 모순으로 가득 차 있

지만 내가 할 수 있는 건 아무것도 없었어."

"게메 난 검정개한테 끌려가 죽을 고비를 넘기멍 겨우 몸을 추스르고 있수다양."

방만식이 자조적인 미소를 지으며 대꾸한다.

"무엇 때문일까? 세상이 변하지 않은 건?"

"모르쿠다. 아니 관심이 없으멍."

"적어도 지쿠호와 하카다에선 이러지 않았지. 만식이라는 사내는……."

하지만 방만식은 애써 그의 말을 무시하며 되묻는다.

"돌아갈 배편은 구했수까?"

"아니……. 난 육지로 돌아가지 않네."

"하멍……."

"제주에서 할 일이 있어."

"무슨 말이우까?"

석호는 대답 대신 미소로 얼버무린다. 침묵하는 순간 모두 그들의 편이 되는 것이다. 편을 나누어 싸우는 것이 혁명이라면 우린 적어도 옳은 편에 서야만 한다. 석호는 하카다항의 조선인 수용시설에서처럼 자신의 주장을 늘어놓는다.

"게메, 석호가 생각하는 옳은 편은 어디이우까?"

"민중……. 제주의 민중이 바로 우리 편일세."

그날 방만식은 미련 없이 석호를 따라나섰다. 이미 곤지동에 대한 애착은 사라진 지 오래였다. 입산을 하면서 방만식은 제주의 현실을 좀 더 자세히 이해할 수 있었다. 자신처럼 이유도 없이 끌려가 고문을 당한 사람들과 가족을 잃은 사람들, 석호처럼 혁명이 필요하다고 생각하는 사람들의 다양한 이야기를 들을 수 있었다. 해방 직전의 하카다 항에서처럼 방만식은 꿈틀거리는 무언가가 가슴 속에서부터 솟구쳐 올랐다.

석호를 올구[오르그, 상급기관(전남도당)의 조직 지도원]라고 하는 사람도 있었고 그냥 정치지도원 동무라고 부르는 사람도 있었다. 조직도 어느 정도 갖추어져서 무장대와 연락병, 취사대로 역할이 엄격히 구분되었다. 하루 세번 점호가 있었고 구보와 강도 높은 체력훈련을 받았다. 톱부대가 아닌 후방부대는 땔감을 모으거나 숯을 만들고 중산간 지방의 민주부락에서 식량을 실어 날랐다. 그리고 시간이 날 때마다 석호를 비롯한 정치지도원들에게 학습회라는 명목으로 교육을 받았다. 아침 조회에선 자기비판의 시간을 가졌고 3대 규율(모든 행동은 지휘에 따르고 대중으로부터는 못 하나도 빼앗지 않는다 등)과, 8항주의(포로를 괴롭히지 않는다 등), 자유주의배격 11조를 의무적으로 외워야 했다. 토벌대에게 생포당했을 때에는 잘못된 정보를 흘려 혼란을 야기시키는 구체적인 행동 요령까지 익혔다. 그래도 남는 시간이 생기면 방만식은 꿩이나 노루 사냥을 다녔다. 약초와 열매를 따고 땅을 개간에 구황식물을 심었다. 방만식은 누구보다 부지런하게 일을 하고 훈련을 받았다. 차츰 그를 믿고 따르는 사람들이 늘어나면서 무장대 안에서 인지도도 높아졌다. 타고난 운동신경과 대범함, 그리고 어릴 때부터 제주의 산야를 뛰어다니며 익힌 길눈이 많은 도움이 되었다. 그때부터 사람들은 방만식을 방 두령이라고 불렀다.

한라산 꼭대기의 눈이 녹고 야생화가 필 무렵이었다. 석호가 사람들을 산사에 있는 마당으로 불러 모았다. 평소와 달리 군복을 입은 석호가 사람들을 향해 외쳤다.

"이제 행동으로 보여 줄 때가 되었습니다. 우리 스스로 친일파들을 처단하고 도민들을 비탄에 빠뜨린 미 제국주의의 앞잡이들에게 경고합시다. 우리의 단합된 힘을 보여 줍시다!"

모두들 석호의 말에 주먹을 쥐며 호응했다. 우리가 일어서면 서청과 경찰을 제외한 모든 도민들도 뜻을 같이할 것이다. 친일파의 처단과 남북분단을 막아야 한다는 공통된 목표가 있기 때문이다. 방만식 역시 석호의 말을 진실로 받아들였다. 화북에서 경찰부부와 사환을 죽이고 지서를 불태울 때까지도 양심의 가책을 느끼지 않았다. 요시무라처럼, 더 많은 사람들이 고통받지 않도록 그들은 마땅히 죽여야 할 사람이었다. 그게 제주를 위하는 길이라 믿었다.

하지만 언제부턴가 방만식은 의구심에 빠져들었다. 정의로운 일을 하고 있는 것인가? 제주도민들을 위해 싸우고 있는 것인가? 토벌대의 방화와 살인 뒤에 무장대의 보복이 있었고, 더 많은 토벌대들이 중산간 마을로 올라와 학살을 자행했다. 6월, 종달리에서는 경찰로 위장한 무장대가 마을로 들어가 경계 강화를 구실로 청장년들을 모이게 한 뒤 살해하는 일도 있었다.

"저들은 서청도, 경찰도, 경비대도 아니우다!"

방만식이 반대를 했지만 석호는 듣지 않았다.

"제주사람이라도 경찰에 동조한 이는 우리의 적일 뿐이지."

경찰과 똑같은 말을 하고 있다는 걸 석호는 깨닫지 못했다. '보복이 보복을 낳고, 복수가 복수를 낳는 거주. 하멍 그 속에서 희

생당하는 사람은 제주도민이우다.' 방만식이 소리쳤지만 석호는
그 말 역시 들으려 하지 않았다.

대한민국정부가 수립되고 치안수습대책위원회가 제주읍에 만
들어졌지만 제주도민들의 희생을 막기엔 이미 그 상처의 골이 깊
어진 상태였다. 그리고 9월 9일, 북한에서도 조선민주주의인민공
화국 선언이 있었다.

5

인선은 아침도 거른 채 집을 나선다. 제주읍에서 그녀가 기댈
수 있는 사람은 남편 외엔 한석희가 유일하다. 새벽부터 먹은 것
을 토해 내고 울기만 하던 성진의 얼굴이 붉게 물들어 있다. 미열
까지 확인한 인선은 날이 밝자마자 성진을 둘러업고 도립병원으
로 향한다. 거리를 걷는 동안에도 그녀의 가슴은 답답하기만 하
다. 온 사방이 김씨 집안을 해코질 하려는 사람들로 가득 찬 것
같다. 남문로터리를 지나자 도립병원의 흰색 건물이 시야에 들어
온다. 마침 그때 맞은편에서 걸어오던 사내들이 음흉한 눈빛으로
인선의 몸을 아래위로 훑고 지나간다.

"아조 곱상하게 생겼구만 기래."

한 사내가 인선을 향해 내뱉는다. 그녀는 남자들과 시선을 외
면한 채 걸음을 빨리한다. 그 모습이 마음에 들지 않는지 사내는
길바닥에 가래침을 뱉으며 덧붙인다.

"방뎅이가 실하니 맛있겠다."

옆에 있던 다른 사내가 웃음을 터뜨린다.

"고저 이 새끼르 여자 생각뿐이디."

"인생 뭐 별 것 있갔어. 이보라, 아침부터 어딜 그리 가는 길이가?"

뒤따라온 사내가 인선의 손목을 잡아끌며 묻는다. 그녀는 숨이 막힐 만큼 두려움이 밀려온다. 하지만 힘없이 잠들어있는 성진의 얼굴을 보며 용기를 낸다. 그녀는 매몰차게 사내의 손을 뿌리치며 발악에 가까운 소리로 내뱉는다.

"감찰청 사찰주임 집에서 일하는 사람이우다. 그 집 아덜님 아파서 급히 병원 가는 길인데 이렇게 길을 막아서도 되는 거우꽈!"

사내들은 감찰청 사찰주임이라는 말에 객쩍게 서로를 바라본다.

"에미나이 성질 머리하곤……. 애 잡기 전에 빨리 가 보라."

그들의 말이 떨어지자마자 인선은 걸음을 재촉한다. 등 뒤에서 사내들의 추잡스런 욕설이 들려오지만 모른 척 입술을 굳게 다문다.

"가벼운 감기 증상이니 걱정하지 마세요."

직접 주사까지 놓아 주며 의사는 인선을 안심시킨다. 밤새 잠을 설친 탓인지 성진은 울음소리마저 힘겨워 보인다. 안쓰러운 마음에 성진의 뺨에 얼굴을 비비댄다.

"어쩌면 일케 속눈썹이 길주."

인선은 성진의 열에 들뜬 얼굴을 보며 괜히 눈물이 난다. 남편과 시아주버니의 생사까지 알 수 없는 현실이 막막하기만 하다. 어디에 의탁해 살아갈 수 있을까. 하지만 그녀는 성진의 머리를 쓰다듬으며 마음을 다잡는다. 무슨 일이 있더라도 성진만은 탈 없이 키워야 한다는 의무감 때문이다. 인선은 잠든 성진을 조심스럽게 둘러업고 병원을 나선다. 한석희가 있는 원정로로 걸음을 옮기면서 '기호 삼춘 어멍이 죽은 것도 경찰의 고문 때문이주……. 그래도 다행이지 마심. 시아주방 친구분 중에 경찰서에서 높은 소나이가 있수꽈.'라고 혼잣말을 하며 위안을 삼는다. 무시무시한 서북청년단 사내들도 감찰청 사찰주임이라는 말에 기가 죽지 않았던가. 그에게 부탁한다면 남편을 무사히 빼내 올 수 있을 거란 기대감으로 그녀는 발걸음을 빨리한다.

6

간밤의 숙취 때문인지 홍성수는 정오가 가까워질 무렵에야 겨우 정신을 차린다. 고씨 어멍이 차려주는 미역국으로 해장을 하고 집을 나선다. 김명호는 이미 몇 시간 전에 화북국민학교로 나가고 없었다. 머쓱하게 마당으로 내려와 작별인사를 하는데, 객지에 혼자 나와 고생한다며 고씨 어멍이 주먹밥을 손수 만들어 준다. 끼니 거르지 말고 잘 챙겨 먹으라는 말도 잊지 않는다. 홍성수는 그녀의 마음 씀씀이가 고마워 몇 번이나 고개를 조아린다.

집으로 돌아가다가 얼굴에 마마자국이 있는 박을 만나 잠시 이야기를 나눈다. 신혼인 그는 밭에 나갔다 점심을 먹으러 들어가는 길이라고 했다. 햇볕에 그을린 구릿빛 얼굴에 갈옷을 입은 그는 영락없는 농사꾼이다.

"어데 다녀오우꽈?"

"김 선생네……. 어제 둘이서 한 잔 했지."

박은 밀짚모자를 벗어 부채 대신 흔들어대며

"볕이 과랑과랑하우다."

라고 말한다.

"밭에 다녀오는 길인가?"

"서드럭(돌이 많은 땅)인데도 검질메기(잡초 뽑느라) 하느라 정신이 업젠."

하고는 소탈하게 웃는다.

"담엔 저도 불러 주시카. 명호성 본 지도 오래젠 말이우다."

"아, 그래……. 자네 생각을 못했네."

홍성수가 미안한 표정을 짓는다. 박은 이마 주위를 긁적이며 다시 밀짚모자를 덮어쓴다.

"집으레 들어 왕, 점심 먹엉 갑서."

점심이나 먹고 가라는 박의 말에 홍성수는 고씨 어멍이 차려 주는 밥상으로 해장까지 했다며 공손히 사양한다.

"어멍 마음씨가 참 고우시꽈. 명호성이 고씨 어멍을 닮았주."

하고는 손을 흔들며 아쉬운 듯 작별인사를 건넨다.

안곤지동으로 돌아온 홍성수는 헌일의 본가 마루에 걸터앉아 책을 펼친다. 칸트의 인간학을 일본인 교수가 번역한 것이다. 낱장을 훑어보지만 글이 눈에 들어오지 않는다. 마음이 좀체 안정되지 못하는 건 숙취 때문만은 아닐 것이다. 그러다 어제 새벽에 밑줄 쳐 두었던 단어를 우연히 발견한다.

'키클롭스(Kyklops)'

그리스 신화에 나오는 한쪽 눈만 가진 거인의 이름이다. 호머는 이 거인이 시게이과라는 섬에서 인간을 잡아먹으며 산다고 했다. 홍성수는 이곳 제주가 시게이과와 닮았다고 생각한다. 두 눈으로 세상을 보지 못하는 기형의 인간들. 불행하게도 그들은 거대한 몸짓만큼이나 무시무시한 힘을 가지고 있었다.

실종된 종일이도 제주의 운명에 대해 회의적이지 않았던가. 그래서 그도 조국을 버리고 일본으로 밀항할 계획을 세웠던 게지. 홍성수는 마루 위로 올라가 대자로 눕는다. 새벽까지 마신 조막걸리 때문에 머리가 지끈거린다. 눈을 감아 보지만 이내 권유순의 얼굴이 떠오른다. 난리가 나기 전에 위태로운 이 섬을 벗어날 수 있을까? 그러다 그는 권유순과 함께 서울로 올라가는 행복한 상상에 빠져든다.

'그녀는 지금 무얼 하고 있을까?'

하루를 보지 않았을 뿐인데도 벌써부터 권유순이 그립다. 그는 자리에서 일어나 곧장 밖으로 나선다.

안곤지동의 길목에 있는 연자맷간에서 홍성수는 뜻밖에도 권유순과 마주친다. 그녀는 김 노인의 늙은 아내와 성란, 그리고 안곤지동에 사는 몇몇 아낙들과 함께 연자맷간에 나와 보리와 잡곡을 빻고 있다. 순한 눈을 가진 조랑말이 두 팔 크기의 웃돌을 묵묵히 돌리고 있다. 권유순은 허벅을 내려놓은 채 마을 아낙과 잡담을 나누고 있었다. 홍성수는 그녀에게 다가가는 대신 김 노인의 늙은 아내에게 먼저 인사말을 건넨다. 행방불명이 된 막내아들 문식이 때문인지 그녀의 얼굴은 핼쑥하고 말투에도 힘이 없다.

"헌일이가 성내에서 알아보는 중이니 조금만 더 기다려 보세요."

홍성수의 말에 위안을 삼으려는 듯 김 노인의 늙은 아내는 이내 눈물을 훔치며 '역불로 그 말 하려고 여기까지 와쑤과.' 하고는 그의 손을 잡는다. 문식이가 돌아온 것처럼 그를 반갑게 맞아 주는 모습이 더 애잔하다. 연자맷간에 있는 다른 아낙들도 모두 측은한 시선으로 김 노인의 늙은 아내를 바라본다.

"건데 성수 삼촌은 여기 무슨 일이우꽈?"

성란이 권유순을 흘깃거리며 묻는다. 모두들 곤지동으로 돌아온 홍성수를 의아하게 생각하고 있었다. 당황한 표정의 홍성수가 얼버무리듯 대답한다.

"헌일이가 갑자기 입원하는 바람에 여기 있는 집이며 어선, 우마를 제대로 살펴볼 겨를이 없으니까. 그래서 내가 대신 내려온 거다."

홍성수가 생각해도 그럴듯한 핑계거리다. 하지만 성란은 뭔지 모를 묘한 표정을 지으며

"에……."

하고는 고개를 갸우뚱거린다. 성란의 옆에 있던 권유순이 그녀의 옆구리를 찌르며 쓸데없는 질문을 한다고 나무란다. 하지만 성란은 아랑곳하지 않고 다시 홍성수에게 말을 건넨다.

"헌일 삼춘네 쇠와 호달매(큰 말)는 금순 어멍네 조케가 맡고 이시카. 게메 어선들은 죄다 우리 아방이 책임지고 관리하우다."

"그래. 크게 걱정할 필욘 없겠지만 말야."

홍성수가 맞장구를 쳐준다. 성란은 그래도 뭔가 할 말이 많은 듯 입을 꼼지락거리다 말고 그녀의 할머니에게 묻는다.

"할망은 몸도 편찮은데 집으로 돌아갑서. 유순언니가 모시고 가멘 좋을 거우다. 가망이는 성수 삼춘이 이고 강옵서."

애기성군 성란의 닦달에 누구 하나 말대답을 하지 않는다. 성란이 직접 연자맷간에서 빻은 잡곡을 담아 홍성수에게 건네준다. 그리고 자신의 친할머니를 권유순에게 떠맡기듯 하고는 '강옵서.' 라고 알 듯 모를 듯한 표정을 짓는다. 오히려 얼굴을 붉히는 쪽은 권유순이다. 그제야 성란의 의도를 알아차린 홍성수가 먼저 걸음을 옮기며

"성란이가 할머니 걱정을 많이 하는구나."

하고는 권유순을 향해 윙크를 한다.

"가시죠."

권유순이 성란을 흘겨보며 어쩔 줄 몰라 하자 옆에 있던 마을 아낙들이 오히려 재촉을 한다. 마지못해 걸음을 옮기는 권유순에게 성란이 짓궂게 소리친다.

"여긴 걱정하지 말고 쉬엉갑서."

"그 녀석이 눈치챈 것 같죠?"

김 노인의 아내를 바래다주고 돌아오면서 홍성수가 묻는다. 권유순은 말없이 웃기만 한다. 마을사람들과 마주칠까 봐 서너 발자국 떨어져서 걷는 권유순이지만 언제나 그녀의 시선은 홍성수를 향하고 있다. 홍성수도 그녀에게서 눈길을 떼지 않는다. 그들

은 일부러 해안 쪽으로 둘러서 걷는다. 이곳 바다는 여름철이면 옅은 녹색을 띤다. 하얀 포말이 일렁이는 자갈밭을 걷다 말고 홍성수가 하트 모양의 백자갈을 집어 든다.

"내 생각이 나지 않소?"

홍성수가 그녀의 손에 자갈을 쥐어 주며 다시 묻는다.

"정말 내 생각이 나지 않소?"

권유순은 도리질을 치며

"아뇨."

하고 대답한다.

"얼만큼 생각하오?"

"당신은요?"

"글쎄……."

홍성수가 뜸을 드리며 딴청을 부리자 권유순은 심술을 내며 앞서 걷는다. 홍성수가 뒤따라가며 고백하듯이 말한다.

"아무것도 할 수가 없소. 당신 때문에……."

권유순이 미소를 지으며 덧붙인다.

"글도 못 쓰고 잠도 오지 않아요?"

"어디 그뿐이겠소? 책을 읽을 수도, 배가 고프지도 않소."

"어떡해요?"

권유순이 얼굴을 붉히며 묻는다. 홍성수는 대답하는 대신 그녀의 손목을 잡아당긴다.

"그냥 내 곁에 있어주기만 하면 되지……."

권유순이 홍성수의 허리를 가볍게 안으며 그의 가슴에 얼굴을 파묻는다.

"영원히…… 죽을 때까지 말예요?"

"그럼. 난 절대로 당신을 혼자 내버려두지 않을 거요."

파도가 친다. 갈매기가 날고 멀리 멸치잡이를 나가는 어선도 보인다. 두 사람은 서로를 꼭 끌어안은 채 먼 바다를 바라본다. 이런 게 사랑이구나. 홍성수는 그녀의 몸에서 나는 유채향기를 맡으며 다시 한 번 힘차게 그녀를 끌어안는다.

7

언덕 위 소나무 숲에 세워진 막사는 유치장보다 지내기가 낫다. 천장이 높고 천막의 양쪽 출입구를 열어 놓아 바람이 잘 통하기 때문이다. 장교에게 몸을 상한 장준오는 사람들의 부축을 받으며 겨우 자리에 눕는다. 천막 안에 있던 안경잡이가 다가와 장준오의 얼굴을 살피면서 말한다.

"상처를 꿰매야겠군요."

그러자 열다섯 안팎으로 보이는 소년이 검은색 가죽가방을 안경잡이에게 가져다준다. 그는 가방 안에서 실과 수술용 바늘을 꺼낸다. 소독약도 있는지 면에 묻혀 상처부위를 닦는다. 장준오는 몸을 뒤틀며 신음소리를 내뱉는다.

"병원에서 일했던 분이우다."

소년이 김헌일에게 말을 건넨다. 김헌일은 소년의 머리를 쓰다듬으며 '넌 여기에 왜 끌려왔니?'라고 묻는다.

"새총을 가지고 있다고 잡혔수다. 누렁개들한테."

"새총?"

"야."

김헌일은 이해가 되지 않는 듯 되묻는다.

"새총을 가지고 있는 게 어때서?"

"저도 모르쿠다. 그냥 잡혀왔수다……. 전 여기서도 누렁개들에게 고붓고붓 말 잘 듣고 벨라지게 행동하우다. 아무 걱정 없수다. 다멘 산에 두고 온 송애기가 걱정이우다."

"소를 키우니?"

소년이 고개를 끄덕인다. 김헌일은 소년의 검은 얼굴을 보며 미소를 짓는다. 방만식처럼 소년도 부모를 일찍 여의고 남의 집에 의탁해 생활했을 것이다. 이른 나이에 홀로 냉혹한 세상에 버려진 소년은 자신의 말대로 약삭빠르게 행동하며 주린 배를 채우고 살아남았을 테지. 김헌일은 소년의 검게 그을린 얼굴을 내려다보면서 저 나이 때의 방만식을 떠올린다. 따지고 보면 방만식도 또래 나이에 비해 세상을 바라보는 시선이 어둡고 우울했던 것 같다. 같이 어울려 놀아도 그에겐 늘 짙은 그림자가 드리워져 있었다. 일본으로 떠나갈 때에도 '어딜 가든 내겐 모두 타지일 뿐인걸.'이라는 짧은 인사만을 남겼을 뿐이다. 현실을 알아간다는 게 고통스러울 만큼 그에게 좌절감을 안겨준 건 무엇이었을까? 신분의 차이거나 출생에 대한 열등감이었을까? 아니면 그를 끊임없이 괴롭혀 왔던 가난 때문이었을까? 후쿠오카에서 노동자 생활을 하면서도 그는 여전히 천대받는 사람이었을 것이다. 그래서 세상이 바뀌길 바랐던 것인지도. 사회주의에 눈을 뜨기 시작하면서, 마르크스를 알아 가면서 그는 처음으로 희망이라는 것을 갖게 되었던 건지도 모른다. 모두가 평등한 세상을, 가난이 죄가 되지 않고 부모 없음이 흉이 되지 않는 세상을. 김헌일은 소년의 손을 꼭 쥔다. 모두가 업보가 아니겠는가.

"잘 아는 사람이오?"

안경잡이가 묻는다. 생각에 빠져 있던 김헌일이 시선을 돌린다. 그는 촘촘하게 장준오의 벌어진 상처를 꿰매고 있다.

"경찰서 유치장에서 안면을 익혔어요. 서울서 내려온 기자라고 하더군요."

김헌일이 대답한다. 안경잡이는 고개를 끄덕이며 덧붙인다.

"여기선 자기 몸은 자기가 챙겨야 해요. 괜히 군인들에게 나대다간 몸 상하기 쉬우니까."

"그래야죠……. 전 김헌일이라고 합니다."

안경잡이가 김헌일을 올려다보면서

"난 오상훈이오."

라고 응답한다.

마지막으로 실의 매듭을 짓고 알코올로 바늘과 피 묻은 손을 닦으며 오상훈은 안도의 한숨을 내쉰다. 그는 김헌일과 비슷한 연배로 보인다. 금테 안경을 쓴 얼굴은 희고 창백하지만 눈매가 매섭고 잘생긴 얼굴이다. 그는 장준오의 꿰맨 상처 부위를 한 번 더 확인하고 소독을 한다. 가방을 챙겨 자신의 자리로 돌아가면서 오상훈이 말한다.

"수용소에선 될 수 있으면 말을 하지 않는 게 좋아요. 아침 점호 땐 군인들과 시선을 마주치는 것도 좋지 않죠. 그리고 정보과 소속의 대위를 조심하세요. 모두들 그 사람을 제일 무서워합니다."

김헌일은 운동장에서 봤던 장교를 떠올리며 고개를 끄덕인다. 옆에 있던 소년이

"정보과 누렁개는 몰핀 중독자이우다. 사람도 아무렇게나 쏴 죽이주."

하고는 몸서리난다는 표정을 짓는다. 오상훈이 손가락을 입으로 가져가며 말조심하라는 눈치를 준다. 소년은 누런 이빨을 드러내며 익살스럽게 웃는다. 그러다 갑자기 자리에서 벌떡 일어나 수용소 마당으로 뛰어 내려간다. GMC 트럭 한 대가 뿌연 먼지 바람을 일으키며 식당 건물 앞에 멈춰 선다. 깔끔한 정장에 베레모를 눌러쓴 사내가 담배를 입에 문 채 운전석에서 내린다. 소년이 남자 앞으로 다가가 굽실거리며 곰살맞게 인사를 건넨다. 베레모는 소년을 보며 환하게 웃는다. 거들먹거리는 베레모 주위로 계속해서 사람들이 모여든다. 그들은 저마다 베레모의 눈에 띄기 위해 손을 흔들거나 친한 척을 한다. 베레모는 담배꽁초를 바닥에 내팽개치고는 주위에 몰려든 젊은 사내 중 몇몇을 소년과 함께 지목한 뒤 트럭 뒤로 걸어간다. 짐칸을 풀자마자 소년이 잽싸게 트럭 위로 올라간다. 그는 베레모가 시키지도 않았는데 쌀 포대를 남자들에게 건네준다. 남자들은 어깨에 포대를 둘러매고 곧장 식당으로 들어간다. 김헌일은 소년의 모습을 멍하니 바라보면서 오상훈에게 묻는다.

"쌀인가요?"

그가 미소를 지으며 대답한다.

"저기 베레모를 쓴 남자가 2주에 한 번씩 쌀을 가지고 와

요……. 쌀 포대를 나르면 취사반에서 밥을 얻어먹을 수가 있죠."

김헌일은 고개를 끄덕이며 밀밥에 돌소금이 전부였던 아침식사를 떠올린다. 젊은 사내들에겐 수용소에서 나오는 배급만으론 주린 배를 채우긴 힘들 것이다. 김헌일은 열심히 쌀 포대를 나르는 소년을 바라보다가 오상훈에게 다시 묻는다.

"여기 있는 사람들은 어떻게 되는 겁니까?"

"조사를 받을 거예요. 이내들에게 작은 꼬투리라도 잡히면 빠져나가기 힘들죠. 젊은 사내일수록 이곳을 벗어나기가 쉽지 않아요. 육지형무소로 이감되거나 살해당하니까……. 돈으로 윗선에 줄을 대고 풀려나는 사람도 있다곤 하지만요."

"돈으로 사람 목숨까지 살 수 있단 말이군요."

오상훈은 가죽 가방을 무릎 위에 올려놓은 채 웃는다. 하지만 그의 미소 뒤에는 염세주의적인 분위기가 묻어 있다.

"혹, 화북에서 끌려 온 함문식이란 사내를 아시오?"

오상훈은 고개를 좌우로 흔들며 말한다.

"처음 듣는 이름이군요……. 친척인가요?"

"같은 마을에 사는 동생입니다. 경찰에게 끌려간 뒤 소식이 끊어졌어요."

"그게 언젭니까?"

"4월 중순이었소."

"아!"

오상훈은 안타까운 탄성을 터뜨리며 말을 잇는다.

"4월 3일 전후로 잡힌 사람들은 대부분 육지형무소로 끌려갔을 겁니다. 5년 미만의 형을 받은 사람은 목포형무소로 그 이상은 대전이나 대구형무소로 갔다고 들었어요."

김헌일은 침울한 표정으로 수용소 마당을 바라본다. 멸치 후리기를 하면서 노래를 읊조리던 김 노인의 주름진 얼굴이 잠시 스쳐 지나간다.

"무엇이 잘못된 것일까요?"

"……."

"겨우 일본 놈들에게서 독립을 했는데 왜 나라가 이 모양 이 꼴이 되었는지……."

두 사람은 잠시 침묵을 지킨다. 대신 천막 안쪽에 누워 있던 장준오가 울기 시작한다. 김헌일도 눈시울이 붉어진다. 이 모습이 그토록 바라던 해방된 조국의 현실이라는 게 믿기지 않는다. 평화롭고 순박한 사람들이 모여 살던 제주가, 탯줄을 묻었던 고향이, 가장 두렵고 무서운 땅으로 변해가는 사실이 김헌일은 도대체 감당할 수가 없다.

8

감찰청은 북신작로에 접해 있었다. 입구 오른편에는 제주경찰감찰청이라는 현판이 붙어 있고 바로 앞에 캘리버 자동소총을 잡은 경찰이 경계근무를 쓰고 있다. 하이힐에 꽃무늬가 들어간 플로럴 원피스를 입은 한석희가 제주감찰청 앞에 모습을 나타내자 주위에 있던 경찰들이 휘파람을 불어댄다. 지프에 타고 있던 한 경찰이 '작은 한 마담 아이가? 여긴 어�쩐 일이고?'라고 아는 체를 한다. 한석희는 일부러 무릎까지 오는 치마를 펄럭이며 '주임님 만나러 왔어요.' 하고 대답한다.

"서방 떠나보내고 마이 외로운갑네."

또 다른 경찰이 음흉스런 미소를 짓는다. 한석희는 '어디 외롭다 뿐인가?' 하고는 혀를 입 밖으로 살짝 내밀며 감찰청 안으로 들어간다. 경찰들이 '아, 고년!' 하고는 그녀의 몸을 훑어보며 웃는다. 뒤따르던 인선은 그들의 낯 뜨거운 대화가 민망스러울 뿐이다.

사찰주임이 직접 유리컵을 내와 한석희와 인선 앞에 내놓으며 말한다.

"여기 출신 순경이 여름에 먹는 음료라며 주고 갔어. 시큼한 게, 내 입맛엔 영 맞지 않아서 말야."

"이걸 뭐라 부르더라?"

"쉰다리라 부르젠."

"아, 맞다. 쉰다리……. 보리로 만든다지요? 단술 같은 거."

인선이 고개를 끄덕인다. 최근엔 보리마저 귀해져 쉰다리를 해 먹는 이가 많지 않았다. 맞은편 소파에 앉으며 사찰주임은 피곤한 듯 하품을 한다. 머리를 좌우로 흔들며 담배를 꺼내 든다. 한석희가 라이터를 그의 입으로 가져간다.

"알아보셨어요?"

"음."

한석희의 질문에 사찰주임은 무뚝뚝하게 대답한다.

"그런데 한 발 늦었어."

218

"무슨 말이우꽈?"

인선이 불안한 표정으로 질문을 던진다.

"어제 새벽에 농업학교로 이감되었다고 하더군요."

"왜요?"

한석희를 바라보는 사찰주임의 미간에 주름이 인다.

"헌병대 녀석들이 뭔갈 알아냈겠지. 이번엔 무슨 일이 있더라도 제주읍에 있는 남로당 세포들과 육지서 들어온 올구(오르그, 조직지도원)를 모조리 잡아들일 생각이거든."

"빼내기가 힘들단 말인가요?"

사찰주임이 고개를 끄덕인다. 인선은 덜컥하고 가슴이 내려앉는다.

"우리 남펜 아무 죄 없수다. 죄 없는 사람이 얼케 끌려 가우꽈? 이해가 되젠 아니우다."

"약방 주인인가 하는 녀석이 꽤 거물인가 봅니다. 레포(연락원) 역할뿐 아니라 사람들에게 입산을 종용하거나 군자금까지 모금했던 모양이에요."

"주임님도 어쩔 수 없는 거우꽈? 여기서 제일 높은 사람 아니우꽈."

사찰주임은 고개를 가로저으며 답한다.

"경비대 아이들이랑 우린 물과 기름처럼 사이가 좋지 않아. 저보단 차라리 서청에 있는 비서부장에게 부탁하는 게 빠를 겁니다. 서청 아이들은 우리완 달리 그네들하고도 가까운 편이니까."

인선의 눈에 금세 눈물이 고인다. 감찰청으로 오는 동안 인선과 한석희는 사찰주임이라면 쉽게 남편을 빼낼 수 있을 거라 생각했다. 기대가 한순간에 무너지자 인선은 아무 생각도 할 수가 없다. 한석희가 손수건을 꺼내 그녀에게 건네준다.

"군인들에게 두들겨 맞기도 하주?"

"심문을 받을 테니까요……."

뒷말을 흐리는 사찰주임의 얼굴에도 근심이 인다. 갑자기 바닥에 무릎을 꿇은 인선이 사찰주임에게 애원한다.

"남펜, 산사람들에게 맞아 병원에 입원한 게 불과 두 달 전이우다. 다시 두들겨 맞으멍 죽을지도 모르쿠다……. 한 번만, 한 번만 살려줍서. 부탁이우다. 주임님."

놀란 한석희가 그녀를 부축해 자리에 앉힌다. 사찰주임은 난처한 표정으로 한석희를 바라본다.

"비서부장에게 지금 전화를 넣어 보지."

"고마워요."

사찰주임이 자리에서 일어나 책상으로 걸어간다. 다이얼을 돌리자 곧 비서부장의 칼칼한 목소리가 수화기에서 흘러나온다. 사찰주임은 인사말을 건넨 뒤 김헌일에 대해 말한다.

'그래서 경고르 하지 않았어. 도립병원에서 말야.'

비서부장의 카랑카랑한 목소리가 인선과 한석희에게 들릴 정도로 크다. 두 사람의 통화 내용에 귀를 기울이던 인선의 손에는 식은땀이 맺힌다. 남편 없는 세상은 생각하기도 싫다. 한동안 이야기를 나누던 사찰주임이 소파로 돌아온다.

"비서부장이 직접 알아본다고 했으니 안심하셔도 될 겁니다. 그네들이 여기선 우리보다 더 힘이 있으니까…… 사람 하나 빼내는 건 어렵지 않을 거예요."

인선이 고개를 숙이며 고맙다는 말을 반복한다. 사찰주임은 그 녀에게 미소를 지은 뒤 한석희에게 시선을 돌린다.

"종일이에겐 늘 빚을 지고 있단 생각이었지⋯⋯. 비서부장이 나 보단 종일이와 친했으니까 곧 좋은 소식이 있을 거야."

"고마워요."

"아니. 도움을 주지 못해 미안할 뿐인걸."

"말만이라도 고맙주. 얼케 이 은혜를 갚을 수 있을지⋯⋯. 참말 고맙주."

인선이 진심을 담아 말한다. 사찰주임은 손사래를 치며 대꾸 한다.

"저야 한 일도 없는데⋯⋯. 그 친구 나오면 이번엔 꼭 경찰학교 에 들어가라고 하세요. 그게 안전한 길입니다."

"무슨 뜻이에요?"

한석희가 궁금한 듯 묻는다. 사찰주임은 담배 연기를 길게 뿜 으며 답한다.

"비상경비사령부에서 대대적인 토벌작전을 벌릴 거란 포고문 을 냈어. 곧 800명의 수도관구경찰청 소속 경관들도 증파될 예 정이고."

"이곳에서 전쟁이라도 일으킬 생각인가요?"

"여기서 무장 투쟁을 선동하던 놈들이 이북으로 넘어가면서 문 제가 복잡해졌어. 북쪽에서 제주사태를 정치적으로 이용하기 시 작하니까⋯⋯. 아무래도 남북협상에도 악영향을 끼치게 되었지. 남한 정부로선 위기감을 느낄 수밖에 없을 거야."

한석희와 사찰주임의 이야기를 듣던 인선에게는 여전히 누가 좋고 나쁜 사람인지 구분이 되지 않는다. 형제처럼 지내던 사람들이 어느 순간 산으로 올라가거나 사람 목숨을 앗아가기도 하고 도민들을 보호해야 할 경찰과 군인들 역시 마음대로 사람을 잡아가거나 죽이고 있는 것이다. 살인을 저지를 만큼 서로가 서로를 증오하는 이유를 그녀는 도저히 이해할 수가 없다. 좌익이든 우익이든—그 구분을 어떻게 하는지는 몰라도—다 같이 모여 살면 그만인 것을. 모두가 행복하게 잘 살자고 만든 것이 법이고 정치고 사상이라는 것일 텐데 오히려 그것이 사람들을 불행하게 만들고 있는 거라고 그녀는 생각한다.

다방으로 놀러 오라는 한석희의 말에 사찰주임은 '조만간, 시간을 내지.'라고 대꾸한다. 그가 감찰청 앞 도로까지 나와 두 사람을 배웅한다.

"오늘 같은 날은 바다나 거닐었으면 좋겠는데 말야. 이곳에서의 근무도 이제 얼마 남지 않았으니까."

손을 흔들며 말하는 사찰주임에게 한석희가 묻는다.

"무슨 말씀이세요?"

"감찰청장이 곧 바뀔 거야. 새로 청장으로 올 양반이 평남 출신이란 소리가 들리는 걸 보니…… 아무래도 분위기가 강경 쪽으로 흐르고 있다고 봐야겠지……. 그리고 나 역시 인사이동이 있을 거고."

"그런 말 한 적 없잖아요?"

"그래서 지금 하고 있잖아."

한석희의 표정에 아쉬움이 흐른다.

"새로운 소식이 들리는 대로 연락 주실 거죠?"

애써 서운함을 숨기며 한석희가 말한다. 사찰주임은 고개를 끄덕이면서 쓸쓸하게 웃는다.

"그래야지. 떠나기 전에 할 이야기도 있고……."

9

편지를 읽는 홍성수의 기분은 착잡하다. 안부를 묻는 아버지의 마음이 필체에 그대로 배여 있는 것 같다. 29일과 30일자 조선중앙신문에 실린 '동란의 현지보고'라는 기사를 보고 걱정이 되어서 편지를 쓰게 되었다는 내용이다. 신문기사 때문에 네 어머니는 잠을 설치는 날이 많아졌다. 정말 그곳을 나오지 않는 진짜 이유가 무엇이냐? 라고 묻는 것이다. 그 질문의 이면에는 혹시 사상적인 것과 관련이 있는 건 아닌가 라는 아버지의 근심이 묻어 있다. 홍성수는 결심을 한 듯 원고지 뭉치를 한쪽으로 쓸어내고 책상 위에 새 편지지를 펼친다. 그리고 펜을 들어 '아버님 성수입니다.'라고 쓴다. 녹차를 한 모금 마신 뒤 부모님의 안부에 대해 묻는다. 올겨울엔 무슨 일이 있더라도 집으로 돌아가겠다는 약속을 하면서 '이곳 곤지동은 제주읍과는 달리 변두리 해안가 마을이어서 신문에 난 기사와는 달리 평온한 편입니다. 그러니 걱정하실 필요는 없습니다. 어머님에게도 그리 전해주세요.'라고 덧붙인다. 그리고 한참을 망설이다가 종일의 소식은 전하지 않는다. 대신 권유순에 대해 쓰기 시작한다. 그녀의 착한 심성과 제주를 떠날 수 없는 이유를 간략하게 설명한 뒤 '늦게 답장을 보내게 되어

죄송합니다.'라는 말로 끝을 맺는다. 잉크병의 뚜껑을 닫으면서 그는 길게 한숨을 내쉰다. 완고한 성격의 아버지도 권유순이라면 기꺼이 며느리로 받아 주실 거란 생각엔 변함이 없다. 그는 홀가분한 마음으로 방문을 열어젖힌다. 선선한 바닷바람과 함께 별도봉 자락에서부터 정겨운 풀벌레 소리가 들려온다. 수평선 위에 떠 있는 둥근달을 보려니 이규보의 '정중월井中月'이란 한시가 문득 떠오른다.

山僧貪月色　산에 사는 중이 달빛을 탐해
幷汲一瓶中　물 긷는 병에 달까지 길었네.
到寺方應覺　절에 가면 응당 알게 될 거야
瓶傾月亦空　물 쏟으면 달도 없어지는걸.

시처럼 고즈넉한 밤이구나. 그때 멀리서 총성이 울린다. 제주읍과 화북을 잇는 일주도로 주변인 것 같다. 총소리와 함께 홍성수의 평온한 기분도 깨져 버린다.

최근 들어 부쩍 토벌대와 무장대 사이에 총격전이 자주 벌어지는 모양새다. 불길한 마음에 방문을 닫고 불을 끈다. 그리고 팔베개를 하고 방바닥에 누워 천장을 올려다본다. 오늘은 또 얼마나 많은 사람들이 서로를 죽이고 있는 것일까? 그러다 애써 권유순에 대한 생각으로 마음을 돌린다.

'그녀를 만나기 위해 여기까지 흘러왔던 것일까? 이런 게 인연이고 운명이라는 것일까?'

그는 눈을 감고 처음 이곳에 도착했을 때의 풍경을 떠올린다.

성내에서 종일의 차를 타고 곤지동으로 향하는 동안 제일 먼저 그를 반긴 건 바람이었다. 거침없는 해풍에 나무도 풀도, 바다의 파도까지도 춤을 추고 있었다.

'그 다음이었어.'

물질을 막 끝내고 나오는 여성이 있었다. 물소중이 사이로 드러난 가느다란 팔과 다리, 검게 빛나는 머리카락을 가진 그녀가 바로 권유순이었다. 첫눈에 반한 홍성수의 마음을 읽었는지 종일이 익살스러운 표정으로 말했다.

"자식……. 보는 눈은 있어가지고……. 소개시켜 주련?"

"아직 결혼을 하지 않았나?"

"남편이 있긴 있었는데 징용을 나간 뒤 돌아오지 못했지. 행방불명이라고 해야 하나……. 누군가의 불행은 곧 누군가의 행복이 될 수도 있겠지."

김종일과 나누던 시답잖은 농담이 떠오른다. 그러다 차츰 잠에 빠져들기 시작한다. 어느새 총성도 멈추고 고즈넉한 파도 소리만이 귓가에 가득하다.

김 노인이 급히 홍성수를 찾아온 건 간밤에 썼던 소설의 내용을 퇴고하고 있을 때다. 멀리 화북국민학교에서 종소리가 계속해서 울리고 있었지만 홍성수는 별 신경을 쓰지 않았다. 마당을 들어서는 김 노인의 걸음걸이가 평소처럼 날래다. 몸져누웠다는 소식을 들었는데 평소와 다름없는 모습이다. 김 노인은 홍성수의 인사도 받는 둥 마는 둥 손사래를 치며 말한다.

"이럴 줄 알아주. 빨랑 갑수다게. 홍 선상."

"어딜 말입니까?"

"이 소릴 듣지 못했주. 화북국민학교에 집합허런 소리이우다. 가지 않으멍 큰일 치르지마심."

김 노인이 급하게 손목을 잡아끄는 바람에 겉옷만 챙겨 들고 그를 따라 나선다. 곤지동뿐 아니라 주변의 다른 마을 주민들도 눈에 띈다. 화북국민학교의 운동장은 이미 사람들로 북적인다. 홍성수는 주위를 두리번거리며 습관처럼 권유순을 찾는다.

운동장 한켠에 곤지동 사람들이 모여 있다. 모래바닥에 주저앉아 주먹밥을 나누어 먹는 이도 있다. 어린 아이들은 운동회라도 열린 듯 저희들끼리 희희낙락이다. 김 노인 또래들은 모든 것이 귀찮다는 듯 무심한 표정으로 담배를 피우거나 바닥에 주저앉아 존다. 그러나 젊은 사내들은 불안한 표정으로 군인들의 일거수일투족을 살핀다. 어린 아내와 함께 있던 박이 어색하게 홍성수에게 눈인사를 건넨다. 김명호도 보인다. 그는 흰 셔츠에 검정바지를 입고 있었는데 수업 도중에 나왔는지 손에는 등사판으로 찍은 한글교재가 쥐어져 있다. 그에게 수업을 듣고 있던 사람들도 모두 운동장에 모여 있는 것 같다. 홍성수가 다가가자 뒤늦게 그를 알아본 김명호가 알은 체를 한다.

"새벽에 요 앞 일주도로에서 교전이 벌어진 모양입니다."

김명호가 군인에게서 전해 들은 이야기를 건넨다.

"인명피해도 있었나요?"

"군인 한명이 심한 화상을 입었는데 목숨이 위험하답니다. 그들이 타고 있던 쓰리쿼터도 불에 타고……. 무장대가 일주도로에 장애물을 만들어 놓고는 차가 멈춰 서자마자 화염병을 던진 모양이에요."

그때 지프에서 내린 중위가 운동장 중앙으로 걸어가 큰소리로
외친다.

"거동이 불편한 노인들과 아이들 외엔 모두 우리가 인솔하는
곳으로 이동한다. 특히 청장년들은 한 명도 빠지지 마라."

중위의 말이 떨어지자마자 군인들이 일제히 마을사람들을 분
류하기 시작한다. 삼삼오오 모여 잡담을 나누거나 담배를 피우던
사람들이 군인의 닦달에 몸을 일으킨다. 불평이 많거나 말귀를
알아듣지 못하는 노인들과 어린 아이들은 집으로 돌려보낸다. 그
와중에도 마을 유지 몇몇은 장교로 보이는 군인들과 친분을 과시
하며 인사를 나눈다. 어머니와 떨어지지 않으려는 아이들 때문에
난처해하는 군인의 모습도 보인다. 오랜만에 안부 인사를 전하는
마을사람들도 있어서 학교 운동장은 5일장이 선 것처럼 어수선
한 분위기가 이어진다.

군인들을 따라 이동한 곳은 화북국민학교에서 500미터쯤 떨어
진 밭이다. 비석거리와 동제원 사이의 땅을 개간한 것으로 일주
도로와 접해있다. 밭에는 중대쯤 되어 보이는 군인들이 M1소총
을 어깨에 둘러멘 채 모여 있었다. 지프에서 내린 중위가 손짓을
하자 쓰리쿼터의 짐칸에 타고 있던 사내들이 포승줄에 묶인 채
끌려 나온다. 그들은 모두 검은 두건을 쓰고 있어 어디에 사는 누
구인지, 나이가 어떻게 되는지 알 길이 없다. 갈옷에 짚신을 신은
사람도 있고 작업복에 군화를 신거나 운동화를 신은 사내들도 있
다. 밭 가운데로 끌려간 사람들은 모두 무릎을 꿇린 채 대기한다.

중위가 사람들 앞으로 다가가며 큰소리로 말한다.

"새벽에 우리를 습격했던 공비들이다. 오늘 이곳에서 이들의 사형을 집행하겠다. 여러분들도 똑똑히 보고 경각심을 갖길 바란다. 공비들에게 협조하거나 산으로 올라가는 사람이 있다면 그 직계가족뿐 아니라 사돈에 팔촌까지 모두 목숨을 잃을 것이다!"

중위가 손짓을 하자 열을 지어 대기 중이던 군인들이 검은 두건을 쓴 사람들의 등 뒤에 선다. 군인 두 명이 한 조가 되어 한 명은 두건 쓴 사내의 어깨를 잡고 다른 한 명은 목덜미 쪽에 M1의 총구를 겨눈다. 그 광경을 지켜보던 마을 사람들 중에는 '정말 사람을 죽이는 거우꽈?'라고 고개를 갸우뚱거리는 이도 있다.

발포 명령과 함께 일제히 M1소총이 불을 뿜는다. '타당' 하는 소리와 동시에 두건을 쓴 사내들이 힘없이 앞으로 쓰러진다. 총소리에 놀란 여인네들이 비명을 지르거나 고개를 돌린다. 권총을 든 중위가 쓰러진 다섯 명의 사내들을 지나가면서 확인사살을 한다. 주민들은 모두 충격에 빠진 듯 넋을 잃은 채 주검을 바라본다. 마을사람들 앞으로 되돌아온 중위가 '알겠나? 우린 절대로 빨갱이 폭도들을 용서하지 않는다.'라고 소리친다. 누구도 중위와 눈을 마주치지 못한다. 그는 만족스런 표정으로 지프가 있는 일주도로로 걸어간다. 사형 집행을 맡았던 군인들도 줄을 지어 이동한다. 마을주민들을 인솔했던 군인들이 손사래를 치며 돌아가도 좋다고 외친다. 안곤지동의 김 노인이 젊은 군인에게 다가가 '저 시신들은 얼케 되지 마심?' 하고 묻는다. 막내 문식이가 생각나는 모양이다. 하지만 젊은 군인은 고개를 좌우로 흔들면서 퉁명스럽게 대답한다.

"까마귀 밥이 되든 썩어 문드러지든 상관하지 마시오. 영감. 시신을 수습하는 사람들도 모두 빨갱이로 간주할 거니까……. 내려가거든 자식들 단속이나 잘 하시오."

하고는 김 노인의 등을 밀친다. 홍성수 역시 충격에 빠진다. 화북지서에서 불타 죽은 경관을 본 적은 있지만 직접 사형 장면을 목격하는 건 처음이다. 그것도 한 사람이 아닌 다섯 사람이나 목숨을 잃다니. 홍성수와 잠시 시선을 교환하던 김명호도 굳은 얼굴로 뒤돌아선다. 도대체 무슨 말을 꺼낼 수 있겠는가. 군인들을 태운 쓰리쿼터와 지프가 뿌연 먼지 바람을 일으키며 사라진다. 심란한 마음으로 밭길을 빠져나가던 그의 시야에 권유순의 모습이 들어온다. 그녀는 공포에 질린 얼굴로 성란과 고씨 어멍의 손을 꼭 쥐고 있다. 홍성수는 그녀를 보는 순간 불에 덴 듯 가슴 언저리가 따끔거린다.

'이 불길한 느낌은 무엇일까?'

홍성수는 처음으로 죽음에 대해 떠올린다.

'그래. 이건 시작일 뿐이다.'

멀어져 가는 권유순의 뒷모습을 보며 그는 그렇게 되뇐다.

10

천막수용소의 아침은 사이렌 소리로부터 시작된다. 위쪽 연병장에선 군인들의 구보 소리가 들려온다. 밀반죽으로 아침을 때운 사람들이 천막 안으로 들어서자마자 청소를 한다. 테우리 소년이 아침 점호가 있기 전에 정리정돈을 잘 해야 한다고 충고해 준다. 오상훈 덕분에 기력을 회복한 장준오도 자리에서 일어나 청소를 돕는다. 통통 부은 얼굴로 미소를 짓는 그의 모습이 오히려 안쓰럽다.

점호를 알리는 방송이 나가자 천막 안 사람들은 긴장한 얼굴로 가마니 위에 앉아 대기한다. 김헌일과 장준오도 오상훈이 가르쳐 주는 대로 가마니에 무릎을 꿇고 앉아 두 손을 가지런히 아랫배로 가져간다. 소년도 이때만큼은 숨을 죽인다. 무릎 꿇은 다리가 저려올 때쯤 갑자기 천막 안으로 군인들이 들이닥친다. 오상훈이 말하던 정보과 과장이다. 그의 뒤로 M1소총으로 무장한 일곱 명의 군인들이 뒤를 따른다. 정보과 과장은 천막 안에 수용된 사람들을 둘러보다 말고 30대 중반의 남자 앞에서 멈춰 선다.

"이거…… 기억나나?"

과장의 손에는 등사한 삐라가 들려 있다. 삐라에는 군인과 경찰 몇 명을 섬멸했다는 내용과 함께 중산간 마을에서 벌어지는 제주도민들의 학살을 규탄하는 자극적인 문구들로 가득하다. 남자는 하얗게 질린 얼굴로 과장을 올려다본다. 정보과 과장은 인상을 쓰면서 군화로 남자의 가슴을 있는 힘껏 찬다. 남자가 '컥' 하는 신음소리를 내면서 뒤로 발라당 넘어진다.

"시치미 떼도 소용없어. 이 새끼야. 편집국장인가 뭔가 하는 녀석이 벌써 다 불었으니까!"

과장이 눈짓을 하자 천막 입구에 서 있던 군인들이 남자를 끌고 나간다. 그는 군인들에게 끌려 나가면서 변명조로 외친다.

"협박을 해서 어쩔 수 없이 찍어 줬습니다…… 정말이에요!"

오히려 그 말이 과장의 심기를 건드렸는지 그를 돌려 세워 얼굴에 주먹을 날린다. 샌드백을 치듯 인정사정없다. 일순 천막 안은 공포에 휩싸인다. 남자의 피로 붉게 물든 주먹을 어루만지며 과장은 다른 먹잇감을 찾아 다시 천막 안을 돌아다닌다. 그러다 김헌일의 옆에 앉아 있는 장준오와 시선을 마주친다. 과장은 장준오의 상처 부위를 살피다 말고 갑자기 오상훈에게 다가가 그의 뺨을 후려친다. 그가 쓰고 있던 안경이 바닥으로 떨어지면서 알 한쪽이 반으로 쪼개진다.

"빨갱이 새끼가……. 산에다 약 올려 보내고도 살 줄 알았어?"

바닥에 침을 뱉으며 소리친다. 그리고 권총을 꺼내 장전 상태를 확인한다.

"다음번엔 네 녀석 머리에도 갈겨 주지. 킥킥킥."

과장은 호흡을 가라앉힌 뒤 손에 묻은 핏물을 닦고 성큼성큼 밖으로 나간다. 천막 입구에 서 있던 군인이 '아침 점호 끝!' 하고 외친다.

과장이 사라진 뒤에도 한동안 사람들은 무릎을 꿇은 채 앉아 숨을 죽인다. '꽝꽝' 하는 총성이 들리기까지 채 5분도 걸리지 않는다. 사람들은 총소리를 들으며 '오늘도 애꿎은 사람 하나 황천 보냈주.' 하고 씁쓸하게 내뱉는다.

어디선가 '이제 끝났어.'란 목소리가 들려온다. 사람들은 그제야 몸을 움직인다. 테우리 소년은 다리에 쥐가 나는지 연신 발바닥을 손으로 주물럭거린다. 김헌일에겐 이 모든 현실이 낯설다. 장준오가 미안한 표정으로 오상훈에게 다가가 위로한다. 하지만 그는 별것 아니라는 듯 어깨를 으쓱이며 대답한다.

"걱정하실 필요 없어요. 여기선 흔한 일이니까."

그때 소년이 오상훈의 안경을 말없이 내민다. 그는 웃으며 소년의 머리를 쓰다듬는다. 반으로 쪼개진 렌즈를 테에 억지로 끼워 맞추고 입김을 불어넣은 뒤 천 조각으로 꼼꼼히 닦는다.

"총소리……, 방금 끌려간 사람인가요?"

장준오가 의심스러운 표정으로 오상훈에게 묻는다. 그는 말없이 고개를 끄덕이면서 안경을 쓴다.

"네."

"재판도 없이 사람을 죽인단 말입니까?"

김헌일이 놀란 얼굴로 물어보지만 오상훈은 늘 그렇듯 한숨만 지을 뿐이다.

아침 점호가 끝난 뒤 사람들은 모두 도로 보수작업에 동원된다. 무장한 군인들의 인솔을 받으며 천막수용소를 빠져나온 사람들은 2열 횡대로 용두암 서쪽의 일주도로로 이동한다. 농업학교에서 향교를 지나 30여분쯤 올라가자 며칠 전 내린 비로 유실된 도로가 나타난다. 지반이 약해진 도로는 군데군데 폭격을 맞은 것처럼 구덩이가 패여 있다. 그리고 산비탈과 접한 곳은 토사가 밀려 내려와 도로를 반 토막 내놓았다. 뒤따라 온 트럭이 멈춰 서자 몇몇 사람이 짐칸 위로 올라간다. 짐칸에는 사람들에게 나눠줄 삽과 곡괭이가 쌓여 있다. 사람들은 줄을 서서 연장을 받는다. 장준오처럼 덩치가 있는 사람들은 삽 대신 큼직한 돌덩어리를 치우는 작업이 할당된다. 사람들 모두 고분고분하게 군인들의 지시를 따른다. 잡담을 나누거나 꾀를 부리는 사람은 없다. 정오가 가까워지면서 아지랑이가 피어오를 만큼 기온이 올라간다. 난생 처음 삽질을 하는 김헌일의 손에는 금세 물집이 잡힌다. 입안이 타들어갈 만큼 목이 마르지만 마실 물조차 구할 수 없다. 경계근무를 쓰는 군인들도 그늘을 찾아다니기 바쁘다.

점심식사를 실은 쓰리쿼터가 도착한 뒤에야 사람들은 마음껏 물을 마실 수가 있다. 조밥과 돌소금이 전부지만 허기진 사람들에겐 그조차도 아쉽다. 어떤 이들은 갈증을 핑계 삼아 물로 배를 채우기도 한다. 도로 보수작업은 저녁이 될 때까지 계속 이어진다.

녹초가 된 몸으로 천막수용소에 도착했을 때 헌병대에서 나온 군인들이 김헌일을 기다리고 있었다. 그들은 김헌일의 이름과 주소를 확인한 뒤 지프에 태운다. 세 명의 헌병 중 한 명이 거칠게 김헌일의 손목에 수갑을 채우면서 '빨갱이새끼. 오늘이 니 제삿날인 줄 알아라.'라고 다짜고짜 욕설부터 퍼붓는다. 김헌일은 뭔가 잘못되었다는 걸 알았지만 대꾸할 말을 찾지 못한다. 장준오가 말하던 헌병대 건물의 지하실이 떠오를 뿐이다. 장준오는 그곳에서 끔찍한 고문이 자행된다고 말하지 않았던가. 왜정시대 때부터 고문 기술을 익힌 사람들이라 자백을 하지 않고는 배겨낼 도리가 없다고. 이상하게 김헌일에겐 그런 사실이 공포보단 혐오스러움으로 다가온다. 오상훈과 장준오가 근심스런 눈빛으로 김헌일을 바라본다. 테우리 소년은 그사이에 정이 들었는지 훌쩍이기까지 한다. 지프는 곧 천막수용소를 빠져나와 관덕정 앞을 지나간다. 김헌일은 제주읍의 풍경을 바라보면서 화북지서에 쓰러져 있던 방만식을 떠올린다. 꽃돔처럼 온몸이 선홍색으로 변해 있던 그의 멍든 피부와 신음소리, 지린내가 차례로 기억난다. 방만식과 달리 잔병치레로 늘 고생을 했던 자신은 결코 고문을 견디지 못할 거란 사실을 깨닫는다.

'난 얼마나 버틸 수 있을까?'

아내와 성진의 얼굴이 스쳐지나가면서 그의 눈가가 붉게 물든다.

건물 지하에 자리 잡은 취조실에는 창문이 없다. 백열등 2개가 나란히 매달려 있지만 음침한 기운이 감돈다. 회색 콘크리트 벽면에는 1미터는 됨직한 각목이 여러 개 세워져 있고 붉은 얼룩이 묻은 벽에는 곰팡이가 피어 있다. 김헌일은 취조실에 끌려오자마자 피와 오물 냄새, 음식물이 썩어 들어가는 듯한 역겨움에 속이 울렁거린다. 거기다 후덥지근한 열기와 습기까지 온몸을 휘감아 돈다.

수갑을 채웠던 헌병이 김헌일을 의자에 앉힌다. 철제 책상 위에는 EE-8 전화기가 놓여 있는데 전화기와 연결된 전선의 피복이 벗겨져 있다. 헌병이 수갑을 풀고 취조실을 나간 지 5분도 지나지 않아 두 명의 남자가 취조실 안으로 들어온다. 그들 중 한 명은 1미터 70센티미터의 키에 정보과 과장처럼 다부진 체격을 가지고 있다. 그 옆에는 마흔을 넘긴 듯 희끗희끗한 머리카락에 피부가 하얀, 호리호리한 몸매의 사내가 미소를 지으며 김헌일 맞은편 자리에 앉는다.

"이제부터 내 말 잘 듣고 대답해. 이곳에 온 이상 네 목숨은 우리들 손에 달린 거니까."

하얀 피부가 담배를 꺼내 피우며 조용히 말한다. 그리고 담배한 개비를 피울 동안 침묵이 이어진다. 하얀 피부의 시선이 먹잇감을 앞에 둔 하이에나처럼 김헌일의 이곳저곳을 살핀다. 초점이 보이지 않는 흐릿한 눈동자가 섬뜩하게 느껴진다. 꽁초가 된 담배를 바닥에 짓눌러 끄며 하얀 피부가 다시 입을 연다.

"약방 조 사장하곤 언제부터 아는 사이었어?"

"도립병원을 퇴원하면서 알게 되었습니다. 그러니까 올 6월 초순경입니다."

김헌일이 대답한다. 하얀 피부는 고개를 갸우뚱거리며 묻는다.

"왜 도립병원 근처 조 사장 소유의 건물에 방을 얻었지?"

"통원 치료를 받기 위해섭니다."

"그래? 그럼 도립병원의 약제과장을 잘 알고 있겠군."

"글쎄……. 병원에 그런 사람이 있었는지는 몰라도 한동안 약을타 오기는 했습니다."

"정말 약뿐이었어? 다른 건 없었어?"

"다른 거라니요?"

"예를 들면 남로당 지령문 같은 거지."

"아뇨. 전 전혀 아는 바가 없습니다."

"내가 말했잖아. 거짓말하지 말라고. 거짓말하면 넌 죽어."

"거짓말이 아니에요."

하얀 피부가 고개를 끄덕이며 뒤에 서 있던 덩치에게 손짓한다. 그와 동시에 덩치의 주먹이 김헌일의 얼굴에 박힌다. 왼쪽 광대뼈를 맞은 김헌일은 정신이 아찔해질 만큼 고통을 느낀다. 몸을 웅크리며 얼굴을 감싸 쥐자 이번엔 덩치의 주먹이 옆구리로 향한다.

김헌일은 충격으로 숨을 쉴 수가 없다. 바닥에 주저앉아 헐떡이는 그의 등으로 연이어 덩치의 군화가 날아온다.

코피가 터졌는지 취조실 바닥이 피로 흥건하다. 힘없이 엎어져 있는 김헌일을 일으켜 세우며 덩치가 내뱉는다.

"이번에 거짓말하면 제대로 맛을 보여 줄게."

킥킥거리는 그의 모습은 흡사 도축장의 백정 같다. 김헌일은 가쁜 숨을 내쉬며 다시 의자에 앉는다. 온몸이 불에 데인 듯 화끈거린다. 눈물이 날 정도로 광대뼈 주위가 계속해서 아리다. 하얀 피부가 팔짱을 낀 채 김헌일의 얼굴을 넌지시 바라본다.

"약방 조 사장하곤 언제부터 아는 사이었어?"

똑같은 질문을 던진다. 김헌일은 떨리는 목소리로 겨우 대답한다.

"병원을 퇴원한 직홉니다."

"왜 도립병원 근처 조 사장 소유의 주택에 세를 얻었지?"

"통원치료를 받기 위해섭니다."

"그럼, 산으로 올라간 도립병원의 약제과장도 잘 알고 있었겠군."

"약제과장이란 호칭이나 이름을 들어 본 적이 없습니다."

김헌일의 말이 떨어지자마자 덩치가 그의 머리채를 잡고 취조실 안으로 끌고 들어간다. 그는 김헌일을 바닥에 내팽겨 친 뒤 등에 올라타서 두 팔을 꺾는다. 그리고 양쪽 엄지손가락을 끈으로 묶는다. 손가락 끝은 피가 통하지 않아 금세 하얗게 변한다. 그리고 끈을 취조실 천장 고리에 건 다음 잡아당긴다. 김헌일은 팔이 꺾인 상태로 엄지손가락의 힘만으로 천장에 대롱대롱 매달린다.

손가락이 떨어져 나갈 만큼 고통스럽다. 김헌일의 입에서 '아악!' 하는 신음이 저절로 터져 나온다. 하지만 덩치는 웃음을 터뜨리면서 벽에 세워진 각목을 집어 든다.

"김일성 비행기 태워 줄까? 스탈린 비행기 태워 줄까? 웅?"

그런 다음 천장에 매달린 김헌일의 몸을 사정없이 후려친다. 각목에 맞을 때마다 김헌일의 몸이 흔들거린다. 빙글빙글 돌거나 좌우로 크게 움직일 때마다 그는 살이 떨어져 나가는 아픔을 느낀다.

철제 의자를 든 하얀 피부가 공중에 매달린 김헌일의 얼굴 가까이에 의자를 내려놓고 앉는다. 여전히 담담한 표정으로 다시 똑같은 질문을 던진다. 김헌일 역시 조금 전과 같은 대답을 늘어놓는다. 김헌일의 대답이 끝나자마자 덩치가 다가와 그의 몸을 각목으로 사정없이 후려친다. 김헌일은 비명을 지르다 말고 정신을 잃는다.

그가 눈을 뜨면 덩치의 매질이 다시 시작된다. 김헌일은 그렇게 몇 번이나 반복해서 똑같은 질문을 받고, 두들겨 맞고, 정신을 잃는다. 어느 순간이 되자 아무런 고통도 느낄 수가 없다. 처음부터 자신의 몸에는 팔과 엄지손가락이 붙어 있지 않았던 것처럼. 다만 이대로 죽어 버렸으면 하는 생각만 간절해진다. 하얀 피부가 '좋아. 오늘은 여기까지……. 보기보단 맷집이 좋은 녀석이네.' 하고는 먼저 취조실을 나간다. 덩치는 공중에 매달린 김헌일을 바닥에 내려놓은 뒤 땀으로 번들거리는 얼굴을 닦는다.

"너 같은 독종도 두 번은 넘기지 못한단 말야. 다음엔 좀 더 재밌는 경험을 시켜 주지."

헌병이 다시 들어와 바닥에 쓰러진 김헌일을 1층으로 끌고 올라간다. 복도를 사이에 두고 감방이 나란히 들어서 있다. 헌병이 감방 중 하나에 김헌일을 던져 넣고 문을 잠근다. 한동안 차가운 시멘트바닥에 엎어져 있던 김헌일이 겨우 팔을 들어 엄지손가락을 살핀다. 다행히 뼈가 부러지지는 않았다. 하지만 손가락 관절 주위가 벌겋게 부어 있다. 그 다음은 얼굴이다. 손바닥으로 얼굴을 더듬더듬 만져 본다. 앞이 잘 보이지 않을 만큼 눈 주위가 아리다. 코와 입술에서 흘러내린 피가 굳으면서 딱지가 생겼다. 아니, 얼굴뿐 아니라 온몸에 성한 곳이 없다. 시간이 지날수록 고통은 더해진다. 머리에서 발끝까지 아프지 않은 곳이 없을 정도로. 후덥지근한 날씨에도 몸에 한기가 인다. 김헌일은 새우처럼 몸을 웅크리며 눕는다. 그때 감방 안에 있던 누군가가 체념한 듯 조용히 말한다.

"여기에 끌려온 이상 살아 나갈 순 없어요. 버텨 봤자 고통만 더할 뿐이오."

김헌일이 힘들게 고개를 들어 감방 주위를 두리번거리지만 목소리의 주인공이 누구인지 알 길이 없다. 감방 안이 너무 어둡기 때문이다. 김헌일은 머리를 다시 바닥에 누이고 가쁜 숨을 내쉰다. 어디선가 가늘게 사람의 비명소리가 들려온다. 지하 취조실에서 또 다른 사람이 고문을 당하는 모양이다. 조금 전 자신을 취조하던 하얀 피부와 덩치의 얼굴을 떠올린다. 담배를 권한 뒤, 몇 번이고 같은 질문을 던지고 정신을 잃을 때까지 매질을 멈추지 않을 테지. 김헌일은 애써 자신의 이름을 마음속으로 외쳐 본다. '난 김헌일이다. 난 지은 죄가 없다. 여기서 살아 나가 아내와 성진을 돌봐야 한다.' 그러나 그는 곧 절망감에 빠져든다. 다시 취조실에 끌려 간다면 도저히 견뎌낼 재간이 없을 거라는 걸 알기 때문이다. 없는 죄까지 고백하고 총살을 당하는 게 어쩌면 행복한 일인지도 모른다. 김헌일은 눈을 지그시 감으며 차라리 그 편이 낫지 않을까, 라는 생각을 한다.

11

남한에 단독정부가 들어선 직후부터 대대적인 토벌작전이 군과 경찰에 의해 일어났다. 먼저 무장대에 협조적인 중산간 마을부터 본보기가 되었다. 소방대의 비상경보종을 울려서 사람들을 모은 뒤 학살을 하거나 늦은 밤이나 새벽에 마을을 급습해 무장대 동조자들을 색출하는 방법으로 사형 집행을 이어갔다. 여기저기서 제주도민들의 희생 소식이 올라왔지만 무장대는 섣불리 움직이지 못했다. 피해 마을 출신의 청년들을 중심으로 맞서 싸우자는 주장이 강했지만 도사령부의 생각은 달랐다. 군경토벌대가 중산간 지역의 마을부터 토벌하는 이유가 무장대를 고립시키거나, 끌어내기 위한 일종의 전술작전이라고 판단한 때문이다. 거기다 도사령부 내에선 무장 투쟁이후 오히려 피해가 커지고 있는 제주도민들에 대한 고민이 있었다. 조직을 존속시키기 위한 어쩔 수 없는 선택이었다고 주장하는 강경파와 성급한 무장투쟁으로 선량한 도민들의 희생만 불러왔다는 온건파 사이에 책임론이 일었고 장기전에 대한 우려의 목소리도 커져 갔다.

어떻게 이번 사태를 유연하게 끌고 가면서 도민들의 피해를 최소화 할 수 있는지에 대한 토론이 매일 벌어졌다. 계속 증원되고 있는 경비대와 경찰의 막강한 화력에 정면으로 대응해 봤자 승산이 없다는 쪽으로 가닥이 잡히면서 도사령부의 명령이 신속하게 무장대로 전달되었다. 토벌작전이 끝날 때까지 당분간 응전을 피하고 분대 단위로 흩어져 몸을 숨기라는 내용이었다. 그에 따라 방만식의 소대도 분대로 나뉘어서 한라산 부근의 오름에 흩어져 생활하게 되었다. 테우리로 제주의 산야를 떠돌던 방만식에겐 오히려 조직이나 규율에서 벗어나 오랜만에 자유로움을 만끽할 수 있는 시간이었다. 전투에서 오는 긴장감과 두려움에서도 어느 정도 벗어날 수 있었다. 뒤늦게 입산한 최기호는 어머니와 문식의 소식을 전해 들은 뒤부터 말을 잃은 채 침울하게만 지냈다. 천애고아나 다름없던 방만식이지만 최기호에겐 동정이 갔다. 후방부대에 있던 그가 톱부대로 지원했을 때 말없이 받아들인 것도 그런 연유에서다. 그는 사상이니 주의니 하는 것보단 매를 맞지 않으려고 입산을 한 것뿐이었다. 파업 주동자로 몰려 경찰의 고문을 받고 겨우 풀려났지만, 그 이후에도 제주읍이나 화북지역에 쟁의가 발생할 때마다 수시로 끌려가 조사를 받았다. 취조실에선 언제나 말보다 폭력이 먼저였다. 보다 못한 그의 어머니가 입산을 종용했다. '차라리 여기서 맞으멍 죽느니 산으로 도망쳤다가 세상이 평온해지면 내려옵서.' 최기호는 그때를 떠올리며 늘 혼잣말처럼 자책하곤 했다.

"어멍 말을 듣지 말아야 했주……. 저 때문에 어멍이 죽은 게주."

경비대에 있다가 입산한 분대원도 최기호와 비슷한 이유로 자원입대를 했다. 경비대에 들어가면 경찰이고 서청이고 자신을 건들지 못한다는 걸 알았기 때문이다. 그중엔 가족의 복수를 위해 입산한 김몽룡이란 청년도 있었는데 그는 아버지와 형, 누이 둘을 잃고 구사일생으로 살아남아 입산한 경우였다.

"전 학교에서 공부를 하고 있었어요. 그때 마을에서 친척 한 분이 오셔서 도망가라고 일러 주셨죠. 경찰들이 들이닥치기 바로 직전이었어요."

김의 누이들은 이웃 마을에서도 소문날 만큼 인물이 좋았다. 그런데 마을에 경찰 응원군으로 들어온 서청의 귀에까지 그 소문이 들어간 게 화근이었다. 틈만 나면 집으로 찾아와 누이에게 산책이나 가자며 농을 걸었다. 그날은 대낮부터 술에 취해 돌아다니던 사내들이 밭일을 나가려던 누이 둘을 잡고 추행을 일삼았다. 참다 못한 김의 아버지와 형이 항의하며 대들자 서청들은 그 자리에서 두 사람을 쏴 죽이고 누이 둘을 지서로 끌고 갔다. 취조실에서 고문을 빙자한 윤간을 당한 누이들도 마을 부근에서 총살당하고 어머니도 같은 날 안방에서 살해당했다.

"후환이 두려웠던 서청들은 우리 집을 불태우고 저까지 죽이려 했던 거예요. 나중에 들으니 그들 모두 포상휴가를 받았대요. 뭐든 빨갱이로 몰아붙이면 살인도 포상을 받는 세상인 거죠."

방만식의 소대가 호(虎)부대로 불릴 만큼 토벌대와 치열하게 싸우는 이유도 개인적인 원한과 복수심 때문이었다. 방만식도 무장대 생활에 회의감이 들 때마다 숨이 끊어지기 직전의 요시무라를

떠올렸다. 살인이 모두 나쁜 것은 아니다, 마땅히 죽여야 할 사람
도 있는 거니까, 라고 마음을 다잡는 것이다.

　산 아래에 푸른 군복이나 검정색 전투복을 입은 토벌대의 모
습이 간혹 보이는 날이 있었지만 오름 생활을 하는 방만식 소대
는 꽤 한가한 시간을 보내고 있었다. 군경토벌대들이 산속 깊숙
이 들어오지 않은 탓도 있었지만, 보급부에서 다섯 사람이 먹을
충분한 식량을 마련해 준데다 틈틈이 방만식이 꿩이나 노루를 잡
아 와 단백질을 보충할 수 있었기 때문이다. 바짝 마른 나무를 땔
감으로 사용하면 연기가 발생하지 않았다. 덕분에 낮에도 따뜻한
보리밥이나 꿩죽을 쑤어 먹었다. 왜정 말기 결7호 작전의 일환으
로 제주에는 옥쇄를 각오한 7만 명의 일본군들이 미군과의 마지
막 항전을 준비했다. 덕분에 제주도 전역이 요새화되어서 유격전
을 펼치기에 유리한 조건이었다. 일본군들이 만든 진지동굴은 외
부에서 잘 발견할 수 없을뿐더러 견고하게 지어져 있었고, 또 출
구와 입구가 분산되어 있어서 도주에도 유리했다. 소대원들은 낮
에는 그곳에서 잠을 자거나 휴식을 취하고 밤이 되면 토벌대의
근황을 살피기 위해 오름 아래로 정찰을 나가는 단순한 생활을
반복했다. 어느 날인가는 최기호와 함께 보급투쟁을 나간 적이
있었다. 오름 인근 마을까지 내려가 묵은 김치와 보리를 얻어 돌
아가는 길이었다. 소총을 둘러멘 채 앞서가던 방만식에게 최기호
가 넌지시 말을 건넨다.
"만식이 성."
어설프게 급조된 부대였지만 엄연히 규율과 계급이 존재하는

곳이라 호칭에도 주의가 필요했다. 하지만 최기호는 곤지동에서처럼 만식을 형이라 부르며 덧붙인다.

"종일 성은 어찌 되었시카?"

"……."

"성이 죽였단 소문을 들었주."

걸음을 멈춰 선 방만식이 뒤돌아서서 최기호를 바라본다.

"여부터는 내가 짊어지멍 가쿠다."

방만식은 어깨에 멘 99식 소총을 최기호에게 건네고 대신 보릿 자루를 짊어진다. 정말 가을이 오는지 해가 떨어진 새벽은 쌀쌀한 기운이 감돈다.

"기호는 어떻주. 종일 성이 죽었음 허젠?"

"아니우다……. 전……."

"겐다멍 걱정맙서."

방만식은 그 말만을 남긴 채 앞서 걷는다. 20킬로그램은 족히 나갈 것 같은 보릿자루를 들고도 방만식의 걸음을 당해낼 수 없다. 최기호는 숨을 헐떡이며 그를 따라가기 바쁘다.

"하멍, 종일 성은……."

뒤돌아선 방만식이 최기호를 보며 미소를 짓는다.

"우리가 싸우는 건 사람을 죽이기 위해서가 아니라 살리기 위해서주. 안 그럼수꽈?"

최기호가 말없이 고개를 끄덕인다.

"더 이상 곤지동 사람이 죽지 않으멍 하우다."

"기호 맘 잘 암시나."

해가 어스름 수평선 너머로 떠오르면서 어둠을 몰고 간다. 한라산 능선에서 바라보는 제주의 풍경은 언제나 감탄을 자아낸다. 오름에 도착했을 땐 도사령부에서 보낸 열다섯 안팎의 연락병이 부대원들과 잡담을 나누고 있었다. 방만식이 보릿자루를 부대원에게 건네고 연락병에게 다가간다. 머리를 짧게 깎은 소년이 경례를 부친 뒤 새 사령관이 된 이덕구의 명령문을 전달한다.

"소련혁명기념일을 전후해 대대적인 반격에 나선다. 모든 부대원들은 30일까지 중문면으로 집결할 것……. 여 까지우다."

소년의 똘망똘망한 눈을 보며 방만식이 미소를 짓는다.

"정치지도원 동무는?"

"사령관님과 함께 행동하우다."

"다른 소식은 없시까?"

"지도원 동무가 소대장님 만나멍 이걸 전해 주라 햅서."

소년은 배낭에서 담배를 꺼내 내민다. 언젠가 권련을 말아 피우는 방만식을 보며 석호가 '담에 만날 땐 미군들이 피우는 담배를 선물하지.'라고 농담처럼 말한 적이 있었다. 방만식이 '미제국주의자의 담배를 정치지도원 동무가 피워도 되는 거우까?'라고 반문하자 그는 '계급투쟁을 하려면 그 정도 타락은 해 봐야 하는 거다. 만식이 너의 단점이 바로 그거야. 순수함, 좌도 우도 아닌 애매한 상태……. 큰일을 하려면, 그리고 신념을 이루기 위해선 선택이 필요하지. 그리고 그건 언제나 흙탕물을 뒤집어 쓸 수밖에 없다.'라고 말했다. 방만식은 그때를 떠올리며 럭키 스트라이크를 호주머니 속에 집어넣는다.

"언제 올라왔시냐?"

"저 말이우까?"

방만식이 미소를 짓자 소년은 울음을 참는 듯 입술을 질끈 깨문다.

"아방, 어멍 모두 검정개들헌테 잡혀 죽어 불고 저만 살아남았주."

"괸당(친척)은?"

소년은 고개를 좌우로 흔든다.

"대신 성님이 있수다. 저보다 두 달 전에 입산을 했주."

"소식은 들었니?"

소년의 얼굴이 금세 어두워진다.

"게메 연락병이 되었구나."

"그럼 수다게."

"다음은 어디로 가시냐?"

"5.0지대 이우다."

"가기 젠 아첨이나 먹으멍."

하지만 소년은 밝아오는 하늘을 가리키며 대꾸한다.

"시간이 없수다. 낼까정은 모든 부대원들에게 명령을 전해야 하우다."

방만식은 대견하다는 듯 소년의 머리를 쓰다듬는다. 그때 소년의 이야기를 듣고 있던 김몽룡이 다가와 꿩고기로 만든 육포를 건넨다. 동병상련을 느끼는지 김은 소년의 손을 꼭 쥐면서 입을 연다.

"배고플 때 먹어라……. 그리고 형은 꼭 찾을 거야."

김을 바라보는 소년의 입가에 살포시 미소가 인다.

12

며칠이나 지났는지 모를 일이다. 오늘따라 천둥소리가 유난히 크게 들린다. 김헌일의 기억이 분명하다면 3, 4일 전부터 제주읍에 비가 내리기 시작했다. 지하 취조실에서 그를 심문했던 덩치나 하얀 얼굴의 말과는 달리 김헌일은 그 후 며칠 동안을 계속해서 어두운 감방 안에서만 보냈다. 이틀을 고열과 함께 사경을 헤매며 헛것을 보기도 했는데 모진 게 사람 목숨인지 사흘이 지나면서 차츰 열이 떨어지고 몸도 안정을 찾아갔다. 그와 같이 수감되었던 사람들은 하나둘 자취를 감추어 어느새 감방에는 김헌일 혼자만이 남게 되었다. 식사 시간에 사식을 넣어 주는 군인이 '좋은 백을 두었구나.'라는 생뚱맞은 말을 건네며 지나갔다.

김헌일이 다시 지하 취조실로 끌려간 건 그로부터 이틀이 지난 뒤다. 때늦은 장맛비로 취조실 안은 습기와 함께 피비린내가 더욱 짙게 배여있다. 그런데 하얀 얼굴과 함께 철문을 열고 들어온 사람은 덩치가 아니라 비서부장이다. 그는 스테인리스 컵을 탁자 위에 올려놓으며 '고생으 많았소.'라고 말한다. 김헌일이 놀란 눈으로 바라보자 비서부장이 손짓을 한다. 하얀 얼굴이 말없이 취조실 밖으로 나가자 비서부장은 맞은편 의자에 앉는다. 입에서 알코올 냄새가 풍기는 걸 보니 새벽까지 술을 마신 모양이다.

"처음부터 내 말대루 경찰학교에 들어갔으면 이런 수모도 겪디 않았을 거인데."

"어떻게 여길……."

"사찰주임으 전화를 받았디. 제수씨와 자네 아내도 함께 있다고 했소."

비서부장은 탁자 위에 있는 스테인리스 컵을 입으로 가져간다. 김헌일은 그제야 사식을 넣어 주던 군인의 말을 이해할 수 있다.

"나 때문에 걱정이 많았군요."

"어디 걱덩만 할까……."

말을 하다 말고 비서부장은 넌지시 김헌일을 바라본다.

"지금 빼내 가려고 했는데 헌병대 과장으 말이 아딕 조사가 끝나지 않았다고 하지 안카서…… 아무래도 돈으 내놓으라는 심보 같소."

"돈이라니요?"

"시치미 뗄 필요 없소. 자네 형 종일으 말이오. 한때 성내에선 삽으로 돈을 퍼 간다는 말이 돌았지비."

"그게 무슨 소립니까?"

"달러르 얼마나 가디고 있소?"

어떻게 그가 달러에 대해 알고 있을까? 김헌일은 개기름으로 번들거리는 비서부장의 얼굴과 음흉스러운 시선을 애써 외면한다. 달러는 일본으로 밀항하기 위해 꼭 필요한 돈이다. 그 돈이 없으면 제주를 벗어날 수가 없다. 그의 머릿속에 수많은 생각이 스쳐 지나간다.

"무슨 말인지 모르겠습니다."

김헌일을 바라보던 비서부장의 표정이 굳어진다.

"종일으 사무실이 서청 사무실과 아래, 위층이라는 건 알고 있디요?"

김헌일이 말없이 고개를 끄덕인다.

"거기 부사장이란 늠으 이틀 전에 죽었지비."

"네?"

"리름이 고영두라고 했던가……. 그의 집에서 10달러짜리 지폐르 발견할 수 있었디…… 남로당 공작금으로 사용하려 했다는 혐의가 포착되었소."

김헌일은 아무런 대꾸도 할 수 없다. '공작금이라니, 말도 안 되는 소리……. 단지 돈을 빼앗기 위한 평계일 뿐일 테지.' 그 순간 김헌일은 자신이 이곳에 끌려온 진짜 이유가 약방 주인 때문이 아니라는 사실을 깨닫는다.

"종일이 달러를 가디고 있는 건 내 일쯕이 알고 있었지비. 돈으 내놓으시오. 이곳에서 나갈 수 있는 류일한 방법이니까니."

침묵하는 김헌일에게 비서부장은 마지막 선고를 내리듯 덧붙인다.

"형의 친구라면서 어떻게 이럴 수 있습니까?"

"나도 어쩔 수가 없어. 밀수라는 거이 여러 늠들이 얽히고설켜스리……. 종일이가 실종되지 않았다면 이럴 필요도 없었겠디만말요……. 따디고 보면 종일으 실종된 것두 자네 때문 아니갔어? 그러니 잔말하디 말고 어서 내놓으라."

김헌일이 계속 침묵만 지키자 비서부장은 탁자를 치면서 소리친다.

"아직, 뎡신으 못 차렸구나. 이보라. 들어오라! 손 좀 봐갔어!"

하얀 얼굴이 덩치와 함께 취조실 안으로 다시 들어온다. 덩치는 김헌일을 보자마자 뺨부터 후려친다. 그리고 그를 탁자 위에 눕히고 머리가 탁자 밖으로 나오게 한 뒤 몸을 묶는다. 그사이 하얀 얼굴이 주전자에 물을 가득 담아 고춧가루를 푼다. 덩치가 몸 위에 올라타 가슴을 누르는 사이 하얀 얼굴은 김헌일의 고개를 젖히고 나서 콧구멍에다 고춧가루 물을 붓기 시작한다.

숨이 막힌다. 콧속뿐만 아니라 그 주위가 쓰리다. 머리가 아파 오기 시작한다. 김헌일은 고통을 참지 못하고 머리와 몸을 마구 흔들어 대지만 소용이 없다. 90킬로그램은 나갈 것 같은 덩치가 누런 이빨을 드러내며 웃는다. 그는 김헌일의 가슴 위에 올라타 무릎으로 양팔을 꼼짝 못하게 만든다. 고춧가루 물이 눈 안으로 들어갔는지 불에 대인 듯 화끈거리고 따갑다. 매질을 받는 것보다 더 집요한 고통이 음습해 온다. 숨이 턱 아래까지 차올라 혼절하면, 잠시 쉬었다가 다시 콧속에 물을 붓는 식으로 오랫동안 고문은 반복된다.

어느새 김헌일의 배가 불룩하다. 자포자기가 된 김헌일의 몸이 시체처럼 널브러진다. 가까이에서 팔짱을 낀 채 지켜보던 비서부장이 고영두도 이곳에서 숨이 끊어졌다는 말을 건넨다. 귀에도 물이 들어갔는지 그의 목소리가 이명처럼 울린다. 덩치가 김헌일의 몸에 감겨 있던 끈을 푼 뒤 책상을 옆으로 엎어 버린다. 그의 몸이 취조실 바닥에 나뒹군다.

"지금부터가 시작인데…… 벌써부터 뻗어 버리면 재미가 없잖아."

덩치가 군홧발을 김헌일의 배 위에 올려놓고 눌러 대면서 말한다. 그때마다 김헌일의 입에서 고춧가루 물이 흘러나온다.

시간이 지날수록 얼굴 부위의 따가움이 심해진다. 자꾸만 눈이 감기고 눈물이 난다. 덩치가 김헌일을 일으켜 세워 철제 의자에 앉힌다. 전기고문을 하려는지 EE-8전화기의 전선을 그의 손가락 끝에 연결한다.

"말허디 않으면 여기서 살아나갈 수 없어. 아직도 모르갔어? 자네가 죽으면 다음은 아내가 답혀올 거이구 그 다음엔……."

그 다음엔 한석희겠지. 김헌일은 따가운 눈을 깜박거리며 힘들게 비서부장을 올려다본다. 그는 개선장군처럼 버티고 서서 그를 내려다보고 있다. 아버지에 이어 어머니까지 빼앗아 가게 버려 둘 순 없다. 성진의 모습을 떠올리는 순간 김헌일은 모든 걸 포기해야 한다는 사실을 깨닫는다. 이곳 제주에서는 결코 비서부장의 손아귀에서 벗어날 수가 없는 것이다.

"달러만 내놓으면…… 모두가 살 수 있는 거요?"

김헌일이 가쁜 숨을 내쉬며 더듬거린다.

"물론이다."

비서부장이 김헌일 가까이 다가와 그에게 속삭인다.

"여길 나가면 내 말대루 경찰학교에 입교하는 거다. 그 다음엔 쉽지 안카서? 누가 자넬 건드리갔어? 경찰 신분에, 비서부장인 나까지 버티고 있는데……."

김헌일이 자포자기의 심정으로 힘없이 고개를 끄덕인다. 비서부장은 그제야 만족스러운 얼굴로 그의 어깨를 가볍게 두드린다.

"이제야 말귀를 알아듣는구나. 몇 시간 디나고 나면 얼굴도 괜찮아 질 거이야."

그의 커다란 웃음소리가 취조실 안을 울린다.

13

때늦은 장마와 함께 폭우를 동반한 태풍이 제주 근해를 자주 지나간다. 중산간 지방에서는 논과 밭이 유실되고 해안가 마을에서는 정박 중이던 어선이 파도에 부서지기도 한다. 곤지동을 가로지르는 화북천도 평소엔 건천으로 물이 흐르지 않지만 장마가 시작되면서 산지천 상류에서부터 불어난 물이 밧곤을을 통해 바다로 빠져나가면서 커다란 원*을 만든다. 밧곤을에 모여 있던 모래와 자갈이 바다 쪽으로 실려 나갔다가 파도에 다시 떠밀려 올라오면서 둑처럼 쌓여 원을 만드는 것이다.

소용돌이를 치며 바다로 흘러가는 화북천 물줄기에 천을 가로지르는 다리가 유실될까 봐 걱정을 하는 사람들도 많다. 홍성수는 실종된 문식이 대신 김 노인을 도와 선창으로 나간다. 선창막에는 곤지동 남자들이 배에서 떼어낸 돛을 가지고 들어와 한 곳에 정리해 두거나 사람 키보다 긴 노를 비스듬히 세로로 세워 말리고 있다. 어구를 따로 챙기는 사람도 보인다. 김 노인은 바람의 부는 정도나 파도의 세기를 어림잡고는 배를 모두 선창 위로 올려놓는 게 좋겠다고 말한다.

선창에 정박 중인 어선들을 뭍으로 끌어올리는 일은 생각보다

---

* 그렇게 만들어진 원을 천연원이라고 한다. 원은 지리적 조건을 이용해 어로행위를 하는 시설을 일컫는다. 원에 물이 들면 멸치가 들어왔다 물이 빠지면서 미처 빠져나가지 못하고 원에 갇혀 손쉽게 잡을 수 있는 것이다.

힘들고 요령이 필요했다. 아직 빗줄기가 굵어지거나 바람이 드세지진 않았지만 이마에서부터 흘러내린 땀이 빗물과 함께 홍성수의 시야를 가린다. 어선 한 척을 뭍으로 끌어올리기 위해서는 청장년 10여 명 이상이 힘을 모아야만 했다. 어선의 제일 아랫부분인 용골에 둥근 나무막대기를 가로로 깔면 선미에 있던 사람들이 배를 육지로 밀어낸다. 그리고 배가 앞으로 움직이기 시작하면 다시 둥근 나무막대기를 가로지게 깔고 이번엔 선두와 선미에서 배를 끌거나 민다. 홍성수는 선미에서 젊은 사내들과 함께 힘을 쓴다. 여러 개의 나무막대기를 돌려가며 배 밑에 까는 사람은 노련한 중년들 몫이다. 모두들 김 노인의 기합소리에 맞춰 배를 밀고 멈추기를 반복한다.

이곳 제주에서만 볼 수 있는 테우와 장도리배를 마지막으로 뭍에 올려놓은 뒤에 홍성수는 기진맥진 자리에 주저앉는다. 김명호와 박이 다가와 그의 어깨를 두드리면서 위로를 한다. 선창막으로 돌아왔을 때 김 노인 또래의 나이든 사람들이 보리수제비를 큰 가마솥에 끓이고 있다. 점심식사를 한 지 얼마 되지 않았지만 홍성수는 그들이 떠 주는 수제비를 순식간에 먹어치운다. 어디서 가져왔는지 조막걸리를 돌리는 마을 어른도 있다. 마른멸치와 소라를 안주로 먹는 조막걸리의 달짝지근한 맛이 선창의 분위기와 잘 어울린다. 시간이 지날수록 빗줄기가 굵어지고 바람도 거세져 바로 앞까지 파도가 밀려와 부딪친다.

"검정개들이 민보단인가 뭔가를 만들어 닦달을 하니 견딜 수가 없수다. 생업도 못허고 석벽 쌓는 일에 나가야 허구, 밤낮으로 경계도 서야 허구……."

"게메 에펜들은 어쩌구. 게네들 밥해 먹이랴 시중들랴……."

"서부락에 사는 고씨 두가시 이야긴 들었주?"

누군가가 막걸리를 먹다 말고 입을 연다. 고씨 부부라면 열일곱 살 밖에 안 된 장남이 산으로 올라가면서 화북지서로부터 주목을 받던 집안이다.

"몰르쿠다. 무슨 일 있었수꽈?"

"이틀 전에 화북지서로 끌려가 총살당했단 소릴 들었주. 전날 할아방 제사가 있었는데 그 집 아덜이 몰래 다녀간 모양이우다."

"헛 참. 말세지 마심……. 누가 또 꼰지렀수꽈?"

홍성수는 마을 사람들의 이야기를 들으며 묵묵히 막걸리를 마신다. 이웃사촌이라는 말이 무색해질 만큼 사소한 앙금이 사람의 목숨까지 위협하는 세상이 되었다. 적을 만들지 말아야 한다는 말이 유행할 정도가 되었으니 참으로 안타까운 일이다. 또 다른 누군가가 문식이 소식을 물으면서 김 노인 건강을 걱정한다. 김 노인은 그에게 막걸리를 따라 주면서 '몸도 누기고 정신도 정광하니 걱정 맙서.'라고 대답한다.

취기가 오르자 으슬으슬 한기가 일던 몸도 이내 훈훈해진다. 홍성수는 김명호와 박에게 다가가 건배를 한다. 김명호는 이곳 출신답게 뱃일에도 힘든 기색이 전혀 없다.

"아까 보니 성수 성은 또게또게하니(힘에 부처 불안스러워 보이다의 뜻) 뒤에서 흉을 많이 봤주."

하고 박이 홍성수에게 농을 건넨다.

"이런 일은 처음이라……."

"그런데 얼케 헌일네 배하고 호달매 관리하러 여까증 내려왔수꽈?"

박의 계속된 닦달에 김 노인과 마을 어른 몇몇이 웃으며 '글쎄 마심.' 하고 맞장구를 친다. 홍성수는 얼굴을 붉힌 채 '다른 이유가 있었던 거 아니수꽈?'라고 은근히 자신의 속을 떠보는 박에게 술잔을 내민다.

"쓸데없는 말 하지 말고 어여 술이나 들게."

하고는

"아내는 어떤가? 몸조리는 잘 하고 있는가?"

라고 화제를 돌린다. 박은 손으로 자신의 배를 둥글게 만들면서 대꾸한다.

"예펜 뱃배기가 솔찌하우다. 조만간 나도 아방이 되는 거우다."

"축하할 일이군."

얼굴 가득 웃음꽃이 핀 박에게 홍성수는 진심을 담아 말한다. 김명호도 그의 어깨를 치면서 함께 기뻐해 준다.

선창막을 나와 마을로 돌아가는 길에 홍성수는 김명호에게 새로 무장대 사령관이 된 사람에 대해 묻는다.

"그가 김 형과 같은 학교를 나왔다고 들었어요."

김명호는 대답 대신 고개만 끄덕인다.

"그 때문에 혹 김 선생까지 위험해지는 건 아닌지 모르겠소."

"어디서 듣고 왔는지 어멍도 비슷한 말을 하더군요. 하지만 난 겁나지 않아요. 아니, 세상이 어지러울수록 더더욱 마음을 다잡고 생업에 종사하는 게 맞지 않겠어요? 동창이라곤 하나 그에 대해선 이름 정도만 알고 있어요. 일면식도 없는 사이인데 별일이야

있겠습니까?"

하지만 홍성수는 김명호와 김달삼을 한통속으로 몰아가던 비서부장의 모습을 떠올린다. 홍성수의 얼굴에 근심이 인다. 해가 기울어질 때까지 빗줄기는 굵어졌다 가늘어졌다를 반복한다. 바람 때문에 도롱이를 입은 몇몇 노인들을 제외하곤 모두 비 맞은 생쥐 꼴로 마을로 향한다.

14

헌병대에서 풀려난 김헌일은 한동안 고문 후유증으로 고생을 했다. 자초지종을 모르는 인선과 한석희가 집으로 돌아온 그를 반겼지만 김헌일은 가슴속에 이는 분노를 삭이느라 일주일 가까이 방 안에서 누워만 지냈다.

달러를 가져가기 전에 비서부장은 '종일이가 달러르 모으고 있단 사실으 모두가 알고 있었지비. 그거이 문제였어. 종일으 실종되고 나서 모두들 그 달러에만 관심으 게져가지고선 난리를 치지 안카서. 나 역시 큰 소리르 치고 다니디만 얼케 그리 끗발이 있갔어. 종일이와 친하단 이유로 총대를 멘 것뿐이디. 자네나 제수씨에겐 면목이 없디만 어쩔 수 없는 일이지비.'라는 말을 건넸다. 그러나 김헌일은 그의 말을 곧이곧대로 믿지 않았다.

그런 사정을 모르는 인선이 밀항 이야기를 꺼내자 김헌일은 담담하게 대꾸한다.

"밀항에 대해선 잊어버리는 것이 좋소. 어떻게든 이곳에서 살아

갈 방도를 찾지 않으면 안 되니까…… 내 말 이해하오?"

"하멘 일본으로 들어가지 않는단 말이우꽈?"

김헌일이 고개를 끄덕인다.

"그렇소. 이곳 제주읍에서 험한 시기를 견뎌야 할 것 같소."

"또다시 순사들이 찾아오면 어떡하우꽈?"

걱정스럽게 묻는 인선의 두 눈에 눈물이 글썽인다. 김헌일은 그
녀의 가녀린 어깨를 감싸며 입을 연다.

"걱정하지 마시오. 이젠 누구도 우리 가족에게 손을 대지 못할
거요."

다짐을 하듯이 김헌일은 다시 한 번 내뱉는다.

"아무도 당신과 성진을…… 형수에게 해를 끼치지 못할 거요."

그러나 인선은 남편의 모습이 오히려 불안해 보인다. 도립병원
에서와는 달리 몸을 추스르는 동안에도 김헌일은 한 번도 미소를
짓거나 말을 건넨 적이 없었다. 제법 옹알이를 하며 살갑게 구는
성진을 앞에 두고도 어둡고 우울한 표정을 짓기 일쑤였고, 끊었
던 담배를 다시 피우기 시작했다. 이유도 없이 한숨을 쉬거나 가
위에 눌리는 날이 많았다. 그때마다 인선은 헌병대 취조실에서 남
편이 겪어야 했을 끔찍한 일들을 어렴풋이나마 짐작할 수 있었다.
그녀의 두 눈이 다시 붉게 물든다.

"하멘 정말 경찰학교에 들어가실 거우꽈?"

"선택의 여지가 없소."

"하멘 정말 제주 사람들에게 총부릴 겨눌 수 있수꽈?"

인선의 두 번째 질문에 김헌일은 대답하지 못한다. 인선은 살며
시 그의 가슴에 얼굴을 묻으며 속삭인다.

"저와 성진이 때문이라명 그럴 필요 없수다."

통금을 알리는 사이렌 소리가 멀리서 들려온다. 두 사람은 잠시 사이렌 소리에 귀를 기울인다.

"경찰 유치장과 제주중학교에 있는 수용소에서 많은 사람들을 봤소. 재판도 없이 끌려가 총살당하는 사람도 있었고 취조실에서 죽어 간 사람도 많았지……. 난 이제껏 제주가 처한 현실을 제대로 보지 못했던 거요."

김헌일은 인선과 눈을 마주치며 말을 잇는다.

"우리가 생각하는 것보다 이곳은 더 위험하고 위태로운 곳이오. 한 순간에 가족 모두를 잃을 수도 있다는 걸 알게 되었으니까."

비서부장의 말대로 자신에겐 처음부터 선택의 여지가 없었다. 그런 사실을 깨닫기까지 오랜 시간이 걸리진 않았다. 제주경찰서의 유치장과 천막수용소, 헌병대 취조실에서의 경험만으로도 충분했기 때문이다.

15

중문면에 모인 무장대는 3.0, 3.1, 4.3, 5.0지대로 200명이 넘는 병력이었다. 99식 소총뿐 아니라 M1, 카빈소총에 중·경기관총, 수류탄까지 갖추고 있어 도(道)사령부의 정예부대라고 할 수 있었다. 이덕구는 김달삼과 달리 언변이 유려하지는 않지만 정확히 핵심을 찔러 말하는 습관이 있었다. 짧은 머리에 가무잡잡한 피부 때문인지 외모는 평범한 청년처럼 보였다. 그의 옆에는 정치지도원인 석호가 이덕구와 같은 일본 장교복을 입고 회의에 참석했다. 하늘은 푸르게 높고 산야는 울긋불긋 단풍이 지는 쾌청한 날씨였다. 이런 시국이 아니라면 가을 야유회라도 하는 분위기였다. 그는 지대장들을 불러 모은 뒤 군경토벌대를 산으로 유인한 뒤 섬멸하는 작전에 대해 진지하게 입을 열었다. 사령관으로 부임한 이후 첫 번째 반격작전이라고 할 수 있었다.

"토벌대들은 제주도민을 무참히 도륙하고 있소. 더 이상 간과할 수 없는 일이오. 애월과 하귀에서 억울하게 목숨을 잃은 도민들을 위해서라도 분발해 주시오."

토벌대는 애월의 시장터에서 유격대 동조자들이라며 40여 명의 부락민들을 공개처형 했다. 하귀에서도 자운당이라는 곳에서 60명을, 마을 일주도로에서 180여 명을 참살해 공분을 일으켰다. 이번 습격은 애월과 하귀에서 일어난 학살에 대한 보복의 성격을 가지고 있었다. 구체적인 작전은 석호가 지도를 펼쳐 놓고 설명을 했다. 지대 별로 각각 독립적인 작전을 구사하되 구역을 나누어 저항한다. 먼저 3.1지대원들은 천망에 오름에 진지를 구축하고 4.3지대와 5.0지대는 좌우 측면에서, 3.0지대는 맞은편 큰바리메오름에서 전선을 구축한다. 토벌대의 유인은 발이 빠르고 지리에 밝은 3.0지대의 방만식 소대가 맡는다. 석호는 회의석 제일 끝에 서 있는 방만식을 향해 '이번 작전의 승패는 방 두령 손에 달렸소.'라고 덧붙인다.

작전회의가 끝나고 각 소대별로 탄창이 지급된다. 방만식의 2소대는 기동력을 높이기 위해 경기관총을 반납하고 M1소총을 받는다. 배낭 대신 허리에 륙색을 차고 최대한 짐을 줄인다. 출정하

258

기 전 석호가 직접 장만해 온 쌀밥으로 배를 든든하게 채운 15명의 소대원들이 중문면 아지트에서 출발을 한 건 해가 오르기 직전이었다.

그 무렵 토벌대는 중문면의 11개 마을을 돌며 학살을 자행하고 있었다. 방만식은 출발하기 전에 최기호와 이 부근 출신 대원을 정찰병으로 보냈다. 곧 그들에게서 보고가 올라왔다. 가까운 월평리 지서에 누렁개들이 2대의 트럭에 나눠 타고 들어와 주둔하고 있다는 내용이었다.

"지서에 많은 사름들이 갇혀 있으멍 곧 사살될 거란 정보이우다."

방만식은 퇴로를 확보한 뒤 곧장 월평리로 내려간다. 3분대로 나뉘어 1분대는 마을 입구와 가까운 일주도로 좌우에 배치하고, 2분대는 곧장 지서로 가서 군경토벌대에게 도발한다. 마을까지 들어간 대원들이 일제히 월평리 지서로 총알을 박아 넣는다. 콩볶은 소리와 함께 보초를 서던 경찰 하나가 가슴을 부여잡고 쓰러진다. 2분대 분대장을 맡고 있던 김몽룡은 99식 소총으로 백 미터 이상 떨어진 참새를 명중시킬 만큼 명사수였다. 사이렌 소리와 함께 경비대의 반격이 시작된다. 적당히 응사를 벌이던 2분대가 뒤로 밀리는 척 후퇴를 한다.

2분대가 경비대를 마을 밖으로 유인하는 동안 방만식과 3분대는 월평리 지서를 습격해 지서 안에 있던 경찰들을 사살하고 유치장에 갇힌 주민들을 탈출시킨다. 두 대의 트럭은 불태우고 지서 안에 있던 무기와 탄환을 챙겨 경비대를 쫓는다. 9연대 경비대 30명은 마을이 무장대 손에 넘어갔다는 오판을 하고 2분대를 쫓는 대신 일주도로로 후퇴를 시도한다. 하지만 그곳에 매복 중이던 1

분대의 기습을 받고 모두 산 쪽으로 밀려 올라간다. 전투 경험이 없는데다 이곳 지리에 익숙하지 못한 경비대들은 갈팡질팡하며 대오도 없이 산 위로 밀린다. 그러다 천망에 오름 가까이에서 매복 중이던 무장대들의 공격을 받고 30명 전원이 몰살당한다.

이 전투로 무장대는 군복과 군화, 무기, 탄환을 확보하는 한편 토벌대의 강경 진압으로 위협을 느낀 중산간 마을의 주민들을 안심시킬 수 있었다. 그동안 토벌대에게 밀리기만 하던 무장대에서도 자신감을 얻는 계기가 되었다. 그리고 10월 중순, 제주로 급파 예정이던 14연대가 여수와 순천에서 반란을 일으켰다는 정보가 제주에까지 전해졌다. M-1소총과 LMG경기관총, 60미리 박격포로 무장한 그들은 여수를 중심으로 순천과 구례, 곡성 등을 차례로 장악해 갔다. 그 소식이 전해지면서 북한도 가만있지 않을 거라는 막연한 희망이 사령부를 중심으로 퍼져 나갔다. 새로 사령관에 부임한 이덕구가 남한정부에 선전포고를 한 것도 그 무렵이다. 하지만 그 달콤한 시간은 오래가지 못했다. 여순반란사건은 곧 경비대에 의해 진압되었고, 제주에서는 중산간 지역을 중심으로 본격적인 초토화 작전이 시작되었기 때문이다.

16

제주에서는 경찰프락치사건으로 큰 파장이 일었다. 남로당 세포로 의심되는 경찰과 공무원, 법조계에 종사하던 많은 사람들이 신분 고하를 막론하고 줄줄이 연행되었다. 당연히 제주 출신의 김헌일이 경찰학교에 입교하는 데에도 까다로운 검증이 뒤따랐다. 비서부장과 함께 그의 신원보증을 서 주었던 사찰주임은 경찰청장이 바뀌면서 부산으로 전근 명령이 떨어질 거라고 했다.

입소식 날 아침, 사찰주임이 직접 지프를 몰고 와 김헌일을 경찰학교까지 데려다준다. 그는 최근의 경찰 분위기 때문인지 '여순사건 이후 경비대나 경찰 내부에서 조차 빨갱이들을 잡아들인다고 난리가 났어요. 제주 출신이라는 딱지가 붙어 다니니까 더더욱 행동을 조심해야 할 겁니다.'라는 조언도 아끼지 않는다.

전농로 부근을 지나칠 때쯤 사찰주임은 한석희에 대해 말한다. 두서없이 늘어놓는 이야기를 요약하자면 그녀와 함께 부산으로 가고 싶다는 내용이다. 당황한 듯 바라보는 김헌일에게 사찰주임이 입을 연다.

"그리 놀랄 필요는 없어요."

동백나무 군락이 바라보이는 도로가에 지프를 정차시킨 사찰주임이 담배를 꺼내 불을 붙인다. 한동안 두 사람 사이에 침묵이 지나간다.

"형수와 의논한 일입니까?"

김헌일이 겨우 질문을 던진다.

"네……."

하고는 덧붙인다.

"나와 함께 부산으로 들어가는 게 그녀로서도 좋을 겁니다."

하지만 형이 납치된 지 반년도 지나지 않아 이런 이야기를 들어야 하는 김헌일의 심기는 불편하다. 말없이 앉아 있는 김헌일에게 사찰주임이 다시 말을 건넨다.

"여수와 순천에선 민간인 희생자들도 많았다는군요."

"그래서 다음은 제주에서 사람들이 죽어 나갈 차례란 말인가요?"

"무장대 사령관이라는 자가 얼마 전 정부에 선전포고를 했습니다. 그게 뭘 의미하는 진 알고 있겠죠?"

모든 상황이 최악으로만 치닫는 것 같아 김헌일은 절로 한숨이 나온다.

"형수를 걱정해 주는 건 고맙지만……, 성진에겐 하나뿐인 어머닙니다."

"하지만 성진을 볼 때마다 종일일 떠올리겠죠."

"형님은 납치당했을 뿐이에요."

"아직도 살아 있다고 생각하는 겁니까?"

침울한 얼굴의 그에게 사찰주임이 다시 입을 연다.

"아일 원했던 것도 종일이었지 석희 씨가 아니었어요."

"무슨 뜻으로 하는 말입니까?"

"성진일 위해서 그녀가 선택한 일입니다."

"형수가요?"

사찰주임이 고개를 끄덕인다.

"난 단지 그녀가 좀 더 행복해지길 바랄 뿐입니다."

사찰주임의 마지막 말에 가슴이 뭉클해진다. 김헌일은 동백나무 군락으로 시선을 돌린다. 낮은 돌담 사이로 군락을 이루고 있는 동백나무 가지는 제주의 바람을 닮은 것 같다. 짙은 초록의 나뭇잎 사이로 분홍색 꽃봉오리가 피는 것이 완연한 가을이 다가온 듯도 하다. 제주의 가을은 하늘도 바다도 짙은 비취색을 띤다. 곧 한라산 자락에선 단풍이 질 것이고 억새가 사람 키만큼 자랄 것이다. 그리고 군인과 경찰로 이루어진 토벌대들은 시야를 확보한다는 명목으로 그곳을 온통 불바다로 만들어 버리겠지. 김헌일은 침울한 표정으로 다시 입을 연다.

"형수의 마음이 그렇다면 전 반대하지 않겠어요."

사찰주임의 얼굴에 비로소 미소가 인다. 둔탁한 엔진소음과 함께 지프가 다시 움직이기 시작한다. 어차피 한치 앞을 내다볼 수 없는 세상이 아닌가. 제주에 다 같이 모여 있다 화를 당하느니 차라리 그 편이 나을지도 모른다. 어느덧 경찰학교의 교정이 차창 밖으로 나타난다.

17

입교식이 끝나고 내무반으로 이동한 9기생들은 2주 동안 지낼 침대를 배정받는다. 2층 침대에는 매트리스가 깔려 있고 그 위에 두 장의 군용모포와 베개가 놓여 있다. 김헌일과 같은 침대를 사용하게 된 최라는 젊은이는 이제 갓 열아홉을 넘긴 청년이다. 교관의 지시에 따라 지급받은 속옷과 훈련복으로 갈아입는다. 군화는 김헌일의 발 치수보다 조금 컸기 때문에 끈을 바짝 조인다. 눈에 흉터자국이 있는 사내가

"이야. 이거 일본군들이 입던 검덩 군복 아니네?"

하고 투덜거린다. 그때 교관이 내무반으로 들어와 소리친다.

"제주가 고향인 9기생들은 사재물품들을 포장하도록. 아, 그리

고 가족들에게 안부를 전하고 싶으면 편지를 써도 좋다."

그러나 대부분의 9기생들은 이북에서 내려온 서북청년들이다. 한 사내가 '평양까지 편지가 갑네까?'라고 교관에게 묻자 옆에 있던 동료가 '지금쯤 우리 아바이 어마이는 천당에 가 있을 거인데요.'라고 우스갯소리를 한다. 그러나 김헌일에겐 모두가 뼈 있는 말처럼 들린다. 김헌일은 그들의 눈치를 살피면서 조심스럽게 아내에게 편지를 쓴다. 교관이 건네준 연필로 편지지에 한 자 한 자 글씨를 써 내려갈 때마다 인선에 대한 그리움이 더해진다.

'식사는 거르지 않고 잘 챙겨 먹고 있소?'

로 시작하는 편지는 경찰학교의 풍경에서부터 같이 훈련을 받게 된 9기생들의 첫인상으로 이어진다. 그리고 사찰주임과 나눴던 대화에 대해서도 쓰면서, 형수가 그런 결심을 한데는 성진의 미래 때문이 아니겠소? 제주 출신이라는 허울을 벗는 것도 성진을 위해서 좋을 거요, 라고 그녀를 두둔한다.

하지만 김헌일의 경찰학교 생활은 순탄하지 못했다. 그가 서북이나 본토 출신이 아니라 제주에서 태어났다는 사실 때문이다. 거기다 서북청년단 소속의 사내들은 말투에서부터 이질감이 느껴졌다. 평안도와 황해도 특유의 억센 억양만큼이나 사나운 성품이 그대로 행동으로 나타나는 경우가 많았다.

경찰학교의 훈련은 오전 5시 30분에 울리는 기상나팔로부터 시작되었다. 학급별로 맨손체조를 시작하고 체조가 끝나면 곧바로 아침 구보에 들어갔다. 7시 30분 아침식사를 하고 40분 정도의 자유시간 동안 세안과 개인 물품을 정리했다.

처음 1주 동안은 체조와 구보, M1을 본떠 만든 나무총으로 제식훈련과 총검술, 사격자세등을 배웠다. 훈련의 반을 넘어선 2주차부터는 본격적인 실전사격에 들어갔다. M1소총에 대한 구조와 청소법, 분해와 조립을 능숙하게 할 수 있을 만큼 반복적인 훈련이 이어졌다. 영점사격과 예비사격, 완사사격과 속사사격을 매일 연습했다. 일본 관동군 출신의 교관들은 모질고 독하게 훈련생을 대했다. 식사는 주로 콩나물국과 무김치, 보리와 조에 쌀이 들어간 잡곡이 나왔다. 식단에서 빠지지 않는 콩나물국을 도레미탕이라고 부르면서 지겨워하는 훈련생들도 많았다.

9기생 중엔 제주 출신이 없었기 때문에 김헌일은 외톨이처럼 지냈다. 아니 그 스스로 서북청년들과는 거리를 두었다. 하지만 시간이 지날수록 그들은 김헌일을 제주 빨갱이가 아닌 제주경찰 9기 27번이라고 불러 주었다. 김헌일 역시 비서부장으로 대변되던 서북청년들에 대한 막연한 적개심에서 어느 정도 벗어날 수 있었다. 침대를 같이 사용하던 최와는 '형', '동생'으로 부를 만큼 가까워졌다. 열아홉 살 밖에 되지 않은 최는 어린 나이 탓인지 서북 출신의 다른 사내들과 달리 제주사람에 대한 편견이 없었다. 안주공립중학교를 졸업하고 단신으로 월남한 최는 배를 굶지 않는다는 이유로 서북청년단에 가입을 했다가 이곳까지 흘러오게 되었다. 자그마한 몸집에 차분한 성격인 그는 제주로 들어오는 배 안에서 처음 바다를 볼 수 있었다고 고백했다.

점심식사 뒤의 자투리 시간을 이용해 햇볕이 잘 드는 연병장 한켠에서 최와 함께 화랑을 피운다. 최가 불을 나눠 주면서

"이곳은 어딜 가나 바다르 볼 수 있어 좋습네다. 갈매기도 여기서 처음 보는 것입네다."

라고 진심으로 제주 풍경에 감탄하며 말한다. 김헌일은 얼굴에 닿는 훈훈한 기운을 느끼며 대꾸한다.

"처음부터 지원해서 온 게 아니었나?"

"기런 말 마시라요. 이것도 인연이라면 인연이겠디만."

하고는 말을 잇는다.

"서울서 서북청년단 단장하고 면담으 했습네다. 저보구 한글하고 한문으 잘 아느냐고 묻기에 기렇다고 대답했디요. 그랬더니 '넌 기럼, 경비대가 아니라 경찰이 되어야겠구나. 조서르 꾸미려면 한글과 한문으 잘해야 하지 안카서.'라고 하면서 이곳에 보내디 안켔습네까."

"그래서 제주경찰학교에 입교하게 되었군."

"사실은 말입네다. 제 꿈은 화가가 되는 거였습네다. 고호나 고갱처럼 말입네다."

그리고는 주위를 둘러보며

"아, 기러구 이건 비밀입네다. 김 형만 알고 있으라요."

라고 속삭이며 얼굴을 붉힌다. 김헌일은 피식거리며 그의 어깨를 살며시 친다.

"고향 생각은 나지 않아?"

"왜 나지 않습네까. 평안도 안주…… 거기가 살수대첩이 있었던 곳입네다. 아시디요? 청천강……. 낚시를 펑계루 형님과 도시락 싸들고 거길 자주 가지 않았겠습네까."

그때 김헌일은 허공을 바라보는 최의 시선에서 뭔가 애틋한 감정을 느낀다.

"왜 혼자 내려왔는가?"

최는 머리를 긁적이며 대답한다.

"할아바지는 목사, 아바지는 장로였디요. 우리 집안은 대대로 안주에서 술도가를 하였수다. 형님은 서울서 유학하고 돌아온 샌님이었디요. 하디만 험한 세상을 만나가지고서리 집안이 풍비박산 나지 않았겠습네까? 저는 나이가 어리다는 이유로 화를 면했디요."

"거기서도 사람들이 많이 죽었나?"

"아바지가 교회에 있으면서 조선민주당에도 가입해 활동했드랬디요. 조선민주당이라는 게 여기로 치면 우익정당하고 성격이 비슷했는데 조선로동당과는 여러가디로 대립하는 게 많았습네다. 어려서 잘은 모르디만 47년부턴가는 리북도 완던히 김일성하고 로동당 세상이 되어 버렸습네다. 말 한마디도 조심해야 했디요. 기런데도 아바진 그쪽 비판을 마니 하고 다녔습네다……. 숙청대상이 1차에서부터 5차까지 있었는데, 그 때문인디 아바진 1차 숙청대상이 되었디 뭅네까. 아바지와 친하게 지내던 집안 어른들이 그날 마니 죽었디요. 동네 뒷산에 끌려가서리……. 아바지와 형의 시신을 수습하자마자 할아바지가 절 월남시켰수다. 나이차면 나까지 답혀 죽는다구."

김헌일은 괜한 질문을 했다고 후회한다. 무엇이 우리를 이토록 상처입고 아프게 하는 것일까? 다만 지금의 어지러운 세상이 지나가면 이 기나긴 고통에서도 벗어날 수 있을까.

"아아, 이런 얘기 덩말 싫습네다."

갑자기 자리에서 일어난 최가 엉덩이에 묻은 흙을 털어 내며 연병장을 바라본다.

"오후 훈련 둔비 해야디요. 저기 9기생들 발써 다 모입네다."

그래도 김헌일이 일어날 기색이 없자 최가 그의 손을 잡으며 억지로 일으켜 세운다.

"임관하고 나서도 같은 지구대에 배속받았으면 둏겠는데 말입네다."

"그래. 나도 그랬으면 좋겠군."

"기래구 말입네다."

잠시 뜸을 드리던 최가 쑥스러운 듯 머리를 긁적이며 다시 입을 연다.

"김 형을 보고 있으면 죽은 형님 생각이 자꾸 납네다. 말투가 기렇고 성격도 기렇고……. 기래서 하는 말인데 김 형을 진짜루 제 형님처럼 생각해도 되겠습네까? 솔직히 말하디만 저 혼자 이곳에서 살아가기가 외롭기도 하구 두렵기도 합네다. 당분간 고향 구경도 힘들 것 같구."

김헌일은 최의 발그레한 얼굴을 곁눈질하며 고개를 끄덕인다. 최가 눈웃음을 지으며 좋아한다. 멀리서 교관들이 걸어 나온다. 최가 김헌일을 재촉하며 9기생들 속으로 걸음을 빨리한다.

18

동제원에 이덕구의 목이 걸렸다는 소문이 돌면서 화북사람들의 관심을 끌었다. 그러나 동제원에 구경 갔던 한 청년이 그곳에 걸린 목이 이덕구가 아니라는 주장을 하고 나섰다. 조천중학원에서 이덕구에게 역사를 배웠던 청년의 말은 설득력이 있었다. 그러나 화북지서에서는 오히려 그 청년을 무장대와 연관이 있다는 이유로 연행해 갔다.

청년에게는 두 살 위의 누나가 있었는데 화북국민학교에서 김명호에게 한글을 배우는 제자 중 한 사람이었다. 그녀로부터 우연히 일의 자초지종을 전해 들은 김명호가 청년을 살려야 한다며 곧장 화북지서로 향했다. 그러나 김명호는 그날 저녁 집으로 돌아오지 않았다. 다음 날, 동제원에 걸렸던 이덕구의 머리가 제주읍 관덕정으로 옮겨 효수되었다는 소식만 들려올 뿐이었다.

고씨 어멍이 김헌일의 본가로 찾아온 것은 오후 무렵이다. 그녀는 갈치젓이나 우엉조림 같은 밑반찬을 가져와서는 제때 밥을 챙겨 먹어야 한다는 말로 인사를 대신한다.

"매번 고맙습니다."

고개를 꾸벅이며 밑반찬을 받아드는 홍성수에게 그녀가 어렵게 입을 연다.

"겐 말 하젠 맙써. 그보다 우리 아덜, 명호 소식 좀 부탁합수다게."

"아직 명호 씨 소식이 없습니까?"

고씨 어멍의 두 눈에 금세 눈물이 고인다.

"지서에서는 호꼼만 이십서게(조금만 계셔보세요)란 말뿐이우다."

"제가 다시 알아보고 연락드리겠습니다……. 똑똑한 사람이니 별 일은 없을 거구요."

그래도 아들 걱정에 발걸음을 돌리지 못하는 고씨 어멍이다. 홍성수는 연자맷간 앞까지 그녀를 배웅하고 돌아와 외출 준비를 한다.

화북지서에서는 김명호가 서장과 함께 어제 오후 제주읍으로 넘어갔다는 이야기뿐이다. 언제쯤 연락이 가능한지 묻는 홍성수에게 경관은 무뚝뚝하게 '그건 나도 잘 모르겠소.'라고 응답한다.

"그럼 전화 한 통만 써도 되겠습니까? 감찰청 사찰주임이 제 동창인데요."

사찰계는 경찰 조직에서도 요직에 속하는 부서였다. 더구나 제주읍에서 일어난 경찰프락치사건 이후 사찰계의 눈치를 살피는 이들이 많았다. 홍성수가 이름을 밝히자 경관은 못마땅한 표정으로 전화기의 크랭크 손잡이를 돌린다.

"제주감찰청 사찰계."

교환수에게 말하는 경관의 표정은 여전히 퉁명스럽다. 몇 가지 확인을 한 뒤 홍성수에게 수화기를 내민다.

"홍성숩니다."

"그래요……. 아직 올라가지 않았습니까?"

사찰주임의 목소리가 수화기 속에서 흘러나온다.

"사정이 생겨서 아직 곤지동에 머물러 있습니다."

"이곳 상황이 좋지 않으니 하루빨리 서울로 올라가는 게 좋아요."

"저도 그럴 생각입니다만……. 그보단…… 부탁할 게 있어 전화 드렸어요."

"그보다 급한 일이 뭐가 있습니까?"

반문하는 사찰주임에게 홍성수는 김명호 이야기를 꺼낸다.

"그게 사실이라면 징계감인데…… 거기 경관을 바꿔 주세요."

이번엔 홍성수가 순경에게 수화기를 내민다. 수화기를 집어 든 경관의 얼굴이 곧 새파랗게 변한다. 뒤이어 경사가 불려와 사찰주임에게 추궁을 당한다.

사찰주임에게 다시 전화가 걸려 온 것은 1시간 정도가 지난 뒤다. 지서 밖으로 어느새 노을이 지기 시작한다. 사찰주임은 화난 목소리로 '성수 씨 말대로 관덕정에 걸린 머리는 이덕구가 아니었소. 이번 사건은 경찰의 수칩니다.' 하고는 덧붙인다.

"얼마 전 고성리 부근에서 무장대와 경찰 간에 치열한 교전이 있었죠. 그곳 무장대를 이끌던 사내가 일본 군복에 칼을 차고 있어서 이덕구로 오해를 한 거요."

하지만 홍성수에겐 관심 밖의 일이다.

"제가 부탁했던 김명호란 사람은…… 어떻게 알아보셨습니까?"

사찰주임은 그제야 생각난 듯 대꾸한다.

"이덕구와 같은 학교를 나왔다던 김명호……. 지금쯤 빨갱이 녀석들과 함께 총살당했을 겁니다. 주정공장에서 끌려 나간 지 2시간이 넘었다니까."

"네?"

271

"조천중학원에서 이덕구에게 수업을 들었다던 청년, 그 청년이 모두 불었어요. 김명호가 시킨 일이라고 말입니다. 동제원에 걸린 목이 이덕구가 아니라는 사실을 사람들에게 알려 무장대 사기가 떨어지는 걸 막아야 한다고 했답니다."

홍성수는 한동안 말을 잇지 못한다. 이렇게 억울하고 허무하게 사람이 죽을 수도 있구나.

"확실히 김명호가 맞습니까?"

"조금 전 화북지서에서 온 서장과도 통화를 했어요. 성수 씨 말대로 그가 김명호를 연행해 왔더군요. 서장 말이……. 졸업앨범까지 가져와선 이덕구를 잘 안다고 자랑을 했답니다."

홍성수의 입에서 짧은 신음소리가 터져 나온다. 더 이상 무슨 말을 할 수 있겠는가. 분명 조천중학원 청년은 고문으로 허위 자백을 했을 것이고 화북지서의 서장은 자신의 과오를 덮기 위해 김명호에게 누명을 씌웠을 것이다.

"끌려간 곳이 어딘지 알 순 없습니까?"

"그건 경관들이 돌아와 봐야 알 수 있겠는데……."

홍성수는 수화기를 내려놓고 말없이 지서를 나온다. 선창막에서 막걸리를 마시며 김명호는 말했다. '제자 중에 똑똑하고 예쁜 친구가 있어 수업할 맛이 납니다.' 그 처자에게 흑심이 있는 건 아니냐고 짓궂게 박이 묻자 김명호는 엉거주춤 대답을 못하고 얼굴만 붉혔다. 홍성수와 박은 그런 김명호에게 야유를 보내며 웃음을 터뜨렸다.

'그 처자의 동생이 아니었을까? 그래서 성급하게 지서로 찾아갔던 거겠지.'

아들 소식을 손꼽아 기다리고 있을 고씨 어멍을 생각하니 아픔이 밀려온다. 남편에 이어 하나뿐인 외동아들까지 먼저 떠나보내야 하는 심정을 어떻게 말로 표현할 수 있을까. 홍성수는 고씨 어멍에게 직접 김명호의 소식을 전해 줄 용기가 나지 않는다.

텃밭에서 캐 온 고구마를 손질해 가망이에 담고 있던 권유순이 홍성수를 발견하고 놀란 얼굴로 다가간다. 그러나 홍성수의 표정에서 불길함을 느낀다.

"명호 삼춘 일이에요?"

홍성수가 말없이 고개를 끄덕인다.

"동창이란 분과 통화는 하셨나요?"

"했소……."

"명호 삼춘은 어떻게……."

하다말고 그녀는 홍성수의 붉은 눈동자를 바라보며 그 자리에 주저앉는다.

"오늘 총살당했단 소릴 하더군……."

방문을 열고 힘겹게 마루로 나온 그녀의 시어머니가 마룻바닥을 치며 소리친다.

"정말 고씨 어멍 아덜이 죽엇시냐? 남펜 가심 묻고 이젠 명호까지……. 아이구 고씨 어멍. 설완(서러워서) 어찌 하우꽈!"

홍성수는 착잡한 심경으로 두 사람을 묵묵히 바라본다.

19

곤지동에서 고씨 어멍은 여장부로 통했다. 물질을 잘해 어린 나이에 상군해녀로 이름이 났다. 김명호를 유학까지 시킬 수 있었던 것도 그녀의 억척스런 생활력 때문이다. 남편을 불의의 사고로 잃었을 때에도 그녀는 흔들리지 않았다. 일본에 유학하던 김명호에게 학업에 방해가 된다는 이유로 남편의 사고 소식을 알리지 않을 만큼 고씨 어멍에게 그는 꿈이고 희망이었다.

권유순이 김명호의 소식을 전했을 때 그녀는 믿으려 하지 않았다. 화북지서에서 한바탕 난리를 치고 난 뒤에 그녀는 제주항 근처의 주정공장까지 찾아 나섰다. 다행히 그곳 주정공장에 구금되어 있던 사람들 중에 김명호의 얼굴을 아는 이가 있었다. 조천중학원에서 국어를 가르치던 그 선생은 김명호가 이곳에서 반나절 정도 머물렀다고 말했다. 군인들이 석방자 명단이라며 사람들을 불러냈기 때문에 당연히 집으로 돌아간 줄 알았다고 그는 덧붙였다.

"명단에 적힌 사람들은 모두 일본군들이 입던 낡은 군복으로 바꿔 입었습니다. 속옷까지 모두 벗기고 군복을 입히더군요. 그런 다음 군용트럭을 타고 떠났습니다."

선생도 그 이후의 행방에 대해선 알지 못했다. 고씨 어멍은 석방되었을 거라는 선생의 말에 고무되어 김명호가 살아 있을 거라는 희망을 버리지 않았다. 그러나 채 1시간도 지나지 않아 희망은 절망으로 바뀌었다. 스물 명이 넘는 남자들이 트럭에 실려 간 곳은 주정공장에서 얼마 떨어지지 않은 제주항의 동쪽 부두였다.

부두에서 뱃일을 하던 사내들 중 서넛이 트럭으로 끌려온 젊은이들의 모습을 목격한 것이다. 그들은 트럭에서 내린 젊은이들이 상어잡이 어선에 실려 바다로 나갔다고 증언했다. 고씨 어멍이 믿지 않자 그날 배를 타고 나갔던 선원을 만날 수 있게 도와주었다.

선원의 말은 충격적이었다. 김명호를 비롯한 스물 명이 넘는 젊은이들은 모두 철사로 팔이 묶인 채 배에 올랐다. 10명 정도의 군인들도 배에 승선해 갑판은 북적였다. 젊은이들 중 누군가가 '석방되는 거 아니었습니까?' 하고 묻자 중위 계급을 한 군인이 목포에서 석방시키라는 명령을 받았다고 답했다. 그러나 누구도 중위의 말을 믿지 않았다. 배가 부두를 떠나기 전부터 기도문을 외우는 젊은이가 있었다. 살려 달라고 울음을 터뜨리는 소년은 겨우 열여덟 살이었다. 선원에게 양민증을 맡기면서 '난 애월에 사는 김 아무개요. 시신은 찾지 못하겠지만 제삿날이라도 알아야 하니 부탁하오. 가족들에게 전해 주시오. 사례는 아버님이 저 대신 하실 겁니다.'라고 담담하게 부탁하는 젊은이도 있었다.

산지부두와 관탈섬 사이에 들어섰을 때 배의 속력이 갑자기 줄어들었다. 청년들은 죽음이 임박했다는 사실을 직감으로 알아채고는 불안한 얼굴로 주위를 두리번거렸다. 뱃멀미를 하는지 구토를 하는 청년도 있었다. 그때 한 사내가 일어서서 '민중의 기 붉은 기는 전사의 시체를 싼다……'라는 적기가를 부르기 시작했다. 몇몇 청년이 그에 동조해 노래를 따라 불렀다. 주변에 있던 군인들이 그 젊은이부터 끌어내 총을 쏘았다. 사내는 힘없이 바닷속으로 사라졌다. 군인들이 다음 청년을 끌고 나갔다. 그는 뒤통수에 총알이 박히기 전까지 '오너라 감옥아 단두대야 이것이 고별의 노래란다'라는 적기가의 구절을 큰소리로 불러댔다. 그러나 대부분의 청년들은 부모와 아내와 자식의 이름을 부르며 억울해했다.

이상이 선원이 들려준 이야기였다. 고씨 어멍은 그때부터 김명호의 시신이라도 찾아야 한다며 물소중이를 입고 차가운 늦가을 바다로 뛰어들었다. 곤지동의 해녀들이 모두 그녀를 말렸지만 소용없는 일이었다. 그녀는 날이 밝기 전에 바다로 나가 어둑해지면 마을로 돌아왔다.

안드렁물에서 만난 권유순의 얼굴은 창백하다. 홍성수는 그녀의 부르튼 입술을 보며 착잡한 기분을 감출 수 없다. 오늘도 새벽 첫 닭이 울기 전에 고씨 어멍을 말리러 갔지만 매몰차게 뿌리치며 바다로 나갔다고 걱정을 한다.

"뭐에 쓰인 것 같았어요. 저러다 고씨 어멍마저 어떻게 될까 봐 걱정이에요."

하지만 홍성수는 아무 말도 하지 못한다. 최근에 그가 느끼는 것은 무력감이다. 미사어구가 들어간 빛나는 문장도 몇 날을 고민해 완성한 몇 구절의 시어도 빨갱이라는 단어에 묻혀 버렸다. 그 단어 하나로 사람의 목숨을 살릴 수도 죽일 수도 있는 세상이 된 것이다.

"나 또한 그의 죽음이 아직 믿기지 않소. 그렇게 허무하게 목숨을 잃을 줄이야……."

하다 말고 권유순을 물끄러미 바라본다.

"저렇게라도 하지 않으면 견딜 수 없을 거요."

"두려워요."

276

권유순이 말한다.

"뭐가 말이오?"

"당신을 잃을 것 같아서요."

"그런 걱정은 하지 마시오."

그러나 홍성수도 불안감을 느끼기는 마찬가지다. 공개 처형을 보고 난 뒤부터 그도 줄곧 불길한 예감에서 벗어날 수 없었다. 그들의 육신은 지금도 그곳에서 부패하고 있었다. 막연히 숨이 끊어지는 거라고 생각했던 죽음이 악취가 나고, 피부가 썩어 들어가고, 구더기가 들끓는 구체적인 형태로 각인되어 버렸다. 홍성수는 그날 이후 검은 두건을 쓰고 있는 자신의 모습에 놀라 잠에서 깨는 날이 많아졌다.

"죄송해요. 저 때문에……."

권유순이 홍성수를 올려다본다. 그는 고개를 좌우로 흔들며 대답한다.

"당신과 함께 있고 싶을 뿐이오."

별도봉과 사라오름 사이에서 불어오는 바람이 제법 싸늘하다. 겨울이 성큼 다가온 것 같은 느낌이다. 권유순은 안드렁물이 담긴 허벅을 구덕 안에 내려놓는다. 그녀가 구덕을 어깨에 멜 수 있도록 홍성수가 다가가 돕는다.

"어제 시어멍이 남편 이야길 했어요."

안드렁물을 나와 별도봉 아래 오솔길을 나란히 걸으면서 권유순이 입을 연다.

"올해부터는 제사를 지내야겠다구요……."

"징용 간 남편 말이오?"

"네……."

잠시 두 사람 사이에 침묵이 흐른다. 홍성수는 몇 걸음 뒤쳐져서 그녀를 바라본다.

"당신은 어떻소? 아직 그가 돌아올 거라 믿고 있소?"

권유순은 고개를 좌우로 흔든다. 하지만 그뿐이다. 홍성수는 그녀의 침묵 뒤에 오는 어두운 표정을 읽으며 남편에 대한 사랑일까? 아니면 동정일까? 하는 생각이 든다. 어색한 분위기 속에 어느덧 두 사람은 안곤지동 입구에 들어선다. 그때 성란이 오솔길을 뛰어오며 권유순과 홍성수의 이름을 부른다.

"무슨 일이니?"

권유순이 숨을 헐떡이며 다가오는 성란에게 묻는다.

"고씨 어멍이 지게에 시체를 지고 왔수다."

"김명호?"

놀란 얼굴로 홍성수가 묻는다. 성란은 고개를 갸우뚱거리며 말한다.

"그게…… 알아보기가……. 겐데…… 고씨 어멍이 좀 이상하우다."

고씨 어멍은 지게에 이고 온 시신을 방 안에 눕힌 뒤 부엌에 들어가 식사 준비를 한다. 김명호가 평소에 즐겨 먹던 갈치국을 끓인다고 아궁이에 불을 지피고 물을 안친다. 시신에서 나는 악취 때문인지 마을 아낙들은 방으로 들어갈 엄두를 내지 못한다. 부엌 입구에서 걱정스러운 표정으로 서성거리던 김 노인의 부인이 마당으로 들어오는 홍성수를 발견하곤 다가간다.

"고씨 어멍이 노망이 들었는 갑서. 아덜에게 먹인다고 지둘켜 해여당 정지서 국 끓인담서 저러고 있수다양……."

홍성수는 불안한 얼굴로 부엌 쪽을 흘겨보는 그녀를 다독인 뒤 김명호의 시신이 있다는 방으로 들어간다. 입과 코를 막고 반듯 하게 누워 있는 시신을 살핀다. 피부는 검게 변해 있고 몸 전체는 벌에 쏘인 것처럼 부풀어 있다. 얼굴은 알아볼 수 없을 만큼 훼손 이 심하다. 양쪽 눈은 무언가에 의해 뜯겨져 나가 참혹한 모습이 다. 하지만 입고 있는 옷은 조천중학원 선생의 말처럼 낡은 일본 군복이 분명하다.

'이게 김명호란 말인가!'

충격에 빠진 홍성수가 비틀거리며 마루로 나간다. 참으로 덧없 는 인생이다. 그때 뒤따라온 권유순이 명호 삼춘이 맞느냐고 묻 는다.

"모르겠소. 난……."

홍성수는 말을 잇지 못한 채 부엌 쪽으로 시선을 돌린다. 아궁 이 앞에서 갈치를 다듬는 고씨 어멍의 모습에 모두들 어쩔 줄 몰 라 한다. 권유순이 등에 진 구덕을 마루 위에 내려놓고 부엌으로 달려간다.

"괜찮으세요?"

조심스럽게 묻는 권유순에게 고씨 어멍은 미소를 짓는다.

"방에 명호가 자고 있수다. 일본서 들어왕 피곤할 거우다."

김 노인의 부인이 '고씨 어멍!' 하고 소리친다.

"할망은 여긴 뭔 일이우꽈? 아덜 보러 왔수꽈?"

고씨 어멍이 태연하게 묻는다. 권유순이 옆에서 그녀를 부축하며 안타깝게 말한다.

"정신 차리세요. 고씨 어멍. 명호 삼춘은 죽었어요."

"뭔 소리우꽈. 명호가 죽다니……."

고씨 어멍은 권유순을 밀쳐 내고는 마루로 뛰어간다. 그리고 홍성수를 부둥켜안고 뺨을 어루만지며 '우리 명호가 여 있는데 무슨 소리우꽈. 명호가 죽었덴 허멍!'라고 소리친다. 그러다 방 안에 있는 시신을 발견하고는 얼굴이 하얗게 변한다.

"명호야. 저 방에 누워 있는 소나이 좀 봅서. 혹시 네 아방 돌아왔수꽈."

하고는 방으로 들어가 시신을 살핀다. 몸을 이리저리 만져 보고 냄새를 맡고 이불을 덮어 주기까지 한다. 보다 못한 홍성수가 그녀를 방에서 끌고 나온다. 고씨 어멍은 나가지 않으려고 발버둥을 치며 소리를 질러댄다. 권유순과 성란이 마루로 올라와 '제발 정신 좀 차립서. 고씨 어멍!' 하며 안타까워한다.

20

제주경찰학교를 수료한 김헌일은 최와 함께 비상경비사령부 산하 별동부대인 '200인 부대'로 배속받는다. 서북청년들로 이루어진 200인 부대의 대장은 경감 계급으로 평양이 고향인 서른한 살의 건장한 사내다. 제주 출신인 김헌일이 이 부대에 배속받은 이유는 비서부장 때문이다. 비서부장은 무장대 토벌의 일선에서 활동하는 별동부대인 만큼 대우나 수당이 일반 경찰과는 비교

할 수 없을 만큼 좋을 거라고 은근히 자랑을 늘어놓았다. 거기다 평남 출신의 제주경찰청장이 새로 부임하면서 힘을 실어 준다고 도 했다. 그러나 김헌일은 비서부장의 진짜 속셈이 무엇인지 가 늠하기 어렵다. 3.1절 기념대회에서 경찰 발포에 항의하던 김헌일 의 모습을 아직까지 기억하고 있는지도 모른다. 아니면 숨겨 놓 은 달러가 더 있을 거라는 의심을 품고 자신의 손아귀 아래 두려 는 것일 수도 있다. 200인 부대의 경감은 비서부장과 매우 가까 운 사이로 알려져 있었다.

양떼구름이 하늘을 뒤덮고 있다. 김헌일은 일주도로 앞에서 잠 시 하늘을 올려다보며 이마에 맺힌 땀을 닦는다. 삽자루를 어깨 에 이고 온 최가 수통을 내밀면서 '먹겠습네까?' 하고 말한다. 김 헌일은 미소를 지으며 수통을 받아 든다. 제주읍과 조천을 잇는 일주도로에서 간밤에 사고가 발생했다. 새벽에 무장대들이 파놓 은 1미터 깊이의 구덩이에 경찰 지프가 빠진 것이다. 지프에 타고 있던 두 명의 경관이 크게 다쳐 도립병원에 이송되고 지프는 쓰리 쿼터에 체인을 걸어 빼냈다.

김헌일과 최가 속한 3분대와 4분대가 구덩이를 메우는 작업에 동원되었다. 분대장은 김헌일보다 한 살 아래의 해주가 고향인 서북청년이었다. 흙과 자갈로 구덩이를 메우는 데 대략 1시간 정 도가 걸렸다. 작업이 끝난 뒤 모두 나무 그늘이나 바위틈에 앉아 숨을 돌리는 중이었다.

"여긴 10월 말인데도 아딕 햇볕이 따땃합네다."

수통을 건네 받으며 최가 말한다.

"고향보단 못하겠지만 그래도 이곳 겨울도 매서워. 특히 저기 한라산 자락엔."

최는 김헌일이 가리키는 한라산 정상을 바라보면서 '백두산 다음으로 큰 산 말입네다.' 하고 웃는다.

"백두산과 한라산이 한반도의 처음과 끝이 아니겠어."

"기렇디만 중간에 3.8선이 있디요."

최는 3.8선을 넘을 때 죽을 고비를 넘겼다. 그가 무사히 그곳을 넘어올 수 있었던 건 먼저 떠난 아버지 때문이라고 최는 농담처럼 내뱉었다. 김헌일은 기지개를 켜는 최에게 '그곳에 근무하는 북한군과 남한군은 어떤가?'라는 질문을 던진다. 최는 김헌일의 질문에 고개를 절레절레 흔들며 말한다.

"앙숙 같습네다. 서로 듁이디 못해 환장을 하지 않겠습네까?"

"무엇 때문일까?"

"원수처럼 지내는 것 말입네까? 글쎄…… 서로 뺨따구니 때리는 거랑 비슷하디 않겠습네까. 왜 서로 뺨따구니를 때리게 되었냐믄 소련놈들하고 미국놈들 때문이겠디요. 아바진 사람들으 욕심 때문이라고 말했디만……."

욕심이라면 누구의 욕심을 말하는 것일까. 소련을 등에 업은 김일성과 미국을 등에 업는 이승만의 욕심일까 아니면 좌우익이라는 이데올로기로 싸우고 있는 동조자들의 욕심일까? 그때 쓰리쿼터의 조수석에서 내린 분대장이 큰소리로 대원들에게 말한다.

"출동 명령이 떨어졌어. 뒷덩리 하고 모두들 탑승하라!"

도로복구 작업에 나와 있던 3, 4분대가 본대보다 먼저 조천면

에 도착한다. 쓰리쿼터에 3명의 분대원을 남기고 모두 M1으로 무
장을 한 채 마을로 들어선다. 새벽에 무장대의 습격이 있었는지
마을 군데군데에 불에 탄 가옥이 보인다. 경찰과 그 가족으로 찍
혀 살해된 경관은 조천지구대에서 근무하던 제주 출신 순경이었
다. 경관은 불에 타 뼈대만 남은 집 앞 마당에 아내와 함께 쓰러
져 있다. 남자는 등과 옆구리에 여자는 복부와 허벅지 부위에 죽
창에 찔린 상처가 있다. 남자는 도망을 치다가 잡혀 왔는지 양손
이 등 뒤로 묶인 상태다. 방 안에는 뒤집어진 밥상과 함께 그릇
들이 불에 그슬린 채 흩어져 있다. 저녁상을 앞에 두고 화를 당한
모양이다. 분대장은 두 개 조로 나뉘어 현장 주변을 경계하라는
지시만 내린다. 본대가 합류할 때까지 대기하라는 명령을 받은
것 같다. 어차피 무장대는 날이 밝기 전에 산으로 올라가고 없을
것이다. 김헌일은 최와 다른 분대원 한 명과 함께 현장 외곽에 자
리를 잡고 경계를 선다.

　마을 초입에 뿌연 먼지바람이 일더니 곧 지프와 쓰리쿼터 3대
가 도착한다. 부대장이 직접 지프를 몰고 마을로 들어온 것이다.
15분 정도의 시간차를 두고 조천지구대에서도 경찰들이 도착한
다. 순식간에 조천면에서는 230여 명으로 늘어난 경찰들로 북적
인다. 검은 선글라스를 쓴 대장이 빨갱이와 관계 있는 놈들을 모
조리 잡아오라고 소리친다.

　"한 놈도 빠뜨리디 마라!"

　왜정 말기 만주에서의 전투경험을 인정받아 200인 부대를 맡게
된 대장의 카랑카랑한 목소리가 사방에 울린다.

　분대원들은 착검상태로 마을을 돌아다니며 사람들을 끌어낸

다. 귀가 아플 만큼 호루라기를 불어 대거나 욕설을 퍼붓는다. 남자들에게는 말보다 주먹과 발길질이 먼저다. 분대장이 머뭇머뭇하는 김헌일의 어깨를 사정없이 후려치고는 '정신 못 차리갔어!'라고 핀잔을 주며 지나간다.

"조천면에 경찰이 두 명 있는데 그중 구사일생으루 살아남은 한 명이람네다. 에미네가 미처 빠져나오디 못하고 그네들 손에 죽임을 당해서……. 임신 6개월째라 그랬디요 아마."

옆에 있던 최가 고참 경관에게 들었던 이야기를 해 준다. 그 때문일까. 복수심에 불타는 경관의 손끝에는 60을 넘긴 늙은 여자와 기껏 중학생 정도로 밖에 보이지 않는 소년도 섞여 있다. 무장대와 연관이 있거나 가족인 사람은 성별이나 나이에 관계없이 무조건 마을 공터로 끌려 나간다.

그가 지목한 사람은 열다섯 명이다. 모두 마을 사람으로 얼마전까지 이웃사촌으로 지내던 사이다. 중년의 사내가 경찰의 이름을 부르며 애원하지만 소용이 없다. 늙은 여자는 중학생 소년을 감싸 안으며 '아이만은 살려 줍서게.'라고 울부짖는다. 그러나 부대장은 피식하는 웃음소리만 낼 뿐이다. 그는 마을 경계를 담당하던 민보단 단장과 단원들을 불러 모은 뒤 책임을 추궁한다. 단장의 정강이뼈를 차면서

"단장도 빨갱이들하고 한편 아니네?"
라고 윽박지른다. 마을 이장이기도 한 단장은 고개를 좌우로 흔들며 강하게 부인한다.

"기럼 증명을 해 보여야디."
"무신 말임수꽈?"

"눈에는 눈, 이에는 이, 아니갔어?"

부대장은 죽창을 단장에게 내밀며 눈짓한다.

"찌르라! 저 새끼부터!"

부대장이 끌려온 소년을 손으로 가리키며 말한다. 단장의 얼굴이 금세라도 울음을 터뜨릴 것처럼 일그러진다.

"허멍 아직 나이가 어린……."

"간나 새끼가!"

부대장은 권총을 꺼내 단장의 뒤통수에 들이대며 협박을 한다.

"둘 중 하나를 선택하라. 저 빨갱이 새끼에게 죽창을 찌르든지 네놈 목아지에 총알이 박히든지……. 얼케 지금이라두 방아쇠를 당겨 둘까?"

소년이 단장의 이름을 부르며 살려 달라고 애원한다. 그러나 겁에 질린 단장은 소년의 가슴을 향해 죽창을 찌른다. 소년의 고통스러운 비명소리에도 부대장은 계속해서 죽창을 찌르라고 재촉한다. 단장은 눈을 감은 채 몇 번이나 소년의 가슴과 배에 날카로운 죽창을 가져간다. 나머지 단원들도 같은 방법으로 공터에 끌려 나온 가족들을 향해 죽창을 찌른다. 순식간에 열다섯 명의 주민이 같은 마을사람들에 의해 살해당한다.

그사이 분대원과 마을 청년들은 구덩이를 판다. 누군가 '이거이 삽딜하러 경찰이 되었구나.' 하고 투덜거린다. 옮기던 시신의 배에서 창자가 흘러내리자 마을 청년 한 명이 구역질을 하며 바닥에 엎어진다. 주위에 있던 경찰들이 청년의 등을 발로 차면서 웃음을 터뜨린다. 김헌일은 그런 대원들의 행동을 이해할 수가 없다.

시신들을 구덩이에 파묻고 내려오는데 분대장이 김헌일을 향해 다짜고짜 군홧발을 날린다. 최가 다가가 '무슨 일입네까?' 하고 항의하지만 소용없다. 분대장은 최의 먹살을 잡고는 밀쳐 낸다.

"대갈통에 피도 안 마른 늠으 저리로 꺼지라."

뒤이어 김헌일에게 다가가 소리친다.

"간나새끼! 군기가 빠져도 단단히 빠졌구나. 토벌 나갈 때마다 지켜 보았어!"

분대장은 바닥에 침을 뱉고는 쓰리쿼터가 있는 마을 입구로 되돌아간다. 최가 다가와 '신경 쓰지 마시라요.' 하며 위로한다. 김헌일은 최에게 괜찮다는 미소를 짓는다. 그러나 토벌이 아니라 학살이라는 생각을 떨쳐 버릴 수 없다. 무엇보다 안타까운 사실은 마을사람들 사이에서 벌어진 살인이다. 민보단 단장은 충격에서 벗어나지 못한 듯 피로 얼룩진 공터 바닥에 주저앉아 멍하니 하늘을 올려다보고 있다.

21

한라산에 서리가 내리면서 나무와 들꽃이 온통 하얀색으로 변했다. 차가운 북서풍이 불어와 이른 겨울을 느낄 수 있다. 방만식과 소대원들은 구운 감자 한 알로 허기진 배를 채우고 밤이 올 때까지 동굴 속에서 무료한 시간을 보낸다. 불가에 둘러앉아 졸거나 잡담을 나누거나 책을 읽는 소대원도 있다. 방만식은 김몽룡에게 다가가 무슨 책을 읽고 있냐고 묻는다.

"채만식 선생의 탁류예요."

"탁류?"

고개를 끄덕이며 책 표지를 보여 준다.

"전 이 책을 읽으면서 남승재 같은 사회주의자가 되고 싶었어요……. 그래서 장형보 같은 악인이 우리 사회에 발을 딛고 살아갈 수 없게 만들고 싶었죠."

김의 얼굴에 그늘이 진다.

"하지만 요즘은 제가 순진하고 무지하다는 걸 느껴요."

"왜 그런 생각을 하주?"

"실제론 장형보 같은 인간들이 끝까지 살아남아서 잘살게 되니까요. 남승재 같은 인물은 소설 속에서나 가능해요. 이곳 제주에 살고 있었다면 빨갱이로 몰려 일찌감치 살해당했을 테니까."

"그럼, 김 군이 남승재 같헌 사름이 되어멍 하우다. 그래서 제주를 좀 더 살기 좋게 만들어 줍서."

김이 방만식을 보며 대꾸한다.

"방 두령님이야 말로 남승재 같은 사람이에요."

"쇠테우리를 하던 천한 사름이지 마심."

"그런 생각을 하는 소대원은 없을걸요. 모두들 방 두령님을 믿고 따르잖아요."

그때 최기호가 심각한 얼굴로 다가온다.

"누렁개들이 올라오우다."

"어디까정?"

"능선을 타고 재 바로 아래까정요."

"소대원들 모두 무장시키고 이동 준비를 하주."

"어데로 가우까?"

"붉은오름……. 김은 나와 같이 행동하우다. 토벌대 애들에게
몇 방 먹이멍 시간을 끌주."

김이 고개를 끄덕이며 소총을 들고 일어선다. 최기호는 나머지
소대원들과 함께 붉은오름으로 떠날 준비를 한다. 살손장오리에
서 붉은오름까지는 백록담을 가로질러야 하는 먼 거리다. 거기다
밤이 아닌 낮이어서 토벌대에게 발각될 위험도 있었다.

"오늘 밤 해시(亥時)까정 연락이 없으멍 3.0지대로 복귀합써."

"조심하우다. 방 두령님."

최기호는 김에게도 눈인사를 건넨 뒤 소대원들과 함께 진지동
굴의 다른 출구로 이동한다. 방만식은 김과 함께 불칸티오름 쪽
으로 향하다 말고 바위 아래에 몸을 숨긴다. 푸른 군복을 보니 경
비대로 이루어진 토벌대. 방만식이 김의 머리를 가볍게 치며 앞
서 걸어오는 한 사내를 지목한다. 대위 계급장을 단 중대장이 선
두에 서서 대원들을 독려하고 있다. 김은 99식 소총의 접이식 가
늠자로 중대장의 허벅지를 겨냥한 뒤 방아쇠를 당긴다. 중대장이
다리를 부여잡고 힘없이 쓰러진다. 곧이어 '탕' 하는 소리가 메아
리처럼 울린다. 옆에 있던 경비대원이 쓰러진 중대장을 안고 필사
적으로 나무 기둥 뒤로 몸을 숨긴다. 부상당한 중대장 때문인지
다행히 토벌대는 후퇴하기 시작한다. 방만식이 김의 어깨를 치며
칭찬을 한다.

무장투쟁이 장기전 양상을 띠면서 무장대는 어려움을 겪고 있
었다. 그중 하나가 탄환과 식량 부족이었다. 투쟁 초기에는 지서
를 습격하거나 이동 중인 토벌대 트럭을 습격해 탄환을 확보할

수 있었지만 토벌대와의 전력 차이가 커지면서 오히려 피해를 입고 퇴각하는 경우가 많아졌다. 식량 사정 역시 소개령 이후 악화되기만 했다. 미군정과 이승만 정부는 여순의 14연대와 대구의 6연대가 일으킨 반란을 계기로 대대적인 숙군작업을 펼쳤다. 뒤이어 국가보안법을 만들고 제주에 계엄령(우리나라의 계엄법은 1949년 11월에 만들어졌다. 따라서 1948년 11월에 제주에 선포된 계엄령은 위법이다)을 선포했다. 동시에 육지서 경비대와 전투경찰이 들어와 본격적인 토벌작전이 전개되었다. 해안에서 5킬로미터 이상 떨어진 중산간 마을을 적성지역으로 간주해 모두 불태우고 주민들은 학살하거나 해안 마을로 이주시켰다. 제주의 민전과 도당 간부들이 월북하거나 체포 또는 살해되면서 조직도 힘을 잃어 갔다.

방만식과 김은 소대원들과 달리 한라산 정상을 가로지르지 않고 둘러서 이동한다. 일부러 흔적을 남기고 여러 군데 발자국도 찍어 댄다. 혹시 모를 토벌대의 추적을 따돌리기 위해서다. 다행히 정오를 넘어서면서 기온이 올라가 추위를 견딜 수 있었다.

"탄환이 부족해요. 제가 가진 건 일곱 발뿐입니다……"

방만식의 뒤를 따르던 김이 말한다. 방만식은 허리에 차고 있던 총알을 꺼내 김에게 건넨다.

"방 두령님은요."

"걱정맙써. 사령부에서 얻으면 되우다."

"언제까지 도망만 다녀야 하나요?"

뒤돌아선 방만식이 김을 보며 웃는다.

"일단은 살아남으멍 되는 거주……. 이해함써?"

김은 대꾸를 하려다 말고 침묵한다. 방만식의 말이 무슨 뜻인지

곰곰이 생각하는 모양새다. 석호가 사령관과 나누던 이야기를 방만식은 기억하고 있었다. 북로당이 움직이지 않는 한 희망은 없다. 본토의 남로당은 이미 조직이 와해되었고 체포되지 않은 당원들은 월북하거나 입산해 때를 기다리고 있다. 따라서 제주도당도 장기전을 준비할 수밖에 없다. 하지만 방만식에겐 북로당이나 남로당이라는 단어가 이질적으로 느껴졌다. 무장대에게 식량을 올려 보내던 마을이 불타 없어지고 희생자가 늘어 갔지만 도당 사령부는 무기력하기만 했다. 하원리와 중문리 사이 고갯마루에서 벌어진 토벌대와의 전투에서 200명 가까운 전사자가 발생하는 등 타격을 입은 탓도 있을 것이다. 토벌대를 피해 입산한 중산간 마을 사람들을 설득해 해안 마을로 돌려보낼 만큼 상황이 좋지 않았다.

붉은오름의 하늘이 어느새 어둠에 묻혀 있다. 복귀 신고를 위해 지대장을 찾아갔을 때 방만식은 가슴 아픈 소식부터 전해 듣는다. 소대가 토벌대의 기습 공격을 받아 반수 가까이 목숨을 잃거나 행방불명이 되었다는 것이다.

"최기호 동무의 생사 여부도 알 수가 없소."

방만식은 침울하게 지대장의 목소리에 귀를 기울인다. 평소와 달리 그의 목소리는 낮고 힘이 없다.

"한라산 정상 부근에서 총격이 있었는데 숨을 곳이 없었던 거요. 미리 길목에서 기다리고 있었던 게지."

토벌대에 생포된 무장대 중에 전향한 동무들이 많은 탓이다. 그들은 살기 위해 무장대의 아지트나 이동로를 자백해야만 했다.

"살아 돌아온 소대원은 몇 명이나 되우까?"

"직접 가서 살펴보시오."

뒤돌아서는 방만식에게 지대장이 덧붙인다.

"곧 대대적인 기습작전이 벌어질 거요. 쫓겨 다니며 죽느니 싸우다 죽는 쪽이 낫다고 생각하는 모양이오."

"대원들이 굶주리고 있수다양. 탄환도 부족하주."

"사령부도……."

잠시 뜸을 드리던 지대장이 다시 말을 잇는다.

"사령부도 여력이 없을 거요……. 이가 없으면 잇몸으로…… 알아듣겠소?"

하지만 방만식은 요시무라처럼 소대원들을 사선으로 보낼 생각이 없었다. 대답 대신 지대장에게 눈인사를 건넨 방만식은 소대원들이 모여 있는 막사로 들어간다. 밤이 되면서 기온이 떨어져 쌀쌀하다. 대원들은 일본군들이 사용하던 군용 천막 안에 몸을 바짝 붙이고 앉아 졸고 있다. 방만식을 보자마자 대원들은 눈물부터 흘린다. 반으로 줄어든 소대원을 바라보는 그의 심정 또한 참참하기만 하다.

"부상당한 동무를 버리고 왔주."

한 소대원이 고백하듯 입을 연다. 어차피 식량과 의약품이 부족해 부상병을 치료할 수조차 없었다. 소대에 피해가 가지 않도록 그 자리에서 끝까지 항전하다 죽거나 포로로 잡히는 게 낫다는 걸 모두 알고 있었다. 방만식이 소대원의 손을 꼭 쥔다.

"최 동무가 분대원 몇 명과 함께 마지막까정 시간을 끌었주."

"모두들 죄책감을 갖지 맙써. 기호 동무도 그걸 바라지 않을 거우다."

"죽어 가는 전우를 보는 게 너무 힘들어요."

다른 소대원이 힘겹게 입을 연다.

"그럴수록 힘을 내야주……. 저녁은?"

"보리죽이요."

"남은 총알은 얼마나 되주?"

"서른일곱 발……. 수류탄 한 개와 다이너마이트 두 개가 전붑니다."

소대원들의 얼굴에서 생기라고는 찾아볼 수 없다. 정찰기를 띄울 정도로 현대화된 토벌대의 화력과 병력에 무장대는 속수무책으로 밀리기만 했다. 겨울이 오면 더 많은 희생자가 생길 거라는 걸 모두 알고 있었다. 죽음을 기다리는 사형수처럼 다음엔 누구의 차례일까를 떠올릴 뿐이다. 하지만 방만식은 살아남은 소대원들의 이름을 일일이 불러 확인하고 무사히 돌아와 고맙다는 말을 남긴다. 대원들의 눈이 다시 붉게 물들기 시작한다.

22

고씨 어멍이 지게에 이고 온 시신이 김명호가 아니라며 고개를 흔드는 김 노인의 얼굴에 수심이 가득하다. 김명호의 무릎에는 어릴 적 다친 상처가 나선형으로 5센티미터가량 나 있는데 방 안의 시신에서는 그 상처를 찾을 수 없다는 것이다.

"소문을 들으멍 해안으로 일본 군복을 입은 시신들이 떠내려온다 마씀. 이 시신도 그들 중 하나일 거우다."

무겁게 입을 여는 김 노인 주위에는 역시 어두운 표정의 홍성
수와 박이 앉아 있다. 고씨 어멍은 그날 이후로 시름시름 앓아누
웠다. 김명호의 시신이라도 찾아야 한다며 일주일 가까이 바다에
나가 무리를 한 탓이다. 건넌방에서 권유순과 김 노인의 아내가
번갈아 가며 고씨 어멍을 돌보고 있었다. 권유순은 그녀가 아무
것도 먹지 못하고 눈물만 쏟아 낸다며 걱정을 한다.

"이 청년의 시신은 어떻게 하죠?"

홍성수가 김 노인에게 묻는다. 그는 담배연기를 길게 뿜으며 말
한다.

"근처 왓(밭)에 묻으멍 허젠."

"그때 군인들이 뭐라 하지 않았수꽈?"

박이 중간에 끼어든다.

"소문 없이 묻으멍 괜찮을 거우다. 나중에 가족두 찾아 줘야
하주."

홍성수도 박도 김 노인의 말에 고개를 끄덕인다. 김명호가 아니
더라도 제주의 불행한 운명을 타고난 청년이 아닌가. 또한 그를
애타게 찾는 가족도 있을 테니까. 김 노인이 먼저 시신을 덮고 있
던 이불을 끌어낸다. 고씨 어멍이 혼수로 가져온 솜이불이다. 이
불을 들추자 심한 악취가 풍긴다. 박이 냄새를 참지 못하고 마루
로 뛰쳐나간다. 김 노인은 악취에도 불구하고 차분하게 가지고
온 낡은 홑이불을 펼친 뒤 시신을 둥글게 싼다. 홍성수는 김 노인
의 뒷모습에 가슴이 뭉클하다. 마치 문식이가 누워 있는 것처럼
정성을 다한다.

모포의 머리 쪽은 홍성수가, 다리 쪽은 박이 잡고 마당으로 나간다. 세워 둔 지게에 시신을 올려놓고 박이 어깨에 짊어진다. 건넌방에서는 고씨 어멍의 울음소리와 그녀를 달래는 권유순의 가냘픈 목소리가 흘러나온다. 무명천으로 코를 감싼 박이 먼문 앞을 걸어 나가면서 말한다.

"고씨 어멍이 불쌍하우다."

김 노인과 홍성수도 건넌방 쪽을 응시하며 한숨을 내쉰다. 남편에 아들 복까지 타고 났다며 주위의 부러움을 샀던 고씨 어멍이지만 운명이라는 건 인간의 힘으로는 어쩔 도리가 없는 것 같다며 김 노인이 내뱉는다. 홍성수가 무슨 말이냐고 묻자 그는

"아덜 일본 유학 보낸 허멍 명호 아방이 한림에 있는 군기고에서 일용직으로 일하멍 호쏠호쏠 돈을 모았주. 경헌디 폭격으로 죽은 거라."

하고는 담배를 피운다.

"게매마심."

지게를 지고 가던 박이 맞장구를 친다.

"졸업시키려고 고씨 어멍이 고생 많이 했주. 하멘 명호가 잘살 줄 알았주마는 일이 이렇게 된 거주."

"명호 씨가 유학을 갔다 오는 바람에 더 일찍 죽게 되었다는 말이군요."

"음. 명호 아방도 잘난 사름이었주. 세상 물정에 밝아도 탈이 되는 갑서."

김 노인은 안타까운 듯 혀를 찬다.

뼈를 추리기 위해 낮게 가매장만 하고 돌아오는 길에 김 노인

은 홍성수와 박에 대해서도 걱정을 한다.

"해방되명 모두 행복해질 거라 믿었주. 경헌디 사름만 다 죽어 불고……."

뒷말을 잇지 못하는 김 노인의 얼굴에도 근심이 가득하다. 문식이 생각이 나는 모양이다. 빈 지게를 어깨에 짊어진 박도 침묵을 지킨다. 바다에서 불어오는 바람에 나무의 가지며 풀이 흩날린다. 힘없이 이리저리 휘돌리는 이름 없는 잡풀처럼 제주 민초들의 삶 또한 그러하지 않은가.

돌담 너머 검은색 자갈밭 사이로 하얀 포말이 밀려왔다 밀려가면서 사나운 소리를 낸다. 초겨울이 오면서 바다는 짙은 청색을 띤다. 바람도 거세져 귓가엔 언제나 풀피리 소리가 난다. 권유순이 부엌에서 뜨거운 숭늉을 내온다. 찬바람에 얼굴이 발갛게 상기된 홍성수는 권유순이 건네는 숭늉을 바람을 불어 가며 마신다. 두 사람은 마루에 걸터앉아 말없이 마당과 별도봉 주변을 바라본다. 하늘에는 구름 한 점 보이지 않는다.

"말할 때가 온 것 같아요."

권유순이 입을 연다. 홍성수는 온기가 남아 있는 그릇을 양손으로 감싸 쥐면서 그녀를 곁눈질한다.

"시부모님에게 말이오?"

권유순이 고개를 끄덕인다.

"말하지 않으면 여길 떠나지 않을 생각이잖아요."

심각한 표정의 권유순을 보며 홍성수가 미소 짓는다.

"그렇소. 당신이 가지 않으면 난 이곳에 남아 있을 거요."

"그래요. 그래서 당신을 위해서라도 말할 생각이에요."

"날 위해 그분들을 외면할 수 있겠소?"

홍성수가 묻는다. 그녀는 머뭇거리며 힘들게 대답한다.

"당신을…… 잃을 순 없어요……."

홍성수는 그릇을 마룻바닥에 내려놓고 그녀에게 다가간다. 그녀가 홍성수의 어깨에 머리를 기댄다. 어려운 환경을 꿋꿋하게 버티고 선 권유순이지만 실은 힘들고 지칠 대로 지쳐 있는 것이다. 그녀가 기댈 수 있게 든든한 벽이라도 되고 싶은 심정이다.

"내가 도와줄 일은 없소?"

권유순은 고개를 좌우로 흔들며 홍성수를 올려다본다.

"언제나 이렇게 제 옆에만 있어 줘요. 그게 제가 바라는 일이에요."

"걱정 말아요. 영원히 떠나지 않을 테니까."

권유순과 홍성수의 시선이 마주친다. 이심전심이라는 말이 이런 것일지 모른다. 두 사람은 서로를 향해 미소를 짓는다. 홍성수가 그녀의 손등을 꼭 잡는다. 이 순간만큼은 아무리 힘든 상황이 닥치더라도 헤쳐 나갈 수 있을 것만 같다.

23

제주도에 계엄이 선포되었다고 말하는 경위의 얼굴에 피곤함이 배어 있다. 쓰리쿼터 짐칸에 앉아 있던 김헌일이 졸음에 겨운 눈으로 '제주도에요?' 하고 되묻는다. 새벽부터 출동 명령이 떨어져 이동 중이었다. 어젯밤에도 늦게까지 수색작업이 있었다. 화북을 중심으로 활동하는 무장대 중에는 M1과 수류탄을 가진 이들이 있었다. 5월에 제주 출신 경비대 40여 명이 입산한 사건이 있었는데 그들 중 일부일 거라는 소문이 돌았다. 이틀 전에는 중산간 지방에 소개 나갔던 경비대와 교전을 벌이기도 했다. 경비대원 한 명이 죽고 두 명이 총상을 입었다.

"아, 기러고 보니 김 순경이 제주도 출신이지비."

트럭 위에 앉아 있던 분대원 한 명이 역시 피곤한 목소리로 묻는다. 김헌일은 고개를 끄덕이면서 제주읍에서 가까운 바닷가 마을이라고 말한다.

"가족들으 모두 건강하신가."

"형으 무장대에 당하디 않았어. 겉두 여태 모르구 있었네."

가족의 안부를 묻는 분대원에게 다른 분대원이 핀잔을 준다.

"기래서 경찰이 되었구나……. 이봐 김 순경. 나는 아버지와 삼촌으 잃었지비. 여기 있는 삐뚤이 자식두 형님으 잃구 여기까지 내려오디 않았갔어."

"기렇타고 제주사람한테 분풀이는 하디 마시라요."

김헌일의 옆자리에 앉아 있던 최가 소리친다. 맞은편에 있던 분대원이 최의 머리를 쥐어박으며 '간나, 아덕도 그네들이 얼마나 무서운 늠들인디 모르구 있구나.' 하고 입을 연다.

"빨갱이 물이 들면 호개(호랑이)처럼 사납기만 할 뿐야."

"기래두 같은 동족 아닙네까?"

"동족이면 뭐하네. 말이 통해야 말이디. 여기서 '아' 하면 더기선 '어' 하는데 무슨 대화가 되갔어. 서로 헐뜯기만 할 뿐이디."

김헌일의 시선이 메밀꽃이 핀 들판으로 향한다. 11월이 되면 제주사람들은 밭에서 조를 거둬들이고 뒤이어 메밀 수확을 한다. 조막걸리에 쌉싸래한 메밀묵을 안주로 겨울의 지루한 밤을 보내던 추억이 아련하게 떠오른다. 불어오는 바람도 차가워져 야전점퍼의 단추를 목 위까지 잠근다. 그때 앞서가던 쓰리쿼터가 갑자기 멈춰 선다. 곧이어 총성이 들린다. 짐칸에 타고 있던 4분대장의 M1이 메밀밭으로 향한다. 김헌일이 타고 있던 쓰리쿼터가 급하게 브레이크를 밟으면서 분대원들의 몸이 앞으로 쏠린다.

쓰리쿼터에서 뛰어내린 4분대장이 메밀밭을 가리키며 전투 준비를 하라고 소리친다. 모두들 차에서 내려 일렬로 정비한다. M1의 장전 상태를 확인하고 메밀밭 수색에 나선다. 모두들 긴장한 얼굴로 걸음을 옮긴다. 김헌일도 굳은 표정으로 이동한다. 걸음을 내디딜 때마다 메밀꽃의 알진 꽃잎이 뺨을 스쳐 지나간다. 앞선 분대장이 오른손을 들어 주먹을 쥐자 1미터 간격으로 서 있던 김헌일과 분대원들은 걸음을 멈춘다.

그때 또다시 날카로운 총성이 울린다. 뒤이어 '저쪽! 저쪽!' 하는 소리가 들린다. 김헌일은 M1의 방아쇠에 집게손가락을 건 채 소리 나는 쪽으로 시선을 돌린다. 몇몇 대원들이 허겁지겁 뛰어가는 모습이 보인다. 김헌일도 대원들을 따라 뛰기 시작한다. 호흡이 가빠진다. 이마 위로 땀방울이 맺힌다. 이번엔 쓰리쿼터가 정차 중인 일주도로 주변으로 '타당, 타당' 하는 총소리가 연속으로 난다. 메밀밭 너머에서 '휘익'하는 소리와 함께 갑자기 불덩이가 날아와 김헌일 옆에서 터진다. 그 충격으로 한동안 몸을 움직이지 못한다.

"정신 차리시라요!"

다가온 최가 소리친다. 김헌일은 주위를 두리번거리다 말고 최를 바라본다. 그의 검게 그을린 얼굴과 쌍꺼풀진 눈동자, 하얀 이빨이 차례로 시야에 들어온다. 최가 김헌일의 팔을 잡고 일으켜 세운다. 두 사람은 메밀밭을 헤치며 도로가로 뛰어간다.

"어떻게 된 거지?"

"무장대 간나들이 함정으 판 거 같아요."

"분대원들은?"

"뿔뿔이 흩어진 것 같습네다."

겨우 메밀밭을 빠져나온 김헌일과 최는 길가에 세워 둔 쓰리쿼터를 은폐 삼아 몸을 숨긴다. 가쁜 숨을 내쉬는 김헌일은 그제야 자신의 왼쪽 어깨에 파편이 박혀 있는 걸 확인한다. 메밀밭 건너 숲 속에서 노끈에 매단 불깡통을 던지는 사내들이 있다. 최가 그들을 향해 방아쇠를 당긴다. 김헌일도 엎드린 자세로 사격을 한다. 뒤늦게 메밀밭을 헤쳐 나온 분대원들도 앉아 쏴 자세로 총을 쏜다. 불깡통을 돌리던 남자 한 명이 쓰러진다. 곧이어 깡통이 터지면서 불꽃과 함께 검은 연기가 피어오른다. 무장대들이 쓰러진 사내의 양 어깻죽지를 잡고 숲 속으로 사라진다.

총알이 떨어졌는지 클립이 튕겨져 나간다. 최는 노리쇠를 힘껏 밀어 멈치에 걸고 탄환이 들어 있는 새로운 클립을 꺼내 장전한다. 그때 3분대장이 소리친다.

"사격중지! 사격중지!"

김헌일과 최는 소리 나는 쪽으로 시선을 돌린다. 한쪽 무릎을 꿇고 총을 쏘아대던 3분대장의 모습이 보인다. 그는 총구를 하늘

로 하고 일어나 무장대들이 사라진 메밀밭 건너 숲 속을 바라본
다. 그때까지 밭을 헤매던 4분대장이 겨우 빠져나오며 소리친다.
"추격 안 하고 뭐하네."
"다친 대원들부터 챙겨야디. 그래구 더기에도 함정이 있을 줄
누가 알갔어."
4분대장은 분한지 고함을 질러 댄다. 1분대 분대원 한 명이 오
발 사고로 발등에 총상을 입었고 김헌일처럼 경미한 부상을 입은
부대원도 4명이나 된다.

어승생오름 북단에 쓰리쿼터가 다다랐을 때 동산 부근의 마을
에서 길게 나팔소리가 들려온다. 조수석에 타고 있던 4분대장은
운전병에게 차를 멈추게 하고 밖으로 뛰쳐나간다. 그는 메밀밭에
서의 교전 이후로 반쯤 정신을 잃은 사람처럼 행동한다. 자신의
성급한 판단 때문에 부상자들이 생긴 때문이다. 그는 자신의 실
수를 만회하려는 듯 분대원들에게 착검을 시킨다.
"저 소리 들었디? 소개명령서를 받구도 마을에 남아 있다면 그
거이 빨갱이가 아니구 뭐갔어. 거리로 보면 그 강생이들이 우릴
습격했을 거이야. 이번 기회에 아주 쑥대밭으로 만들어 주갔어."
화풀이할 상대를 찾고 있던 4분대장은 눈에 핏발을 세우며 소
리친다.

꼴 낟가리 묶음에 휘발유를 묻혀 집집마다 불을 지른다. 보름
가까이 비가 오지 않은 건조한 날이 이어진 탓에 초가의 지붕은
쉽게 불이 붙는다. 돌담을 사이에 두고 불을 지르며 다닌 가구 수

만 열다섯 채가 넘는다. 마을에 숨어 있던 사람들이 불길을 피해 도망 다니다 대원들이 쏘는 총에 맞아 쓰러진다. 김헌일은 아비규환처럼 변한 마을의 골목길을 걸어 다니며 고개를 흔든다. 이런 짓을 하려고 경찰관이 된 건 아니다. 토벌대에 참가한 뒤로 단 한 번도 교전다운 교전을 해보지 못했다. 그저 마을을 불사르고 주민들을 죽이는 일 외에는.

"그뿐이지 않은가."

김헌일은 혼잣말처럼 내뱉는다. 이곳 어디에도 총을 든 무장대의 모습은 보이지 않는다. 고팡에 숨어 있던 늙은 할아버지와 다섯 살 난 손자가 살해당한다. 돌담을 뛰어넘어 산으로 도망치던 서른 중반의 사내도 곧 사살된다. 어떤 대원은 집을 불태우기 전에 방 안에 들어가 귀중품이 없는지 뒤지기 시작한다. 김헌일은 M1의 총구를 하늘로 향한 채 외친다.

"그만. 그만해!"

김헌일은 미친 듯이 뛰어다니며 대원들이 총을 쏘거나 불을 지르지 못하게 막아선다. 그때 누군가가 다가와 개머리판으로 김헌일의 머리를 사정없이 가격한다. 그는 힘없이 바닥에 쓰러지면서 정신을 잃는다.

김헌일이 눈을 떴을 때 마을은 이미 불길에 휩싸인 뒤다. 트럭에 실려 있는지 희뿌연 연기가 피어오르던 마을이 점점 더 시야에서 멀어진다. 눈이라도 내릴 듯 어둑한 하늘을 올려다보며 길게 한숨을 내쉰다. 조금 전의 격정과는 달리 마음은 오히려 평온함을 되찾았다. 제주의 하늘을 이렇듯 오랫동안 올려다보는 것이

301

몇 년 만인지 기억나지 않는다. 그의 머리맡에서 걱정스럽게 내려다보던 최가 조용한 목소리로 '괜찮습네까?' 하고 묻는다.

"어떻게 된 거지?"

"김 형으 마구 휘젓고 다니니까니 분대장님이……."

최는 뒷말을 잇지 못한다. 대신 김헌일의 머리에 난 상처를 살핀다. 짙은 먹구름 사이로 진눈깨비가 흩날리기 시작한다. 최는 상체를 일으키는 김헌일에게 다시 말을 건넨다.

"그 마음 이해합네다. 하디만 대장님이 말하디 않았습네까. 무장대르 뿌리 뽑으려면 이런 방법밖에는 없다구……."

김헌일은 최의 말을 들으며 씁쓸하게 웃는다. 하지만 그의 눈에는 옅은 눈물 방울이 흘러내린다. 쓰리쿼터의 둔탁한 엔진 소음과 대원들의 침묵만이 바람 소리와 함께 전해질 뿐이다.

24

권유순은 결국 시아버지에게 홍성수에 대한 이야기를 꺼내지 못했다. 기력을 회복하지 못한 시아버지가 끝내 숨을 거둔 것이다. 고씨 어멍을 돌보다 밤늦게 집으로 돌아왔을 때 시어머니가

"……낙낙장송 느러진가지에, 홀로안잔 우여는새는, 내골보면 시시로운다. 님의죽은 넉시나한다……."

라는 노래를 혼잣말처럼 읊조리고 있었다. 시아버지는 잠을 자듯 평온한 얼굴로 누워 있었고 그 옆에는 저녁상으로 내온 대합죽이 덩그러니 놓여 있다. 시어머니가 방문 앞에 서 있는 권유순을 올

302

려다보며 고개를 끄덕인다.

"양지(얼굴)가 말깡하니 호상(好喪)이주."

하고는 애써 웃는 낯을 한다. 권유순이 시어머니를 끌어안으며
흐느끼자 그녀의 어깨를 다독이며 말한다.

"집에 상제가 없으멍…… 그때 본 소나이 좀 불러 줍서."

권유순이 말길을 알아듣지 못하자 '명호 죽었덴 소식 전하러
온 서울 삼춘 말이주.' 하고 덧붙인다. 그녀는 마치 짐을 벗어 버
린 듯 홀가분한 얼굴로 며느리를 바라본다.

"그동안 네가 애썼주. 남펜도 그리 생각할 거우다."

"시어멍!"

권유순이 더 큰 소리로 울음을 터뜨린다. 그녀의 얼굴과 머리를
쓰다듬는 시어머니의 눈에서도 눈물이 흐른다. 그녀들의 심정을
대변이라도 하듯 진눈깨비가 흩날리기 시작한다. 시어머니가 방
문을 활짝 열어젖히면서 혼잣말처럼 내뱉는다.

"혼이라도 날아가 아덜 소식 좀 전해 줍서."

삶과 죽음이 공존하는 것이 세상의 이치인지도 모른다. 권유순
의 시아버지가 숨을 거두던 순간에 두 집 건너에 사는 박의 아내
는 건강한 사내아이를 낳았다. 하지만 박은 그런 기쁨을 누릴 형
편이 되지 못한다. 김명호를 잃고 시름에 빠진 고씨 어멍이 있는
데다 권유순의 시아버지까지 갑자기 숨을 거두었기 때문이다. 걸
음마를 떼면서부터 마을친구로 지내던 김 노인은 아픈 몸을 이끌
고 나와 직접 친구의 염습을 맡는다. 오랫동안 풍을 앓아온 탓에
미라처럼 뼈만 남은 몸을 깨끗이 닦고 도포를 본뜬 호상 옷을 입

히는 모습에는 슬픔보다 애처로움이 묻어 있다. 이승에서의 못다한 작별 인사를 하듯 김 노인의 얼굴에는 담담함마저 깃들여 있는 것이다.

"고생 많았주. 어여 좋은 곳에 갑수다게."

며칠 전 이름 없는 청년의 시신을 묻을 때에도 그렇고, 나이가 들수록 죽음이란 것과 친근해지는 모양이다. 홍성수는 상복을 입고 있는 권유순의 창백한 얼굴을 흘겨본다. 남은 가족이라면 권유순과 퇴행성관절염을 앓고 있는 시어머니뿐이다. 제주에서는 드물게 일가친척이 없는 집안인 것이다. 권유순은 시어머니의 팔짱을 낀 채 넋이 나간 듯 멍한 표정으로 시아버지의 마지막 가는 모습을 바라본다.

"설멩지 풀솜 좀 건네줍서게."

김 노인이 홍성수에게 부탁한다. 홍성수는 고개를 끄덕이며 명주솜을 집어 김 노인에게 건넨다. 그는 명주솜을 알맞은 크기로 떼어 내 저승길을 건너간 친구의 코와 입을, 귓구멍을 차례로 막는다. 대렴포와 소렴포로 시신을 싸고 삼베로 만든 메치베를 가지고 열두 마디로 나누어 묶는다. 마지막으로 관을 덮을 때에는 권유순과 그녀의 시어머니가 달려들어 또다시 주변은 한바탕 울음바다를 이룬다. 김 노인은 묵묵히 그 모습을 보면서 담배를 꺼내 든다.

홍성수에게 상제를 맡아 곡을 해 달라고 간곡히 부탁한 사람은 다름 아닌 권유순의 시어머니다. 그녀가 무슨 생각으로 그런 부탁을 했는지 홍성수는 알 길이 없었다. 문상을 온 마을 사람들도 저마다 의아한 표정을 지었다. 몇몇 아낙은 '할망이 유순을 똘처럼 생각했주. 게메 데릴사윌 골린갑서.' 하며 농을 건네기도 했다. 하지만 그 심정을 모르는 사람은 없었다. 방 한쪽에 앉아 있는 권유순과 그녀의 시어머니는 아낙들의 말처럼 정말 모녀 간 같았다.

세상이 어수선하다 보니 문상객으로 오는 사람들은 대게 김 노인 또래의 늙은이들뿐이다. 거기다 눈발까지 날리고 있어 집안 풍경은 쓸쓸하다. 그나마 성란이 권유순을 대신해 문상객들의 수발을 도맡아 하면서 뛰어다닌다.

해가 떨어지기도 전에 문상객의 발길이 끊긴다. 야간 통금시간 때문이다. 마당에 모여 술잔을 기울이던 곤지동 사람들도 하나둘 자리를 떠난다. 출상을 하루 앞두고 상여를 짊어질 사내가 부족하다며 점심을 먹는 둥 마는 둥 사람을 모으러 나갔던 김 노인도 감감무소식이다. 성치 않은 몸으로 밤을 새우다시피 한 권유순의 시어머니는 그제야 건넌방으로 들어가 눈을 붙인다. 권유순의 얼굴에도 피곤함이 배어 있다. 그녀는 마지막 문상객들이 남기고 간 상을 들고 부엌으로 들어간다. 상복을 입고 곡을 하던 홍성수도 한숨을 돌리며 자리에 앉는다. 출상일인 내일까지 짓궂은 날이 이어질까 걱정이 앞선다.

권유순이 부침개와 막걸리를 챙겨 안방으로 들어온다. 홍성수는 그녀가 건네는 술잔을 받아 마시고 부침개를 입으로 가져간다. 집으로 돌아가던 성란이 이문간 앞을 나서다 말고 '보기 좋수다.' 하고 짓궂게 히죽거린다.

"박이 건강한 사내아이를 낳았다는데……. 축하한다는 소리도 못했어."

305

권유순은 말없이 고개를 끄덕이며 눈발이 흩날리는 마당으로 시선을 돌린다. 홍성수는 권유순의 옆모습을 바라보며 그녀를 닮은 딸아이가 있었으면 하고 생각한다.

"우리 집안은 대대로 여자가 귀하다오. 그래서 아버진 손녀가 보고 싶다는 말을 달고 다녀요."

권유순의 얼굴이 발갛게 물든다.

"당신을 닮은 아이라면……. 아버지도 매우 기뻐할 거요."

대꾸하는 대신 권유순은 빈 술잔에 술을 따른다. 상갓집이라는 생각이 들지 않을 만큼 고요하고 적막한 밤이다. 두 잔째 막걸리를 비운 홍성수가 벽에 기대어 앉아 시아버지의 영정사진을 멍하니 바라본다.

"그 친구도 아버질 닮았을까?"

"네?"

권유순이 되묻다 말고 홍성수의 시선을 따라간다. 그녀는 시아버지의 영정사진을 바라보면서 입을 연다.

"사실은……. 기억나지 않아요. 얼굴이……."

"기억나지도 않는 사람을 기다리는 건 무슨 마음일까?"

"가족이니까."

"가족?"

그녀는 고개를 끄덕이며 홍성수에게 한 발짝 다가가 앉는다.

"돌아가신 시아버지도 건넌방에 있는 시어머니도 제 가족이니까요."

"정이 사랑보다 깊고 소중하단 말인가……."

홍성수는 혼잣말처럼 내뱉고는 술잔을 다시 입으로 가져간다.

그리고 권유순을 내려다보며 말없이 웃는다. 권유순은 그의 어깨에 머리를 기대고 눈을 감는다.

새벽이 되면서 눈발이 굵어지기 시작한다. 파도 소리도 들리지 않는다. 다섯 잔째 막걸리를 비운 홍성수는 새근거리며 잠에 빠진 권유순에게 이불을 덮어 준다. 피곤했던지 코까지 고는 그녀의 머릿결을 만지작거리며 애잔한 감정에 취한다.

'그녀의 무엇이 이토록 나의 마음을 끄는 것일까?'

그때 건넌방 문이 열리면서 권유순의 시어머니가 모습을 나타낸다. 그녀는 힘들게 몸을 일으켜 마루로 나온다. 홍성수가 다가가 그녀를 부축한다. 고맙다는 듯 미소를 짓던 그녀가 잠든 권유순을 보며 말한다.

"착한 메누리주."

홍성수가 말없이 고개를 끄덕인다.

"사름이 아무도 없으멍 남펜이 쓸쓸해 할 거주."

하고는 안방으로 걸어가 향을 피우고 자리에 앉는다. 홍성수가 뒤따라 들어간다. 남편의 영정사진을 물끄러미 바라보던 시어머니가 홍성수의 손등을 살며시 잡는다.

"남펜도 늘 말해수꽈. 메누리 볼 낯이 없다멘서…… 고생멍 시키구."

"그녀는 그렇게 생각하지 않습니다."

"고씨 어멍이 말했주. 서로 소랑(사랑)하는 사이시까. 연(緣)을 소중히 허멍 마씸."

"네?"

홍성수가 되묻자 그녀는 그의 손을 꼭 쥐며 덧붙인다.

"잘 부탁하우다. 아덜 몫까지……."

그녀의 눈빛이 권유순을 행복하게 해 달라고 말하고 있다. 얼마나 듣고 싶었던 소리였던가. 홍성수는 무릎을 꿇고 앉아 머리가 바닥에 닿을 만큼 허리를 숙인다.

"고맙습니다. 정말 감사합니다!"

25

인선은 남편의 속옷을 챙겨 들고 제주경찰서를 방문했지만 출동을 나갔다는 소리만 듣는다. 경관에게 속옷 가방만 맡긴 채 걸음을 돌리는 인선의 마음이 무겁다. 그나마 위안이 되었던 성진과도 이별을 해야 할 날이 다가오고 있었다.

도로와 접한 인도에는 구걸하는 노인과 아이들이 많다. 소개령으로 중산간 마을 대부분이 불에 타면서 제주읍으로 들어온 사람들이 힘겨운 삶을 이어가고 있었다. 인선의 입에서 절로 탄성이 터져 나온다. 왜군이 지나간 자리에는 우리 스스로 만든 불행한 세상이 존재하고 있는 것이다. 무엇을 위해 수많은 경찰과 군인들이 이곳으로 건너왔는지, 또 무엇을 위해 서로 반목하고 싸우고 있는지 인선은 그저 답답할 뿐이다.

집 앞에 다다랐을 때 걸음을 멈추고 하늘을 올려다본다. 하얀 새털 같은 눈송이가 떨어지고 있다. 올해 들어 처음 내리는 눈이다. 인선은 등에 업힌 성진에게 하얀 눈송이를 보여 준다.

"이봅서. 눈은 처음이시카. 하얀 눈이 내리멍 옥황의 아덜 문도 령도 겨울 준비를 하주."

그녀의 말을 알아듣기라도 하듯 성진의 커다란 눈이 하늘로 향한다.

의무실에서 치료를 받고 나오는데 복도 창문으로 함박눈이 내리기 시작한다. 김헌일은 잠시 걸음을 멈춰 서서 창밖을 바라본다.

"제주에도 눈으 옵네까?"

뒤따르던 최가 장난스럽게 묻는다. 김헌일은 점퍼의 단추를 채우면서 대꾸한다.

"지겹게 보게 될 거야."

"기런 걱정으 하디 마시라요. 눈이라면 제가 더 일가견이 있으니까니."

부대원들은 제주경찰서 맞은편에 있는 관사에서 생활하고 있었다. 제주차부와 나란히 붙어 있는 관사 앞에는 관덕정과 제주도청이, 그 뒤편으로는 도립병원 건물이 보인다. 관사에 들어서자마자 동료경관이 부인이 다녀갔다며 가방을 내민다. 가방 안에는 손으로 빤 새하얀 속옷이 가지런히 놓여 있다. 김헌일의 가슴 한쪽이 애틋해진다. 그때 비서부장이 부른다며 젊은 경찰이 다가와 말한다.

비서부장은 2층에 있는 텅 빈 내무반에서 그를 기다리고 있었다. 경례를 붙이는 김헌일에게 비서부장은 손을 가로저으며 그 특유의 카랑카랑한 목소리로 말한다.

"부대장에게 직덥 자넬 부탁한다구 말하디 안았카서. 하디만 몇 번 출동으 나간 후론 자네에 대한 아조 좋디 않은 소리들이 나오고 있어…… 얼케 생각함메?"

김헌일은 비서부장의 말에 아무 답변도 하지 않는다. 다만 그가 자신의 행동을 주시하고 있다는 사실이 꺼림칙할 뿐이다. 그는 창밖으로 시선을 돌리며 길게 한숨을 내쉰다.

"자네 심정으 이해하구 있디. 기래구 여기가 자네 고향 아니갔어."

"무장을 하지 않은 사람들까지……."

김헌일이 힘들게 입을 여는데 비서부장이 말을 가로막는다.

"그 사람들으 조력자라고 하디 않카서. 그네들이 식량두 올려 보내구 여기 덩보도 올려 보내구 하면서 토벌이 어려워지는 거디."

"비서부장도 그들 모두를 죽여야 한다고 생각하는 겁니까?"

"초록으 동색 아니갔어. 자네 같은 사람두 있디만 말이야."

비서부장은 김헌일의 코앞까지 다가와 덧붙인다.

"이북에서두 기래. 사회주의를 외치는 정치가들은 뭐 다른 게 있는 둘 아시오? 여기서 생각하는 기런 새로운 세상으 어디에도 존재하디 않아. 무슨 주의니 하는 거. 기래구 무슨 민중이니 민족이니 하는 거…… 기런 소리르 믿디 마라우. 특히 좌든 우든 위정자드르 입에서 나오는 소리는 말이오."

"왜 그렇습니까?"

"생각이 다르다구 서로 둑고 둑이는 게 아니지비. 이런 식으루 경쟁자드르 하나씩 제거해 가는 거디. 최후에 살아남는 자가 승리자가 되구 거기에 줄을 섰던 사람드르 부귀영화르 누리는 거디. 그게 정치구 이념이라는 거디."

"그럼 저희 같은 사람들은요?"

"서로으 편에서 싸우든가 아니면 희생자가 되어야겠디."

비서부장의 능글거리는 미소 뒤에는 참혹한 약육강식의 습성이 도사리고 있다. 비서부장에게는 분란이 이는 제주가 신분을 상승시킬 수 있는 좋은 무대가 될지 모른다. 김헌일은 그런 현실에 또 한 번 절망감을 느낀다.—초록은 동색이라는 말은 비서부장에게 어울리는 말이다—그들에겐 도덕심이나 윤리는 중요하지 않을 테니까.

"곧 대대적인 토벌 작전이 벌어질 거요. 그때 자네의 진심으 밝혀 두기 바라겠소."

그리고 내무반을 나서다 말고 덧붙인다.

"지휘고하를 막론하고 인민위원회에 가입했던 녀석들으 무조건 잡아들이고 있다. 무슨 뜻인지 알겠지비?"

김헌일은 그의 날카로운 시선에 숨이 막힌다. 아직 숙군작업은 끝나지 않았다. 앞으로의 처신이 자신과 가족의 안전을 위해 얼마나 중요한지 생각하기 바란다. 협박을 하듯 말하는 비서부장이다. 김헌일은 그의 말을 듣는 내내 종일 형을 떠올렸다. 납치당한 지 몇 달이 흘렀지만 아직 생사조차 알 수 없었다. 종일 형 회사를 비서부장이 가로챘다는 소문을 들은 것도 얼마 전 일이다. 고영두를 고문으로 죽인 이유도 사업과 관련이 있는 건 아닐까? 김헌일은 용기를 내 종일 형에 대해 묻는다.

"아직 형의 소식은 없나요?"

뒤돌아선 비서부장이 한동안 김헌일을 바라본다. 그의 입꼬리가 살짝 올라가는 게 웃고 있는지 인상을 쓰는지 분간이 가지 않는다.

"애석하게두 아딕 아무런 소식으 듣지 못했소. 하디만 희망은 잃디 말구 기달려 보기오."

"형님이 아직 살아 있다고 생각합니까?"

"기림! 살아 있고 말구!"

비서부장의 입술 사이로 누런 이빨이 드러난다. 하지만 김헌일의 의혹은 깊어 간다. 그런 생각이라면 결코 형의 회사를 탐내진 않았을 테니까.

26

고씨 어멍이 자리를 털고 일어난 것은 권유순의 시아버지를 매장하고 내려온 지 이틀이 지난 뒤였다. 권유순은 여느 때처럼 시어머니의 이른 점심상을 방 안으로 넣어 놓고 고씨 어멍네로 향했다. 집에서 만든 은절미를 들고 마당에 들어섰을 때 누워 있어야 할 고씨 어멍이 몸뻬바지에 수건을 머리에 두른 채 마루를 닦고 있었다. 권유순이 놀라 '고씨 어멍!' 하고 외치자 그녀는 애써 웃는 얼굴로 그녀를 바라본다. 얼마 전부터 그녀는 말을 하지 않았다. 실어증 증세가 생긴 건 김명호를 잃은 충격 때문일 것이다. 슬픔의 두께가 겹겹이 쌓여 그녀의 목울대를 막아버렸는지도 모를 일이다. 정신상태도 아직 불안정해 보였다. 그녀는 주정공장에서 만났던 조천중학원 선생의 이야기를 한 마디도 빼놓지 않고 기억하고 있었다. 하지만 선원에게 들은 이야기는 기억하지 못했다. 지게에 시신을 지고 온 일도 마찬가지였다. 여전히 김명호가 살아 있을 거라고 믿는 눈치다. 고씨 어멍은 아들 김명호가 주정 공장에서 풀려난 뒤 아직 집으로 돌아오지 않고 있다는 사실에만 집착하고 있었다.

해가 수평선 너머로 사라지면서 안곤지동에 밤이 찾아온다. 홍성수는 방 안에 앉아 여행 가방을 꾸린다. 물과 섞어 잉크처럼 사용하는 흑군청색 분채와 유리병, 펜 두 자루, 칸트의 저서와 뒤마의 몽테크리스토 백작을 번안한 진주탑, 면도칼, 속옷 몇 벌이 그가 곤지동에 들어올 때 가져온 물건의 전부였다. 그러나 이곳에 머무는 동안 불어난 옷가지와 원고, 책들을 모두 가방 안에 담을 수가 없다. 홍성수는 잠시 고민을 하다가 책과 겉옷 몇 가지를 빼낸다. 책은 성란에게 선물로 주고 겉옷은 박에게 줄 생각을 한다.

권유순의 시아버지 장례를 치른 뒤부터 모든 일은 일사천리로 진행되었다. 제주가 불안해질수록 홍성수와 권유순 두 사람이 본토로 건너갈 계획은 빨라졌다. 제주사태가 일어나면서 목포행 여객선의 운항이 비정기적으로 바뀌었다. 홍성수는 사찰주임을 통해 겨우 승선권을 구할 수 있었다.

여행용 가방을 방구석에 세워 놓고 팔베개를 하고 눕는다. 마음은 벌써 여객선 갑판 위에 올라가 있는 듯 설렌다. 가족들의 반응은 어떨까. 숫기 없는 동생이 권유순을 어떻게 맞아 줄지 생각만 해도 입가에 주름이 생긴다. 그때 마당에서 인기척이 들린다. 홍성수는 자리에서 벌떡 일어나 방문을 연다. 그러나 마당에 선 사람은 권유순이 아니라 박이다.

"그렇잖아도 자넬 한 번 보려고 했어. 괜찮다면 옷을 몇 벌 줄까 싶은데……."

마루에 걸터앉는 박의 얼굴은 평소와 달리 창백하다. 홍성수는 그의 낯빛을 살피며

"무슨 일인가? 혹시 아이가 아프기라도 하는가?"

하고 묻는다.

"기호가 돌아왔주."

박이 목소리를 낮춰 말한다.

"최기호?"

말없이 고개를 끄덕인다. 홍성수는 주변을 둘러보며 박에게 다시 묻는다.

"지금 어디에 있나?"

"저희 집 작은 구들에 있수다양."

"아는 사람은?"

"아내랑 성님뿐이우다."

홍성수는 그 길로 박과 함께 그의 집으로 향한다. 자칫하다간 최기호 한 명 때문에 마을 전체가 위험해질 수도 있었다. 들리는 소문으로는 중산간 지방은 모두 소개령이 내려졌고 수천 명의 군인과 경찰들이 하루도 빠지지 않고 토벌을 나간다고 했다. 제주 앞바다나 일본군이 만들어 놓은 벙커, 밭이나 숲에서 이름 모를 시체를 흔하게 발견할 수 있다고 했다. 하루아침에 마을이 불타 없어지기도 하는 무서운 세상인 것이다.

"다친 곳은 없던가?"

밤길을 나란히 걸으며 홍성수가 말을 건넨다. 박은 무슨 생각에 빠진 듯 멍하니 있다가 '갈비때(뼈)가 몇 개 나갔다멍 아파함수꽈.' 하고 답한다.

마루에는 박의 아내가 걱정스러운 듯 서성이고 있다. 홍성수와 박이 마당으로 들어서자 그녀는 맨발로 뛰쳐나와 박의 손을 잡는다. 남편을 바라보는 그녀의 눈에는 원망의 빛이 가득하다. 홍성수가 작은방 쪽으로 시선을 돌리며 그녀를 안심시킨다.

"제수씨는 걱정 마세요. 그를 헌일이 집으로 데려가겠습니다. 마침 그곳이 비어 있으니……."

홍성수의 말에 그녀는 허리를 숙이며 고마워한다.

작은방에 들어서자마자 비릿한 피 냄새와 함께 고린내가 진동한다. 최기호는 따뜻한 아랫목에 반듯하게 누워 깊은 잠에 빠져 있다. 마을에서 입고 다니던 군청색 바지와 셔츠 위에 어디서 구했는지 일본군들이 입던 두꺼운 겨울코트를 걸치고 있다. 머리는 산발해 목 뒤를 덮었고 코 밑과 턱에는 수염이 덥수룩하게 자라 있다. 살도 많이 빠져서 광대뼈가 유난히 불거져 보인다. 그을린 피부에 몇 날 며칠을 씻지 못했는지 악취까지 풍긴다.

홍성수는 방바닥에 조용히 앉아 최기호의 초췌한 얼굴을 바라본다. 뒤축이 달은 일본군화를 그대로 신고 있는 모양새며 99식 소총을 꼭 부둥켜안은 게 영락없는 무장대다. 인기척에 놀란 최가 소총부터 겨눈다. 겁먹은 토끼처럼 충혈된 눈으로 바라보는 최기호에게 홍성수가 나직이 말한다.

"날세. 서울서 내려온……."

"아. 성수 성이오."

최기호가 안도의 한숨을 내쉰다.

"박이 집으로 찾아왔었네. 자네가 내려왔다구."

"고향에서 죽으멍 하우다."

코트 앞을 펼쳐 오른쪽 옆구리를 보여 준다. 이미 구더기가 생길 만큼 상처가 깊다.

"어떻게 된 건가?"

"부대로 돌아가는 길에 토벌대의 기습을 받았주. 소대원들 중 절반이 총 맞아 죽어 불고 나머진 뿔뿔이 흩어졌는데, 저 혼저 별도봉 근처까지 도망쳐 왔수다. 이 배때기도 누렁개 몇이랑 정신없이 치고받고 싸우다가 생긴 영광의 상처주…….."

킥킥거리던 최가 인상을 쓰며 다시 방바닥에 드러눕는다. 이마에 손을 가져가니 불덩어리처럼 뜨겁다. 코트 안의 셔츠도 땀으로 축축하게 젖어 있다.

"의사를 불러야겠어."

"그랬다간 마을이 쑥대밭이 될 거우다……. 어멍 옆에 죽을 자리만 봐줍서. 제 몸은 제가 잘 알쿠다."

그리고 홍성수의 손을 잡으며 말을 잇는다.

"어멍이 저 때문에 군인들에게 맞아 죽었단 소릴 들었주. 문식이도 그 바람에 육지형무소로 끌려갔다고…… 단지 고문 받는 게 두려워 도망쳤을 뿐이우다."

"누구도 자넬 원망하지 않아."

"만식이 성도 말했주. 위에서 명령이 내려왔지만 종일 성을 살려서 내려보냈다구…….."

"방만식도 산으로 올라갔다는 말인가?"

최가 고개를 끄덕인다.

"하지만 종일인 아직까지 소식이 없네."

"그럴 리 없젠……."

"성내에 들어가면 그 소식부터 헌일에게 알려야겠어. 종일이 살아있다면 제수씨도 제주를 떠날 필요가 없을 테니……."

"만식 성도 마을 소식을 듣고 안타까워햄써……. 모두들 검정개들이 싫었을 뿐이우다."

"두리멍청한 늠. 게매 여긴 왜 돌아왓시냐!"

문 안으로 들어선 박이 소리친다. 그는 아내가 끓여 온 미역국 사발을 들고 그에게 다가가면서 말을 잇는다.

"죽으러 왔으멍 곱게 죽어멍 허주. 버버작작 하곡말곡(쓸데없는 말 늘어놓지 말고)."

하면서 최에게 미역국을 숟가락으로 떠먹인다. 며칠을 굶었는지 최기호는 숟가락을 밀쳐내고 사발째 입으로 가져가 후후거리며 마신다. 그 모습을 바라보는 박도 홍성수도 침묵을 지킨다.

27

석호가 결사대를 이끌고 붉은오름으로 찾아온 건 백록담 주변이 눈으로 뒤덮인 12월 초순이다. 육지서 새로 증원된 경비대와 경찰의 수가 이번 달에만 1000명이 넘는다는 정보가 들어온 지 일주일만이다. 그들은 계엄령하에 대대적인 토벌작전을 준비하고 있었다. 신작로 가까이에 야전사령부를 두고 올해가 지나기 전에 제주남로당의 잔존세력을 모조리 뿌리 뽑는다는 계획이었다. 그 전에 무장대가 먼저 경비대를 선제 기습하는 작전을 세웠지만 실은 동절기를 넘기기 위한 어쩔 수 없는 선택이었다. 그들이 가진 군수품과 식량이 필요했던 것이다. 석호는 방만식 소대원들 중에서도 지원자를 뽑는다. 김이 제일 먼저 손을 들고 나섰지만, 어린 나이를 이유로 방만식이 중간에 막아선다. 김이 반발을 해도 소용없다. 그 모습을 바라보던 석호가 김에게 엄하게 말한다.

"명령에 복종하는 게 군인의 참모습이다. 김은 후방에 남아 도당사령부를 지키도록……. 알겠나?"

마지못해 고개를 끄덕이는 김에게 석호는 덕담을 몇 마디 더 건넨 뒤 방만식을 바라본다.

"그럼, 지원자는 방만식 소대장 외 다섯 명이 전부요?"

"얼마 전 토벌대의 기습을 받으멍 소대원의 반을 잃었주. 아직도 부상당헌 대원들이 많쿠다."

"좋소. 1시간 뒤 이동할 거요. 떠날 준비를 하시오."

목소리는 여전히 호탕했지만 석호의 얼굴엔 근심이 가득하다. 지쿠호 탄광에서처럼 나약해 보이기까지 한다. 방만식은 뒤돌아서는 석호에게 되묻는다.

"정치지도원 동무는 정말 괜찮함서?"

잠시 그를 바라보던 석호가 미소를 지으며 대답한다.

"걱정 마시오."

"우리 소대엔 탄환이 부족하우다."

"돌격전에는 많은 탄환이 필요하지 않소. 그리고 기습을 감행하다 떨어지면 적들의 총을 빼앗아 사용하면 될 것이오."

"저에겐 사령부도 탄환이 부족하단 소리로 들리우다."

석호가 이번엔 만식의 어깨를 두들기며 웃는다.

"우린 언제나 최악의 상황에서 생활하지 않았나……. 그때를 생각하며 방 동무는 끝까지 살아남으시오. 알겠소?"

5명의 소대원들과 함께 결사대에 섞여 이동 준비를 할 때 김이 다가와 여러 번 같이 가기를 부탁한다. 그러나 방만식은 머리를 좌우로 흔들며 거절한다.

"김 동무가 죽으멍 대가 끊기주. 하늘에 계신 아방과 가족들두 그걸 원하지 않을 거우다."

"그게 아니라 혼자 남는 게 두려워서 그래요. 모두들 이렇게 사라져 가잖아요."

"난 지옥 같은 탄광에서도 살아남았주. 걱정맙써."

"정말이죠. 방 두령님."

방만식은 김을 내려다보며 고개를 끄덕인다.

"분명 돌아올 거우다."

김의 두 눈이 어느새 붉게 물든다.

이번 기습작전의 승패에 따라 무장대의 앞날이 달라질 거란 소문이 돌았다. 특이한 것은 톱부대 뒤에 후방부대도 함께 움직인다는 사실이었다. 150명의 결사대가 경비초소를 부수고 군수창고로 진격해 방어선을 구축하면, 후방부대를 투입해 군수품과 식료품을 들고 철수하는 작전이었다. 기습 시간은 새벽 2시, 응원군

319

들이 오기 전까지 작전을 끝내야만 성공 가능성이 있었다. 결사
대는 최후의 한 사람까지 남아 적들을 막아야 한다고 석호는 말
했다. 그 때문인지 결사대에 지원한 무장대원들의 눈빛이 여느 때
보다 빛난다. 보급부에서 가져온 소 두 마리로 소고기 무국을 끓
여 마지막 만찬을 즐길 때도 모두들 긴장한 모습이었다. 실탄 16
발과 분대 단위로 수류탄 2개가 지급되었다. 그에 앞서 특경대 소
속 대원들이 신작로의 여러 곳에 구덩이를 파거나 돌을 쌓아 응
원군들이 쉽게 이동하지 못하도록 손을 썼다. 전화선은 기습작전
이 시작되자마자 끊어 버릴 기세였다. 작전에 들어가기에 앞서 마
지막으로 제주도 빨치산의 노래를 다 같이 합창한다. 결사대 150
명과 무장대 50명, 후방부대원 100명이 투입된 대규모 군사작전
이 곧 시작될 참이었다.

28

아침 점호를 받은 지 30분도 지나지 않아 출동 명령이 떨어진
다. 무장대의 기습이 있을 거라는 급보가 날아온 탓이다. 제주남
로당 당원 중에 제보자가 있다는 소문이 돌았다. 야전사령부를
기습하기 위해 무장대의 주력이 모여 있을 것이고, 덕분에 빨갱이
모두를 소탕할 수 있는 기회가 왔다고 새로 부임한 경찰감찰청장
은 생각했다. 거기다 이틀 전 생포한 무장대 소년이 제주도당 사
령부의 위치를 알고 있었다.

무장대 아지트에서 5킬로미터 떨어진 중산간 지역에 열두 대의

쓰리쿼터가 멈춰 선다. 갤리버 자동소총을 정착한 두 대의 지프도 마찬가지다. 이번 작전에는 200인 부대 외에도 경찰청장이 직접 끌고 나온 300여 명의 전투경찰이 동행한다. 그들은 그곳에서 지도를 펼쳐 놓고 작전을 짠다.

"기럼 여기부턴 걸어가는 것이 낫디 않아요. 군데군데 보초드르 서 있다문 먼지 바람만 일어도 캠프로 연락이 갈 거인데."

"좋아. 너네가 먼저 앞장서라. 1시간이문 캠프까지 갈 수 있갔디? 그때 나머딘 우회해 반대편을 치는 거야. 간나드르 아덕 우리가 뽕오라지(산봉우리) 아래에 있다고 생각으 할 때 기습하는 거디."

감찰청장의 구체적인 작전지시가 떨어지자 대기 중이던 200인 부대는 소년을 앞세워 산을 오르기 시작한다. 방만식에게 이덕구 사령관의 명령문을 읽던 소년이다. 연통을 전달하다 잡혀 이틀 동안을 얻어맞은 뒤 전향을 했다.

한라산 정상은 얼마 전 내린 눈으로 덮여 있다. 불어오는 바람이 살을 에듯 차고 매섭다. 정상 아래의 팥배나무나 구상나무에는 서리꽃이 피었을 것이다. 졸참나무 숲을 지나자 갈색 톤의 들판과 함께 성널오름이 나타난다. 암벽이 성벽처럼 늘어선 풍경이 누렇게 변한 억새와 함께 삭막한 느낌을 준다. 앞장서 걷던 소년이 멈춰 선다. 부대장이 다가가자 소년은 물참나무 숲 부근을 가리키면서 저곳에 캠프로 가는 초소가 있다고 말한다.

날랜 부대원 다섯 명이 뒤를 돌아 물참나무 숲으로 들어간다. 조금 뒤에 경관 한 명이 숲 가장자리로 나와 손짓을 한다. 본대가 다시 움직이기 시작한다. 비탈길을 걸어 숲 안으로 들어서자 두 명의 무장대가 쓰러져 있다. 한 사람은 목에 다른 한 사람은 가슴 부위에 칼을 맞은 모양새다. 엎어진 사내 중 한 명을 내려다보던 소년이 울음을 터뜨리며 자리에 멈춰 선다. 얼마 전 육포를 나눠 주었던 김이다. 부대장이 권총으로 소년을 윽박질러도 소용없다. 그때 정찰 나갔던 경관이 다가와 캠프를 발견했다고 말한다.

"어디네?"

"숲이 끝나는 곳에 분지가 있습네다. 거기에 둥근 바위가 보이는데 그 밑에 토벽으 쌓아 만든 집이 있습네다."

"보초탑은?"

"캠프 입구에 한 개, 기래구 바위 위에도 감시용 초소가 있습네다."

"좋아. 60미리 박격포 먼저 둔비하라. 소총수도 앞에 두고 감시탑부터 공략하디."

부대장의 말 한마디에 부대원들의 행동은 일사분란하게 움직인다. 김헌일이 속한 200인 부대는 돌격조에 속한다. 모두 착검을 하고 클립을 장전한 채 작전 지시를 기다린다. 최는 긴장이 되는지 가쁜 숨을 내쉰다.

박격포 포탄이 날아가 떨어진다. 모래주머니를 쌓아 만든 보초탑이 산산조각 난다. 바위 위에 있던 감시초소에서 드르륵거리며 기관총을 쏘아 댄다. 물참나무에 몸을 기대고 있던 분대원들이 고개를 낮추며 분지를 내려다본다.

"간나들! 기관총두 가디고 있잖니."

4분대장이 머리를 바짝 숙이며 혼잣말처럼 내뱉는다. 캠프 주위에는 기습에 당황한 무장대들이 박격포 포탄을 피해 이리저리 도망을 다닌다.

"돌격조 앞으로!"

어디선가 부대장의 목소리가 터져 나온다. 나무 기둥에 기대어 있던 김헌일과 분대원들이 일제히 무장대 캠프를 향해 내달린다. 눈앞에 포탄 소리와 불꽃, 연기가 흩날린다. 무장대들이 엄폐물을 찾아 뛰어가는 모습도 보인다.

바위 위 감시초소에서 뿜어져 나오는 기관총 소리가 메아리처럼 울린다. 일렬로 뛰어가던 분대원 한 명이 힘없이 쓰러진다. 전방에서도 전열을 가다듬은 무장대의 총탄이 날아온다. 이번에는 분대원들이 엄폐물을 찾아 뛰어다닌다. 김헌일과 최는 취사용 움막을 지탱하는 나무 기둥에 몸을 숨긴다. 김헌일이 수류탄의 안전핀을 뽑은 후 움막 안으로 던져 넣는다. '펑' 하는 소리와 함께 나무 조각과 지푸라기가 사방으로 퍼져 나간다.

4분대장이 수화로 후방에 있는 부대원들에게 바위 위 감시초소를 가리킨다. 대기 중이던 부대원들이 일제히 감시초소로 사격을 한다. 그사이 분대원 한 명이 바위 밑 사각지대로 뛰어 들어가 수류탄을 바위 위로 던진다. 수류탄이 터지면서 자동소총의 파편과 함께 사람의 팔다리가 사방으로 흩어진다. 그 틈을 타 분대원들이 일제히 앞으로 나아간다. 김헌일은 최와 함께 분지 위쪽으로 향한다. 감시초소에서 쏘아 대던 자동소총 외에는 무장대들의 이렇다 할 저항은 보이지 않는다. 최는 클립을 몇 개씩 바꿔 가며 비탈 위를 오르는 무장대와 총격전을 벌인다.

럭키 스트라이크를 나누어 피우며 방만식은 석호와 오랜만에 이야기를 나눈다. 혹, 이 밤이 지나고 나면 다시는 이승에서 볼 수 없을지도 모른다. 매몰된 지쿠호 탄광에서처럼 담담하게 석호가 말을 잇는다.

"윤이라는 아가씨가 보고 싶지 않나? 자네의 처음이자 마지막 연인이었지. 아마."

만식은 석호를 보며 길게 한숨을 내쉰다. 하카다 항에서의 기억이 빠르게 스쳐 지나간다. 윤과 애틋한 사랑을 키워 나갈 무렵 우연히 후쿠오카 시내에게 지쿠호 탄광의 소장과 마주쳤다 그는 방만식을 첫눈에 알아보고 경찰에 신고했다. 때문에 방만식은 윤과 변변한 작별인사도 못하고 쫓기듯 한국으로 밀항할 수밖에 없었다. 만식은 윤을 생각할 때마다 한쪽 가슴이 시려온다.

"연이 아닌 갑서."

"그때가 제일 행복해 보였던 것 같아."

"나헌텐 과분한 여인이었주."

"지쿠호에서처럼 살아남아 그녀를 만나러 가게."

"어제부터…… 죽음을 앞 둔 사람처럼 말을 하우다."

석호는 방만식을 보며 미소를 짓는다.

"자네를 끌어들여 미안하게 생각하고 있어."

"그런 말은 하지 맙써……. 나 같헌 사름은 평생 우마나 키우면 살아야 했주. 그게 운명이라 생각하멍……. 겐데 자녈 만나서 세상에 눈을 뜰 수 있었수다."

"그래서 올바른 선택을 했다고 생각하나? 더 행복해질 수 있었냔 말일세?"

방만식이 고개를 좌우로 흔든다.

"아니우다. 더 비참허고 막막했주."

"그러니 날 좋게 말하지 말게."

"적어도 석호는 잘못된 세상을 바로잡고저 노력을 했주. 목숨을 걸고서라도 말이우다."

"매몰당했을 때 결심했을 뿐이야. 여기서 살아 나간다면 다시는 과거처럼 한심한 인생을 살진 않겠다고. 뭔가 가치 있는 일을 하고 싶다고…… 하지만……"

한동안 석호는 침묵을 지킨다.

"우리가 왜 싸우며 죽어 가는지 사람들은 관심조차 없을 거야. 아니 진실을 지우려 노력하겠지."

석호의 입에서 자조 섞인 웃음이 흘러나온다. 그때 폭탄 소리와 함께 불기둥이 솟구친다. 드르륵 거리며 기관총이 불을 뿜는다. 여기저기서 기습이라는 외침이 들린다. 150명의 결사대도 토벌대의 갑작스러운 기습작전에 대오가 무너진다. 우왕좌왕하는 무장대원들을 돌려세워 싸우게 할 방법은 없다. 초병들과 몇몇 대원들이 응전을 하며 시간을 끌지만 금세 토벌대에게 진압당한다. 방만식과 석호를 비롯한 대원들은 어승생악으로 이어진 진지동굴까지 후퇴를 거듭한다.

"쾅!"

하는 소리와 함께 매캐한 화약 냄새가 난다. 잠시 걸음을 멈추었던 대원들의 발걸음이 더욱 빨라진다. 대원 중 누군가 다시 수류탄을 던지는 모양이다. 거리가 가까워질수록 화약 냄새와 함께 총소리가 고막을 울릴 정도로 크게 들린다. 총탄이 날아다니면서 불꽃이 번쩍인다. 앞서 뛰던 분대원 한 명이 쓰러진다. 누군가 '랜턴은 꺼라!' 하고 소리친다.

직사각형 모양의 넓은 공간에 부대원들이 모여 있다. 진지동굴의 내벽은 콘크리트로 되어 있고 중간 중간에 통신 안테나를 올리기 위해 지상으로 연결된 작은 터널이 따로 만들어져 있다. 높이와 폭이 4미터 정도 되는 넓은 공간을 사이에 두고 무장대들의 저항이 거세다. 반대쪽 입구에는 모래로 쌓은 참호와 잡동사니들로 가득하다. 그리고 그 사이에서 총격전이 벌어지고 있는 것이다. 입구에 부대원 한 명이 쓰러져 있고 맞은편에도 대원 한 명이 총상을 입은 채 벽에 기대어 있다. 화력으로 봐서 무장대의 주력부대인 것 같다. 어쩌면 북제주를 돌며 토벌 나온 경비대와 경찰을 괴롭히던 녀석들인지도 모른다. 총탄이 사방으로 날아다닌다. 김헌일은 엉거주춤 몸을 낮춘다.

전열을 가다듬은 대원들이 일제히 반격을 시작한다. 어둠 속에서 쌍방 간에 치열한 총격전이 벌어진다. 분대장이 고함을 지르며 M1의 방아쇠를 당긴다. 뒤에 있던 분대원들도 수류탄을 던지며 무장대를 몰아붙인다. '쾅' 하는 소리와 함께 콘크리트 파편이 흩어져 날린다. 뿌연 먼지와 화약 냄새, 사람들의 비명소리가 한데 어우러져 비참한 광경을 이룬다.

수류탄 몇 개가 은폐물 안에서 터지면서 그곳에 모여 있던 무장대 열아홉 명이 죽거나 부상을 당했다. 대부분이 즉사한 가운데 한 사내는 얼굴과 몸에 파편이 박힌 채 쓰러져 있다. 팔과 다리가 잘려나간 사내도 있고 내장이 파열된 이도 보인다.

대원들은 푸줏간처럼 변한 그곳을 돌아다니며 확인사살을 한다. 분대장이 먼저 파편이 박힌 남자의 이마에 총구를 들이대고 방아쇠를 당긴다. 경련을 일으키는 사내에게도 총을 쏜다. 김헌일은 눈을 다친 사내 앞으로 다가가 총구를 겨눈다. 그러다 랜턴에 비친 사내의 얼굴이 낯설지 않다는 걸 깨닫는다. 살이 빠지고 수염이 덥수룩하게 났지만 방만식이 틀림없다. 김헌일이 무릎을 꿇고 앉아 '만식이?' 하고 그의 이름을 부른다. 벽에 힘없이 기대어 있던 그가 소리 나는 쪽으로 얼굴을 돌린다. 그때 분대장이 방만식에게 다가가 총을 겨눈다. 김헌일이 분대장의 앞을 몸으로 막아선다.

"간나! 비키디 않카서!"

"이 사람은 제게 맡겨 주십시오."

"무슨 소리디?"

의뭉스럽게 물어보는 분대장에게 김헌일은 랜턴으로 방만식의 얼굴을 비추며 대답한다.

"이잡니다. 형님을 납치해 간 사람이……."

분대장은 잠시 김헌일과 방만식을 번갈아 바라본다.

"복수를 하고 싶단 말이네?"

김헌일이 고개를 끄덕이자 그는

"좋아……. 날래 해결하고 오라."

하고는 나머지 무장대를 쫓아 맞은편 동굴 안으로 대원들과 함께 사라진다.

주위는 다시 정적이 감돈다. 랜턴의 약해진 불빛이 방만식의 야윈 얼굴과 다친 눈 주위를 비춘다. 동굴 벽면에 등을 기대고 앉은 방만식이 조용히 입을 연다.

"재미이신……. 샌님께서 검정개가 되었주."

"……."

"하멘 복수를 해야주."

비아냥거리는 방만식에게 김헌일이 입을 연다.

"형은 어떻게 되었나?"

"그걸 왜 나한테 물어보주?"

"자네가 아니면?"

"몇 달 전이우다. 성을 놓아준 게."

"그게 무슨 소린가?"

"형을 산 아래로 직접 내려보내멍 작별인사를 햇써."

"하지만 종일 형과는 아직 연락이 되지 않아."

김헌일은 비서부장의 얼굴을 떠올린다. 그가 거짓말을 하고 있는 게 틀림없다. 무엇 때문일까? 김헌일은 시종 담담하게 대답하는 방만식에게도 화가 난다. 한편으로는 그의 입성이며 죽음을 앞둔 상황이 애처롭다. 만약 그날 사찰주임과 비서부장 앞에서 감정을 내세우지 않았다면 방만식의 운명이 조금은 달라졌을지 모른다.

"지금의 자네와 내가 왜 이런 모습으로 마주해야 하는지 운명이 저주스럽네."

"어차피 내겐 똑같은 삶이었주."

"제주가 이런 난 속에 빠지지 않더라도 자네의 운명은 달라진 게 없을 거란 소린가?"

"자네에게 난이지멍 나한텐 아니주."

"그럼 뭐라고 생각하나?"

"해방이주. 양키들 밑에서 권력 행사허는 늠으로부터 친일 했던 늠들로부터……."

"그래서 새로운 세상이 올 거라 믿고 있나?"

"중요한 건 지금의 세상이 잘못됐단 거우다……. 게매 이렇게 행동하고 있주. 여기서 죽도록 맞으멍 속느니 희망을 가지멍 싸우는 게 더 좋은 거 아니우꽈."

방만식은 고통 속에서도 자조 섞인 웃음을 내뱉는다. 랜턴의 불빛이 갈수록 어두워진다. 방만식의 얼굴도 랜턴 불빛만큼 어둡게 변한다.

"살기 위해서 총을 들었을 뿐이우다. 시작헌 사름도 책임질 사름도 없으멍 어떡하우꽈? 하멘 나 같은 사람도 있어야주. 난 후회하지 않을 거우다."

김헌일은 방만식의 얼굴을 바라본다. 차라리 그가 솔직한 말을 하고 있는지도 모른다. 잘못된 세상을 바로잡기 위해 또 다른 잘못을 저지르는 게 혁명이라면 그만큼 지금의 제주는 모순으로 가득 차 있다. 김헌일은 화북경찰서의 지하 감방에서 초주검으로 쓰러져 있던 그의 모습을, 조금만 지났어도 목숨이 위태로웠을 거라던 침바치의 말을 차례로 떠올린다.

"눈은 어떤가? 아무것도 보이지 않나?"

방만식은 말없이 고개를 끄덕인다. 김헌일은 그에게 다가가 묻는다.

"일어설 수는 있겠지?"

"동료들과 함께 있고 싶수다. 여기서 끝내 줍서."

방만식이 말한다. 김헌일은 방만식의 멱살을 잡으며 소리친다.

"정말 자넬 죽일 수 있을 거라 생각했나? 우리가 뭣 때문에 이 렇게 되었는지 아직도 깨닫지 못했단 말일세."

"게매……. 동굴을 빠져나간허멍 다른 방법이 있수꽈."

김헌일은 대답하지 못한 채 피투성이의 방만식을 바라본다.

"이곳에서 죽으멍 하우다."

나지막한 목소리로 방만식이 먼저 침묵을 깨뜨린다. 김헌일은 멱살 잡은 손을 힘없이 내려놓는다. 그리고 랜턴으로 주변 바닥 을 살핀다. 바닥에 뒹구는 99식 소총과 클립에서 빠져나온 58미 리 탄환을 찾아 집어 든다. 장전 손잡이를 밀었다 당겨 남아 있는 탄피를 빼내고 다시 노리쇠를 후퇴시키고 탄환을 장전한다.

"내가 할 수 있는 일은 이것밖에는 없네."

방만식의 손에 총을 쥐어 주며 침울하게 말한다. 그는 총을 받 아 들며 김헌일 쪽으로 얼굴을 돌린다.

"내 몫까지 잘 살아야 하주, 헌일아……."

김헌일이 그의 손을 꼭 잡는다. 자리에서 일어난 김헌일이 천천 히 맞은편 동굴로 걸음을 옮긴다. 그때 방만식이 노래를 부르기 시작한다. 해방되던 날, 별도봉 자락에 모인 곤지동 청년들이 축 제를 벌이면서 부르던 '왕서방 연서'다. 막걸리에 취한 문식이와 기호가 춤까지 춰 가며 흥겹게 부르던 노래다. 곧이어 '팡' 하는 총성이 울린다. 김헌일이 반사적으로 뒤돌아섰지만 방만식의 모 습은 보이지 않는다. 단지 어둠과 슬픈 적막이 흐를 뿐이다.

29

최기호를 김헌일의 집으로 옮겼다. 안방에 그를 누이고 옷부터 갈아입혔다. 일본군화와 외투, 피 묻은 옷은 아궁이에 집어넣어 태우고 99식 소총과 4발의 탄환이 들어 있는 클립은 마당 구석에 파묻는다. 그 다음 따뜻한 물로 최기호의 얼굴과 몸을 닦고 상처 부위를 소독한다. 자창이 생긴 피부는 시커멓게 변해가고 갈비뼈가 상했는지 옆구리는 부어 있었다.

상처 때문인지 잠을 설치는 최기호와 방구석에 놓인 여행용 가방을 번갈아 바라보며 홍성수는 길게 한숨을 내쉰다. 오늘이 지나면 그녀와 함께 목포행 여객선을 탈 수 있었다. 종일이 납치당한 이후 그는 권유순과 함께 제주를 떠나는 게 유일한 소원처럼 되어 버렸다. 하지만 죽어 가는 최기호를 외면할 수는 없다.

'어떻게 해야 할까?'

이대로 두었다가는 며칠 내에 목숨을 잃을 것이다. 그렇다고 함부로 마을 밖에서 의사나 간호사를 부를 수도 없는 현실이었다. 그때 마루에서 인기척이 들린다. 홍성수가 조심스럽게 방문을 여니 박이 그릇을 싼 보자기를 들고 문 앞에 서 있다. 아침을 먹자마자 최기호가 걱정이 되어 방문한 것이다.

최기호를 바라보는 박의 얼굴에 근심이 가득하다. 홍성수가 부엌에 나가 군불을 넣는 동안 박은 아내가 끓인 전복죽을 최기호에게 떠먹인다. 그는 입맛이 없는지 몇 숟가락 들다 말고 이내 고개를 돌린다. 박이 억지로 떠먹이려 해도 그는 입을 굳게 다물 뿐이다. 박은 안타까운 듯 친구의 모습을 내려다본다. 최기호의 얼굴은 어느새 흙빛으로 변해 있다.

"아무래도 의사를 불러야겠어. 더 이상 지체하다간……."

방으로 들어온 홍성수가 말한다. 박도 같은 생각인지 고개를 끄덕인다.

"고씨 어멍 핑계 대멍 제가 모셔오우다. 걱정하지 맙서."

"조심해야하네."

"저보단 성님이……. 내일 떠나기로 했주?"

"음……."

"제가 성님을 괜히 찾아온 갑써."

박의 얼굴에 후회의 빛이 역력하다.

"그런 말은 하지 말게……. 그보단 정말 조심해서 의사선생을 불러와야 하네."

"알아쿠다."

홍성수에게 눈인사를 건네며 박은 곧장 화북으로 떠난다. 그의 뒷모습을 바라보며 홍성수는 오늘 하루가 무사히 지나가기만을 바란다.

박이 화북으로 나간 사이 홍성수는 남은 책들을 한데 묶어 김 노인네로 향한다. 소설책을 좋아하는 성란에게 줄 선물이었다. 문식을 대신해 쇠마구 앞에서 소의 먹이를 주던 성란이 홍성수를 발견하고 반갑게 다가간다. 책 꾸러미를 건네자 그녀는 뛸 듯이 기뻐하며 함박웃음을 짓는다. 외거리집 문 앞에 앉아 홍성수가 가져온 책을 열심히 뒤적거린다. 마루에 걸터앉아 곰방대를 피우는 김 노인과도 인사를 나눈다. 그가

"내일이주?"

하면서 덕담을 건네는 동안 김 노인의 부인이 따뜻한 생강차를 끓여 온다. 마루에 걸터앉은 홍성수는 최기호의 이야기를 꺼내야 할지 말아야 할지를 망설인다. 김 노인은 그런 홍성수의 마음도 모른 채 곰방대의 재를 털어 내면서 다시 입을 연다.

"자네가 유순이하곡 가멍 혼저 남는 제수씨가 걱정이우다."

"그렇잖아도 그 이야길 나눴습니다. 이곳이 잠잠해지면 다시 내려올 생각으로요."

"정이 많은 사람이주. 자넨……."

하고는 흐뭇해한다.

"문식이 소식도 좀 전해 줍서."

두 사람 이야기를 듣고 있던 김 노인의 아내가 어렵게 입을 연다.

"올라가자마자 알아볼 생각입니다."

홍성수의 답변에 그녀는 눈물을 글썽거린다.

집으로 돌아가는 길에 권유순에게 들른다. 시아방이 죽은 뒤부터 입도 짧아져 음식을 거의 먹지 못하고 잠도 설친다는 이야기를 그녀로부터 듣고 있었다. 그 때문인지 홍성수가 방문했을 때 시어머니의 안색은 상을 당했을 때보다 오히려 나빠진 것 같다. 방 안으로 들어서자마자 그는 시어머니의 손을 잡으며 안부부터 묻는다. 관절염으로 손가락 마디가 굽어 있지만 따뜻하고 부드러운 손이다. 권유순이 홍성수 옆자리로 다가와 앉는다. 그녀는 두 사람을 올려다보면서 괜찮다는 듯 미소를 짓지만 눈 주위가 발갛게 물든다. 딸처럼 의지하던 권유순마저 육지로 떠나보내고 그녀는 이곳에 홀로 남아야 한다. 그런 생각이 들 때마다 홍성수의 마음은 무거워진다.

마당에 나와 담배를 피워 무는데 뒤따라 나온 권유순이 홍성수의 등 뒤에서 말한다.

"제주가 조용해지면 다시 내려오기로 했잖아요."

홍성수는 가슴께 오는 그녀의 손등을 쓰다듬으며 고개를 끄덕인다.

"떠날 준비는 잘하고 있소?"

"네. 당신 말대로 꼭 필요한 것만 챙겼어요. 그래도 가방이 두 개나 되는걸요."

"마을까지 차가 들어오기로 했으니 걱정하지 않아도 될 거요."

"그런데 무슨 걱정이 있어요?"

"그건 왜 묻소?"

"뭔가, 초조해하는 것 같아서……."

홍성수는 머뭇거리다 말고 최기호에 대해 이야기를 꺼낸다. 어젯밤 박이 찾아온 일에서부터 최기호를 김헌일의 집으로 옮긴 사실까지. 그의 이야기를 듣고 있는 권유순의 눈동자가 불안한 듯 흔들린다.

"하지만 걱정 마시오. 박과 당신 외엔 아무도 모르는 일이니."

"그래도……."

"어머니 옆에다 묻어 달라고 하더군……. 최의 성격에 부상이 가벼웠다면 마을로 오지 않고 산으로 올라갔을 거요."

"많이 다쳤나요?"

홍성수는 고개를 끄덕이면서 그녀에게 말한다.

"박이 의원을 데리러 갔으니 기다려 봐야지."

하다 말고 쓸쓸히 미소 짓는다.

"그리고 당신은 기호 일도 시어머니 일도……. 내일까지는 걱정하지 마시오. 잠시 육지에 다녀온다고 생각하면 편해질 거요."

먼문 앞까지 나와 배웅하는 권유순에게 홍성수는 들어가라는 손짓을 한다. 그러나 권유순은 이상하게 마음이 놓이지 않는다. 그녀는 작은방에서 겉옷을 걸쳐 입고는 급히 홍성수의 뒤를 따른다. 그가 뒤돌아서서

"들어가래두."

하고 나무라지만 소용이 없다. 권유순이 다가와 그의 팔짱을 낀다.

"집 앞 까지만 같이 가요. 그러고 싶어요."

홍성수는 할 수 없다는 듯 그녀의 손을 자신의 외투 주머니 속으로 집어넣는다. 그녀는 홍성수의 몸에 바짝 기대어 서서 덧붙인다.

"서울에 올라가면 제일 먼저 경복궁에 가 보고 싶어요."

"그럼. 그럼."

홍성수는 장난기 섞인 목소리로 대답한다.

연자맷간 앞을 지나갈 때 화북천에서 뛰어놀던 사내아이 둘이 뛰어오면서 '누렁개들이 오고 있수다앙!' 하고 소리친다. 홍성수는 순간 박의 얼굴이 떠오른다. 홍성수의 시선이 마을 입구로 향한다. 야트막한 별도봉 자락에서부터 쓰리쿼터와 지프가 뿌연 먼지를 일으키며 다가오고 있다. 홍성수는 권유순의 양손을 꼭 쥐면서 집으로 돌아가라고 당부한다. 권유순이 싫다며 고개를 좌우로 흔들지만 홍성수는 그녀의 어깨를 잡으며 말을 잇는다.

"이러고 있을 시간이 없소. 시어머니와 함께 있어요."

30

어승생악 부근에서 경찰과 무장대 간에 치열한 전투가 벌어졌다는 소문이 성내에 돌기 시작했다. 무장대의 주력부대와 충돌해 부상을 입은 경관들도 많다는 말에 인선은 곧장 제주경찰서로 떠날 준비를 한다. 성진은 베창옷이라는 저고리를 입히고 발에는 누비버선을 신긴다. 찬바람이 들지 않도록 단속을 한 뒤 집을 나선다.

교통대를 지나 제주경찰서 정문 앞에서 인선은 무작정 남편을 기다린다. 해가 떨어지기 전에 토벌군들은 제주읍으로 돌아오는 게 보통이었다. 제주도청과 마주하고 있는 제주경찰서는 평소와 다름없이 조용한 편이다. 망루를 지키는 경관도 담배를 피우며 한가하게 주변 경계를 서고 있다. 가끔 군인을 태운 지프나 말이 빈 수레를 끌고 지나간다.

얼마나 지났을까. 망루 위에 있던 경관이 호루라기를 불어댄다. 마침 북신작로 쪽에서 헤드라이트가 번쩍이면서 트럭들이 들어온다.

쓰리쿼터 한 대가 경찰서 마당에 정차를 한다. 짐칸에 타고 있던 경관들이 들것에 실린 시신들을 내린다. 일곱 구의 시신은 모두 모포로 덮여 있다. 인선의 가슴이 두근거린다. 뒤이어 지프와 쓰리쿼터가 계속해서 경찰서 마당에 멈춰 선다. 두 번째 도착한 쓰리쿼터에서는 부상자가 쏟아져 나온다. 순식간에 경찰서 앞마당은 시신과 부상당한 경찰들로 북적인다. 부상이 심한 경찰은 곧바로 도립병원으로 이송된다. 인선은 도로를 건너 경찰서 마당으로 걸어간다. 부상당한 경관들의 신음소리와 여기저기서 터져 나오는 고함소리에 놀란 성진이 울음을 터뜨린다. 인선은 성진을 달래면서도 시선은 경찰서 마당을 떠나지 않는다. 어디에도 남편의 모습을 찾을 수 없다. 그녀는 떨리는 가슴을 쓸어내리며 들것에 실린 시신 쪽으로 발걸음을 돌린다. 그런데 경관 한 명이 다가와 그녀를 막아선다. 거친 말투로 물러서라고 외치는 경관에게 남편의 생사만이라도 확인할 수 있게 도와 달라고 부탁한다.

"남편이 경찰관이오?"

인선이 고개를 끄덕이자 경관은 말없이 앞을 비켜 준다. 몇 번이고 고맙다는 말을 건네며 군용모포가 덮인 시신을 살핀다. 얼굴을 확인할 때마다 가슴이 울렁거린다. 마지막 시신을 확인한 뒤에야 그녀는 참았던 울음을 터뜨린다. 다행히 남편은 죽지 않았다.

마지막으로 도착한 쓰리쿼터가 경찰서 마당에 정차한다. 짐칸에서 뛰어내린 젊은 경관이 인선에게 다가와 인사말을 건넨다. 남편과 함께 집으로 찾아온 적이 있었던 최다. 인선이 그에게

"남펜은 어디 있수꽈?"

하고 묻는다. 최가 뒤돌아서서 방금 도착한 쓰리쿼터로 눈길을 돌린다. 차에서 내리는 경관들 중에 김헌일의 모습을 발견할 수 있다. 신명님 감사합니다.

"다친 데는 없주?"

그녀가 다가가 묻는다. 김헌일은 평소처럼 나지막이 입을 연다.

"난 괜찮으니 걱정 마시오."

그때 분대별로 집합하라는 소리가 들린다. 김헌일은 인선에게
집으로 돌아가 기다리라고 말한다.

"적어도 9시까지는 들어갈 수 있을 거요."

인선은 우두커니 서서 고개를 끄덕인다. 김헌일이 부대원들 속
으로 사라지는 걸 보면서 그녀는 슬픔이 밀려온다. 남편의 축 처
진 어깨 때문인지 아니면 넋이 나간 듯 멍한 표정 때문인지 알 수
없는 일이다.

31

중대 규모의 군인들 사이에 박이 보인다. 포승줄에 묶여 걸어오
는 그의 얼굴은 피투성이다. 군인들이 집집마다 돌아다니며 마을
사람들을 끌어낸다. 홍성수는 최기호를 방에서 옮기다 군인들에
게 붙들린다. 소위 계급장을 단 군인이 박을 마당에 내팽개치며

"이 새끼 맞지?"

하고 묻는다. 박이 절망적인 표정으로 최기호와 홍성수를 바라본
다. 소위는 최기호를 부축하고 있던 홍성수의 얼굴을 개머리판으
로 사정없이 내려친다. 그와 최기호가 동시에 마당으로 쓰러진다.
소위는 엎어진 최기호에게 다가가 군홧발로 옆구리를 밟는다. 그
가 고통스러운 신음소리를 내뱉자

"빨갱이 새끼. 여기 숨어 있으면 못 찾을 줄 알았어!"

하고는 입안에다가 총구를 쑤셔 넣고 방아쇠를 당긴다. 그사이 소위 옆에 있던 군인들이 홍성수를 일으켜 세운다. 그의 뺨을 때리고 '너도 산에서 내려왔지?' 하고 묻는다. 홍성수가 고개를 좌우로 흔들며 부인하지만 곧 소위의 주먹이 날아온다.

안곤지동의 모든 집들이 화염에 휩싸인다. 검은 연기가 집집마다 오르고 여기저기에서 여인들과 아이들의 울부짖는 소리가 터져 나온다. 김 노인네와 성란도, 권유순과 시어머니도 군인들에 의해 밖으로 끌려 나간다. 권유순의 시어머니가 '집을 불태우멍 우린 어떡하우꽈!' 하고 하소연을 하지만 돌아오는 건 욕설뿐이다. 곤지동의 젊은이들은 줄줄이 철사줄에 묶여 바다와 맞닿은 자갈밭으로 끌려간다. 박의 아내와 권유순이 그들을 발견하고 다가가려 하지만 군인들이 막아선다. 박의 아내가
"우리 남펜 죄 없수다. 살려줍서!"
하고 눈물을 흘려도 소용없다.
"죽고 싶지 않거든 그 자리에서 한 발자국도 나서지 마라."
경비대원 한 명이 무표정한 얼굴로 협박을 한다. 바닷가에 끌려간 곤지동의 젊은이들은 모두 10여 명이다. 군인들은 M1을 들이대며 바다로 들어가라고 윽박지른다. 홍성수의 옆에 서 있던 박이 울먹이면서 어쩔 수가 없었다고 말한다. 병원 안에는 이미 경비대들이 부상당한 무장대와 그 동조자들을 기다리고 있었다.
바닷물이 무릎까지 올라왔다 다시 밀려 나간다. 12월인데도 바닷물이 차갑게 느껴지지 않는다. 마을을 둘러싸고 있는 별도봉과

사라오름 아래로 안곤지동이 불타오르고 있다. 멀리 권유순의 모습을 발견했을 때에는 아픔이 밀려온다. 그녀는 박의 아내와 함께 발을 동동 구르며 울부짖는다.

'그녀와 나의 운명이 참으로 안타깝구나.'

홍성수는 세상과 시대가 원망스럽다. 저승사자처럼 버티고 선 군인들의 얼굴에는 아무런 표정도, 연민도 느낄 수 없다. 소위가 말없이 고개를 끄덕이자 나열해 있던 경비대의 총구에서 일시에 불꽃이 인다. 홍성수는 가슴에 통증을 느끼며 쓰러진다. 사람들의 울음소리가 이명처럼 들려온다. 옆에 서 있던 박의 얼굴이 핏빛 사이로 사라져 간다. 홍성수는 가물거리는 눈으로 마지막 하늘을 올려다보며 날숨을 내쉰다.

화북국민학교에서 밤을 새운 권유순은 다음 날 동이 틀 무렵 또 다른 마을 사람들과 함께 동쪽 바닷가인 연딧밋에서 살해당한다. 실성한 사람처럼 멍해 있던 권유순이 최기호의 간호를 했다며 스스로 그들을 따라 나선 것이다.

안곤지동은 완전히 불에 타 그 흔적만이 남았다. 살아남은 사람들은 제주읍의 수용소로 이송되었다. 토벌에 나섰던 군인들의 트럭에 실려 가는 성란의 가슴에는 홍성수가 건네주었던 모서리가 닳은 책 한 권이 들려 있을 뿐이다.

32

첫눈 뒤에 포근한 날이 이어져 저녁 무렵엔 마치 가을로 되돌아 간 느낌이다. 김헌일의 어두운 표정이 마음에 걸렸지만 인선은 애써 그런 생각을 떨쳐 버린다. 아내와 칠성로를 함께 걸으며 김헌일은 제주사람들의 모습을 둘러본다. 미군들의 보급품으로 장사를 하는 사람들도 있고 생선과 건어물을 파는 늙은 노파도 있다. 물건을 실어 나르는 지게꾼과 군복에 검정 물을 들여 파는 옷가게도 보인다. 양과자점, 국수를 파는 식당, 야채가게……. 그리고 가족을 살리겠다고 동향사람에게 총부리를 겨누는 자신도 있는 것이다. 성진을 바라보는 그의 시야가 갑자기 흐려진다. 눈물이 뺨을 타고 흘러내린다. 세상 물정에 어둡고 한없이 여리기만 한 인선이 김헌일을 걱정스럽게 올려다본다. 그는 아내에게 애써 웃는 얼굴을 한다. 그녀도 김헌일을 보며 미소를 짓는다. 구호물품을 실은 트럭이 경적을 울리며 그들 옆을 지나쳐 간다.

작가의 말

'기억하지 않는 역사는 되풀이 된다'라는 문구를 본 적이 있다. 아마 유대인 학살을 다룬 소설이었던 걸로 기억하고 있다. 1948년부터 1954년 사이 실제로 제주에서도 3만 명 가까운 사람들이 희생당했다. 정식 재판을 받고 육지형무소로 끌려가거나(한국전쟁이 터지면서 대부분 총살당했다) 교전 중에 전사한 무장대와 토벌대도 있었지만, 불행하게도 중산간 마을을 중심으로 생활하던 제주도민들의 희생이 가장 컸다. 한국전쟁이 터지면서 살아남은 제주 청년들은 사상적인 결백을 증명하기 위해 국군에 편입되어 최전선에서 북한과 전투를 치러야 했고, 또한 많은 전사자들이 생겨났다.

내가 4.3사건을 처음 접하게 되었던 건 부산소설가협회에서 주관하는 소설학당에 다니면서다. 학당 동기였던, 지금은 소설가가 된 S로부터 학민사에서 나온 『잃어버린 마을을 찾아서』란 책을 우연히 소개받게 되었다. 그 책을 통해 4.3사건을 처음 접하게 되었고 많은 충격을 받았다. 제주에서 흔적도 없이 사라진 마을과 희생자들에 대한 생생한 증언과 현장을 확인할 수 있었기 때문이다. 히틀러의 유대인 학살에서부터 스탈린과 모택동에 의해 자행된 학살사건, 유고내전과 그 이후에 일어난 인종청소, 최근의 IS

사태까지 충격적인 제노사이드의 현장은 언제나 나와는 먼 세계의 이야기로만 치부하고 있었다.

더구나 제주 4.3사건에서 이해할 수 없었던 건 희생자의 수였다. 자국의 경찰과 군인에 의해 3만 명 가까운 자국민이 희생당한 사례는 전 세계적으로도 드문 일이다. 최근의 일본정부, 특히 아베로 대변되는 일본 우익의 과거사 문제에 대한 태도를 보면서 우리는 분노를 느낀다. 하지만 4.3사건을 공부할수록 '과연 우리는, 우리 스스로의 과거사 문제를 공정한 태도로 바라보고 청산했는가'란 의구심을 가지지 않을 수 없었다. 여전히 대한민국은 분단 상태에 있으며 좌우의 대립은 극단적이다. 2015년의 정치사회적 상황이 1948년의 제주와 크게 다르지 않다는 사실이 글을 쓰는 내내 나를 절망스럽게 만들었다.

『레드 아일랜드』에 나오는 인물들은 대부분 전형성을 띠고 있다. 김헌일은 친일지주계급의 지식인으로 모순된 대한민국의 정치상황에 비판적이지만 결국 체제에 순응하는 인물로 나온다. 반면 방만식은 민중을 대표하는 인물이다. 김헌일 대신 일본으로 부역을 가면서 세상에 눈을 뜨기 시작한 방만식에게 한국은 모순덩어리로밖에 보이지 않는다. 해방 후에도 제주는 여전히 친일 지주가 지배하는 세상이었고, 소련과 미국으로 대변되는 두 정권은 좌, 우를 선택하라고 강요했다. 이유도 없이 경찰서에 끌려가 초주검이 되어 돌아온 날, 방만식은 그 스스로 새로운 세상을 만들고자 결심한다. 그에게 혁명은 제주사람들 모두가 행복하게 살아가는 세상이었으며 끝까지 그 꿈을 향해 목숨을 던진다.

또 다른 지식인 계층의 홍성수는 죽음 직전까지 양심을 팔지 않은 순애보적인 인물로, 기회주의자였던 김종일은 자본가들의 전형을 가진 인물로 묘사했다. 그에 반해 비서부장과 사찰주임으로 대변되는 4.3사건의 가해자들과 타락한 공산주의자인 석호로 대표되는 인물들은 지금도 여전히 진행형이다.

소설에 리얼리티를 담기 위해 책의 도움을 많이 받았다. 제민일보에서 나온 『4.3을 말한다. 전 5권』, 노무현 정부 때 발간한 「제주 4.3 사건 진상조사보고서」, 현대사포럼의 『제주 4.3사건의 진상』, 브루스 커밍스의 『한국전쟁의 기원』, 현기영 선생의 『순이삼촌』, 『마지막 테우리』, 김석범 선생의 『화산도. 전 5권』, 이태 선생의 『남부군. 상하』, 아시아문화연구소에서 나온 『CIC(방첩대)보고서. 전 3권』, 아라리 연구원에서 펴낸 『제주민중항쟁1』, 『4.3사건 자료집. 신문편과 미국편』 등과 장윤식 씨의 논문 「제주4.3사건

초기 '무장대'의 조직과 활동」, 양정심 씨의 「제주 4.3항쟁의 기억
투쟁」, 「4.3항쟁과 남로당 제주도당」 등이며 그 외의 참고자료는
생략한다.
　4.3사건으로 희생당한 제주도민들의 명복과 함께 다시는 이런
비극적인 일이 일어나지 않기를 기원하며.

2015년 6월

김유철

RED ISLAND

초판 1쇄 발행 2015년 7월 31일

지은이 김유철
펴낸이 강수걸
편집장 권경옥
편집 정선재 양아름 문호영
디자인 권문경 박지민
펴낸곳 산지니
등록 2005년 2월 7일 제14-49호
주소 부산광역시 연제구 법원남로15번길 26 위너스빌딩 203호
전화 051-504-7070 | 팩스 051-507-7543
홈페이지 www.sanzinibook.com
전자우편 sanzini@sanzinibook.com
블로그 http://sanzinibook.tistory.com

ISBN 978-89-6545-307-9 03810

* 책값은 뒤표지에 있습니다.
* 이 책은 2013년도 한국문화예술위원회 '아르코문학창작기금'을 지원받아 발행되었습니다.
* 이 도서의 국립중앙도서관 출판예정도서목록(CIP)은 서지정보유통지원시스템
홈페이지(http://seoji.nl.go.kr)와 국가자료공동목록시스템(http://www.nl.go.kr
/kolisnet)에서 이용하실 수 있습니다.(CIP제어번호: CIP2015019373)